有爱的青春陪伴者

# 千帆过境尽余生

十里酒香 著

千帆过境尽余生

四川文艺出版社

图书在版编目（CIP）数据

千帆过境尽余生 / 十里酒香著 . -- 成都 : 四川文艺出版社 , 2021.8
ISBN 978-7-5411-6057-8

Ⅰ . ①千… Ⅱ . ①十… Ⅲ . ①言情小说 – 中国 – 当代 Ⅳ . ① I247.5

中国版本图书馆 CIP 数据核字 (2021) 第 122155 号

QIAN FAN GUO JING JIN YUSHENG

# 千帆过境尽余生

十里酒香 著

出品人　张庆宁
责任编辑　邓　敏
封面设计　刘　艳
版式设计　西　楼
责任校对　汪　平

出版发行　四川文艺出版社（成都市槐树街 2 号）
网　　址　www.sewys.com
电　　话　028 – 86259287（发行部）　028 – 86259303（编辑部）
传　　真　028 – 86259306

排　　版　长沙大鱼文化传媒有限公司
印　　刷　长沙鸿发印务实业有限公司
成品尺寸　145mm × 210mm　　开　本　32 开
印　　张　10　　字　数　340 千字
版　　次　2021 年 8 月第一版　　印　次　2021 年 8 月第一次印刷
书　　号　ISBN 978-7-5411-6057-8
定　　价　42.80 元

# 目录

Contents

第一章 这是梦吗？ 001
第二章 明星的岁月 023
第三章 特别关照 043
第四章 你终于来接我了吗？ 067
第五章 裴家小刺猬 091
第六章 娃娃亲 114
第七章 和强者联手 134

# 目录

Contents


第八章 为什么不找我帮忙？ 156

第九章 人生第一场吻戏 177

第十章 爱豆与演员 200

第十一章 惊艳亮相 222

第十二章 步步为营 244

第十三章 争风吃醋 267

第十四章 一场好戏 293

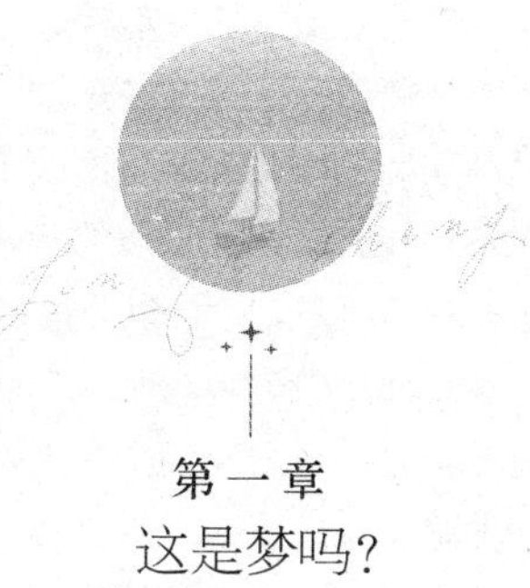

# 第一章 这是梦吗？

## 1 我的好家人们

“来！看看！这就是你的好父母、好妹妹！”栗锦的头发被人狠狠地拉扯着，鲜血顺着她的眉梢眼角流下来，模糊了面前西装革履的男人的脸。

一片血红之中，她被迫抬起头——巨大的显示屏上，她的父亲正和几个朋友打高尔夫，继母忙着做指甲美容。

至于她那位好妹妹，正躺在舒服的沙发里，转动着手上的订婚戒指。

而她的好男友，正站在最高的荣誉台上，拿着本该属于她的荣耀，满口荒唐地在说：“‘影帝’这个称号，我实在受之有愧，我要感谢生我养我的父母……”

狗男人！栗锦眼睛里流出泪来，浑身发抖，是他联合了她的父母、她的好妹妹，将她转手送给了面前这个魔鬼，他才得到了这个大 IP 的男主角色，是他蘸着她的血吃了人血馒头！

“贱人！”

男人狠狠一脚踹在栗锦的肚子上。栗锦疼得浑身抽搐，腰都直不起来。

“真不禁打。”男人拿过放在桌子上的红酒，一步步走向栗锦，“怎么，还想着出去做你的大影后？别做梦了！你的名声都已经败坏了！你的父母把你送给我，制造出你出车祸身亡的假象，外面的人都以为你死了！”

男人高高扬起手，红酒瓶子狠狠地砸在了她的脑袋上。

玻璃混着刺鼻的红酒裂开，顺着她早就不再柔顺的头发滴滴答答地落下来，溅了一地的红色。

栗锦浑身冰凉，抽搐着脸，上下牙齿不断地抖动。

男人却松开了自己的一颗扣子，笑得很开心。

栗锦本是靠着自己的实力一步步在娱乐圈闯下一片天地，成为最年轻的影后，可她偏偏蠢而不自知，围在她身边的父亲、继母、继妹，还有男朋友，全是吸血虫，她却看不出来，还自以为拥有了完整幸福的人生。

直到父亲的公司败落，而她的资金也都被父亲败光，继母和继妹再不能靠着家里的开销出去做美容，过着她们阔太太和千金小姐的生活时，他们便撕开了那层虚伪的皮囊。

他们要把她交给这个以折磨人为爱好的男人，以此换取解决公司危机的机会。

她永远记得那个雨夜里这些人扭曲的脸。

当晚，她还是找准机会逃出去了，她去找了自己最信任的男朋友，也是最爱的未婚夫。

“他们怎么可以这样对你？”

她至今都记得何晗那仿佛替她生气到了极致的神情，不愧是演员出身。

“喝了这个，你先定定神……”何晗的怀抱是那么温暖，而那杯冒着热气的牛奶却是将她推入深渊的最后一只手。

迷迷糊糊之中，她看见何晗的屋子里站着她的继妹、继母，还有那个从不爱她的父亲。

继妹拿着尖刀跃跃欲试要划她的脸。

“我早就看她不爽了！以为自己很漂亮吗？我要毁了她这张脸！”

“住手！”何晗坐在沙发上抽烟。

栗锦无力地看着他，他也盯着栗锦，缓缓笑了，说：“动了脸说不定那位会生气。”

至此，她进入炼狱，她父亲的公司成功渡过危机，继妹和继母继续和朋友们说说笑笑，何晗得到了那恶魔男人的帮助，一路扶摇直上摘得影帝的荣耀。

背景浑厚的男人很快就制造出假料，冤枉她未婚先孕，和许多老板有关系，网络上铺天盖地都是她的负面新闻。

她变成了人人唾骂的女人！

而前两天一个车祸的假消息……成了她这可悲的一生最后的终结！

“这就想死了？”男人一把扯过已绝望地闭上眼睛的栗锦，狠狠吐了一口唾沫在她脸上，“我花了大价钱在你身上！”

他贴近栗锦的脸，手指缓缓地抚摸过栗锦的脸颊，好像对待爱人一样。

“我那么那么喜欢你，你的每一个作品我都爱看。”男人的声音逐渐远去，又像是永远无法挣脱的枷锁扣在她身上，“你可要在我手上多撑一会儿。”

他扭曲地笑着，一把将栗锦抱紧。栗锦的手骨都被他打断了，像个提线木偶一样垂着。

“亲爱的，我们永远永远在一起吧……”

栗锦眼前被一片黑暗包裹。

她咬紧牙，血顺着眼角流下，如一个饱受折磨的恶鬼！

谁来救救她！

有谁？

谁来……

最终，视线完全被黑暗吞噬，她沉沉地昏迷了过去。

“姐姐！姐姐！”令人厌恶的声音不断在栗锦耳旁响起。

栗锦的头仿佛要裂开一样疼，她睁开眼睛，刺眼的光芒让她一下子没站稳。

多久……多久没看见过阳光了？

栗锦愣住了。

“哎呀，姐姐，你怎么不说话啊？”旁边一个穿着白色长裙的清秀女孩子拽紧了栗锦的手。

栗锦下意识地一把将其推开。

李淡淡为什么会在这里？

这个拿着尖刀要划她脸颊的继妹为什么会在这里？

“姐姐，你干吗啊？怎么这么可怕地看着我？”李淡淡对上栗锦宛如见到恶鬼一样的神情，不由得缩了缩脖子，往后退了两步，“姐姐，你是不是中暑了？”

中暑？姐姐？

栗锦下意识地看向四周。

青翠挺拔的大树，炽热明亮的阳光……这不是她外公的避暑山庄吗？

栗锦猛地抬起自己的手。

干干净净，完好无损的一双手，漂亮白皙，甚至带着几分少女的稚嫩。

栗锦拔腿冲向了旁边的厕所，猛地关上门，扑到镜子前。

年轻漂亮到明艳的脸，没有任何伤口！

这是……做梦？

“咚咚咚……”

外面传来敲门声，李淡淡那刻意掐着声音装纯洁的话透过门传进来，真实又让人骨血发冷：“姐姐，你中暑了不是大事，但是你可别忘记了今天你是来和外公摊牌的！姐姐，你可不要忘记自己的梦想。

“妈妈都说了，外公是吃硬不吃软的，你态度强硬一点，不然你要是真的顺从你外公的想法成了画家，那你一辈子都会被你外公控制了！姐姐，你要勇敢一点啊……”

勇敢一点？

站在镜子前的栗锦看着自己漆黑的双瞳，里面是快要喷薄而出的怒火。

她永远忘不了这一天，她在继妹的唆使下口不择言地刺激了最爱自己的外公，导致他老人家心脏病发……

“嘭！”

重重的一拳打在面前的镜子上，栗锦神情扭曲，脸色苍白。

可她却笑了。

可笑！

曾经在她人生最痛苦黑暗的时刻，她还在祈求有人能救自己？

现在她明白了！

世间无人靠得住……唯有自己救自己！

## 2 在自家地盘被打了？

“姐姐！姐姐你到底在干什么啊？”李淡淡还在门外喊着。

“别说我没提醒你，要是你这次没把事情办好，到时候别说我了，就是咱们妈妈也不会再管你了！”李淡淡在门外不耐烦地皱起眉头，但想到妈妈嘱咐她的事情，她又只能压下内心的躁动，勉强放柔声音，“姐姐，我们都是为你好啊，你不是说要进圈子追何晗哥哥的吗？”

何晗？

栗锦浑身一颤，她抬起头。

今天是她外公的生日，而她的好继母、好继妹也是千挑万选才选出这么一个好日子，费尽心机地撺掇着她来和外公摊牌，外公有心脏病，这一切她们都知道！

当着所有宾客的面让她外公下不来台，当年她真的是自作自受！

“栗锦啊栗锦！”栗锦对着镜子里的自己勾起一个冷笑，“现在该是让那些蛆虫付出代价的时候了！”

敲门声不停。

栗锦扭头看了一眼身后的木门，打开水龙头，掬了一捧水在自己的脸上，水珠顺着脸颊滑落，她现在不再是那个沉浸在“家庭游戏”里的无知小姑娘了！

今天是外公的生日，外面宾客如云。

更重要的是……她原本就和外公家不太亲近，因为她讨厌凡事都要来指手画脚的生母，甚至外面的人都不知道她其实是著名国画艺术家裴苍海的外孙女，母亲是当代炙手可热的绘画界新起之秀裴瑗，而她的两个舅舅，一个经营着国内最大的娱乐公司天华娱乐，另一个舅舅是投资界的天才，在各大产业链之中都有他名下的公司。

可惜裴瑗得了癌症去世得早，两个妹控的舅舅只能把一腔“爱妹”之情又转移到了栗锦身上，只是栗锦从小就在李颖，也就是她继母的唆使之下和他们并不亲近。

大家只知道她是天宇集团老总的大女儿栗锦。

殊不知裴家比栗家底蕴要深厚得多，当年她父亲栗亮还是靠着裴家的支持才有了现在的成就。

栗锦站在镜子前，她今日穿了一条黑色的长裙礼服，明明是生日会，李颖却给她准备了这种颜色的衣服?

呵！

栗锦伸出手，重重地在自己左脸上打了一巴掌：“栗锦，这一巴掌是打你以前亲疏不分！”

她又伸手，在自己右脸上打了一巴掌。

“这一巴掌，打你不知好歹，愧对外公舅舅！”

这一辈子！

她一定要拼死对自己真正的亲人好！

她整理了一下自己的衣服和头发，不适脚的高跟鞋也被她踩得稳稳的。李颖知道她不会穿这种高跟鞋，特意让她出丑的！

可她现在是在各大场合都镇得住的年轻影后！

眼神、气场尽数改变！

栗锦走过去，一把拉开门，红肿的脸出现在李淡淡面前。

“姐……姐姐？”李淡淡惊呆了，伸出手想要碰她的脸，“你的脸……”

“啪”的一声脆响，栗锦猛地拍开了李淡淡的手。下一刻，栗锦的眼中蓄满了泪水，精湛的演技让李淡淡都愣住了。

“淡淡，我知道我说错话了，那你也不用这样对我吧？我可是你姐姐啊？你怎么能打姐姐？”避暑山庄虽然大，但外公的客人还是不少的，栗锦看见有人走过来了，当下把声音提得更高，“你在家里无理取闹就算了，今天是我外公的生日！你不要给我外公找麻烦，就当我这个做姐姐的求求你了好吗？”

李淡淡不是喜欢装善良吗？

不是喜欢在外面装柔弱吗？

可惜！现在的李淡淡在她面前就是一个小姑娘！演技拙劣浮夸，不值一提！

“姐姐，你怎么……”李淡淡委屈了，这次是真的委屈了，她什么都还没来得及做呢！

李淡淡眼看着看热闹的人越来越多了，更着急地要去抓栗锦解释。

谁知道，栗锦突然就甩开她的手往外面的方向跑去了，黑色长裙飞舞，踩着高跟鞋健步如飞，她穿一双平底鞋愣是没跟上！

“那是谁啊？”

“那黑裙子的女孩子好像被白裙子的打了是不是？”

围观的一对夫妻疑惑地看着两人跑远的方向，男人倒是还好，女人立刻拿出了手机，打开聊天群开始输入。

里面都是一些差不多圈子的贵太太，是栗锦的继母那种角色怎么挤也挤不进去的圈子，正好这里面的几个太太也都来参加生日宴了。

“姐妹们，和你们说一个爆炸性的消息，我刚才好像看见裴老那个传闻中的外孙女了！好像被人打了……”

栗锦对这里的印象实在是太深刻了，她永远忘不了外公在她面前倒下的那一刻，忘不了两个舅舅痛心失望到极致的眼神。

她对不起他们！

跑过石子路，绕过小木桥，冲进山庄里，她在大厅里看见了坐在位置上的老人。

他穿着一身唐装，眉眼和蔼，脸色红润。

不需要任何的演技，栗锦心口绞痛，扶住了门框才勉强站稳没有原地跪下去。

那是……世上最爱她的外公啊！

脸上痒痒的，栗锦伸出手一摸……原来她早就在看见外公的那一刻，泪流满面。

“外公！”

她用尽全身力气重重地喊了一声，热闹的大厅立刻变得安静下来。

裴苍海眯起眼睛，冲着栗锦看过来。

“锦……锦儿？”裴苍海大喜，“你来了？你怎么不和外公提前说一声，外公让人来接你啊……等等！”

栗锦就那样傻站着，她不敢迈出一步，她没那个脸！

裴苍海却拄着拐杖急急地在别人的搀扶下小跑着过来了。

等看清楚栗锦脸上那两个红色的巴掌印后，他脸色猛地阴沉下来，手上的拐杖重重地跺在地上，发出“嘭”的一声。

“是谁？是谁欺负我外孙女？”

这时，旁边一个中年女人拿起手机看了一眼自己的小聊天群，脸色一变，小声惊呼：“原来她就是裴老的外孙女？在自家地盘还能被一个穿白裙子的女人给打了，对方还口口声声称是她的妹妹？”

裴老面色阴沉。而这时，李淡淡也终于一路小跑着过来了，那纯白的裙子在阳光下如同鲜花盛开……惹人厌烦！

## 3 你算是什么东西？

李淡淡看见裴苍海的时候先是一愣，随后立刻就镇定了下来。她快速整理了下自己的头发衣服，大厅里是无比精致又让人舒适的装潢，里面站着的那些人，都是各行各业的领头者。

她妈妈和她说了！

今天就是要栗锦出丑贻笑大方，而她就可以在旁边规劝，给在场所有上流人士留下一个好印象。

她李淡淡的名字也会逐渐地出现在那个尊贵无比的圈子里，而不是所有人提起她，都是带着满眼嘲笑地说什么“私生女”“寄生虫”这样的话。

栗家和现在站在大厅里的这些家族还是有差距的，因为栗家是最近刚起来的家族，背后也没有底蕴，以前还算是背靠裴家，但随着裴瑗去世后，裴家对栗家就冷淡了下来，只看在栗锦的分上没有为难罢了。

这两年，李淡淡跟着栗锦一起也在裴家混了个脸熟，因为栗锦这傻女人很喜欢她，所以裴老爷子也对她笑脸相对。

李淡淡在心中暗暗道："让栗锦这个女人去犯傻吧，到时候她的一切都是我的！"

想到这里，李淡淡放柔了声音，顶着一众好奇的目光亲密地挽住了裴家老爷子的手。

聊天群里的那几个太太又迷惑了。

嗯？到底谁才是裴老的外孙女啊？

众人看了眼栗锦，栗锦的容貌是非常明艳的，第一眼就足够抓人眼球，这样的人就该是生活在云端的，可偏偏这会儿哭得梨花带雨，反差冲击让他们都心生不忍。

白裙子那个只能算是秀美耐看，不过她似乎对裴家的人很是熟悉？

众人转过头看着裴老爷子，裴苍海会选择帮谁？

裴苍海没有半点迟疑，一把就将自己的手抽出来，力气大到差点儿将李淡淡甩在地上。

"李小姐，请自重！"

裴苍海的眼神就好像要将李淡淡剥皮拆骨了一样，李淡淡当场宛如被惊雷劈中，傻愣愣地站在了原地。

李？

李！

这个姓氏是她一辈子的痛，她是爸爸和妈妈的私生女，是见不得光的孩子，碍于现在爸爸还要看裴家的脸色，所以她一辈子都不能光明正大地姓栗！

"姐姐，姐姐你说句话啊！"李淡淡看见不少围观的太太露出了鄙夷的目光，顿时着急地去抓栗锦的手，"你就让裴家这么羞辱我吗？我可是你的亲妹妹！"

"亲妹妹？"一道声音从她们身后传过来，穿着西装的沉稳男人大步走进来，锐利的目光定在李淡淡身上，"我们锦儿姓栗，你姓李，怎么会是亲妹妹？你不过就是陪着我们锦儿开心的一个小伙伴，别蹬鼻子上脸了！"

李淡淡顿时面色惨白。

男人撑完李淡淡，转身看向了栗锦，眉头紧紧皱起来："锦儿这是怎么了，哭得这么……"话音刚落，他就看清楚了栗锦脸上的通红巴掌印，声音一下子就拔高了，"你脸上巴掌谁打的？"

整个大厅都回荡着他的声音。

栗锦压住鼻头不断涌上的愧疚感和酸涩感，这就是她的大舅裴天华，圈内出名的暴脾气，撑人机器，他手下被他骂哭的艺人可以站满一个会议室。

“我在外面可都听说了。”

又一个男人从门外走进来。

相比于裴天华的魁梧，这男人身姿纤长，一双桃花眼望过来就让人脸红，乍一看倒是和栗锦长得像，只是这么好看的一张脸上，此刻也带上了几分阴沉：“我听外面的人说，我们家小宝贝被人给打了？动手打人的是一个穿白裙子的姑娘，声称是她妹妹？”

他是栗锦的小舅裴安，裴家最出色的小儿子，人称“笑面虎切开黑”。

裴安的目光落在李淡淡身上，笑了：“这一切都是你做的吧，李淡淡？”

“不是我！”李淡淡扭曲着一张脸看向栗锦，“你说话呀！”

“谁让你对姐姐大呼小叫的？”裴天华冷眼看向李淡淡，“还是说你以前在我们面前的乖巧都是装出来的？”

裴安转身看向旁边的用人：“给小姐端凳子过来，没见小姐穿这么高的高跟鞋吗？”

栗锦已经压住了心中的酸涩，这会儿总算平静下来，她今天就要手撕了李淡淡，好戏才刚开场呢！

栗锦开口：“这都是李阿姨给我准备的。”那个女人不配她喊妈妈，“这条黑色的裙子也是阿姨挑的，她说这样穿好看。”

裴安一听就乐了，桃花眼都笑得弯弯的。

哎哟，一段时间没见，他的小外甥女都学会拐弯抹角地告状了。

裴老爷子对“李阿姨”这三个字真的是太满意了，立刻伸手摸了摸栗锦的脑袋。

大厅之中，几乎所有人都围过来看这场闹剧了，只有一个男人坐在长椅上，清隽的脸上带着几分不耐烦，薄唇抿起，他黑若曜石的眼睛一转，透过人群的间隙他能看见被裴老爷子护在身边的姑娘的黑裙边，拖曳在地上。

周围的人都有意无意地对他保持了最大程度的恭敬，也不敢觍着脸凑上去拉关系，男人浑身上下都散发着“冷漠至极”的气息。

他慢条斯理地整理自己的金色袖扣，手机振动起来，是经纪人发来的消息。

“千樊老师，明天你去参加的那个综艺，公司那边想让我问问你愿不愿意带个新人？他叫何晗，刚演完一个校园剧的男二，现在人气还不错！”

余千樊皱起眉头，长而密的睫毛盖下来，遮住了幽黑如墨的瞳仁，这是一张能让人惊艳到屏息的脸。

“你们这么护着她，你们知道她来干什么吗？”那边的李淡淡已经要气疯了，口不择言道，“她不想和你们家学画画，她要进娱乐圈，去追那个叫作何晗的男人！”

余千樊拿着手机的手微微一顿，那边传了一张照片过来，嫩得出水的年纪，恐怕大学还没毕业吧?

“千樊老师，这个就是何晗，您看？”

余千樊没回那边的消息，反倒是弯唇看向不远处喧闹的场面，前面的人群散开了一点，他看清楚了坐在凳子上的黑裙女人，漂亮到凌厉的容貌一下子就撞进他的眼睛里。

她端坐着，身姿仪态无一不出色。

栗锦盯着李淡淡扭曲的面容看了一眼，半晌，她皱起眉头道：“你在说什么呢淡淡……”那双狐狸一样的眼瞳里居然染上了几分天真，“何晗是谁啊？”

## 4 她最喜欢你了

栗锦的演技已经浑然天成了，至少周围的这些宾客都没觉得栗锦在说谎，反倒是李淡淡，一上来就和裴老攀交情就算了，还对着自己的姐姐大呼小叫。

周围的人都是这个圈子里的人，对豪门里的那些个龌龊事情难不成还不清楚?

可大家明白不代表大家内心能接受，在座的这些名门太太，哪一个不是正儿八经的大家闺秀出身？男人在外面偷吃这种事情对她们来说那是既恶心又无耻!

所以更别指望她们用什么好脸色对待李淡淡了。

“哦，对了，我想起来了。”栗锦垂眸想了会儿，恍然大悟，“你说的是那个男明星吧？就是你偷偷在床底下的抽屉里藏海报的那个？”

“扑哧！”

旁边的宾客们忍不住发出了嘲笑声。

原来是自己追星!

“你你你！你胡说八道！”李淡淡这一身指黑为白装可怜的功夫都是从李颖那里学来的，可现在的李淡淡终究只是个小姑娘，才几句话就被栗锦激得站不住脚了，想要扑过去抓栗锦的衣领，“你胡说，你明明就喜欢何晗，你还说要……”

“李小姐自重！”

几个保镖一看李淡淡想要伤害自家小小姐，立刻冲过去压住了人。

栗锦端坐在凳子上，冷眼看着李淡淡，心中是无限感慨，曾经的她就是握着一手好牌却把好牌送到了别人的手上。

李淡淡双眼赤红，那些嘲讽的目光就像是刀子一样不断地侵蚀她的心脏。

而栗锦安安稳稳地坐在那儿，高傲得像个公主。

或者说……栗锦从出生开始就是高高在上的公主，她好恨！

殊不知，栗锦心里的恨意现在比李淡淡还多，栗锦光是想起“何晗”两个字就觉得恶心，尤其是最后那一个月从视频上看见何晗和李淡淡亲密照片的时候，她才知道这两个人早就勾搭在了一起。

栗锦两手交叠在膝盖上，脊背挺直，脸上的笑容近乎完美，像一只优雅高贵的天鹅。

“我本来就不追星的，况且我就算真的有喜欢的演员，也是喜欢……像余千樊那样的演员才对，作风好，作品好，人还低调，你说是不是，妹妹？”最后这一句反问，栗锦拖长了声音，带着若有似无的嘲讽。

倒不是她真的喜欢余千樊，相反……她和余千樊一直以来就有仇似的！路上撞见都要互相咬一嘴毛的那种冤家路窄！

但不可否认，余千樊是当下年轻男演员中的佼佼者，只有搬出他来才能全方面碾压何晗。

但栗锦没看见的是，她说出这话后，周围人都隐晦地将目光投给了正坐在沙发上的男人，他一双桃花眼潋滟，神情莫测地看着栗锦。

“行了行了，今天是我父亲的生日宴会，不要为了不相干的人浪费时间！”裴安示意保镖将李淡淡拖出去，拉着栗锦看向众人，“也向大家介绍一下，这是我的外甥女，也是我们裴家和栗家唯一的小公主：栗锦。”

宾客们纷纷露出笑容。

“长得和裴小姐真像。”

“不愧是书香世家养出来的孩子，看着就是端庄！”

恭维的话不断地砸过来，恨不得把栗锦夸得天上有地下无。

而李淡淡，不过就是茶余饭后的一点谈资，永远上不了台面的那道菜，阴沟里的臭老鼠罢了！

“小舅舅。”栗锦轻轻拉过裴安的衣袖。

裴安的桃花眼一眯，往她面前一凑：“怎么了我家小公主！”

裴安是真的惊喜，今天的栗锦太不一样了，她从来没有这么亲近裴家过，还口口声声称那个女人为“李阿姨”，难道是在家里受了委屈了？裴安心里暗暗地想。

“我想去送送她。”

栗锦微笑：“毕竟也算是客人。”

“可以吗小舅舅？”栗锦笑眯眯地拽着裴安的胳膊。

“可以可以！”裴安乐得找不着北，摸摸栗锦的脑袋，“去吧，别让人给欺负了。”

栗锦高高兴兴地走了，一走出大门，脸上的神情立刻就冷了下来。

她踩着高跟鞋，鞋跟磕在地面上发出清脆的声音，一步步朝着外面走去。

“你们放开我！我是栗家的二小姐，我爸爸最疼爱我了，你们这样对我就不怕……”

“住手。”栗锦老远就听见了李淡淡的喊声，她让保镖停下之后，笑着看向李淡淡。

“你们先去那边等等，好了我会叫你们的。”栗锦让保镖们退开，这才认认真真地开始打量这个继妹。

栗锦眼底的光一点点地灭掉，沉寂如一潭死水一样的眼仿佛一个巨大的旋涡，要将李淡淡整个人都吸扯进去。

“好久不见啊……李淡淡！”

栗锦听见自己的声音从胸腔里发出，沉闷有力，像是闷在梅雨天的一块臭肉腐烂发酵，那让人作呕的气味缠绕在她的胸口，让她时时刻刻不得轻松。

“你发的什么疯，栗锦，你是疯了……”

栗锦上前一步直接两只手抓住了李淡淡的衣领，她的脸贴近李淡淡的脸。

被栗锦一双黑沉沉的眼睛盯住，李淡淡浑身僵硬。

栗锦漂亮的指甲在李淡淡的脸上缓缓划过，看着在自己手下不断颤抖的李淡淡，声音更添几分亲密：“我亲爱的妹妹，你欠我的东西，从现在开始我会一一讨回来。”

她轻笑一声，松开了手，李淡淡双腿一软跪倒在地上。

栗锦整理了一下自己的衣裳，冲着远处的保镖高声喊道：“你们把我妹妹送回去吧。”

她垂下眸，高跟鞋的鞋跟把李淡淡搭在自己裙边的手一把挑开。

“别让这个女人脏了我们家的地儿！”

这一句话铿锵有力，那几个保镖听了个清清楚楚。

而不远处在接电话的余千樊也听了个清清楚楚。

“千樊老师？”电话那边小心翼翼的声音带着几分讨好，“何晗资质是真的不错，要不您……”

电话那边的声音还没消停，那边裴天华冷着一张脸走了出来。

“千樊！”裴天华抓住了余千樊的胳膊，一本正经地道，“帮我个忙！”

余千樊直接挂了经纪人的电话，疑惑道：“怎么？”

“我外甥女好像很喜欢你，她一直都跟我不亲近，你陪我一起，去和我外甥女合个影！”裴天华想了想，很肯定地点头，“毕竟她最喜欢你了！”

## 5 她很虚伪

余千樊古怪地笑了一下，靠在旁边的一棵翠竹上，似笑非笑：“你确定？”

那个小姑娘看起来就不太像是会追星的人，刚才在李淡淡面前那可是充满了杀气。

正说着，栗锦走了过来。

裴天华立刻向栗锦招手：“锦儿，过来。”

“大舅舅？”栗锦迈步走过去，没走两步就看见了站在裴天华身后的人，她顿时愣住。

余千樊好像和她记忆里的那个人一样，一点儿都没变，过分完美的容貌，眼神里带着纯天然的骄傲，好像谁都不能被他放在眼中。

她永远忘不了那时她顶着栗家大小姐的身份带资进组，盛气凌人，野心勃勃地觉得自己一定能一举成名，谁知第一场就是和已经成了影帝的余千樊搭戏。

顶着烈日，余千樊当着所有人的面对她说：“哭不像哭，笑不像笑，你怎么混进这个剧组来的？”

自此，两人的梁子就结下了，而且也不知怎么的，她总觉得余千樊在默默地针对她，他对待别人是冷漠疏离，可对她总是话中有话。

所以她讨厌他，一见到他就习惯性地牙根儿发痒五脏起火。

此刻，栗锦站在余千樊面前，手指头不可控制地蜷缩了一下。

还好还好！

差点儿没忍住一巴掌呼上去。

余千樊见到栗锦，小姑娘脸颊还微微肿着，一双眼睛盯着他有几分戒备……戒备？

“锦儿，你刚才不是说喜欢余千樊吗？”裴天华拍拍栗锦的肩膀，“你小舅有什么靠谱的，看看大舅我，你喜欢的我都能给你找来。”

余千樊面无表情地看了裴天华一眼。

裴天华从口袋里掏出了一支笔，一张纸。

“来，给我外甥女签个名。”他把笔和纸张递到余千樊面前。

栗锦吃了一惊，她都不知道自己大舅居然和余千樊的关系这么好。

要知道余千樊之所以能在这种混乱的圈子里独善其身，归根究底还是因为背景强大，至少当时十个栗家这样的家族都撼动不了他。得知栗锦和余千樊不对付之后，栗亮也就是她那位渣爹曾经耳提面命让她不要得罪人家。

不过余千樊讨人厌归讨人厌，却从来没有用背后的势力来压制过她，她对栗亮的劝告也全都是左耳进右耳出，该撑还是撑，该惹还是惹。

记忆里余千樊其实和她还是有过一段缓和期的，那段时间他对她其实很不错，她甚至以为两人可以做朋友，直到后来她和何晗的恋情曝光之后，余千樊满脸阴沉地问她是不是瞎了眼。

当时她很喜欢何晗，直接和余千樊闹掰了，两人的关系更是恶化。

虽然她真的是瞎了眼没有错，但这并不影响她因为看见老冤家而感到牙痒痒！

“签……签名？”栗锦不敢置信地看着裴天华。

“对啊！”裴天华一脸“你放心舅舅懂”的神情，“我和千樊认识很多年了。放心吧，你如果真的喜欢千樊演的戏，这点忙舅舅还是能帮的。”

余千樊拿着纸和笔，饶有兴趣地看着栗锦。

“可我觉得栗小姐好像并不是很想要啊。”余千樊嘴角微弯，漂亮的眼尾上挑。

栗锦最讨厌的就是他这副神情。

栗锦默默深吸了两口气，心中劝解自己，刚才说了喜欢他，这会儿不能崩，不然大舅舅该误会了。

她脸上的戒备一寸寸散开："对，我最喜欢您了，能给我签个名吗？"她笑得像个单纯的小公主。

余千樊手上的笔转动了两下，唰唰就写好了自己的名字，单手递给了她。

"谢谢。"栗锦下一句就想说"那就不打扰你了我走了"，可惜这句话还没有冒出来，人就被大舅往余千樊那边按了按。

"来来，舅舅给你们拍一张照片。"

裴天华不断地给栗锦打眼色，他还不知道栗锦挑选的专业是表演专业。

"难得见一面，以后就没有这么好的机会了。"

余千樊似笑非笑地垂眼看着栗锦。

不就是演戏吗？栗锦忍了忍，站在余千樊身边，冲着镜头笑得甜甜的。

"咔嚓"一声，这好像还是他们两辈子第一张合照。

以前的余千樊甚至都不想和她同框。

当然，她也一样。

想到这里，栗锦心中还挺复杂的。

三人一起往宴会大厅那边慢悠悠地走去。

走到一半，栗锦看了眼余千樊，笑着停住了脚步："舅舅，你们先进去吧，我在外面坐会儿。"

"等会儿切蛋糕你再进来。"裴天华摸摸栗锦的脑袋，觉得今天的小外甥女真的是非常暖心。

栗锦点头，乖巧得不得了。

余千樊回头看了她一眼，栗锦也勉强回以微笑。

好不容易等两人走进去了，栗锦转身笑容就淡下来，她往人少的地方走过去，手上还拿着那张签名。

余千樊刚才挂断了经纪人的电话，这会儿经纪人又锲而不舍地打了过来。

他皱紧眉头，拿着手机从大厅里出来，一边往僻静的地方走一边按下接听键。

"我说了我不带新人。"余千樊的声音已经极度不耐烦了，刚才眉梢之中还带着点笑意到现在已经尽数消失了，"别再给我打电话了。"

"千樊老师您就帮帮忙吧。"那边经纪人都快急哭了，哪个经纪人像他这么憋屈的，好歹也是金牌经纪人，可他真的不敢招惹余千樊，毕竟余千樊不仅自己是当红全能偶像，还是最年轻的影帝，就连对方家族背后的势力也让人望而生畏。

余千樊视线落在一片苍翠的树木上，冷不丁儿在远处垃圾桶旁看见了栗锦。

她手上拿着的正是他给出去的签名。

栗锦盯着那张签名，脸上带着意味深长的笑意。

他看见栗锦翻了个白眼，单手将签名揉成了一团，手腕一翻，那签名就直接掉进了垃圾桶。

余千樊忍不住发出了一声轻笑声。

“千樊老师？”那边经纪人头皮都要炸开了，“您怎么了？”怎么好好的还笑了呢？这是嘲讽他呢？

“那个叫何晗的听话吗？”余千樊突然改了话，“带他也不是不可以。”

“真的？”经纪人喜出望外。

“嗯。”余千樊的视线牢牢地落在栗锦身上，“不过前提是，让他告诉我，栗家的栗锦和他是什么关系。一句也不要隐瞒，关于栗锦的事情，全都告诉我！”

## 6 再见情敌

余千樊挂断电话后再看过去，栗锦已经不在那里了。

裴天华出来喊人。

“千樊，你愣在那里干什么？”

裴天华走出来，看着余千樊奇怪地说：“你不是这次来找我爸爸还有事情吗？”

余千樊想到刚才自己看见的小姑娘,笑了笑说:“不用了,已经没事了。”

话音一落，他的手机振动，上面发过来的信息一闪而过。

母上：“臭小子，你要是敢在裴老生日会上把你和裴家的娃娃亲给退了试试看！”

余千樊按熄手机。

“天华，我先走了。”他整理领带，一双桃花眼看向栗锦离开的方向，嘴角微勾，笑容浅淡却惊艳，“你还是快点回去看看你的外甥女比较好。”

裴天华一愣，随后脸色难看起来，快步回了大厅。

在楼上的房间外，他果然看见裴安焦急地站在门外。

“怎么样了？”裴天华皱眉，“你怎么不跟着进去？”

“爸赶我出来的。”裴安也急，“刚才那李淡淡说的真的假的？爸一直都期待锦儿能成为一代画家，她是有天分的，可惜了……”

“可惜什么啊！”

裴天华自己就是开娱乐公司的，无所谓道：“锦儿喜欢什么咱们当然要全力支持！”

房间里，裴老爷子面色难看，但应该离心脏病发是有段距离的。

“李淡淡说的都是真的？”裴老爷子声音沉沉地问，他并不是完全不相信李淡淡的话，只是首先想到的是维护自家外孙女。

栗锦垂着头，心底酸涩涌出。此刻站在这里，这样安静地和外公面对面，关于以前的羞愧快要冲破她的身躯出来叫嚣她的罪恶。

“扑通”一声，栗锦跪了下来。

“外公。”她声音都哑了。

“你和你妈可真像啊……”裴苍海看着栗锦，最终还是无奈地叹了一口气，“你们都固执，你要选择演艺圈，那就去，但别想让我认同你。我不会给你任何的资助。”

栗锦抬手擦眼泪，她没有脸要裴老爷子的资助。

她只希望这一次她的外公能开心地过完下半生，她要好好地弥补他。

“你走吧。”裴苍海撇过脸，难过得眉梢都在抽搐，脸上却还要做出无所谓的神情，“等你想通了，我才会继续见你。”

栗锦给他磕了三个头。

“外公您保重身体。”她顿了顿，挤出一个笑容，眼泪还挂在她长长的眼睫毛上，“外公，祝您生日快乐。”

裴苍海没有回头。

栗锦红着眼睛走出去就被裴安和裴天华堵着了。

“锦儿，老头子没欺负你吧？”裴安满脸紧张。

“锦儿，大舅支持你去娱乐圈，来大舅的公司！”裴天华拍胸膛，冲着门后的裴苍海故意大声道，“有自家人在难不成还会被欺负了不成？老头子就是咸吃萝卜淡操心！”

里面传出了裴苍海跺拐杖的声音，眼看他就要忍不住冲出来骂人，栗锦赶紧拽着两个舅舅走了。

“锦儿，你先搬出来。”裴安一锤定音，“栗家有那个李淡淡你住着也堵心，小舅帮你找房子。”

最好是能让栗锦回裴家来住，但以裴老爷子此刻的心情这事儿铁定不行。

但这两人却不知道此刻正在“气头上”的裴老爷子正整个人贴在门上，怎么听不见锦儿的声音了？

两个蠢货！

和锦儿说个话都要转移阵地？

到楼下去他老人家还怎么听墙脚呢？

不用小舅说栗锦也打算从栗家搬出来，她如今可没空和那一窝蛇虫鼠蚁浪费时间，况且如今要扳倒栗家还是有些困难，她要先提升自己的实力！

经过上一世的经验，栗锦知道，只有自己强大到了一定的程度，才会让别人不敢动你！

“小舅，房子麻烦你帮我找个保密性好点的，钱我自己会出的。”栗锦并不打算全靠大舅和小舅。

说实话，她真的没这么大的脸。

这一世她想做的是弥补而非索取。

“但是我想加入大舅的公司。”栗锦认真地看着裴天华。

她相信自己的实力，她会成为天华娱乐的那一根顶梁柱！

她隐约记得天华娱乐之后会出现一些严重的事情……她要帮助大舅挺过那些难关。

栗锦走出避暑山庄的时候，觉得整个世界都变得明亮起来。

从此以后……天高任鸟飞，海阔凭鱼跃！

正深呼吸着，手机猛地振动起来，她看见来电显示就先笑了。

“喂，宁小檬？”

“好消息好消息！栗子锦！”那边传来她最铁的闺密宁檬兴奋的声音，“我给你捡了一个大便宜，你快过来！”

“什么？”栗锦一愣，记忆里这个时候正好是裴苍海倒下，周围乱成一团的时候，她在惊恐之中并没有接到这通电话。

“就我现在跟着的这个剧组，有个角色空出来了！虽然没什么戏份但是绝对惊艳，原本请的那个女明星摆腕儿要求加戏，导演直接让人滚蛋，临时找人呢，我可是帮你打了包票这个角色适合你的，你快过来！”

宁檬现在跟着的这个剧组栗锦还记得。

大爆 IP 电影《倾城》。

栗锦二话不说直接打车奔了过去。

一到剧组，栗锦就先感觉到了里面冷凝的气氛。

宁檬早早地就在外面等着她，见到她就开始滔滔不绝：“我告诉你栗子锦，那个摆腕儿的女星可还没走呢！就等着我能拉到什么‘宝贝’来！你等会儿试镜可千万要给我争气啊。”

栗锦点头。

一走进去，她就先笑了。

此刻冷着一张脸坐在凳子上的女人也冲她投来了视线。

太阳毒辣，那女人的小助理给她撑着伞，小助理自己却暴露在太阳下，唇色都发白了，应该是中暑了，拿着伞的手微微发抖。

“晃什么？”

那女人反手就打了一巴掌在小助理肩膀上，把小助理打得一哆嗦。

“连伞都撑不好！”

见栗锦盯着那边视线动都不动一下，宁檬奇怪地问：“你认识她？”

认识！

怎么不认识？

是记忆里从出道就开始斗的“情敌”方子雨啊！

栗锦永远都记得栗家败落的时候，方子雨神情轻狂地甩在她脸上的那一巴掌，至今想起来右脸还火辣辣地疼！

## 7 这是我的主场

“人到了？”导演也憋着一口气呢，见栗锦来了先在她脸上看了一眼。

这一眼，他就愣住了。

这一次栗锦要试镜的角色是《倾城》这部电影里男主曾经的白月光，白月光是被人害死的，算是那种串联整个电影的关键角色，哪怕只出现了两三个镜头。

那是男主对白月光的回忆，就一个要求，就是“美”。

方子雨是新出道的女团成员，和栗锦年纪差不多。

不过方子雨成绩不行，考不上国内好的戏剧学院，就去国外的大学挂了一个学籍。

方子雨也是属于相貌凌厉的美人，可她这么一站在栗锦身边，怎么看着方子雨就觉得土气了呢？

栗锦的脸用如今的话来说就是“高级美”，一眼就抓住了人的眼球，并且让人记忆深刻。

“好！”洛导演第一眼就十分满意，至少从外形上栗锦比方子雨更适

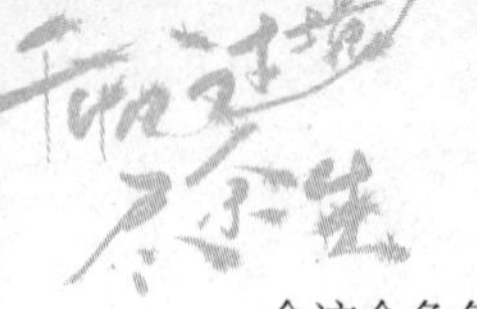

合这个角色。

方子雨看清栗锦样子的时候脸扭曲了一下，但很快她又笑起来：“这种新人能不能行啊？副导演，你可别把什么阿猫阿狗都招进来。”

“我的朋友肯定不和某些人一样，没什么实力还摆谱。”宁檬翻了个白眼挤对，她可不怕这些什么女团成员，况且她还是这部戏的副导演。

宁檬家里的条件本就不输给栗家，没必要看方子雨一个小有名气的偶像的脸色。

“行啊，那我们就看看她吧。”方子雨冷笑一声坐定了，反正栗锦这种菜鸟绝对驾驭不了，难不成以为拍戏只要会对着镜头笑就成了？等这个新人露怯了，导演还不是得乖乖地按照自己说的给加戏?

是的！方子雨是想让导演和编剧给自己加戏。其实很多唱跳出身的女偶像进军影视圈之前都会选择一些大制作的重要龙套先露个脸，这样转型才不会太突兀。

但方子雨的野心远不止这两三个镜头。

协商不下还惹恼了导演和编剧。

行啊！你不演有的是人要演!

导演一气之下就说要换人，但这会儿导演心里也是又气又没底，趁着栗锦去上妆的时候，赶紧拉了宁檬问。

“你放心吧！”

宁檬还是很了解栗锦的，虽然有点小姐脾气，但对演戏是热爱并且有天赋的。

“我这朋友啊灵气十足，就是有点一根筋。”宁檬叹气，不然也不会苦苦追着何晗那坏小子，家里一窝蛇精要算计她也看不清楚。

宁檬觉得自己真的是操碎了心。

“出来了。”

等了大概半个小时，穿着一身繁复古裙的栗锦从化妆间走出来。

栗锦要面试的这个角色叫白离，男主是少年将军，她是自幼和男主定下婚约的尚书之女。服装是纯白色的，但白色想要拍出让人一眼铭记的效果其实是很难的，不如红裙青衣之类的效果更好。

但是此刻冲着他们一步步走来的栗锦却打破了他们对白裙的偏见。

洛导的眼睛里猛地爆发出亮光，宁檬知道那是他极度满意的时候才会出现的表情。

而另一边等着看好戏的方子雨猛地拽紧了自己的裙边，漂亮的脸蛋狰狞扭曲，要不是墨镜遮掉了一半，此刻她整张脸肯定很丑。

阳光下，栗锦的皮肤白得像是要发光，穿上这身衣裳，她的眼神变得沉静而内敛，一步一动，脚下生莲。

此刻站在他们面前的不是栗锦，她就是尚书之女，饱读诗书的大家闺秀白离。

烈日也折损不了她通身的气质，那是久经高位才能有的自信。

白离……她内敛，但骨子里是骄傲的。

“好！好！”一直没出声的编剧突然拍着手掌站起来，“这就是我要的白离！这才是！”他十分激动，当场敲定，“你！就是你了！白离的镜头不多咱们赶紧拍了先，抓住感觉啊……你叫什么来着？”

“栗锦。”宁檬很激动，“她叫栗锦。”

“子雨姐，我们走吧。”小助理被烈日晒得摇摇欲坠，又看方子雨的神情巨难看，小声地劝，“下个行程要来不及……”

话没说完，小助理就被方子雨一把推开，摔倒在地，蹭破了手。

“我是老板还是你是老板啊？我坐会儿怎么了？”方子雨神情阴冷，直接把气都撒在了小助理身上，“再多话就给我收拾东西滚回你的老家去。我倒是要看看！这个让大家都赞不绝口的小新人有多大的能耐！”

洛导他们将剧本给了栗锦，摄像头已经准备就位了。

“小锦啊，这场戏你要表现出对少将的不舍，却又不能阻拦他去保家卫国的情怀，有点难，等会儿能哭出来吗？”编剧和导演一块儿给栗锦讲戏。

栗锦年纪小，也不过才成年，过一个月后才上大学，小姑娘嘛，总是更招人喜欢点。

栗锦点头：“明白了！”洛导拍拍栗锦的肩膀，他可没指望栗锦能一次就拍好。

这一场要演得抓人眼球，从而让观众开始对“白离”这个人物有印象才行。

“准备……开始！”

而就在“开始”两个字落下的时候，众人惊讶地发现栗锦已经完全地入戏了。

一个连专业课都还没上过的行业新人居然入戏了？

这一场是男主的回忆，只有“白离”一个人入镜，只见她那双漂亮到凌厉的眼睛此刻盛满了水光，那双眼睛会说话，而众人仿佛看见了此刻“白离”面前站的就是那位即将出征的少将。

“此去山高路远，将军务必珍重。”栗锦吐字清晰，却又有说不清的担忧，“将军可别忘了，你与我约好的事情。”

说到后半句，栗锦的脸上突然露出了一个笑容，那笑容绝美让人难以割舍，而眼眶里的泪仿佛是精准到了点上，在她笑开的那一刻，悄然落下，没入嘴角再不见踪影。

“待我房前杜鹃开，将军就归来。”

她是难过的，但她不会让她深爱的人为她牵肠挂肚，于是她给了他一个笑，唯有眼泪不听话，倾诉了少女不安又缠绵的心。

洛导死死地捏住了手上的剧本。

完美！演绎得太完美了！

他心里的那个小人都要乐疯了，这是捡到了什么宝贝？

最后一句……点睛之笔，栗锦可千万不能把这口气给泄了啊！

方子雨牙齿都咬痛了，但她的眼睛却凝在栗锦的身上移不开，所有人都不自觉地被栗锦的表演吸引。

下一刻，得到了将军允诺的栗锦粲然一笑，往后退一步，眸光流露出几分少女的骄傲狡黠。

“若是将军不能守诺，那我就红盖头一挂，另嫁他人！”

她大大的眼睛弯成了两道月牙。

“好！卡！”洛导十分激动，“完美啊小锦！”

栗锦冲着众人一笑，这一刻她才觉得是真正活过来了。

只要站在这里，只要在镜头前面，她就是当之无愧的中心！

# 第二章
# 明星的岁月

## 1 当众挖墙脚

一圈人围着栗锦夸赞个不停。

方子雨这会儿是真的气得七窍生烟。

栗锦去换妆的时候，方子雨直接跟了进来。化妆师吓了一跳，目光频繁地在两人身上游移。

“栗锦是吧，我记住你了！”方子雨一手撑在栗锦的靠背上，冷眼盯着镜子里的栗锦，“敢从前辈手上抢饭吃，你胆子挺大的啊！”

化妆师悄悄地退出去了，这两人一个是副导演的朋友，一个是流量偶像，她可一个都招惹不起。

栗锦熟练地给自己摘耳环，透过镜子看了方子雨一眼：“前辈这话可就说笑了。干咱们这一行的，吃的就是大锅饭，哪里来的抢饭这一说？”

方子雨怒极，伸手就要去拉栗锦的衣领：“你一个新人，前辈说你你就给我受着。我还教训不了你了是吧，看我今天不打死你。”她在这个圈子背后爱动手是出了名的，只不过那是后期被曝光之后，现在她背后的人可帮她藏得严严实实的。

方子雨的手被栗锦猛地抓住，栗锦挑眉。

“你敢还手？”方子雨难以置信地哼笑了一声，另一只手就要跟着上去，“前辈打你你就乖乖站着，不然我保证你以后绝对得不到半点资源！”

栗锦反手就将方子雨推倒在地，桌上的东西被方子雨连带着摔下去不少，栗锦声音阴冷且不屑：“方子雨，你敢动我一下试试？”

方子雨不敢置信，声音突然尖锐起来：“栗锦，你敢推我！”

里面噼里啪啦的动静一下子就让外面的人看了过来。

“里面在闹腾什么？”洛导本来和编剧在讨论栗锦刚才拍摄的画面，听见这动静眉头一皱火气就上来了。

“方子雨和栗锦在里面。”化妆师皱着眉头说。

“方子雨还没走？”洛导眼睛一瞪，“快去把人给我弄出来。剧组是她家啊，她还有脸在这儿呢。”

有了栗锦的对比，洛导可算是烦透了方子雨，让几个后勤人员去把方子雨拉出来。

“小锦会不会被欺负？”宁檬心里咯噔一声就要冲进去。下一刻，发型都摔乱了的方子雨被人扶着走出来，栗锦倒是好好地跟在后面。

“栗锦你不怕死啊！”

方子雨冲着栗锦恶狠狠地说，那眼神恨不得把她活剥了一样：“洛导，你就让一个这么不敬重前辈的人来你的剧组？”

洛导才不稀罕搭理方子雨，之前他挑中方子雨不仅是因为她背后的人出了点力，还是因为她也算流量明星，就算演技不够好吧，也总算能达到出场的时候让人一眼记住的这个要求。

至少年轻人基本上认识她。

不过现在没必要了。

“小锦过来，我给你讲讲后面的那几个场景。”编剧把栗锦叫了过去，也是想让栗锦不要和方子雨直接性地对上。

栗锦扫视了一圈，能看出这个剧组的氛围果然不错，难怪当年《倾城》能大火。

不过当年白离这个角色也不是方子雨出演的，而是换了另一个新人，表演得只能说是中规中矩。

“子雨姐……”小助理手上的伤口已经自己包好了，这会儿要来拉方子雨离开。

方子雨一把甩开他，冷冷地说：“你被开除了，滚！死杵在这儿一点用都没有，我在里面被人欺负了都不知道滚进来！”

小助理当场就蒙了。

“不、不，子雨姐你别不要我。”他急了，“要是失去这份工作我就要回老家了，我不能……”

“喂！”栗锦看了一眼小助理，“我这边缺一个助理，跟着我怎么样？”

正在喝水的宁檬被呛住了。

洛导意味深长地看了栗锦一眼，原本以为这姑娘就是个普通背景，但这么明面上和方子雨对上，看来也不得了！

“好啊！”方子雨被气笑了，“我不要的垃圾你要就拿去！”

说完这句话，她手机响起来。

看见来电显示的那一刻，方子雨脸上的怒容一瞬间就消散了，变化速度之快看得人目瞪口呆。

“喂，何晗哥哥吗？我已经在路上了，马上就到，不会耽误行程的。”方子雨的声音温柔得能掐出水来。

栗锦听到那名字，心底就像是被一根刺狠狠地刺了一下，连呼吸都变得灼热起来。

如果说以前她听见方子雨对着何晗撒娇是满心妒忌的话，那她现在就是沉沉的恨意，一点点地积压在她的胸腔。

方子雨踩着高跟鞋匆匆走了，和上一世一样，这辈子她依然喜欢何晗喜欢到发疯，到后面甚至不惜为了何晗得罪自己背后的大老板。

“你、你说的是真的吗？”小助理见方子雨果然没有带上他的意思，讪讪地问栗锦，“你真的愿意收下我吗？我文化水平不高，也没上过大学……”

“跑腿会吧？”栗锦打断他的话。

他点点头。

“帮忙拿行李会吧？”

他用力点头。

“杂事会吧？”

他更努力地点头。

“那不就行了，你就做你力所能及的事情就好，我又不指望你给我写论文。”栗锦一笑，眼底的光都碎开，“你叫什么？”

“郎世涛！”

“你先回去吧，等我消息通知你上班。”

郎世涛给了栗锦自己的电话号码，然后乐呵呵地走了。

宁檬捅了栗锦一肘子：“你疯了吧，去接手方子雨的人？”

“他很不错的。”栗锦笑了，“一个小助理而已，省得我去找了。”

混他们这个圈子的人，周围的人都得找可靠的，不然随时随地泄露他们的秘密。

本来艺人就是容易被夸张化的，身边的人再不给力那就真的完蛋了。

而且……栗锦看着郎世涛的背影，勾唇笑。

在她的记忆里郎世涛是真的不错，后来方子雨垮了的时候，几乎是众叛亲离，只有郎世涛还一直跟着方子雨，尊敬方子雨，只不过后面也没有得到什么好对待就是了。

方子雨那种人是不知道感恩的。

今日要不是她来，方子雨也不至于迁怒郎世涛，蝴蝶效应惹下的因果，她收拾一下残局也没什么。

“哟！”

旁边的洛导突然叫了一声，高兴地从自己的位置上站起来，看着开过来的一辆车笑了。

“大忙人怎么有空来我这儿？探谁的班啊？”

栗锦诧异地看过去，眉头立刻就拧成了一团麻花。

高挑的身影从车上下来，衬衣勾勒出他漂亮的腰身弧线。

周围的女工作人员不由自主地屏气瞪大双眼看过去，还有的想拿出手机又生生地忍住了。

余千樊？

他怎么会过来？

## 2 栗锦被人给黑了？

余千樊看见栗锦的那一刻着实错愕了一瞬，小姑娘今天穿了白长裙，发髻也很适合她，在太阳底下更是白到发光。

不过，他也没错过栗锦见到他时那一闪而过的错愕和厌烦。

厌烦？

他们两个之前也没结怨吧？还是说栗锦已经知道两家有娃娃亲的事情了？

“千樊，来来来，大忙人啊。”洛导招呼他坐下来，“你来了也正好，给我看看这群小家伙演得怎么样。”

洛导全名洛世初，当年余千樊的出道作品就是在洛导手下问世的，算是伯乐了。

哪怕余千樊在圈子里是出了名的高冷，但对洛世初他还是十分敬重的。

“有洛导在，挑选的一定都是很优秀的人，我看不看都不重要。”余千樊笑了笑，在洛导旁边坐下了。

这次的《倾城》除了男女主都是老戏骨，其他的全都是新人演员，他们见到余千樊都激动得说不出话来。

余千樊本身就是童星，背后家世在这个圈子里也是没人敢招惹的硬气，况且去年二十四岁的时候就斩获了影帝的称号，可谓近十年来最年轻的影帝了。

“千樊，我和你说，今天我可挖了一个很不错的苗子。”洛导一边说，一边朝着栗锦那边示意，“看见没，那小姑娘，下一场还是她的戏，你可要好好地看看了。”

余千樊对自己的要求出了名地高，对别人也是，洛导哪怕知道他这脾气，还是忍不住地吹栗锦：“就这小姑娘这年纪，你十九二十的时候演技说不定还比不过她。”

“哦？”余千樊看着在一旁上妆的栗锦，一双桃花眼弯起，单手拧开一瓶饮料瓶，“那我倒是要好好看看了。”

下一场不再是栗锦的独角戏，是一台多人戏。

依旧是男主对她的回忆，却是因为那一仗输了，敌国打进了皇城，“白离”家破人亡之后在城墙上的绝命一跃。

第二个镜头，也是最后一个镜头。

《倾城》本质上就是一部复仇剧，男主痛失所爱为爱征战的故事，其中又穿插了家国大义，爱恨厌憎，是一部十分大气苍凉的作品，制作也良心，也难怪会爆火。

而“白离”作为男主复仇的缘由，可谓是十分重要的“配角”，演好了绝对能给观众带来深刻的印象。

饰演男主少年时期角色的是个和栗锦差不多年纪的男孩，叫作向阳，他本来演技还是可以的，但一感觉到自己的偶像余千樊正在看着他就紧张得浑身出汗。

“准备……开始！”洛导声音一出，群演就开始四处尖叫流窜，狼烟四起，一片灰沉沉的雾气里，栗锦脚步僵硬地迈上了高高的城墙，她眼睛里看不到一丝的光亮。

余千樊两手交叠放在了膝盖上，他看戏的时候喜欢盯着别人的眼睛。

栗锦的眼神实在太到位了，他看见的就是一个失去家人故土的女人的眼神。

此刻敌军攻城，“白离”一家都被杀了，脚下是到处逃窜的人，她整个人失魂落魄，就像被抽干了力气一样，唯有手上紧紧地拽着一朵盛开的杜鹃花，好像要用尽她全身的力气。

“将军，你骗我……”

她对着灰茫茫的天际绝望地笑起来，那笑拽紧了下面人的心。

所有人都跟着入戏了。

“向阳入。”

少年将军其实没死，他在这时赶回来了，可一赶回来就看见自己挚爱的人跳下城楼死在自己面前。

“不！”向阳声嘶力竭地喊了一声。

“卡卡卡！”洛导直接砸了手上的剧本，“你这是杀鸡呢？会不会演戏？”

旁边的工作人员叹了一口气。

多好的一幕啊，就被这一声破音的吼叫给毁了。

余千樊直接皱紧了眉头，好戏被毁是让所有演员都恼火的事情。

他转而看向城墙上的栗锦，宁檬去将她接了回来。

栗锦入戏快出戏也快，根本就不像是一个新人。

栗锦也不是全然不在乎余千樊，一出戏她就忍不住往城墙下看去，和余千樊的视线正好来了个面对面。

栗锦一下收回了目光，速度之快让余千樊肯定了一件事情。

那就是这个丫头真的讨厌他！

可是为什么？

余千樊轻笑出声，巴结他讨好他的人很多，像栗锦这样避之唯恐不及的还是第一次碰到。

“向阳的补拍，栗锦你休息一下。”洛导是真的喜欢刚才栗锦演的那一幕，只能把向阳逮出来批斗，“你小子给我好好演，别看见余千樊就紧张，出息！”

洛导可是出了名地暴躁，向阳只能拼命点头。

栗锦走下来，本来想绕着余千樊走，可偏偏走到他身边的时候，他直接站起来拦住了她的路。

“不认识我了？”余千樊低头看着这个迅速切换成假笑模式的小姑娘，饶有兴趣地问，“才见过呢。”

周围的人都诧异地将视线投过来。

栗锦和余千樊认识？

又是副导演的朋友，这小姑娘背景可以啊！

“余老师你好。”栗锦乖乖地打招呼，心里已经把余千樊骂了个狗血喷头，这路这么宽非得来打个招呼啊？

记忆中余千樊见到她就是针尖对麦芒，她重来一次这人还换性子了？

其实也是因为当时的她不懂事，确实挺讨人厌的，再加上她一开始演技不行，大小姐脾气，为人还猖狂。

但这些都不是栗锦和余千樊在这辈子化干戈为玉帛的理由！

她决定还是讨厌他。

当然，在心底暗暗地讨厌就好了。

“你戏演得不错。”余千樊罕见地露出了几分笑容，“打算去你舅舅名下的娱乐公司？”

“是的。”栗锦一边回答，一边在心底翻了一个大白眼。

记忆里他对自己说的第一句话就是抨击她的演技，啧！

不行！越想越生气！

余千樊皱眉，栗锦满身都散发出“想离开你”的气息，他还是能察觉到的。

正打算再说些什么，旁边的宁檬突然惊呼出声。

“导演！我家栗锦被方子雨那个女人给黑了！”

## 3 你们要的真相

宁檬把手机递过来给栗锦看。

原来是方子雨自己回去之后越想越生气，干脆就在微博上卖惨了。

方子雨：“现在的新人真是了不得了，我也不是非要争那个角色呢，不过也就两个镜头，但我怎么都没想到有些新人的脾气会那么大，前辈说一句就能动手打人。”

下面还配上了一张手臂擦伤的照片，栗锦一看就知道那伤口是假的。

方子雨可是好好地走出去的。

方子雨选秀综艺出身，本就是流量偶像，选秀出来的粉丝都是出了名的耐撕，一见自家小公主受委屈了，还被新人给打了，“小雨滴”们立刻就开启了嘴喷模式。

爱子雨的小迷妹：“心疼我妹妹！”

反蓝：“姐妹们，快查！到底是哪个吃了熊心豹子胆的菜鸡！”

小仙女就是我：“姐妹们已经找到了，看我微博置顶！”

栗锦点进那人的微博，发现自己的照片被挂在上面，正好是和宁檬说说笑笑的那段。

这个小仙女自称是剧组里面的“内部人员”，将内幕说得是一波三折:

“大家好，我本人是方子雨的小粉丝，知道方子雨要加入《倾城》剧组的时候我真是开心疯了，但是我万万没想到我们家子雨在进入剧组后居然会受这么大的气！下图这个新人女演员名字叫作栗锦，是个空降演员，本来说好已经是子雨的角色，就因为她是副导演的朋友，角色直接就被这么抢了，子雨姐没了角色，但仍然很敬业地等在剧组，如果这个叫作栗锦的新人不适合角色，她想和导演商量着能不能继续由她来，毕竟粉丝们也都期待着她出现在荧幕上，但是万万没想到就这一待，子雨就被欺负了，剧组里的人将她带出来的时候她连路都走不稳了。

“当时化妆间只有她们两个人，发生了什么想必看这条微博的姐妹们也是心中有数了。

“顺便说一句，剧组对栗锦并没有半分谴责，可怜我子雨就那样离开了！是非对错我们心中有数，子雨尊重剧组前辈才没有当场将事情闹大，但我们小雨滴不会善罢甘休的！”

栗锦一目十行地看下来，不得不说这熟悉的配方，绝对不是什么“内部人员”，不过就是一个打着“内部”名号的营销号罢了。

她作为圈内人很清楚，可心疼自家爱豆的粉丝们早就被怒火冲昏了头脑——

“栗锦是吧？嚣张是吧？你敢出现在屏幕上试试看！”

“剧组的人都是干吗呢？欺负我家子雨没有背景？”

“栗锦滚出娱乐圈！”

“有没有深扒大佬人肉一下这个叫栗锦的女人啊？”

“就是！把她的祖宗十八代都挖出来，让她好好做人！”

“不用多说，栗锦一生黑就完事儿了。”

“那个叫作栗锦的拿我子雨炒作呢吧？臭不要脸！”

甚至有不少人直接跑到了导演的微博底下去，洛导和编剧一点开就是一溜儿的队形——请给小雨滴们一个交代！

喊得那叫一个正义凛然。

洛导气得直接扣下了手机。

“方子雨是什么东西！”

编剧也是一脸阴郁，他和洛导都是出了名的推金手，其他艺人就算知道他们不喜欢自己也不会上赶着去找不自在，可谁知道就碰上方子雨这种傻乎乎的人凑上来。

余千樊上网看了一眼，“新人栗锦”“方子雨被欺负”“《倾城》剧组”这三条明晃晃地挂在了热搜上，还显眼地标了一个“爆”字。

他转身看栗锦。

他问：“你的经纪人呢？”

“还没来得及配。”栗锦神情倒是不慌乱，这种小伎俩她见得多了。

正愁没法儿打响知名度呢，方子雨那傻子倒是用自己的钱买了热搜帮她打响了知名度。

“你舅舅还不知道这事儿吧？”听小姑娘连经纪人都没有，余千樊直接皱起了眉头，裴天华这人动作也太慢了点，“那你打算怎么办？”

余千樊嘴角带笑。

他等着小姑娘来请他帮忙，第一次演戏，又是遇到这种流量撕人，他就不信栗锦不害怕。

他脾气虽然不好，但栗锦有天分，又是自家故交，最关键的是他对她这反常的态度有那么一点兴趣，要是换个人，他绝对不会去管，爱谁谁！

但是他想错了，栗锦就算求人帮忙，也绝对不会求到“老冤家”头上。

她直接走到了洛导和编剧的身边，说：“洛导，这件事情如果我们不反击的话，那这个哑巴亏我们就吃定了，对剧组的名声也不好。”

洛导当然知道，他摁着自己的眉心：“你等着，我先让官博发一张你们两个定妆照的对比。”

洛导想的是用实力碾压，一开始他们不要方子雨就是因为她戏不好还偏偏要求加戏。

“定妆照当然要，还有更重要的一点。”栗锦脸上露出几分笑容，直接从内袋里掏出了一支黑色的录音笔，“之前在化妆间里发生的事情，我可是都录下来了！”

整个剧组都安静了。

编剧一下子就从凳子上跳起来，眼神发亮地看着栗锦：“你还留着这一手呢？”老练得压根儿不像新人。

倒是洛导皱眉：“录音由我们剧组这边出面，你出面太得罪人。”

如果真的有录音就能随便放，那娱乐圈还不乱套了。

方子雨猖狂是有她猖狂的道理的。

她出道之后就跟了个大老板，是“天逸集团”的老总，被她哄得团团转，资源更是不要命地给她砸。

“怕她干吗？”宁檬直接反驳了导演的话，“我们栗子可不怕她！”

不说栗家现在还是很叫得出名字的，光是她背后那两个舅舅就能碾压十个“天逸集团”了！

栗锦自己也点头，不过她没想靠着舅舅，她是真的不怕方子雨这女人。

这些手段都是当年她玩剩下的了。

有了把柄在手里，剧组就一点儿都不慌了。栗锦也飞快地给自己注册了一个微博账号，她直接 @ 方子雨，一字一句地打下内容——

“@ 方子雨，@ 方子雨后援会，我就是栗锦本人，你们要的真相我给你们！”

重活一世，她栗锦绝对不受任何人的威胁和委屈！

## 4 余千樊的小姑娘

这会儿热搜还挂着，一瞬间无数“好心人”指路，栗锦微博上的粉丝瞬间破千。

再一刷已经轻易破万，并且还有在持续上升的趋势。

不过评论都不怎么友好——

“糊穿地心的小演员洗什么洗？”

“一生黑不解释。”

“求放过我子雨好吗？请让我们家子雨独自美丽，少碰瓷谢谢您！”

剧组所有人都在等着栗锦站出去打脸，可等了又等，却看见栗锦自顾自地坐下休息了。

“那什么栗锦？”洛导疑惑，“你做什么呢？”

“让她们再骂会儿。”栗锦脸不红心不跳，“免费的流量我为什么不要？”

洛导：“……”为什么你一个新人演员对这些套路都这么熟悉？

余千樊看了栗锦一眼，他单手托腮，长腿交叠一派悠闲，只是坐着就是一道风景线，不少人都悄悄地掏出手机拍照。

栗锦一边喝饮料，一边转过身。

又来了！又来了！

当时余千樊就喜欢这样盯着她看。

只不过当时她都是避开他的视线的，至于现在……她将饮料往桌子上一放，直接回看了过去。

她又没做对不起余千樊的事情，避什么？

但是栗锦没有估算好两人之间的距离，一转眼她直接撞进了一双幽深如墨的眼睛里，里面是层层叠叠的光影，只可惜疏离多清冷重，可越是这样就越让人想看看他那双眼睛笑起来该是多好看。

余千樊的粉丝群里非常出名的一句话就是——谁能让余千樊笑，谁就是千粉的朋友了！

栗锦清楚地听见了自己的心跳声，像急促的鼓声，连绵不断。

叮咚！

突如其来的短信声让栗锦被吸进去的魂瞬间归位。

她故作淡定地移开视线，在自己内心狠狠地跺了下脚，没出息啊！怎么就看出神了？

当时她眼里只有一个何晗，这辈子就算不盯着何晗了也不能找余千樊吧？

“栗锦。”余千樊突然喊了一声，声音清冷。

“干吗？”栗锦心中警惕。

余千樊看着面前不知怎么就奓毛了的小姑娘，她眼圈红红的，是刚才的妆容没有卸干净，看起来倒像是被人欺负了一样。也有点像被摸了尾巴的猫，神情是委屈的，身姿却高傲。

“你天华舅舅让我带你上综艺。”余千樊晃了晃自己的手机，“你回去准备一下，他应该会给你安排经纪人。”

“综艺？”栗锦猛地从位置上站了起来，反应比知道方子雨黑她的时候还要大，她声音微微拔高，“和你一起？”

剧组的不少人都看了过来。

余千樊两手搭在一起，靠在椅背上似笑非笑：“不高兴？”他那双如墨的眼睛定在栗锦身上，“难道你之前说是我的粉丝都是骗人的？”

他像是一眼就要看进她的心里。

“怎么会。”栗锦掐着掌心坐了下来，“我是太惊讶了。”她露出“栗锦式”假笑，“能和偶像一起上节目有点不敢相信。”

余千樊听了她这话，笑了笑不置可否。

刚说完，裴天华那边就来消息了。

裴天华：“小锦儿，舅舅给你安排了一个综艺，先让千樊带你去刷刷脸，走日常向的综艺。”

那档综艺叫《明星的岁月》，是最近很火的日常向，这档综艺的粉丝也十分温和，作为新人的栗锦上这档节目确实很合适。

只是和余千樊一起……

栗锦深深地皱着眉头，她怕自己一不留神就在镜头前破功对余千樊呛声起来了。

那时她的粉丝和余千樊的粉丝都已经习惯他们两个互掐了。

余千樊一直在欣赏栗锦的变脸，觉得这丫头有点意思。

他随手一刷微博，果然方子雨的那件事发酵得越发厉害了——

“子雨宝宝抱抱不哭，雨滴在呢！”

“我家姐姐好可怜，公司不作为，姐姐只有我们了。”

“栗锦呢？不是说要给一个真相？”

“什么真相，就是放屁！”

“栗锦滚出来。”

后面还有一些更难听的话，余千樊忍不住皱了眉头。

“怎么，”洛导从后面走上来，看见他手机上关于栗锦的界面，笑着说，“想提携一下后辈？”

洛导拍拍余千樊的肩膀：“栗锦是个好苗子，你不是和她认识吗？能帮就帮一下呗。”

余千樊抬眼看向他：“可她看起来不像是想要我帮忙的样子。”

洛导捧腹大笑起来：“哟！你这是傲上了？人家小姑娘害羞呗，刚才人家还说是你的粉丝，就当是粉丝福利了。”

余千樊似乎对这句话很满意，嘴角难得地上翘，过于立体深邃的五官整个都柔和了起来。

洛导看愣了，下意识地说：“难怪我家闺女会成为你的脑残粉呢……”

余千樊的笑，用“勾魂夺魄”四个字来形容也不为过。

“把栗锦的定妆照发上去，等会儿我转发。”

余千樊心情不错，连经纪人不断发消息催他回去都没有觉得很烦躁。

栗锦还陷在要和余千樊一起上综艺的烦恼之中，完全没注意《倾城》的官博发了自己的定妆照。

《倾城》剧组：“@方子雨粉丝后援会，@方子雨，我们从来不搞特殊化和区别对待，对一个剧组来说，只有合适的演员和不合适的演员。”

下面分别放了两人的图。

一张是栗锦的，一张是方子雨的，方子雨的是一开始就有的，栗锦的反倒没有精修过。

无论亮度还是精致度栗锦那张都差一些，但是——

“哇！这是什么神仙小姐姐？”

“我是来吃瓜的！却被栗锦的颜值秀了一脸。”

“纯路人代表，这个叫栗锦的太漂亮了吧？很能打啊！”

“单独看方子雨还觉得挺好看的呢，但是和栗锦这张没修过的照片放一块怎么看怎么土气呢？”

“方子雨这是用 PS 都拯救不了的土气吗？笑死我了！”

照片里栗锦的神情、仪态，甩了方子雨那矫揉造作的摆拍不知道多少倍。

这还要归功于记忆里那个栗锦在被余千樊抨了古装仪态不好看之后咬牙学了一整年的仪态。

用当初教导过她的老师的话来说，如果真的将仪态融入了骨子里，一举一动都是画报，压根儿无须摆拍，最自然的样子就是最美丽的。

冷不丁儿地，栗锦就吸引了一拨颜粉。

方子雨正在敷面膜，看见这些人的评论刚做的鼻子都要气歪了。

“那群傻粉丝在干什么呢！”她直接砸了手机，“没用的东西！”

刚说完这话，旁边投下一片阴影。

一个穿着阳光的年轻男人坐在了旁边的位置上，工作人员立刻给他上妆。

他看了一眼方子雨甩出来的手机，上面点开的图片里，栗锦笑容恬静之中带着丝丝缕缕的悲伤。

他手指一顿。

“怎么了何晗老师？”旁边的化妆师近距离看着他的脸都觉得帅到窒息了。

何晗眉梢一动，笑着说：“没什么。”

……

剧组里，余千樊手指一动，万年不更博的界面上多出了一条消息。

余千樊：“去探班，遇到了一位很有潜力的小姑娘 @栗锦”

他想了想还觉得不够，又转发了栗锦的定妆照。

下一刻，热搜上方子雨的名字迅速地被挤了下去。

热搜第一：余千樊的小姑娘【爆】

## 5 这感觉糟透了

三分钟后，大批的千粉拥入微博，吃瓜群众也拥入微博。

“哎？微博瘫痪了？”

宁檬刚想登上去看看情况，就发现微博卡且闪退。

栗锦被这么一喊才想起自己还没手撕方子雨。

结果登录不上?

“就为了方子雨那点事情？”栗锦想了想方子雨的影响力，很快就否定了自己，“不可能！”

又等了两分钟，微博终于恢复正常了。

栗锦第一眼就看见了微博热搜。

“？？？”

是她眼花了?

什么叫作“余千樊的小姑娘”。

余千樊谈恋爱了？不对啊！她记得他明明没有啊？谁那么倒霉?

栗锦一点进去，脸上的表情就逐渐僵硬了。

她的照片挂在余千樊的微博下面!

栗锦手指颤动，点开了评论——

“我是眼瞎了吗？”

“男神你是被盗号了吗？”

“儿子长大了，知道拱白菜（？）了！妈妈很欣慰。”

“什么情况？这是千樊第一次发单人的微博。”

“不，我不信！我老公没有谈恋爱我不信！”

“这个叫栗锦的什么情况？和方子雨那件事情还没解决清楚呢。”

余千樊的粉丝一共分成三拨，他是童星出道，所以最老的那一批都是妈妈粉，到了少年时期饰演邻家弟弟一炮而红多了很多姐姐粉，现在已经戏路宽阔到什么戏都能演了，每一个角色都帅得人挪不开眼睛，又来了一大批的女友粉。

妈妈粉们觉得他可以谈恋爱了，姐姐粉保持中立，女友粉……女友粉已经撕到了栗锦的微博来。

栗锦眼看着自己的微博下面画风从“坏女人”变成了“你快告诉我你们没关系”“不行这门婚事我不同意”!

什么偶像出什么粉，余千樊的粉丝可谓是娱乐圈纪律最严明的粉丝了，毕竟老粉都有一定的年纪了，在粉丝群里如果嘴巴不干净，那老粉们分分钟教你做人。

但如果因为这样就觉得余千樊粉丝的战斗力不强那就太天真了！

打个比方，方子雨的粉丝翻来覆去都是那些粗俗的话，但是余千樊的粉丝能一个脏字儿不带地骂到你心肌梗死，不仅显得对家很没道理还粗俗，还擅长追着“教导”，势必要把对余千樊不利的一切源头摁死在坟墓里。

很快，女友粉们嗷嗷地叫完就有一些大粉出面了——

“大家不要激动，带后辈而已。”

“我们家千樊带的后辈，不说别的，至少演技和人品我看是稳了。”

“嗯，坐等后续，这一波我站栗锦了！”

不得不说，余千樊的粉丝一冲进来后，栗锦微博下的评论明显变得好看起来，千粉们坚定地认为偶像八百年都难得一护的人人品绝对没问题。

至于偶像和栗锦的事情……吃完瓜之后再说也不迟，而且八字都没一撇的事情用不着太上纲上线。

千粉们都是陪伴余千樊经历过大风大浪的，这点小事算个啥！

“热搜标题害人！”

“栗锦看起来挺小的吧？高中生？大学生？”

“说好的打脸证据呢？”

栗锦刷完评论，深深地看了旁边的余千樊一眼。

余千樊似乎并不觉得自己这随手一转能引起多大的轰动，靠在椅子上半阖着眼睛。他的睫毛比栗锦的还要长，投下一片浅浅的阴影。

栗锦轻轻叹了一口气，她从来都只知道怎么撑余千樊，却不知道欠了他的人情该怎么还。

“不管了。”栗锦估算着时间也差不多了，直接将音频放上了微博。

栗锦：“你们要的真相。”

点开音频，里面两人的声音清晰可见。

入耳就是方子雨那完全不同于平常温柔的声音，而是带着尖锐刻薄冲向众人的耳膜。

“栗锦是吧，我记住你了！敢从前辈手上抢饭吃，你胆子挺大的啊！”

后面是栗锦的声音，比起方子雨的暴躁，她就显得平静很多，不卑不亢。

“前辈这话可就说笑了。干咱们这一行吃的就是大锅饭，哪里来的抢饭这一说？”

后面紧跟着就是衣料摩擦的声音，显然是谁动手了。

粉丝们紧张地等待着，难道就是这里？栗锦打了方子雨？

虽说方子雨一开始说话是冲了点，但是栗锦也不至于动手吧?

很快，一道更尖锐的声音响起来，却不是栗锦的——

“你一个新人，前辈说你你就给我受着。我还教训不了你了是吧，看我今天不打死你。”

这话一出，“雨滴”们的心都凉透了。

声音里那个歇斯底里的女人真的是他们的子雨吗？而且一看就是方子雨要先动手打人!

很快就传来了动手的声音，像是起了争执，大家都觉得心脏被揪紧了，却不是担心方子雨这个“受害者”。

他们开始担心栗锦了，栗锦不会被方子雨打了吧?

叮叮当当!

是东西碎裂的声音，还有方子雨惊讶却中气十足的一句：“你居然敢推我？”

音频戛然而止，为这场方子雨自导自演的闹剧画上了一个句号。

方子雨就像是一个堵住船上漏洞的人，现在堵洞的布被撕扯开，失望和谩骂如同水流一样涌进她的微博。

“我真是瞎了眼粉了你这个人！”

“小雨滴们呢？难不成是都被石锤砸死了？”

“方子雨居然还出来卖惨？”

“只能她打别人是吧？多大脸啊？”

“我开始心疼这个叫栗锦的妹妹了。”

“心疼栗锦 +1。”

之前这些人为了方子雨骂栗锦骂得有多狠，现在察觉自己被愚弄之后回踩得就有多凶猛。

一时间沦陷的立刻变成了方子雨的微博。

栗锦就看着自己微博上的粉丝一口气破了十万。

还有不少人私信她给她道歉的。

更有千粉在她微博底下留言。

“看吧，我们千樊力挺的小姑娘肯定不错。”

“栗锦妹妹要记得谢谢我们千樊啊。”

栗锦关掉了手机，站起身又看了余千樊一眼。

他像是这两天睡得很少，只这么一会儿就睡熟了。

他呼吸声浅浅，和他这个人一样，透着一股子疏离味儿。

余千樊是浅眠，凳子硌得他不舒服，突然脸上感受到一阵凉意，他睁开眼，正好一滴冷饮杯上的水珠流下来落在他鼻尖。

露水在发光。

透过这层浅光，他看见了栗锦拿着冷饮杯游移的视线。

“千樊老师，谢谢你了，”栗锦弯起了眉，和之前的假笑不一样，余千樊在她眼睛里看见了自己，“在微博上帮我说话。”

莫名地，被吵醒的郁气在一点点散开。

余千樊接过冷饮，笑了一声：“嗯。”

栗锦指尖发麻，她和余千樊从来都没有这样相处过，这种感觉……

“叮”的一声。

余千樊的手机亮起来，栗锦下意识地看过去。

经纪人：“千樊老师，那何晗下一次就和你一起去《明星的岁月》了，劳烦您多照顾一下了啊。”

栗锦脸上的笑容逐渐散去。

这种感觉……真是糟糕透顶了！

## 6 我其实很全能

两人刚才那温和的气氛在一瞬间就消失了。

栗锦又挂上了她那标志性的假笑。

余千樊一口冷饮下去，盯着她脸上变幻的表情问：“你怎么了？”

栗锦笑得很假：“没怎么，千樊老师你慢慢喝，有什么需要告诉我。”

得了，找机会把人情还完了就好了，果然她和余千樊永远都不可能成为朋友。

余千樊皱紧了眉头，刚才还觉得好喝的冷饮一下子没了味道。他猛地将冷饮重重地撴在桌子上，“啪”的一声让正在给男主讲戏的洛导都看了过来。

“你这是怎么了？”

“谁知道她又怎么了。”余千樊神情冰冷，眼神不愉。

洛导看了一眼栗锦离开的方向，笑了一声：“咳！我当是什么事情呢，别人小姑娘，你就不能包容着点？”

洛导是很了解余千樊脾气的人，拍拍余千樊的肩膀说：“你不要整天板着脸，有些小姑娘会觉得害怕的。”

余千樊看向栗锦。

那丫头会害怕他?

呵!

他可不这么认为。

他闭上眼睛休息，心里觉得莫名堵得慌。

下一刻手机响起来，是陌生的电话，他皱眉接起来。

那边是一道清朗的声音:“您好,千樊老师,我是何晗。”声音彬彬有礼。

余千樊冷漠地应了一声。

那边何晗站在河边，他看向远处拍摄用的稻田，不明白为什么余千樊会对栗锦的事情有兴趣，但能搭上余千樊这条线的话，这点小事他不介意说一说。

“您是问我和栗锦的关系吗？”何晗还没来得及看微博，栗锦不就是栗家那个一直追着他的女孩吗？高中的时候和他是同学，一直追着他跑，长得倒是不错。

“栗锦是我的高中同学。”何晗在心里估算着余千樊想听的话，想了想说，“我和她没什么交集，不过她向我告白过，应该是喜欢我……”

说这话时，何晗的语气里透出丝丝的优越感。

被栗家的小公主这么追逐着，只要是男人都会有成就感的。

想起栗家，何晗的眉眼弯起一瞬，还想说点什么，对面却突然传来了“嘟嘟嘟”的忙音。

余千樊挂了?

何晗的脸色立刻就沉了下来。

余千樊脸色无比阴沉地挂了电话。

他深深地看了一眼栗锦的方向，告白？何晗?

凳子被拉开发出刺耳的声音，周围的人纷纷看了过来。

男神这是怎么了？这么大的火气?

余千樊抓了栗锦送给他的冷饮转身就走。

宁檬和栗锦离得这么远都能感觉到余千樊身上散发出来的冰冷气息。

“男神怎么啦？”宁檬看着他离开，“谁这么厉害能让男神生这么大的气啊？”

栗锦挑眉：“厉害？”

宁檬叼着吸管，震惊地问：“你不知道吗？余千樊是圈子里出了名的从容，他那高冷劲儿就压根儿不是人设！”

想起余千樊那通身的气质和脸，宁檬不由得舔了舔嘴角。

“余千樊啊，那就是真正的目中无人、高岭之花，知道吧？”

目中无人是个贬义词，但放在余千樊身上却没有了贬义。

他是真的没有将其他人放在眼中，没人能让他很高兴，也没人能让他很生气。

偏偏他的那些粉丝觉得这样更带劲儿。

“谁知道他生谁的气呢。”栗锦冷笑了一声，“我看他十天里有九天都在生气！”

后半句话栗锦是放心里说的，但确实以前他们两个就是这样的相处模式。

余千樊就是天天在生她的气！

有毛病！

“对了，你不是要上那个综艺吗？”宁檬突然反应过来，“到时候是男神带你啊！”她同情地看着栗锦，“不行啊栗子锦，那些公司塞给余千樊带的女明星都被喷得很惨啊！”

比如某女星借着递东西碰了一下余千樊的手，被粉丝喷了整整一个月。又譬如某女星在走红毯的时候往余千樊旁边靠了靠，当天她从头到脚就被粉丝们批得一无是处。

栗锦从容地笑了笑：“我当然知道。”她拍拍宁檬的肩膀，准备去拍最后一场，“放心吧，等上节目的时候姐姐给你演示一下什么叫作出神入化的求生欲。”

宁檬莫名就被这番话给征服了。

最后一场戏也很顺利，洛导和编剧自然都很满意，走的时候栗锦还加上了两人的微信，有的时候，这个圈子人脉比脸要重要。

刚离开剧组，裴安那边就打电话过来了。

“小锦儿，舅舅给你找好了房子，也给你找了新的经纪人。”

“经纪人？”栗锦吃了一惊，“可是大舅舅……”

“是我朋友，她也在你大舅舅的手下，王黎听说过吗？”裴安的声音带着几分笑意，“等会儿她会打你电话，让她来接你，顺便带你去新房子看看。”

王黎啊？

栗锦当然认识，听见这个名字也忍不住地嘴角上扬。

王黎可是天华娱乐的真正王牌经纪人，她带出了三个人，每一个都是如今圈子里泰山北斗一般的人物。

带出优秀艺人的经纪人其实不少，但像王黎这样的，二十三岁的时候就能把三十岁的“老扑街”带成后来的三金影帝，你能想象吗?

“王黎不是不带新人了吗？”栗锦声音带上了几分雀跃。

“嗯哼。”裴安的声音逐渐远去，那边像是信号不好，“你小舅自然有自己的办法。”

挂断和小舅的电话，很快王黎的电话就打了过来。

那边是一道干练的女声，开口就是：“我是王黎，你是栗锦吧？给我你的方位，然后坐着不要动等我十分钟！”

栗锦乖乖地报了自己的位置。

结果五分钟之后，王黎的车一个急刹停在了她面前。

车窗摇下来，她见到了一张可爱的娃娃脸，娃娃脸上架着墨镜看着冷萌冷萌的。

没错!

王黎……一个三十二岁的女人，却长着二十三岁的脸。

栗锦麻溜地上车，王黎本来就是一个高效率的人，直接接手栗锦做的第一件事情就是和她讨论行程。

“明天你有个综艺，我听说余千樊带着你。”王黎目不斜视地问，“对余千樊带你这件事情，你怎么想的？”

栗锦想也不想，回道：“保持距离！”

“我听说和你撕得轰轰烈烈的方子雨明天也作为飞行嘉宾参加，你怎么想？”

栗锦挑眉：“不介意再撕一波。”

“偶像，谐星，实力派演员，选一个你未来的方向。”

栗锦再度弯唇。

“我全能！”

王黎手一顿，在飞快的一问一答里露出了第一个笑容。

“嗯！乖孩子！”

# 第三章
# 特别关照

## 1 装给谁看呢

只两三句话，栗锦就觉得自己和王黎很合拍。

她不需要那种太会给艺人来事儿的经纪人。

栗锦自己有实力，她不需要靠某些“捷径”来取得荣耀。

王黎带着栗锦来到了裴安给她找好的公寓里面。

“天空花园”是裴安手下的产业，安全性很高，裴天华公司的一些艺人就是住在这边的，还有很多和裴家熟识的企业家也会选择在这边住。

“你小舅说了，你要是敢提租金的事情他就不认你这个外甥女了。”王黎随身带着电脑，在栗锦参观房子的时候就开始“啪啪啪”地敲着键盘处理事情了。

因为艺人是不常住家里的，所以裴安也没有给她弄很浮夸的房子，只是一个非常精致的套间。

栗锦推开一道门，看清楚里面的东西之后愣住了。

风吹开窗帘，扑进满室的阳光，书桌上摆满了颜料，画架和画笔一应俱全。

专属于她的画室。

栗锦露出笑容，舅舅怎么知道她还是希望以后能继续画画的?

栗锦拿起画笔，颜料的香气丝丝缕缕钻进她的鼻翼里。

一段潜伏着的记忆从她脑海里一下子跳出来。

那个女人总是安静地坐在画架前，拿着画笔面无表情地看着她。

“锦儿，你今天的画要是画不好，明天就不要去游乐园了。”

大概是今天的阳光太温暖，连记忆里那冰冷到令她小时候频频厌恶的声音都变得温柔起来。

那个女人喜欢穿米白色的长裙，身上总是带着颜料的香气。

栗锦在满室的阳光里蹲下来，抚摸桌子上的颜料。

“妈妈……”

“栗锦。”王黎在外面叫她，“综艺的官博圈你了，你回应一下。”

栗锦连忙打开手机，果然看见《明星的岁月》@了她。

“@栗锦 @何晗 @余千樊 @方子雨,欢迎明天我们的四位飞行嘉宾。”

余千樊的号召力就不说了，官博明晃晃地把栗锦圈在最前面，蹭晚上热搜的意图简直不要太明显。

底下的评论瞬间暴涨——

“栗锦？？？是我想的那个栗锦吗？”

“这就过分了啊！说是没人捧我才不信！”

“综艺见人品啊，不过方子雨没被封杀？”

“方子雨手动狗带！”

“男神上综艺？怎么都是新人呢？不会又让我男神带新人吧？”

关于栗锦的消息也就几条，很快就被闻风赶来的千粉给占据了。

毕竟曾经就发生过女新人上赶着去贴着余千樊蹭热度的情况。

当时千粉连带着余千樊的公司一块儿撕了一波，规模强度直接震惊了整个粉圈，那三个女新人更是直接销声匿迹了。

不过现在这三个新人里面也就栗锦没有什么粉丝基础。

方子雨好歹还有一拨脑残粉，至于那个音频，粉丝坚定地认为是伪造的。

而何晗就更不必说了，如今当红的流量小生，粉丝已经自成规模。

“别看见新人就说蹭你家热度好吗？我们何晗弟弟未来可期！”

“何晗冲呀！姐姐挺你！”

“弟弟不怕，姐姐们护着你。”

何晗的粉丝紧跟着立刻来控评，栗锦随意地看了一眼，眼中闪过一抹冷笑。

何晗是靠着偶像剧火起来的，后面更是往流量偶像的方向走，吃的就是一碗青春饭。

等他年纪越来越大了，就开始逐渐地走下坡路，直到后面被打上“没有实力”的标签。

“肚子饿了没？”王黎敲了敲房门，靠在门边看着她，“第一顿姐姐请你吃。”

栗锦眼神一亮。

然后就看见王黎打开了外卖订单。

栗锦：“……”

余千樊处理好自己那边的事情后，就一路开车回了家。

在外面看见门卫把一份外卖拦下来了，紧跟着一个穿着家居服的娃娃脸女人夹着人字拖走过来了。

“王黎？”余千樊疑惑，“她怎么会出现在这里？”

因为天色暗下来，王黎压根儿没有看见后面的余千樊，自顾自地上了楼，“嘭”的一声关上了门。

余千樊在门口看了一眼，揉了揉眉心：“对面住人了？”

他打开了同一层隔壁房子的门，心里想，看来是时候换个房子住了。

王黎吃完晚饭就走了。

栗锦走进画室，提起画笔之后想了想，开始动笔。

记忆里那些让她刻骨铭心的事情她一幕幕地都想画出来，为的就是永远记住这份彻骨的痛。

第二天一早，栗锦是被郎世涛的电话给吵醒的。

“栗锦老师，我来接你了！”郎世涛的声音里充满了活力还有感激。

栗锦从窗口看下去，果然看见了他提着早饭正在和自己招手。

“你等我一下。”栗锦对着手机说了一句。她站在衣橱前，里面是各种风格的衣服，裴安已经让人给她准备好了。

栗锦挑了一条简单的米色背带裤，衬得她看起来年纪更小，皮肤吹弹可破。

她给自己弄了两根麻花辫，不求抓眼，但是胜在舒服。

这场综艺可以说是她给观众的第一印象了，就像是烧菜一样，一开始加的盐多了那压根儿不能吃，淡淡地煮才可以持久地做下去。

在最嫩的年纪故作成熟，那是最愚蠢的事情。

栗锦跟车到了录制的地方，《明星的岁月》是在山清水秀的山村里拍摄的，里面有三位常驻嘉宾，都是娱乐圈里的老牌演员了。

“没想到你是第一个到的啊。”

小院子前，栗锦一下车就听见了爽朗的笑声。

赵让摇着大蒲扇从里面走出来，他的啤酒肚在背心的勾勒下越发明显。

“赵老师好。”栗锦乖乖地打招呼。

赵让自己已经有两个女儿了，这会儿见到栗锦，小姑娘穿得干干净净的，脸上还带着可爱的笑容，他就先满意了三分。

“来得真早啊。”

又有两个人从里面走出来，一个是已经过了三十岁的影后方晓闻，另一个也是老演员了，演技功底扎实，在娱乐圈人脉很广，叫莫林宇。

“栗锦对吧？”方晓闻冲她笑了笑，帮忙来提行李箱，靠近她身边的时候压低了声音提醒，“我们这都是直播式的录制。”

栗锦看见了后面纷纷开机的摄像，对方晓闻露出了一个感激的笑容。

“滴滴！”

身后突然传来汽车的声音，在宁静的小村庄显得尤其刺耳。

栗锦听见这声音冷笑了一声。

来的时候，她就提醒过郎世涛让他千万不要鸣喇叭，不然会显得刺耳又没礼貌。

毕竟现在才早上五点钟，很多人都还没起床。

保姆车缓缓停在众人面前，车门打开，一双亮晶晶的高跟鞋“啪”地落在泥地上，显得分外格格不入。

方晓闻当即就拉了脸色。

来村里穿高跟鞋?

装给谁看呢?

高跟鞋的主人露出脸来，满脚的泥水让方子雨的笑容僵硬了一下。

## 2 男神和鸡蛋饼

“这边都是什么路呀。”方子雨的抱怨声也都录进去了，“我的新鞋。”

这鞋是限量款的高定，有钱都买不到的。

方子雨一时之间心疼得不得了，也就忘记了这会儿已经开录了。

实时转播上的弹幕迅速地刷了一波嘲讽——

“方子雨是不是个傻的？”

“穿高跟鞋来农村？”

"不要看这个女人，来人，把这个女人叉出去！"

"栗锦看起来皮肤好好啊，想知道她平常都用什么护肤品。"

"真的，栗锦看起来年纪好小。"

方晓闻帮栗锦拿着行李箱，栗锦过意不去，方晓闻大大方方地笑道："没事儿，姐姐帮你，你还小呢。"

栗锦脸都红了。

这个……其实她心理年龄已经不小了。

赵让瞥了方子雨一眼，心情也很不爽，这条路还是之前他们三个人整理了很久的，不然走都不能走，方子雨一来就嫌弃上。

"走，小栗锦。"赵让拍拍栗锦的肩膀，"带你去看叔种的大萝卜。"

赵让的模样看起来就是憨厚的邻家叔叔，这样的举动也很符合他展现在大众面前的人设。

莫林宇本来是想要去帮方子雨提一下行李的，但是一见到方子雨那张黑沉沉的脸，顿时就不高兴了。

他们才是娱乐圈的老前辈，你一个三线小女星，没得作品只有泡沫一样的流量，摆脸子给谁看呢?

方子雨见他们三个居然都带着栗锦一个人走了，脸都要气歪了，但是一看到摄像机，又只能故作大气地笑了笑。

弹幕又是一阵"哈哈哈哈"刷屏——

"栗锦好受欢迎啊。"

"小姑娘长得可爱，笑得还甜，要我我也喜欢。悄悄地说一句，其实我是千樊的妈妈粉。"

"妈妈粉别走，今天妈妈粉们都想收一个小闺女了。"

有人喜欢，当然也有人不喜欢。

"别总是捧栗锦了好吧，一个小新人罢了。"

"可别把栗锦和我千粉扯一块，女友粉表示不接受！"

栗锦并不知道现在的弹幕上十条有九条都是和自己有关系的，相反曾经她的综艺秀的吸粉力一直都不好。

因为她当时的经纪人给她立了一个乖乖女的人设，和她自己真实的性格其实差很多。

她是在大家族长大的孩子，骨子里带着她自己的骄傲，然后就会频频在综艺里崩人设。所以这辈子栗锦并不打算委屈自己做什么人设，她就是她自己，这世上独一无二的栗锦!

“来，喝茶。”赵让给栗锦端来茶水。

栗锦说了一声“谢谢”，然后就开始从自己的大背包里掏东西。

“给！”

赵让刚把茶水放下，就被一块硕大的腊肉包盖住了脸。

“嘀！”赵让耸了耸鼻子，看着栗锦手上的腊肉，“这是你从家里带来的吗？”

生活类综艺，嘉宾们多多少少会带点小菜啊肉啊，为了显得更温暖，他们会说是家里人做的呀，是充满家乡的味道啊。

其实也未必都是家里人做的。

栗锦看了赵让一眼，露出了一个笑容。

“我家里人不做这些的，这是我从超市买的。柜台的那个姐姐说这个得煲汤，干炒会很咸。”

赵让：“……”这孩子的话都不太好接啊。

莫林宇也在旁边闷声笑，他是出了名地敢说，当即就道：“小栗锦，你这样就没有综艺感了啊，这种时候你就要说是你自己亲手做的，或者是家里人做的啊。”

栗锦诧异地看了莫林宇一眼。她是没想到莫林宇会这么说，这一眼“惊呆”真的不是演出来的。

“那……那我们再来一遍？”她皱着眉头看着摄像机。

正在刷碗的方晓闻大笑出声，屋子里都被栗锦这些话逗得其乐融融。

弹幕更是笑疯了——

“这孩子太实诚了。”

“这是一块温暖牌的超市腊肉哈哈哈。”

“超市腊肉怎么了？人家腊肉也是有尊严的哈哈哈哈。”

方子雨进来的时候看见的就是这一幕，可怜她拎着大包小包，搬了几趟才进来，一进来就看见赵让在拍栗锦的脑袋，方晓闻给栗锦剥橘子吃。

她看了一眼摄像机，故意抹了一下额头上的汗，做出一副气喘吁吁的样子，但还是咬牙一声不吭地搬东西。

她的粉丝们自然是心疼上了。

“栗锦没事吧，这都不去帮忙搬一下？”

“我看那些老前辈肯定是巴结栗锦，栗锦背后靠山谁啊这么了不起。”

“方晓闻他们也太区别对待了吧？心疼我子雨。”

栗锦当然不会去帮她，哪怕是做人设都不想去。

明明白白地讨厌你，就是这么清爽地来上综艺。

“外面好像有人来了。”方子雨正搬东西呢，看见面前停了两辆车，顿时兴奋地走出去。

车门打开，一身休闲装的何晗走下来。

何晗正是最好的年纪，整个人充满了阳光的味道，这次特意戴了一副平光镜，看起来斯斯文文很无害的样子。

栗锦隔着窗户看了一眼，手指悄悄地在桌子底下捏得泛白。

“何晗！”

方子雨和何晗是有过合作的，加上她又喜欢人家，见到何晗立刻就冲了过去。

“你也来这个节目啦，我和你说这边的路很难走呢。”

最后一个“呢”不自主就带出点娇憨。

何晗在心底厌恶，面上分毫不显，和方子雨说说笑笑的。

“小栗锦不去看看？”方晓闻叩了叩栗锦前面的桌子。

栗锦猛然回神，瞬间切换假笑模式。

“不了吧，我帮方姐你刷碗吧。”

她背过身，拿起没洗完的碗开始刷，背过身去，摄像机也拍不到她猛然阴沉下来的脸色。

“嘿。”赵让看到又一辆车过来了，“肯定是千樊来了。”他和余千樊合作过戏，“我都半年没见到他了。”

言语之间都是熟稔。

车缓缓停下来，何晗露出了最亲切的笑容，同时也不自觉地挺直了脊背。

不只是女人之间存在攀比，男星们之间也是一样的，同样是在镜头里，谁能一眼就抓住观众的心?

一双白色的短靴从里面迈出来，休闲衬衣黑白交织，将余千樊的腿衬得又长又直。

他头发也没有怎么打理，只是最简单的样子，扣子解开了两颗，露出单边漂亮的锁骨和锁骨上的小小旋涡。

他身上没有少年的阳光感，但所有人心里都产生了一种想法。

那种青涩的卫衣配不上这个男人。

所有的青涩在成熟男人的性感面前，压根儿不值一提。

“师兄。”何晗心里恨得要死，脸上却笑得好看。

余千樊看了他一眼，随意应了一声，转身从车里拿出一袋……鸡蛋饼?

他看着赵让问："栗锦来了吗?"

赵让呆愣愣地点头。

"这是她的鸡蛋饼。"余千樊面无表情地说，"她肯定没吃早饭。"

"？？？？？"弹幕飘过一排问号。

### 3 余千樊栗锦一家三口?

赵让都吃了一惊，余千樊知道自己现在在说什么吗?

赵让是这个节目的常驻嘉宾，他知道以余千樊的影响力自然是不怕什么，但是栗锦呢?

"哈哈哈——"赵让拍拍他的肩膀，"我想起来了，你之前就见过栗锦了吧?"

他想让两人搭上故交的关系，这样栗锦受到的攻击会少很多。

方子雨咬牙。

这可是余千樊啊。

纵然她满心扑在何晗身上，可见到余千樊这样的男人也难免会臆想一下。

余千樊是圈里公认的不能招惹，粉丝战斗力强悍就算了，他自己为人神秘，身家背景更是一个谜。

曾经余千樊还是个少年的时候就有那些不长眼的高层和老板动过心，结果呢?

第二天就出事了，高层被解职，老板公司遭遇危机。

如果余千樊这样的人喜欢自己，那该多好?

方子雨心中不甘，不由得多看了他两眼，想了想笑着说："正好我也还没吃早饭呢，能不能给我一半?"

何晗皱起了眉头。

方子雨这女人刚才还在他周围晃荡，余千樊一来就连自己站哪儿都不清楚了吧?

酸涩和不甘在何晗的胸腔里激荡。

栗锦这会儿正好刷完了碗擦着手走出来，一出来就撞上站在清晨阳光下的余千樊，他眉梢有浅光跳跃。

余千樊完全无视了方子雨的话，只冲着栗锦招了招手："过来。"

他连招手都比别人好看。

“你舅舅非要让我带给你的。”他拎起鸡蛋饼。虽然很不想承认，但栗锦觉得那双手应该是拿书的，拿漂亮精致的钢笔的，拿鸡蛋饼……有些怪怪的。

“我吃过了。”栗锦很乖巧地回答，“我助理给我买过了。”

余千樊神情一下子就淡了下去：“是吧，那就扔了吧。”

方子雨的脸色顿时就拉下去了，这什么意思？她刚才说了自己没吃早饭了吧，扔了都不给她吃？

栗锦隐晦地看了一眼摄像机，心里痛骂余千樊。

干什么啊？

给她找骂啊？

栗锦在心底长舒一口气，笑着说：“别呀，那还是给我吧，中午可以热一热。”

余千樊神情终于好看了一些，总算不是刚才那副要冻成冰碴子的感觉。

只是……

栗锦站在离余千樊老远的距离伸出手，弯腰都弯成了快九十度。

他们中间至少还能再站两个人！

余千樊冷笑一声。

这丫头什么意思？

不待见他？还是躲着他？

此刻的栗锦终于还是兑现了自己给王黎的承诺。

熊熊燃烧起来的求生欲都快灼烧出观众们的屏幕了。

弹幕在一瞬间寂静了一会儿，然后就是猛地爆发——

“哈哈！这是什么沙雕女孩？”

“哈哈哈哈这个求生欲。”

“千樊女友粉表示很满意，这个妹妹很让人上头啊。”

“栗锦：我就是给你们展示一下什么叫作我想活着，哈哈哈哈。”

“妈妈粉都要被逗笑了。”

栗锦万万想不到，她随心做的一件事情居然不像以前一样招黑，反倒让一群观众觉得这姑娘真逗。

女友粉们是不喜欢女明星紧靠着自己的偶像的，见栗锦这么上道，个个都觉得舒坦，这人吧一舒坦了看栗锦就觉得顺眼了。

“栗锦怎么了？”

“小姑娘还挺可爱啊。”

“好像刚高考完考上了A大的表演专业？哟，那还小着呢。”

“这姑娘真逗。”

诸如此类的想法不断地在弹幕上刷屏。

当然，“千粉”们也没忘记捋一波凑上去的方子雨——

“方子雨真的是在挑战我们千粉的耐心！”

“反面教材方子雨，希望所有女明星都能引以为戒。”

“方子雨还想吃鸡蛋饼？我老公拎过的鸡蛋饼是你能吃的吗？”

其实余千樊的态度真的是很差了，但是这么多年他对不熟的人都是这个态度，粉丝们从一开始的震惊谴责到后来逐渐被作品吸引。

对，我们哥哥就是这么疏离怎么了吧！

至少说明我们哥哥洁身自好！

娱乐圈这个地方乱得很，余千樊这样的态度就是不想沾染那些事情，千粉们自然是要支持的。

栗锦好好地把鸡蛋饼放在了桌子上，那姿态都快和上供一样了。

弹幕又是一阵“哈哈哈哈”。

栗锦的微博更是以三倍的速度在往上涨粉，只不过她自己不知道罢了。

“赵叔，方姐，我们接下来有什么要做的吗？”栗锦不让自己坐着休息，她也对自己定位很清楚，一个小新人，没有粉丝基础，那就勤快点。

大家都是坐在位置上的，何晗和方子雨都坐在栗锦的对面，方子雨紧紧地贴着何晗。

何晗的目光屡屡扫过栗锦，栗锦对他是直接无视。

何晗更不高兴了，怎么回事？

之前栗锦不都是一口一个“何晗哥哥”地跟在他身后的吗？

他刚到的时候还想过如果栗锦纠缠他的话他该怎么办，但是现在栗锦这样子倒是显得他自作多情一样。

一想到这个可能，一股子邪火就堵在了何晗的嗓子眼。

栗锦和何晗可是交往了快八年的，一见他这个样子，她就知道他在想什么了。

何晗压根儿不像他表现出来的这么阳光，小气又自私，恨不得全天下的人都喜欢他，自负又自傲。

她以前真是瞎了眼。

正想着，旁边有熟悉的气味笼罩下来，是草木海盐混合的气味。

栗锦一颗心提了起来。

余千樊坐在了栗锦的旁边。

栗锦在心里咆哮，明明旁边有单人座，你为什么不坐？余千樊，你是不是又犯病了？

这辈子栗锦就想着远离他、报仇和过自己的生活，对余千樊是忌惮更多，他一坐到身边，她不自觉地就浑身紧绷身体端正了起来。

余千樊只是随意这么一坐，没想到往旁边一看就发现栗锦两只手老老实实地放在了膝盖上，肩背挺得笔直。

连拍摄的导演都忍不住喷笑出声，他当众就调侃了：

“小栗锦你干吗呢？你要是胸口挂个红领巾都能去当优秀少先队员了，放松点，咱们千樊老师又不吃人。”

栗锦：“……”

余千樊似笑非笑，心底一口气沉着，尤其是看见栗锦那无奈的目光让他恨不得掐掐她的脸让她清醒点。

弹幕都快笑疯了——

“下面有请栗锦同学表演一个‘教导主任与我’！”

“这是什么宝藏女孩？我宣布以后栗锦就是我女儿了！”

“挺好的，我是千樊的女友粉，是栗锦的妈妈粉，一家三口正式成立！”

这档综艺本来就火，更有不少人和朋友安利或者发微博的。

刚起床迷迷糊糊的王黎习惯性的先刷微博热搜，一看就彻底清醒了。

今天的热搜是什么鬼？

“栗锦余千樊”“教导主任与我”“栗锦求生欲”“教科书式相处模式”“我栗锦余千樊一家三口”？

是她疯了吗？

## 4 我要你身败名裂

王黎赶紧点进去看，已经有网友整理好了集锦，她看着看着就笑了。

“真是个聪明的孩子。”

王黎满心舒畅地伸了个懒腰，风吹起窗帘，她看着满室的阳光。

她好像收了个不得了的新人，天生就该是吃这碗饭的，非常有分寸地知道自己该做什么事情。

王黎看着屏幕里的栗锦，笑着轻声低语：“小栗锦，这样是对的。”

栗锦是个很清楚自己想要什么的人，这是王黎对她的认知。

“来吧，咱们猜拳！”

院子里，赵让让栗锦他们四个飞行嘉宾猜拳：“咱们这里的钓鱼都是有传统的，必须比赛！”

“谁和谁一组用猜拳定胜负！”

方晓闻也在旁边起哄：“不许放水啊。”

栗锦活动手腕，还别说猜拳她从来没输过。

“小栗锦干劲很足啊。”方晓闻很喜欢这个小姑娘，主要她和洛世初洛导是好友，昨天洛导还和她提起栗锦的天赋，第一印象好了后面也不会差的。

“那是。”栗锦也不谦虚，随心说，“我猜拳从来没输过。”

少女脸上笑容明艳，弹幕忍不住就开始刷起来了——

“坐等打脸。”

“完了，我总觉得我女儿要被打脸了。”

四人伸出手，栗锦、方子雨是剪刀，余千樊何晗是布。

“哈哈哈！”赵让亢奋起来，“两位队长选人了啊选人了！”

“不要给队长打眼色，你想选谁就选谁，谁先选？”

“我！我先！”赵让的话一出口，方子雨忍不住就举了手。

旁边的导演扬唇，果然让方子雨也来是对的，虽然走的是日常向的综艺，但真的只能是日常的吗？那收视率怎么来？

该有的矛盾冲突点还是要有。

栗锦微笑着看方子雨，这蠢货！

这种选人的方式绝对是导演要求的，因为不论选谁都容易让观众挑出错，她还上赶着往前冲。

导演刷了一下手机上实时播放的弹幕，果不其然，千粉和何晗的粉丝都蠢蠢欲动——

“方子雨这太明显了吧？是不是冲着我何晗弟弟来的？”

“要是敢贴我们千樊身上我喷死她。”

导演看了一会儿，很是满意，一个综艺里面就要有聪明人有傻子，栗锦是个有观众缘的聪明人，方子雨……人家上赶着当傻子呢。

方子雨压根儿就想不到这么多。

她现在就想一雪前耻。

什么耻辱？当然是之前余千樊对她的漠视。

她对自己是有信心的，男人不论在外面装得多高冷，私底下不都是那个样子？

她不信有她方子雨拿不下来的男人！

况且如果真的能搭上余千樊，那可是抵得上十个何晗……

方子雨的目光又犹犹豫豫地往何晗身上飘。

何晗是她喜欢了很久的人，他会不会误会？

方子雨咬牙，余千樊和何晗她两个都想要！

“选吧子雨。”方晓闻脸上带着几分假笑，“大家都等着你呢。”她可不待见这个穿着小吊带踩着高跟鞋来上综艺的女人，一到这里什么活都不干，说会弄坏她新做的美甲。

呵呵！

“我选……千樊老师，您和我一组好吗？”方子雨生怕余千樊会拒绝她，又加上一句，“游戏规则就是这样的。”

余千樊整个人都透出满满的“我不耐烦”的气息。

他看了栗锦一眼，栗锦垂着眼睛，不知道在想什么。

“嗯。”

他清冷地应了一声，所以他才不喜欢来上综艺。

像方子雨这样赤裸裸的目光，明里暗里的试探他经历过太多。

不过栗锦……余千樊烦躁地碾了碾指尖，她不开口他总不能说我想和你一组，毕竟还在录制节目。

况且……他冷冷地看着旁边的何晗。

她真的喜欢何晗？

莫名地，余千樊就觉得今天一整天都不舒服。

“那栗锦就和我一组了。”何晗觉得自己被方子雨下了面子，转身就冲栗锦笑得灿烂，“栗锦妹妹，咱们要努力赢啊。”

栗锦垂着头，狠狠地掐了一把自己的掌心，下一刻再抬头，她笑容里掺了蜜糖一样。

“嗯，加油啊何晗哥哥。”

加油啊何晗哥哥。

好好地上综艺，好好地让我……看着你身败名裂。

怨气撕扯着栗锦浑身的血肉，但她多年的演技功底足以让她在一瞬间伪装好自己的表情。

弹幕上何晗的粉丝一下子就跳脚了——

“弟弟我不允许你对着她那么笑。”

“这个栗锦好有心计，之前还装得那么害怕余千樊，现在笑得那么甜是想要勾引我们弟弟吗？”

这千粉可就听不下去了，她们还想让栗锦和自家老公一组呢。

“我看‘寒气’们是想要挨骂吧？”

“寒气”就是何晗粉丝的自称。

“什么寒气，我就听出了满屏幕的‘酸气’。”

“我女儿还小，请你们不要乱带节奏！［嘲讽微笑］”

顿时弹幕上就掐起来了，不过因为只有小部分的“千粉”在战斗，所以两边居然还掐了个旗鼓相当！

余千樊移开视线，笑？笑得那么甜？

呵！

栗锦好像对钓鱼的兴致很高，她兴冲冲地选好了鱼竿，旁边的何晗神情有点隐晦的担忧，但很快就被他掩盖好了。

“何晗哥哥，我们走吧。”栗锦心里对何晗这么反常的原因都一清二楚，她脸上的笑容更甚了，“何晗哥哥，我还没钓过鱼呢，你钓过吗？”

何晗笑容一顿：“当然。”

他时不时地会在微博上凹人设，钓鱼这种看起来很清爽的活动他肯定是秀过的。

“那就太好了。”栗锦弯唇，摄像机拍不到的那部分眼底闪过一道锋锐的光芒，“等会儿就靠何晗哥哥了。”

何晗笑了笑，看见鱼塘的那一刻他背后还是惊出了一身冷汗。

“何晗哥哥你怎么了？身体不舒服？”栗锦追问，仿佛再普通不过的话，“你不会怕鱼吧？等会儿如果有大鱼我们两个一起捞好吗？”

何晗对外宣称是那种全能的“真男人”人设，他勉强笑了笑：“我怎么会怕鱼呢，不过这个鱼塘里不会有太大的鱼的，放心吧。”

栗锦点头，垂下脸的那一刻声音放得很轻。

“有你在……我肯定放心的。”

莫名地，何晗觉得背后一凉，就像是被什么突然苏醒的猛兽给盯上了一样。

5 栗锦她不会游泳？

很快，何晗就把这个莫名其妙的想法给甩出了自己的脑海。

栗锦让他帮自己上鱼饵，搬了个板凳坐在岸边。

钓鱼是一件需要耐心的事情，但显然旁边那一组的方子雨并没有耐心。

鱼塘旁边都是烂泥，她高跟鞋的后跟整个陷了进去。

方子雨咬唇，带着几分小心翼翼地看着面前的余千樊说："千樊老师，我的鞋跟没进去了，你能拉我一下吗？"

余千樊看了她一眼，神态可以说是十分冷漠。

"你抱着旁边的树就可以了。"余千樊熟练地给鱼上饵。

"扑通"一声鱼饵没入水塘里面，红白交织的浮标从水底下冒出来。

"可是我用不上劲儿啊。"方子雨心底都快骂死余千樊了，脸上做出为难的神情。她就不信在摄像机面前余千樊就真的一点都不介意，毕竟她也没做什么过分的事情吧。

"就拉我一把好吗？"方子雨又娇滴滴地喊了一句。

反正她今天是和余千樊绑在一起了，黑红也是红，方子雨从来都不是在乎这么多的人。

余千樊闻言侧身看了她一眼，他转过来就背对摄像机了，那一眼直接让方子雨钉在了原地。

他目光阴沉，看方子雨的目光就像是在看什么令他万分厌恶的东西。她觉得自己仿佛变成了地上一只蟑螂，阴沟里的臭老鼠。

弹幕更是疯狂刷屏——

"方子雨要是没别的想法我可不信。"

"余千樊也太傲了吧，让他拉子雨一把都不肯？"

"纯路人，有点心疼方子雨。"

"前面那个路人你过来我给你看个大宝贝（狗头）"

"方子雨这个鞋子真是让人无语。"

方子雨这边两人的气氛是冷凝到了极致，导演摇了摇头。

虽然不满余千樊的样子，但导演也不敢冲余千樊发难，只能把镜头切到了栗锦这边。

"今天的太阳很舒服吧？"何晗笑眯眯的，栗锦也时不时地会搭话。

就好像突然从北极到了温暖的南方。

弹幕上的吵架都变少了——

"我觉得我女儿和何晗挺搭的啊。"

“可别了，请让我们何晗弟弟独自美丽。”

“不要乱拉 CP 好吗？”

栗锦的目光紧紧地盯着水面上的鱼漂，旁边的何晗一直在聒噪地找话聊。

就是这个男人啊，栗锦侧目看着何晗在水面上的倒影。

她以为自己了解他，其实不然。

但是……该知道的一些事情，她还是知道的。

对着水面，栗锦弯唇，上面倒映出她过分冷静和冰冷的眸子。

那不是一个十九岁的小姑娘会有的眼神。

旁边的何晗也很高兴，他对栗锦对自己的态度很满意——栗锦果然还是很喜欢自己，之前避开余千樊肯定也是怕自己误会。

何晗在心底想着，看来下综艺之后还是要和栗锦说清楚，让她以后在镜头前面对自己的爱意不要表现得那么明显。

不然会拖累他的事业的。

“哎呀。”过了一刻，栗锦突然站起来，她盯着湖面上的鱼漂，兴奋地侧过头看了何晗一眼，那一刻她笑起来比清晨的初阳还要耀眼，“鱼儿上钩了呢。”

何晗被她这一笑晃了眼，她以前就这么好看的吗？

以前不过就是一个会追着自己跑的小丫头，说话也很肤浅，整个就是一个“恋爱脑”。

可现在她好像有点变了。

何晗心中微动，其实栗锦家的背景也不错，对自己会有帮助的，要是她真的那么喜欢自己，自己也不是不可以将就一下……

“啪！”

清脆的水声让他拉远的思绪瞬间回笼。

栗锦的鱼竿沉沉地弯了下去，仿佛不堪重负一样。

栗锦眼眸一亮：“我钓到啦。”

少女惊喜的声音传入众人的耳朵里，每一个人都能感受到她的喜悦，连观众都被这几分愉悦感染变得开心起来。

栗锦飞快地将那条鱼拉上来，居然有差不多四斤重的样子。

何晗的脸色有点苍白，但还是咬牙笑着。

栗锦弯腰捡起鱼，弯腰的那一刻她眼眸之中闪过异光，那一抹光被旁边正好看过来的余千樊给捕捉到。

余千樊皱起眉头，就看见栗锦突然抱着鱼转身猛地往何晗那边冲了过去。

“何晗哥哥，这鱼好大啊！我们一起抱着它来拍张照吧！给你掂掂？”说完，她直接将鱼以一种不容拒绝的速度递了过去。

高兴到笑容明媚的少女，和旁边青春阳光的少年分享这份喜悦。

导演满意地点点头，到时候重播的时候可以好好地渲染一下这一幕的后期。

栗锦眼尾扫到落脚的地方，她刻意站了一个离池面很近的地方。

散发着鱼腥味的鱼甩着尾巴落入了何晗的怀中。

何晗蒙了。

脑海里是幼年时他在海边潜水却有凶狠的小鲨鱼突然对着他冲过来的一幕，扑面而来的鱼腥味和海水的气味一下子就和现在怀里的鱼腥味夹杂在一起。

一瞬间，他竟然分不清是回忆还是现实。

他的唇色迅速苍白下去，额头上冒出大颗大颗的汗水。

下一秒，他的手早一步于他的脑子，猛地抬手将那鱼狠狠地推了出去。

他用力的那一瞬间仿佛看见了栗锦嘴角转瞬即逝的笑容。

好像一个噩梦的开端。

“啊！”

栗锦惊呼了一声，被他推得整个人往后倒去。

“嘭”的一声巨响，栗锦和那条鱼一起重重地砸进了水里。

导演一把摔了手上的手机，脱口而出：“何晗，你做什么呢！”

方子雨都一下子怔住，忘记冲余千樊卖弄风姿了。

水里，栗锦冒出又沉下去，浑身发抖，无助得让人觉得心里发颤。

众人看得心口一惊，她不会游泳！

“快、快救……”导演话还没喊出来，旁边又是“嘭”的一声。

谁入水了？

导演四处看了看，工作人员衣服才脱到一半呢！

那是……

“千樊老师！”

有人大喊了一声。

导演往水面一看，冷汗唰地就出来了。

余千樊为什么跳下去了？

余千樊距离栗锦并不远，他一把抓住了栗锦的手臂。

栗锦下意识地抱住了他的胳膊。

而余千樊的脑海里却闪过裴天华无意之中说过的一句话——

“我家小锦儿啊，那是游泳、钢琴、画画样样拿手……”

## 6 买点你妹妹喜欢的首饰

余千樊紧绷着一张脸，靠着岸将栗锦抱了上去。

水珠顺着余千樊的发梢滴落下来，栗锦紧紧地抱着余千樊，刚才她故意没游，不会游泳的人会下意识地抓住一切可以抓住的东西。

只是余千樊今天穿了衬衣，虽然不透肉，但湿了之后紧紧地贴在身上，她都能感受到他结实精致的肌肉和身上自带的草木气息。水塘里的水带着淡淡的腥味，和他身上的气息融合在一起，她的腰还被他的手臂牢牢地环着。

“轰”的一声，栗锦的脸通红通红的。

余千樊面色复杂地看着栗锦。

她会游泳……还抱自己抱得这么紧?

“拿毛巾过来。”余千樊还不至于拆穿小丫头的这点小心思，说话的时候，栗锦的脑袋是靠在他胸口处的，胸腔里震出男人好听又低哑的声音，她脸上越来越烫。

旁边的工作人员立刻递上大浴巾将两人裹了起来。

虽然是初秋，但水里还是冰冷的，栗锦的脸色微微发白，鼻尖涌上一阵阵的酸意。

“阿嚏！”

栗锦还没来得及开口说话就打了个重重的喷嚏。

余千樊看着栗锦，她头发都湿透了，不过好在是麻花辫也不会看起来太狼狈，小脸透白，整个人像是仓鼠一样缩在毛巾里。

“何晗，你怎么回事？”

导演几乎都能想象到弹幕上暴怒的样子。

栗锦一个人掉水里还可以控制，可现在连累余千樊一起掉水里了啊!

“我……”何晗的脸色几乎比栗锦和余千樊还要苍白，他耳边是“嗡嗡”的水声，“抱歉千樊老师。”

他下意识地看向余千樊，其实这一刻他压根儿不能思考得太多，下意识地就向地位最高的人先道歉了。

旁边的一个跟拍栗锦的工作人员撇了嘴，这什么玩意儿？

推的是栗锦，却向余千樊道歉？

工作人员下意识地刷了一下正在直播的节目，果然上面已经看不见人脸了，只有密密麻麻一条条的弹幕——

“何晗怎么回事？”

“何晗弟弟脸色好苍白啊。”

“不应该向栗锦道歉吗？”

“这一把故意的吧，看看栗锦飞出去多远。”

“何晗牛，真汉子！及时向最厉害的那位低头，佩服佩服！”

余千樊神情冷淡地看了何晗一眼：“你不应该向我道歉。”

何晗心中一个激灵，后悔如潮水涌来！

他这是鬼迷心窍了！为什么要先和余千樊道歉？

他知道自己刚才犯了一个几乎不能挽回的错误，连忙转身看向栗锦，为了表示他的诚意，专门的道歉已经不行了。

“栗锦你还能走吗？”何晗亲自趴到她面前，“我背你吧。”只有拿出诚意了才能让观众消气。

“不用不用。”别说背了，栗锦连一个手指头都不想再碰何晗，她往后退了两步，“我回去换套衣服就好。”

何晗心中暗恨，栗锦这么不顾场合，这时候就该顺着他给的梯子下来了啊！

就这样还配喜欢他？

何晗已经想好等下次栗锦再贴过来的时候他要怎么冷漠对待了，可现在得让栗锦站到他这边来才行。

“何晗哥哥，你是怕鱼吗？”

没想到栗锦冷不丁儿地问了一句。

何晗愣在原地，导演咬牙，给摄像师使了个眼色，反正事故已经出了，靠话题提升收视率也不错！

“怎么可能！”何晗的反应非常大。

弹幕上一群“寒气”也在为何晗证明——

“我们弟弟是不可能怕鱼的。”

“真男人何晗了解一下。”

“指路何晗微博，平常他很喜欢钓鱼的。”

何晗面色苍白，下意识地否认之后他又涌上极端的后悔。

栗锦垂下头，眼睫上还带着水珠，她眉眼露出几分难过的神情。

不是害怕鱼，那就是故意的了？

栗锦弯起嘴角。

八年后的何晗心机深沉将她玩弄在股掌之间，可现在的何晗还太嫩了些。

“这是怎么了？”方晓闻匆匆地赶过来，一眼就看见满脸煞白的栗锦，“都愣在这里干吗呀，赶紧去洗澡。”

她皱起了眉头。

栗锦想要的目的已经达到了，现在网上对何晗保证是一片声讨。

本来借着上一部剧的东风何晗是可以拿到更好的角色的，但现在……栗锦一步步往回走，眼神无比冷厉。

有她在，何晗休想在娱乐圈再折腾出什么浪花来！

《明星的岁月》从来都没出过这样的事故。

“栗锦余千樊落水”“何晗怕鱼”这两个热搜直接登了顶。

千粉在平常的时候都懒洋洋的，但这会儿已经倾巢出动直接将想要辩解的“寒气”摁在地上摩擦了——

“何晗故意的。”

“纯路人，觉得何晗先向余千樊道歉这操作挺谜的。”

“只有我心疼栗锦吗，莫名其妙就被推水里了。”

“欺负新人啊？我真是发现栗锦这姑娘运气太差，先是方子雨后是何晗。”

“我就去上个厕所我女儿就被推水里了？？？”

栗锦在浴室里刷着微博上的评论，露出了一个笑容。

“阿嚏！”她又忍不住打了一个喷嚏。

“该死的不会感冒了吧？”栗锦摸了摸鼻尖，“得吃点药。”她没想把自己的身体给搭上。

何晗怕鱼这件事情完全就是在她的计算之内，包括站位也是，她特意挑了离水面近的地方。

这件事情何晗辩无可辩！

正想得出神，手机突然响了，栗锦看着上面显示来电是“爸爸”！

她眸光沉下去。

“栗锦！”那边栗亮的声音带着几分轻微的厌恶。

他最宠爱的女儿是李淡淡，而不是她这个原配的孩子。

“事情我都听你妹妹说了。”栗亮好像在抽烟，隔着手机栗锦都能听见他吞云吐雾的声音，“今天你回家来，和你妹妹道歉。”

“买点淡淡喜欢的珠宝项链，好好地求她原谅你。”

“你一个做姐姐的一点姐姐的样子都没有，要是淡淡不能消气以后你就不要回家了！”

## 7 你是男人你不懂

栗锦拨了一下浴缸里的水，嘴角弯出一个笑。

那边的栗亮自顾自地讲完，也没有要听栗锦解释的意思：“就这样，我很忙挂了。”

随后就是一阵忙音。

以前她不明白爸爸为什么不爱自己，但是她觉得继母李颖很喜欢自己，甚至对自己比对李淡淡还要好还要纵容。

所以她和李颖很是亲近。

可现在想来真是蠢得可以，如果不是李颖一直拐着弯地吹枕边风，栗亮怎么会越来越讨厌她呢？

“都不重要了。”栗锦把手机放下，冷嗤了一声，“反正我一个都不会放过。”

等栗锦洗好，外面已经传来了饭菜的香味，赵让和方晓闻他们说说笑笑的，显然是得了导演的命令把刚才那件事情翻篇了。

何晗也重新带上了笑容。

刚才他的经纪人给他打电话说公司那边已经在帮他公关了，只要说他今天早上来的时候是低烧不断的，精神状态不太好就行了。

栗锦不过一个新人，打压就打压了。

栗锦重新刷微博的时候发现已经有营销号上线了。

“何晗带病录制，新人栗锦塞鱼不知轻重险些让何晗下水！”

栗锦嗤笑了一声。

何晗的经纪人也就这点手段了。

“寒气”们也纷纷发力，栗锦毕竟没有多少粉丝，只要平息了“千粉”的怒气就可以了。

于是，又有营销号开始偏离地带节奏——

“国民男神频频照顾的人？当真只是看着朋友面子？”

“国民男神是否倾心娱乐圈新人？”

一条条都在往她和余千樊的身上扯，“千粉”们被转移了注意力，甚至有一部分对栗锦还起了点不喜。

是啊！

我们哥哥为什么救你呢？以前明明他对这些事情一点都不上心呢。

越想心里就越不得劲儿，见那些“寒气”开始手撕栗锦，她们也懒得搭理了。

网络就是这样一个瞬息万变的地方，前一秒是朋友后一秒就是敌人。

栗锦早就想到这一点了，她神情平静地扣下手机，这些都是爆发前暗暗埋下的导火索。

没错，她现在是没有人气，没有粉丝，但是没关系，等她出了作品，粉丝们就会站在她这一边，到时候何晗再做出点什么事情，这些小小的导火索就会变成能造成轰动的大炸弹。

“想什么？”

身后一道声音打断栗锦的思绪，一块毛巾搭在了她的脑袋上，眼前顿时一片蒙眬的白光。

沐浴液的清香闯入栗锦的鼻子里，余千樊一边往外走一边擦着头发，打理好的头发这会儿都松散地垂下来，少了几分凌厉的感觉，多了居家的温暖。

栗锦觉得这会儿的余千樊要是再戴一副眼镜，整个就是“斯文败类”的款儿。

“把你的头发擦干。”余千樊在沙发上坐下，视线落在栗锦湿漉漉的发梢上。

栗锦垂头看了一眼，满脸的问号。

“已经干了啊！”

余千樊挑眉：“发梢擦干。”

“发梢擦干不好看。”栗锦觉得莫名其妙，“我这是鬈发，带着湿度的时候是最好看的。”

“身体重要还是好看重要？”余千樊懒洋洋地看着她，语气也称不上多好。

栗锦把毛巾叠好，规规矩矩地放在了旁边，转身意味深长地道：“余老师，你是男人！你不懂！”

说完，她自顾自地走了。

“噗！”

跟拍人员忍不住发出了一声喷笑，生怕余千樊觉得恼怒，急匆匆地追着栗锦就走了。

余千樊大概是被那句“你不懂”给气着了，吃午饭的时候一直散发着寒气。

栗锦倒是吃得很开心，只是鼻尖止不住地发痒，有点像是要感冒的前兆。

何晗则是不开心地看着余千樊。

怎么回事?

经纪人不是说余千樊会照顾自己的吗?

他看余千樊照顾栗锦都比照顾他多，刚才下水那件事情明明白白就是在打他的脸。

何晗越想越气，饭都吃不下去。

方晓闻就不爱惯着年轻人这种毛病，栗锦是吃了一碗又一碗，今天是她掌勺，她就特别喜欢吃饭吃得好的孩子，这证明她的厨艺不错。

余千樊那是天然疏离，何晗嘛……方晓闻放下了筷子，发难了。

“何晗，是不是饭不对你的胃口，你吃得这么少？”

何晗一愣，想起了经纪人的话，忙说：“不是，我就是有点没胃口，早上过来的时候有点低烧，这会儿不想吃。”

他笑得很温柔，弹幕顿时一片“心疼哥哥”刷过。

方晓闻嘴上没说什么，心里已经对何晗彻底没有好印象了。

没胃口？低烧?

赵让和莫林宇也沉着一张脸。

早上来的时候他脸色红润，绝对不是生病的人。

说是生病，倒不如说现在的栗锦气色更差一些。

这些老演员在圈子里什么牛鬼蛇神没见过，何晗这点伎俩骗骗粉丝可以，骗他们的火眼金睛就不够看了。

“是吗，那吃了就去休息吧。”赵让皮笑肉不笑，“身体最重要。”

你身体不好啊？可以！那就去睡吧，至于下午的戏份，你想都不要想！

何晗脸色僵硬又不能拒绝。

人家前辈都这么说了，拒绝就太不给人家脸了。

栗锦开心地又干掉一碗饭。

余千樊冷着眼看她，见她只盯着菜，顿时心头的不快更重。

她还没和他道谢。

直到栗锦吃完饭有些晕乎乎地去午睡了，余千樊还没等到她那句谢谢。

余千樊心情糟糕，跟拍的工作人员都不自觉地踮起脚走路，生怕发出噪音让这位爷不爽了。

栗锦迷迷糊糊地上床，旁边方晓闻已经躺好了。

方晓闻盯着小姑娘满是胶原蛋白的脸看了一会儿，突然开口：“小栗锦，姐姐有认识一个导演，他最近的新剧缺一个角色，我看你挺合适，你想不想去？”

栗锦唰地睁开了眼睛，炯炯发亮！

## 第四章
## 你终于来接我了吗？

### 1 你猜我会不会帮他？

“有有有！”栗锦的眼中猛地爆发出神采，“只要是角色我都能上！”

小姑娘朝气蓬勃的，一下子就让方晓闻笑了。

方晓闻自己也是到三十岁才崭露头角的，十年的龙套期让她不敢回忆那段岁月，可她不走那些歪门邪道，年轻的时候有人想包养她她抵死不从，一路也是得罪了很多人。

靠着作品走出来是她如今的骄傲。

同样，她也只会欣赏和她一样努力认真的人。

“不是大制作。”方晓闻微笑，“这样你也愿意？”

栗锦条件不错，洛导也说栗锦可能家里有些背景的，没看余千樊都对她格外照顾嘛。

“你就不怕耽误你的时间？”方晓闻故意问。

“方姐。”没想到栗锦却严肃地坐直了身体，她很认真地说，“我只不过是一个新人，没作品没人气的，人家导演肯用我那就是人家看得起我。我没什么好挑的。”

舅舅愿意给她安排一些资源她都会上，只有自己红了才能更好地帮到舅舅，而另一边，她自己能争取到的机会她更会去。

虽然说她有记忆里的演技打底，可她很清楚自己仍然没有走到巅峰，或者说演技这条路本就没有巅峰。

她只能不断地往前走。

“看你这严肃的样子。”方晓闻越看她是越满意，“我只能给你一个推荐的名额，并不能保你上。”

“谢谢方姐。”栗锦是从来没想过方晓闻会这么帮她，“以后如果有需要我帮忙的地方我义不容辞！”

“这事儿远着呢。”方晓闻心里倒是很高兴。

“只是一部网络校园剧，导演是我的朋友，制作成本小，不过没有那么多乱七八糟的事儿。”方晓闻暗示了剧组里面是很干净的，“他缺一个女二号，你可以去试试看。”

栗锦万分感激地拿到了导演的联系方式，定好了试镜的时间和地点。

不过她拿到导演名字的时候完全吓了一跳。

白金导演?

这不是当年以一部网络剧彻底打开知名度的大导演吗?

栗锦仔细一聊就发现这部校园剧就是白金的成名之作《夏初的时光》。

栗锦记得当初何晗就是参演了这个剧名气达到了一个新的巅峰，他好像是剧里面的男二吧?

可看现在方晓闻是半点要介绍何晗的意思都没有。

那时她把外公气出病来了，没接到白离的角色，也没加入舅舅的娱乐公司，反而自己直接和两个舅舅反目成仇，更没有参加这个综艺。

这是一个连环效应，没有栗锦，何晗在她们面前就是一个阳光的少年后辈，方晓闻正好觉得他的外形合适男二就推荐了他。

结果现在何晗没有这个机会了。

一想到自己的角色是从何晗手上抢下来的，栗锦的心头更加畅快。

下午，何晗就被三位前辈好心地劝回去睡觉了。

栗锦因为《夏初的时光》整个人都很亢奋，连看着余千樊都没有那么讨厌了。

余千樊见她一点都不担心何晗，心中存疑何晗那句“她喜欢他”的话。

“呵。”余千樊冷嗤了一声，心情大好。

说什么喜欢?

那丫头摆明了就是想坑何晗，包括这次入水的事情也是。

他心情明朗了一会儿之后又阴沉起来，栗锦为什么要针对何晗?

恨这种东西是不会平白无故出现的，爱而不得才有恨?

想到这里，余千樊漂亮的眉眼又沉下来。

细心的粉丝发现他们家老公今天一整天心情都不好。

有新来的观众问了——

“发生什么事情了？为什么老公看起来心情不好？”

本来以为自己能得到解答，没想到弹幕满满都是——

“你是粉丝你不懂。”

“别问，问了就是你不懂。”

这是有毒吧？

下午，栗锦背着她的小筐去收白菜，一路上她总觉得余千樊在盯着她，吓得她白菜都少割了好几颗。

“摄像机休息一下。”

终于，导演让大家休息的时候，栗锦悄悄地找了余千樊。

“千樊老师，早上谢谢你啊，救我上来。”栗锦估摸着余千樊可能是因为这句谢谢，本来她是挺别扭的，但是想想这辈子的余千樊好像对她挺好的。

不然她试着和余千樊好好相处试试看？

栗锦在单方面和好的边缘试探。

余千樊盯着她：“嗯。”

他好像心情更糟糕了？

栗锦觉得莫名其妙。

“你……不是会游泳吗？”余千樊此刻是坐在草地上，草尖蹭着他的裤脚，一截脚腕露出来，比他脸上的肤色还要白。

栗锦在听见这话的时候脸上的笑容逐渐消失了。

重生之后的专业假笑第一次破功。

“你说什么？”栗锦挺直了脊背，嘴角上扬露出一点讽意，“谁和你说我会游泳的？”

余千樊看着她收起了笑第一次冲自己露出利爪，这一刻他才看到了真正的栗锦。

和那个拿着他签名丢进垃圾桶的栗锦终于重叠在了一起。

“不管我会不会游泳，你都下来救我了不是吗？”栗锦冷笑，她紧紧地握住了竹筐的一角，“还是说你想帮何晗？”

栗锦眼底沉着冷凉的光，仿佛只要余千樊说一句会帮何晗，她就会彻底地和余千樊老死不相往来。

她胸口像压了一块大石头，可面前本来一脸郁气的余千樊却倏然笑开了。

从胸腔里发出的笑意愉悦，他单手抵在草地上，柔软的草尖上还带着一点不知从哪儿沾染上的露水。

一刹那，盛放的光华衬得周围的景色黯淡无光。

“那你猜我会不会帮他？”余千樊站起身，没有正面回答栗锦的话，但心情显然大好，他甚至伸手从栗锦的筐子里捡出两颗白菜放进了他自己的筐子里，单手提起筐子，转身看着张牙舞爪的小姑娘道，“走了，回去吃饭。”

栗锦满脸惊异地看着他。

余千樊这是什么意思?

又是这种模棱两可的话!

他以前就喜欢这么和她说话。

那时候她和余千樊还处于缓和期，她看见情人节那天余千樊买了一条项链，就问他是不是要送给喜欢的人，结果他眼带深意地回一句：“你觉得呢？”

而也就是那一天她和何晗公开了，余千樊质问她是不是眼瞎了，之后两人就彻底闹掰。

栗锦头疼地跟在余千樊身后，直到手机里的一条短信将所有关于余千樊的事情都挤了出去。

李颖：“[链接]这是淡淡很喜欢的一条项链，锦儿你晚上回来的时候带上它，淡淡肯定会原谅你的，你爸爸那边有我劝着你放心回来，知道了吗？”

栗锦面无表情地删除了这条短信，再抬头的时候只觉得从脚尖开始发冷。

天色阴沉沉的，晚上是要下雨了!

## 2 我回来了

栗锦抵达栗家的时候天空噼里啪啦地落下豆大的雨点。

外面的保安王叔认得栗锦的车，栗锦撑开伞面走下来，王叔皮笑肉不笑地看了栗锦一眼。

“大小姐回来了啊。”王叔的笑里带着讽刺。

谁不知道栗家最得宠的是二小姐呢?

红色的伞面上溅开雨滴的水花，黄昏时分衬得她伞面模模糊糊的，像是带上了一层血光。

“嗯。”栗锦听见自己的声音幽幽的，“我回来了。”

王叔想起刚才淡淡小姐下来的时候那愤怒的样子，他笑了一声，再看栗锦的时候语气里就带足了轻视：“对了大小姐，你是不是得罪了二小姐，你去垃圾桶那边看看吧。”

栗锦转头看了王叔一眼，那眼神就好像带了刀子一样，又像是从炼狱里爬出来的恶鬼。

明明天气不冷，王叔愣是给吓出了一身的汗。

“王叔。”栗锦缓缓开口，眉眼里都带着锋锐，“你在我们家做保安队长做了几年了？”

王叔愣住。

“快有十年了吧。”栗锦抬头看着天空，“也不知道十年的话，看在过去的情分上我爸能补给你多少遣散费。”她扬起嘴角，讽刺地说。

“遣……遣散……”王叔一下子愣住了，他可是如今的栗家太太的远房亲戚！

谁敢多说什么？

还遣散他？

做梦呢！

栗锦哪里有这个本事？

可是没等他说话，栗锦已经往里面走了。

她站在门口大道上的垃圾桶面前，浑身僵住了。

里面躺了一个大木盒，盒子很精致，却被垃圾桶里的脏污弄得不堪，雨水冲刷在上面，砸在木盒身上又像是砸在她的心里。

想杀人的郁气直接冲上心口，她整个人都愤怒到发抖。

“妈妈……”她鼻尖狠狠地酸涩了一下，大雨砸湿了她的脚背，整个人都被冻住了一样发冷。

这是她妈妈的遗物，木盒上还贴着她妈妈的照片，妈妈一脸严肃地抱着三岁的她，那是她们唯一的一张合照。

栗锦的拳头紧紧地握着，指尖深深地嵌入肉里，尖锐的疼痛让她清醒，越清醒就越难过，剩下的就是沉沉的杀气。

栗锦弯下腰，将木盒抱出来，拿出手绢仔仔细细地擦着上面的照片。

木盒还带着垃圾桶里的腐烂气味。

“李淡淡……李颖……”这两个名字就像是要被她咬碎了一样从口中

冒出，她抱着木盒，露出一个难看的笑，“妈妈，我带你回家。”

她在王叔嘲讽的眼神中打开车门把东西放进去。

王叔哼着小曲儿，用眼角斜着栗锦的那辆车：“一个不受宠的小姐还真以为自己能把我怎么的了？估摸着等今天之后你都要被轰出来！”仗着栗锦现在看不见他，他躲在自己的保安室里恶狠狠地咒骂。

栗锦坐在车子里面，深吸了两口气。

她拿出手机，指尖冰凉。

她拨出一个号码。

下一刻，男人的声音带着疑惑响起来。

“喂，谁啊？”

栗锦一只手按着自己的喉咙，再开口的时候声音居然和她的继母李颖像了八分。

“是我啊。”她冷笑着看着外面沉沉的雨势，“我的声音你听不出来了？”声音带了点成熟女人的娇媚。

那边的男人很快就笑起来，声音低沉带着故意的勾引。

“是我宝贝的声音我怎么能听不出来呢？”

栗锦手指在发梢上一圈圈地绕：“你都好久没找我了呢，我好想你啊。”

那边的人很快给了回应：“我也想我的宝贝，我们好久没见面了呢……”

一串甜腻得不要命的话从对方嘴里吐出来，栗锦压下心底的恶心。

原来李颖吃的就是这一套？

是的，这人就是她继母李颖在外面包养的男人。

栗亮总是出差，李颖就在外面包了个小情人聊以慰藉。

当年她被那个男人抓着的时候他就喜欢把这些事情偷拍来告诉她，欣赏她绝望痛苦的神情。

当时她看着继母那恶心的嘴脸差点儿没吐出来。

不过现在好了，当初插在她心口的那些刀都成了她现在对敌的武器！

当时她把李颖的小情人的电话记下来果然还是有用的，再加上她以前为了拍戏需要学的一些模拟声音的方法……

“可是你那木头老公不是这些天都在家吗？”那边男人疑惑地问，“你能出来吗？”

当然是出不来了。

栗锦冷笑，嘴里发出的声音却腻人得很：“那个没用的东西出差了。亲爱的，我今天给家里所有的用人都放假了哦。”

“哦？”那边的声音低低的，“宝贝想我怎么做？”

“我会给你留门的，今天来我家……”栗锦笑了一声，“我们见一面好不好？”

“这、这不好吧？会不会被……”男人警惕地犹豫起来。

栗锦舒服地靠在椅背上：“我前两天帮你看了一辆车，我觉得特别适合你呢。”

“来！”男人立刻就改口了，“我宝贝希望我来，上刀山下火海也不怕，我马上就来啊，宝贝记得给我留门。”

栗锦挂断电话。

行啊！那就来上刀山下火海吧。

她下车，正好另一位保安李叔从外面走进来：“大小姐！”保安恭恭敬敬地喊，“您回来了？”

栗锦愣住了。

“李叔。”

栗锦一开口李叔就愣住了，以前的栗锦是不屑与他们说话的。

“你儿子是生病了吧？钱够吗？”

李叔极度惊讶：“大小姐，您怎么会……”

“李叔，当我们家的保安队长收入可以翻倍，而且我可以借钱给你，只要你接下来帮我办一件事情。”栗锦截断了他的话，飞快道，“你愿意吗？”

客厅里，李颖优雅地拿着帕子擦嘴角。

李淡淡面色不豫地坐在旁边，栗亮一刀刀地切着牛排。

一家人在吃饭，却没有准备栗锦的那一份。

“淡淡！”李颖保养精致的脸上露出几分不满意，“等会儿别和你姐姐闹，知道了吗？”

“好吧……”李淡淡当然知道自己妈妈是什么意思，故意在栗亮面前露出委屈的样子。

“淡淡，不要怕。”栗亮果然停下了刀叉，“我倒是要看看那个不孝女在闹什么幺蛾子！”

就在这时，外面的用人匆匆说：“大小姐回来了。”

## 3 宝贝儿惊喜吗？

栗亮一把就扔下了叉子：“回来就回来，怎么的，还要我们一家人去接她？”

栗锦一走进来听见的就是这句话。

“不孝女！”

栗亮一见到她就火冒三丈，想起李淡淡当天哭着和他诉苦说的那些话，猛地就把一个盘子砸向了栗锦的方向：“你看看你都干了什么好事！”

以前的栗锦对栗亮是没办法的，她性格骄纵但是最害怕父亲。

栗亮一发火，她就只会哭。

而每到那个时候，李颖就会出来阻拦，所以她傻乎乎地觉得李颖是站在她这边的，对待她可比亲女儿都好。

至少小时候李淡淡被斥责的时候，李颖是不会出来阻拦的。

但现在回想起来栗锦知道李颖就是故意的。

李颖不妨碍栗亮对李淡淡的教导，却一味地把她养得像个单纯又空有一身脾气的傻子。

栗锦面色不变，神情冷淡地盯着栗亮看。

栗亮愣了一下。

这个女儿以前从来都不敢和自己对视的。他最烦的就是栗锦在自己面前露出瑟瑟发抖的样子，现在这是怎么了？

栗锦抬脚将砸碎的盘子碎片踢到一边，语气冷淡地喊：“赵妈，来把东西清理了，你想让我受伤吗？”

栗锦盯着他们冷笑：“要是我在自家受了伤，传出去人家会怎么看待我们栗家？”

栗亮本来已经恼怒栗锦的态度，这会儿倒是一下子冷静下来了。

像他们这样的家族都好面子，不管自己在家里是如何歇斯底里，都不能传出去。

栗锦见栗亮安分下来了，嘴上笑了一声，直接走过去坐在了沙发上。

她扫了一眼桌子上的牛排，看着李颖：“吃着呢？”

李颖心底暗暗惊讶栗锦怎么会有办法对付栗亮的，难道淡淡说栗锦变了一个人一样都是真的？

“妈妈，我好饿啊。”栗锦把“妈妈”两个字喊得很重，似笑非笑地说，“妈妈你好偏心啊，就给淡淡准备了晚饭，不给我准备吗？”

李颖眼皮一抽。

是她的错觉吗？她总觉得栗锦是故意的。

可看栗锦的神情又像是寻常撒娇，只是那眼神太古怪了。

“当你妈妈是保姆吗？”栗亮对这个长相酷似亡妻的女儿是越看越不满意，“自己不会在外面吃了再回来？你外公那边的事情没说清楚还想吃饭？”

栗亮重重地拍了一下桌子：“你当着裴家和所有宾客的面欺负你妹妹？你脑子里装的都是什么东西？你要是觉得裴家比栗家好，那你现在就收拾东西滚蛋！”

栗锦看着这个暴躁的父亲，自己是戳到了他最卑微的一个点了吧？

栗亮花言巧语哄了她母亲，不过是贪图裴家的财势，现在栗家起来了，他身上却还背负着“软饭男”这样的称号。

让人敬佩的是那些真正白手起家的有能者，但显然栗亮并不属于这一类人。

他心底深处是自卑的。

“裴家是比栗家好啊。”栗锦嗤笑了一声，那双清凌凌的眼睛直视栗亮，“什么时候栗家都能和裴家相提并论了？”

“你闭嘴！”

栗亮猛地扬起手就要对着栗锦的脸落下去。

栗锦猛地从沙发上站起来，一把将李颖扯到了自己面前做挡箭牌，嘴上慌张地喊着：“妈妈！妈妈！快救救我，爸爸要打人了。”

要是换作以前李颖肯定会象征性地拦一下，然后让栗锦对自己感恩戴德。但这次她的宝贝淡淡吃了苦，她就是要教训一下栗锦，让栗锦知道栗家到底是谁说了算。

她压根儿就没想过要帮栗锦，可谁知道一下子就被栗锦给扯了过去。

“啪”的一声，一大耳刮子甩在了李颖的脸上。

栗亮这一巴掌可是半点都没收力，打得他自己手掌心都麻了。

“妈妈！”李淡淡尖叫一声扑过来，“妈妈，你的脸。”

李颖的左半边脸高高地肿起来，她甚至在自己的嘴巴里闻到了血腥气。

“老公。”李颖的声音里都带着哭腔。

栗亮一下子就慌了，李颖就是他的心肝宝贝，他年轻时候的白月光。

顾不上栗锦，他连忙哄着李颖。

李颖恨死了栗锦，但打都挨了，她只能故作大度地说：“还好是我受了，这要是锦儿的话得多疼啊，她往后在娱乐圈还得靠脸蛋吃饭呢。”

栗亮暴躁地一脚踹翻了凳子。

“娱乐圈，去什么娱乐圈？丢人现眼的东西！”

凳子被踢得七零八落发出巨响，栗锦心头冷笑，那时公司亏空的时候，栗亮恨不得她一天二十四个小时拍戏赚钱。

栗锦看着一团糟的客厅，又看了眼时间，估算着应该差不多了。

“妈妈，楼下保安说我母亲的遗物被淡淡丢下去了是真的吗？”栗锦挤开哄人的栗亮，赶在他发怒之前说，“妈妈，就算我犯了再大的错那也是我母亲的遗物啊。”

栗亮张了张嘴，准备说那点破烂管它干吗？

“而且……听保安叔叔说，淡淡丢到了外面门口的垃圾桶里，这要是让咱们左邻右舍看见了，爸爸的名声……还有我外公那边……”

每句话栗锦都留了一半。

盛怒的栗亮在听见这话的时候脑子一下子就清醒了！

是！

裴家真的生气的话，他是没法儿应对的。

得找回来！

“你去找！”栗亮立刻道，“你去捡回来，就当给你妹妹赔罪。”

“可是我不知道丢在哪里了呢。”栗锦看向李淡淡，“还是得让淡淡妹妹去？”

李淡淡气得七窍冒烟：“我才不去！”

栗亮也舍不得让自己宝贝女儿去捡，他脸色越来越阴沉。

这种时候就要家里“最温柔”“最善解人意”的女主人站出来了。

李颖维持了这么多年贤良的人设可不能崩。

李颖咬着牙，说：“我去吧。”

栗亮点了点头：“委屈你了。”

李颖捂着脸满心阴郁地下了楼。

栗锦等她走了一会儿后，才看着栗亮说：“对了，我刚才在外面看见一个男人鬼鬼祟祟的，不会是小偷什么的吧？妈妈出去找东西没事吗？”

栗亮瞪了她一眼：“没用的东西！怎么现在才说？”

栗亮拿着伞赶紧追了出去，李淡淡也跟下去了。

栗锦心情愉悦地看着他们，自己则是转身进了李淡淡的房间。

李颖走到大门口，脸色阴沉，冷不丁儿旁边蹿出一个健壮的男人，一把搂住她亲了一口：

“宝贝！惊喜吗？”

## 4 去垃圾桶里捡你的宝贝吧

“你……你怎么来了？”李颖的魂魄都要被他这一口给亲出来了。

“不是你让我来的吗？”男人想着自己的新车，很快就对着李颖撒娇，“我宝贝想我了我是知道的。”

李颖想到还在屋子里的栗亮就觉得心惊胆战，还好他没跟着出来。

至于守着的保安，那都是自己人。

“宝贝，你的脸怎么了？”

男人不愧是混软饭吃的，来的第一件事情就是好好看看自己的金主有没有受委屈，一眼就看见了她脸上的痕迹，当即就拉下脸说：“谁动你了？”

他用手爱怜地抚摸过李颖的脸蛋：“怎么舍得啊？是你家里那个男人吗？他居然打你？”

男人长得很好看，是现在女人们都喜欢的奶油小生，偏偏他又把自己锻炼得身形修长精壮。

这不是人到中年秃顶还有啤酒肚的栗亮能比的。

李颖被这样漂亮的年轻人关心着，一下子就觉得委屈了。

栗亮那个神经病!

不过现在最着急的不是这个，李颖急急忙忙地说：“你赶紧走，我老公……”

“你们在干什么？”

身后传来一声暴怒，李颖浑身一颤，整个人直接被栗亮扯了出去。

伞“啪嗒”一声落在地上。

雨水无情地打在她身上，栗亮一出来就看见他老婆居然和另一个男人紧紧地抱在了一起。

敢给他戴绿帽子?

李颖心头的恐慌如潮水一样涌过来，不不不！她肯定还有补救的方法的。

“老公！老公我是冤枉的，我不认识这个男人！”李颖哭得十分可怜，眼圈红红，整个人又被雨水浇湿了，“是他自顾自地冲上来抱住我的。”

那男人见状就知道自己是被算计了。

他转身就要跑，而旁边早就得了栗锦命令悄悄等着的李叔立刻冲出来将男人摁倒在地上。

“小贼跑哪里去？”李叔喊得大声，心里却极度惊讶。

真的和大小姐说的一样!

只要留门，就会有一个长着泪痣的男人从外面偷偷溜进来，然后太太和先生都会来。

一步一步，都在栗锦的棋局里。

“老公你相信我！”李颖哭得凄凄惨惨。

李淡淡也立刻站在了自己母亲这边：“这其中肯定有误会，肯定是这个人贪图妈妈的美色！”

栗亮气得胸口痛，他本来就不是一个会冷静思考的人，这会儿更是恨不得打死这对奸夫淫妇！

“我都亲眼看见了！”栗亮喘着粗气。

“是他强行抱住我的，我很害怕，老公。”李颖整个人靠在了栗亮的身边，“你相信我，我怎么会找这种男人呢，你就是我最爱的人啊。”

“妈妈，你们这是怎么了？”

这时，栗锦抱着一个大盒子走出来，撑着她的小红伞，在大雨之中居然看不出半点狼狈。

“咦，那个人的那串手链，不是妈妈前两个月让爸爸去欧洲带的限量款吗？”栗锦仿佛只是一句无心的话，她笑着看向栗亮，“妈妈不是说要送去给家里的侄子吗？没想到他也有呢，真是缘分。”

栗亮听了这话哪里还能再顾得上别的，摁着李颖的脖子就开始揍人。

“还有这个门啊，好好的怎么开了呢？”栗锦微笑，看向保安室，“哎呀，王叔怎么在睡觉呢？”

“老子今天就开了他！”栗亮爆吼一声，对旁边匆匆赶来的警卫说，“去把老王给我拽出来！”

栗锦站在旁边的大垃圾桶前打开了面前的大盒子。

一片漂亮的光芒折射出来。

大大小小从项链到戒指耳钉全都是李淡淡的心肝宝贝。

她这个妹妹啊，骨子里真的是太像栗亮了，从小就因为自己的身份自卑，用这些高定限量款来武装自己，久而久之，就成了一个彻头彻尾的珠宝迷。

可惜栗亮本来就是一个很抠的人，他自私又目光短浅，不会给太多的零花钱。

“栗锦！放下！”

李淡淡的神情一下子就扭曲了，她甚至忘记了自己正在挨揍的妈妈。

这些东西是她的门面，是她觉得自己能和那些大家族小姐平起平坐的资本。

“这些都是你从小开始攒下来的吧？”栗锦掂量了一下，下一刻脸上笑容尽数消失。

“哗啦啦！”

珠宝碰撞的声音悦耳，昂贵的首饰全都砸进了垃圾桶里。

李淡淡之前是怎么扔掉她母亲的遗物的，她现在悉数奉还！

“我的首饰！”

李淡淡惊呼了一声，直接对着垃圾桶里扑了过去。

李颖在哭叫，李淡淡身上都是垃圾味儿。

栗亮叫嚣着像一个极度狂躁的病人。

栗锦站在庭院里看着这一幕，优雅地踩着她的高跟鞋走人。

大家都在忙自己的事情，哭闹尖叫乱成一团，谁都没注意栗锦已经转身离开了。

一上车，栗锦就给王黎打了个电话。

车子启动，一口恶气出来之后，涌上来的是沉沉的头痛和疲惫。

“喂？黎姐，我明天会去试镜《夏初的时光》。”栗锦皱紧了眉头，“对，女二号。”

她本来就有点感冒，在栗家被冷风一吹连鼻子都塞住了。

“你帮我查查看还有谁要去试镜这个角色。”她有些忘记当时是哪个演员拿到的这个角色。

前面红绿灯变化，栗锦踩下刹车。

“咚”的一声巨响，栗锦手机直接被撞出去，车子在雨势里往前滑了整整三米。

栗锦的脑袋磕在了方向盘上，痛得她眼中泛着泪花。

“滴滴！”

路上只有她的车和后面那辆车。

身后那辆车似乎是很烦躁，撞了人之后还鸣了两下喇叭。

“栗锦，怎么了？你没事吧？”王黎的声音带着焦急，“你在哪里？有没有受伤？”

栗锦捂着额头拿起手机报了自己的方位。

“咚咚咚！”

车窗外面站了一个女人，戴墨镜穿着精致。

“你出来。”女人态度傲慢又嚣张，“谁让你突然停车的？你有没有脑子？不知道给后面的车一点反应的时间吗？你是不是想讹钱？”

栗锦在车里观察着外面那女人的眉眼，记忆终于冲破因为感冒带来的头疼和混沌。

她想起来了，外面那个女人叫木槿。

是曾经《夏初的时光》的女二号。

## 5 你来接我了吗？

木槿还在“砰砰”地敲车窗。

栗锦只觉得现在鼻塞又头疼，刚才脑袋在方向盘上那么磕了一下，这会儿整个人都是晕乎乎的。

她像是被泡在一大团黏糊糊的液体里连呼吸都不畅快了。

她浑身一阵阵发冷，意识到自己可能是发烧了。

“里面的那个，你出来我们聊聊。”车外面的木槿还在气势汹汹地砸门，木槿脸上带着红晕，目光混沌，显然是喝了酒的。

“你出不出来！”木槿看着很生气。

栗锦“啪嗒”一下把车门给锁死了，以她现在的状态，她不认为自己能吵赢一个酒鬼。

栗锦理智地拨打了报警电话，后方车全责她怕什么？

王黎和交警是一块来的。

木槿的经纪人好像也来了，栗锦如果记得没错的话，《夏初的时光》是木槿的出道作品，后来她也凭借这个混成了三线小花。

“你们为什么抓我？”木槿还在那边吵吵嚷嚷，“是那个人突然停车啊，不对这是什么，吹气？吹什么气？”

王黎把栗锦从车里接下来，一抬手就摸到了她滚烫的额头和冰冷的手。

“你生病了？”王黎沉下脸，“我送你去医院。”

木槿被带上警车，她经纪人满脸躁郁，想也知道手下的新人还没出成绩先背上黑点了。

“你给我闭嘴！”

远远地，栗锦还能听见木槿经纪人崩溃的声音。

“都是那个女人！你让她给我洗干净脖子等着，等我……”木槿狠狠地瞪着栗锦的方向，整个人靠在窗外神志完全不清醒了。

“你今天也真是运气差碰到这种酒疯子。”王黎叹了一口气，“明天的试镜还去不去了？”

本来已快昏睡过去的栗锦一下子睁开了眼睛。

“去！”

声音洪亮到把开车的王黎都吓了一跳。

“行吧。”王黎眼中带上了几分温和的笑意，“知道你工作很拼命了。”

栗锦又软乎乎地倒下去，高烧确实让身体像是踩在棉花上一样。

打了退烧针还贴了退烧贴，栗锦困倦得连眼睛都睁不开。

“我等会儿就回去了。”外面走道上，王黎正在打电话，面色很不好看，“你就再等等好吗？姐姐马上就回去了，我这边有病人……”

“黎姐。”栗锦靠在门框上开口，“你给我叫个车，我自己回去。你那边挺急的吧？”

王黎露出了为难的神情，电话那边不知道又说了什么，最终她妥协了。

“好吧，回去马上睡一觉，明天我来接你去试镜。”

栗锦端着贴着合照的木盒回到家里的时候，整个人昏昏沉沉的。

在电梯里时，她感觉天旋地转起来。

还有一层，还有一层，到了！

嗯？

她晕乎乎地输密码，怎么打不开？

“谁？”

谁知道门突然就从里面打开了，穿着浅灰色短袖的余千樊神情清冷地站在门口。

“栗锦？”余千樊皱起眉头，“你为什么会在我家门口？”

话还没说完，面前的栗锦就软乎乎地倒下来了。

感冒发烧的药都是很令人犯困的，栗锦强打起精神，现在门开了，耳旁还有熟悉的声音，她就彻底放心了，脑袋一歪就栽进了余千樊的怀中。

“你怎么了？”

余千樊是不喜欢和女人接触的，之前下水是情急之下把自己的洁癖症都忘记了，这会儿被栗锦一靠他下意识地一退。

“啊！”

栗锦的脑袋磕在了门上，她痛得蹲下来，泪花不断在眼睛里汇聚。

余千樊看见她额头上的退热贴，抿唇：“你发烧了？”

栗锦哼哼唧唧的，再困都没忘记抱紧木盒。

好困！

现在外面说什么她都听不清楚，她扒拉着门就要昏睡过去。

“你不能睡。”余千樊被这块正在高烧的牛皮糖弄得没办法，只能蹲下来，“我给你家人打电话，手机给我。”

栗锦当然不可能给他，困倦地揉着眼睛脑袋一点一点。

高烧后，她能撑着不睡着已经不错了，就不要要求她思路清晰了。

楼道里传来脚步声，余千樊无奈，只能先把人抱进来。

“我给你拿药。”他绷着脸，警告栗锦，“不要动我家里的东西！”

大概是这个声音太严肃，“不许动”这三个字飘进了栗锦已经宕机的脑袋里。

她坐得笔直笔直的，还十分乖巧地点了点自己的脑袋。

余千樊快速地冲了一杯药，往她面前一放：“我给你舅舅打电话。”

栗锦看着前面不断摇晃的杯子虚影。

这杯子长腿啦?

栗锦随手一捞，几口喝下去。

冰凉的液体刺激着喉咙，她差点儿没吐出来!

好难喝……

栗锦觉得一股热气逐渐冲上脑袋，本来就不灵光的脑袋彻底放飞自我了。

“对不起，您拨打的电话暂时无人接听。”电话那边传来冰冷的女声，余千樊扔了手机。

该怎么处理栗锦?

肯定不能让她在自家住。

先问问她住哪里。

余千樊就算对栗锦有那么一点兴趣，也绝对不能容忍她闯进他的私人空间里。

“栗锦！”

谁知下一刻，以从容淡定著称的国民男神几乎快要控制不住自己的怒气。

桌子上那杯热气腾腾的药还在，但是旁边他刚才随手放着的那杯烈酒不见了?

“你喝了我的酒?”余千樊咬牙问。

栗锦整个人软软地把头靠在了桌子上。

她脸颊绯红，一双眼睛更是含了水一样，一眼看过来能把人的魂都给勾掉。

“嗯呢！”酒疯子栗锦上线了。

喝了酒她倒是不困了，精神了，但是……脑子更迷糊了。

“你家在哪里？”

“我没有家。”栗锦一本正经地鼓着脸皱着眉头。

余千樊头痛得快要裂开了：“那告诉我家人的电话号码。”他拿出手机，下达最后通牒，“不然我就把你丢出去。”

栗锦瞪大眼睛：“号码……嗝儿？”

她迷迷糊糊地捧着盒子，面前人的脸变得模糊蒙眬起来。

号码？

那些暗无天日的日子里，她无数次地想打电话。

可那些被她牢记于心的电话号码都是背叛了她的人。

临到最后，她发现除了余千樊的电话，她已经没有人可打了。

“你终于愿意让我打电话了吗？”栗锦的声音突然颤抖起来。

余千樊一愣。

下一刻，栗锦脱口而出一串数字，余千樊彻底地僵住了。

这是他的电话号码……栗锦为什么知道？

下一刻，小姑娘的手揪住了他的衣角。

余千樊垂下头，对上了一双悲哀到极致的眼睛。

“余千樊，你怎么就不能来找找我啊？你为什么……不能来救救我啊？”

有泪从她的眼睛里滚落下来，砸在余千樊的手上。

“你终于来接我了吗？”

## 6 用你的牙刷睡你的床

栗锦哭得鼻子都红了，一抽一抽的，像只小仓鼠。

一点都不像是一开始在裴家看见的那高傲小天鹅。

余千樊觉得心中莫名地就涌上怒意，她不该是这样委屈哭鼻子的人。

“别哭。”他还是第一次和女人在家里靠得这么近，语气和神情都很生硬，“你……你怎么知道我的电话号码的？”

他甚至容忍栗锦这个醉鬼拽着他的衣角贴过来。

电话……栗锦脸上的眼泪没有了。

她抬手摸了一把脸，眼妆都被蹭花了，黑乎乎的，像鬼一样。

然后，她还把手放在了余千樊的衣服上，这些余千樊都忍了。

下一刻，栗锦抿唇，带着几分神秘地“嘘”了一声。

“不要说出去啊。”栗锦悄悄地看了看四周，就好像一只想要做坏事的小老鼠，“不能和别人说我悄悄地打听了余千樊的电话号码准备骂他的呢！”

余千樊额头青筋瞬间就出来了。

他一把拂开栗锦的手，栗锦手上一空，顿时委屈了。

“你胆子不小。”余千樊似笑非笑。

栗锦不高兴了，酒劲儿上来砰砰地拍着桌子：“你这人怎么说话和余千樊一样讨厌呢！”

余千樊像是拎小鸡一样把栗锦拎了起来，把她摁在沙发上。

“不许动，等你舅舅来接你！”

余千樊觉得自己可能是疯了才和这么一个醉鬼浪费时间。

打听他的电话号码是准备骂他?

他气笑了。

被栗锦纠缠了这么久，他的胃开始火烧火燎起来。

他之前做了面条还放在桌子上，但现在可能得先吃药。

余千樊的额头上渗出细密的汗。演员可能都有这个通病，三餐不定时，拍戏环境恶劣，就容易得胃病。

余千樊去厨房找药，栗锦的肚子也咕噜噜地叫起来。

她没吃晚饭呢！

她下意识地开始搜寻能吃的，一眼就相中了桌子上那碗热腾腾的面条，上面还加了一个金灿灿的荷包蛋！

小醉鬼噌地起身，脚步歪歪扭扭地往桌子的方向进发。

余千樊吃了药，苍白着一张脸从厨房走出来，结果就看见栗锦坐在自己的位置上埋头猛吃。

“栗锦！”

他咬牙切齿，恐怕这一整个月生的气都没有这一天多。

“嗯。”小醉鬼吃得满嘴都是汤汁，眼线黑乎乎的一团已经起飞了，看着整个人可怜又狼狈。

“我是上辈子欠了你的吧？”余千樊冷笑。

栗锦瞥了他一眼。

不吱声。

酒精冲淡的疲倦感又气势汹汹地回来了，她变回了一只鹌鹑，缩着脖子困倦地打哈欠。

“困了自己去躺沙发。”余千樊看着身上被栗锦刚才蹭脏了的地方，眼神阴郁了一瞬，“别再给我闹，不然我真的会丢你出去。”

栗锦点点头，歪歪扭扭地冲着余千樊敬礼。

“好的爸爸！”

余千樊头疼。

余千樊进去拿衣服了，可他忘记了，醉鬼的话如果能信那就不叫醉鬼了。

栗锦只觉得自己困得可以，但她是爱干净的孩子，得先刷牙洗脸。

她一路跌跌撞撞地摸到了浴室，抓了唯一的一个牙刷手指发颤地挤了牙膏就塞进嘴巴里。

嗯？

薄荷？

她的牙膏是柠檬味呀！

她带着满嘴的泡沫陷入了沉思。

余千樊拿着衣服过来的时候就看见自己的牙刷进了她的嘴里，自己的毛巾被她拽着。

“栗锦！”他彻底地黑了脸。

余千樊扬手就要去拿牙刷。

镜子里面映照出余千樊盛怒下的脸，还有他扬起来的手。

眼前的画面和脑海里一些模糊不堪的记忆碎片重叠闪现，栗锦浑身一哆嗦，下意识地抱头蹲下来缩在了浴室的一角。

“不、不要打我！”

她声音发抖，脸上的血色尽数褪去，整个人止不住地发颤。

余千樊的手僵在半空，栗锦的反应就好像一个被暴力虐待了很久的人。

一瞬间，他听见了自己急促的心跳声。

栗家是怎么样的家庭他不清楚。

可栗锦刚才说她没有家。

余家的势力是一个栗家加上一个裴家都无法比拟的，很小的时候他就目睹了很多家族里黑暗的事情。

他顷刻联想到那些事，却实在无法也不忍将这些事情对比到栗锦身上去。

她应该是被人好好地宠着长大的，不该是这样缩在角落里的。

余千樊无奈地松了一口气。

她今天屡次让他盛怒，又莫名其妙地把他的怒气平息下去。

就像是一只进攻他领地的刺猬，用尖刺把他设下的路障都给推开，等他要生气时，又摸着自己软软的肚子对他说：你不要生气呀，我的肚皮给你摸摸。

牙刷还被栗锦狠狠地咬着，余千樊深深地叹了一口气，绷着脸接了水蹲下来。

“唔！”栗锦鼻子一酸又要哭了。

“不许哭！”他恶声恶气，咬牙切齿。

栗锦惊恐地捂住了自己的耳朵。

“以为这样就听不见了？”余千樊气笑了，去拉牙刷，“松嘴！”

“啊！”栗锦乖乖张开嘴巴。

余千樊把杯子递到她嘴边：“张嘴，漱口。”想了想现在栗锦的智力水平，又强调，“不许吞下去。”

栗锦小鸡啄米一样点头。

他用毛巾把栗锦脸上简单清洗了一下，伸出手拉着她：“过来。”

栗锦两只手紧紧地抓住他。

“你睡沙发。”

床是他最后一道底线，绝对不会让栗锦越过这条底线的！

余千樊在心底冷冰冰地想着。

栗锦也很乖，靠着沙发就蜷缩起来。

正好这时，裴天华的电话打过来了。

“大晚上的给我打什么电话啊？”裴天华的声音听起来像是刚睡醒。

余千樊走到阳台上，看着外面沉沉的夜色。

他应该让裴天华来把人给带走，可不知怎的，想起刚才小姑娘缩在厕所的那一幕，余怒就一波波地顶上他的心口。

“你们是怎么照顾栗锦的？”余千樊一开口就带上十成的冷意，“你知道她在家里可能被虐待了吗？你就是这么当舅舅的？”

一句句的质问让那边的裴天华瞬间清醒过来：“你什么意思？”他猛地从床上坐起来，声音也沉下来，“锦儿怎么了？”

“你外甥女怎么了你来问我？”余千樊知道这不关自己的事，但胸口就像是火烧一样没有出口，他一字一句带着寒意，“你平常都在干什么？”

## 7 崩溃的国民男神

沉默了很久之后，那边裴天华一语道破现状："锦儿是不是遇到事情了？她是不是在你那边？"

两个问题让余千樊皱紧了眉头。

"在我这边，给我添了很多麻烦。"余千樊看着天空上稀疏的星星，"所以你快点来把她带走。还有——"他加重语气，"她喝多了，刚才我一扬手，她就觉得我要打他，你知道人在喝醉的时候做出的条件反射吧？"

那边的呼吸声都变重了。

下一刻，传来裴天华飞快穿衣服的窸窣声。

"你等着，二十分钟，我马上就到。"

余千樊挂了电话，想到还没给栗锦拿被子，抬脚往客厅走去。

结果沙发上空空荡荡，人呢？

他心里有了很不妙的预感，抬脚就朝自己的卧室走去。

果然，栗锦正躺在他的床上，裹着他的被子睡得跟头小猪一样。

余千樊僵硬着身子站在门口，心底的那些底线像是雪崩一样哗啦啦地被小刺猬给推平了。

最终，他咬牙，拿出了手机。

他走过去打开了相机，对着床上就咔嚓一张。

保留一切犯罪证据，他觉得栗锦第二天可能会给他来一个死不认账。

裴天华到的时候，余千樊的客厅里黑乎乎的。他看见余千樊整个人像是被定住了一样坐在沙发上。

"我的天！"裴天华被吓了一跳，拍着自己的胸口，"你跟鬼一样坐在这里干什么？我们锦儿呢？"

跟着他一起来的还有裴安，不过裴安知道他给栗锦找的房子居然是余千樊隔壁就多多少少明白了点。

至少不应该是余千樊诱拐他家小外甥女了。

余千樊抬眸看着这兄弟俩，眼神也冷冰冰的，声音更是如十二月寒气蒸腾："在我房间。"

这四个字顿时就让兄弟俩的神情扭曲了起来。

"你！"

裴天华想要扑过去揪住余千樊的领子，结果反手就被余千樊给扣住了。

余千樊笑容淡淡的，他不能动小姑娘，小姑娘的舅舅就代替挨揍吧。

“你们家栗锦先是赖进我家找错门，然后喝了我的酒，抢了我的晚饭，用了我的牙刷，现在霸占了我的床。”

余千樊手上用力，裴天华痛得嗷嗷叫。

“这笔账算你头上？”

裴安给大哥投了一个“你好自为之”的眼神，自己先进屋把栗锦抱了出来：“大哥，你好好和你朋友聊聊，我先抱锦儿回家。”然后趁机溜了。

余千樊的身手那可是从小就跟着余老爷子练出来的，十个裴天华都不是对方的对手。

何必自找苦吃呢是不是?

栗锦醒过来的时候就闻到了一股饭菜的香味。

她一下子就清醒了过来。

她家为什么会有人做饭?

栗锦悄悄地打开房门看去，见裴安正系着围裙在炒菜，裴天华坐在桌子旁边看报纸。

她一颗心瞬间落地。

“舅舅，你们怎么都过来了？”

“你昨天发烧了怎么没联系我？”裴安“哐当”一下把面前的锅铲一扔，把火一关板着脸，“锦儿，为什么不给我打电话？”

裴天华也抬起头：“就算不给你小舅打电话，你也该给大舅打电话。”

裴安横了裴天华一眼。

会不会说话?

不会说话就闭嘴!

“我昨天不是安全到家了吗？”

她的记忆只停留在自己走到门口，难道后面不就应该是顺利进门?

反正她模糊地知道自己刷了牙吃了饭还睡在床上了！嗯!

裴安和裴天华两人对视了一眼，对余千樊那件事情保持了沉默。

挺好的。

昨天的事情裴天华总觉得怪怪的。

他外甥女生病或者是被欺负，余千樊有什么资格生气?

“栗锦。”想起这件事情，裴天华紧紧地皱起了眉头，“你老实告诉我，栗家对你好不好？”

栗锦一愣，下意识地道：“还可以。”

栗锦不想把两个舅舅牵扯进来，她的仇她自己报！

裴安轻咳了一声：“那先吃饭吧。”

但他和裴天华互相对视了一眼，两人看一眼就知道对方在想什么了。

锦儿肯定没说实话。

他们决定私下悄悄地查。

如果栗亮真的对锦儿做了过分的事情……两人的神情同时阴沉了下来。

王黎如约来接栗锦，在路上见她的精神还可以，就笑着说：“看来昨晚你休息得不错，今天气色还可以，有人照顾你？”

栗锦古怪道：“你不是知道我一个人住的吗？怎么会有人照顾我？”

“对了，是不是你告诉我舅舅我生病了？”栗锦打开镜子补了一下妆容，“下次这种小事就不要麻烦我舅舅啦，一大早两人都赶过来我也不好意思。”

王黎皱眉，她没说啊。

不一会儿，车子停下来，到达试镜的地方了。

见栗锦一副信心满满的样子，王黎只能先把这件事情抛到脑后，什么事情都没有拿下这个角色重要。

剧本她也都看过了，虽然青涩，但是一个很用心的剧本，以她毒辣的眼光来看这剧虽然是小制作但绝对有潜力。

“为什么要给我接这种小制作的剧？”

旁边的车上下来一个人。

栗锦一看就笑了。

冤家路窄。

方子雨？

“这是女一号。”方子雨的经纪人哄着她，“剧本是很好的。”

“剧本好个什么！”方子雨咬牙切齿，“别以为我不知道，公司是不是因为我之前微博上和栗锦那个坏女人的事情？以我现在的流量怎么都不该是接这种三流演员十八线编剧小制作的剧吧？”

“姑奶奶，你先看一眼剧本行不行？真的不错，今天过来咱们也就是走个流程，其实都给你定好了。”

经纪人递上剧本，结果一把就被方子雨塞进了垃圾桶里。

“什么《夏初的时光》，一听就是那种无脑的青春片，这种片子我随随便便就能演好了。”方子雨不屑地看了垃圾桶一眼，踩着她的高跟鞋气势汹汹地往里面走。

栗锦轻笑了一声。

女一号?

以前的方子雨确实看不上这样的小制作，现在她流量名声都受损，能接到这样的剧已经是烧高香了。

不过嘛……

栗锦怡然笑开，伸手将那份被扔进垃圾桶里的剧本捡了起来，仔细地拍了两下。

编剧很用心，剧本不该被这样对待。

“什么想法？”王黎也盯着方子雨的方向冷笑，真是个蠢人。

栗锦收好剧本:“我今天要是不能在演技上碾压她，我名字倒过来写！”

她自信地往里走，也没注意到，身后不远处一个戴着帽子的中年人眯起眼睛看着她离开的背影，回想着方子雨扔剧本的动作，他眼中绽放开一抹冷笑。

“三流导演？”

等会儿就让方子雨看看他这位三流导演有多可怕!

# 第五章
# 裴家小刺猬

## 1 封杀你简直是轻而易举

方子雨、栗锦进入试镜地点之后，一辆车缓缓驶来。

“王总！”

方子雨的经纪人满脸谄媚地走过去开车门。

从车上下来的这位王总大腹便便。

“我们小雨一直在等着您呢。”经纪人满脸笑容，“就是小雨啊，这两天受了委屈，所以呀……”

“嗯，我都知道。”王总擦了擦被太阳热出来的一脑门汗，“所有我这不是抽空出来看看她嘛，顺便帮她和导演打个招呼。”

经纪人点头：“有王总在，子雨肯定会很开心的，毕竟子雨现在在外面的风评不太好，我怕这里的剧组导演会看轻她。”

这些当然都是假话。

只不过是为了捧高这位王总的惯用伎俩罢了，只要方子雨做出一副“没有王总我就不行”的态度就会让他产生极大的满足感。

王总就喜欢被人高高地仰视着，视若神明一般捧起来。

“走，去找小雨。”王总被夸得十分舒心，大手一挥往里面走，连刚才被太阳晒出来的燥热感都没有了。

“放心吧，既然我都过来了，就一定不会让小雨受委屈的！”

栗锦拿着剧本站在走廊口，看着这里面挤着的人，应征各种角色的都有，现在只确定了男一号和女一号。

“紧张吗？”王黎看着栗锦东看西看的，还以为栗锦是紧张了。

“不是。”栗锦笑着摇头，“只是觉得有点新鲜。”

的确是感到新鲜又怀念啊，那时她在娱乐圈把名声打响之后，就不用参加什么试镜了，都是直接定下角色和剧本。

“我出去一下，你好好演。”王黎拍拍栗锦的肩膀。

王黎自己手上也是有资源的，但现在栗锦没有名气，那些资源给她的话有点分量太重了。

栗锦自己坐在凳子上看要表演的那段戏，旁边一个头发有些毛茸茸的女孩子凑了过来：“你好啊，你是面试的什么角色啊？”

女孩很外向，看见栗锦这么淡定地坐在凳子上，她由衷地羡慕，于是就来搭话了。

“我叫毛圆圆，是来试镜女三号的。”

毛圆圆用满是崇拜的目光看着栗锦：“你好厉害啊，你都不害怕的吗？这是我第一次试镜！”

毛圆圆一边说一边做了几个深呼吸。

栗锦将剧本卷起来，房间里有人哭着跑了出来。

一个工作人员喊道：“下一个。”

栗锦站起身，轮到她了。

“加油啊。”毛圆圆握着拳头给栗锦加油。

栗锦脚步一顿，转过身对着毛圆圆笑了笑：“你不用太紧张，你今天一定会面试成功的。”

她走进屋子，意外地在评委席上看见了方子雨，还有一个她熟悉的面孔，居然是向阳。

向阳就是《倾城》里，饰演男一号年轻时候的那人。

看来方子雨和向阳都是作为女一号和男一号坐在这里的。

方子雨看见栗锦的那一刻瞳孔猛地缩了缩，她用力地捏紧了面前的茶杯。

栗锦这个女人居然敢到这个剧组来？

“栗锦？”坐在最中间的导演白金看了她一眼，眼中流露出几分笑意，“开始吧。”

栗锦是方晓闻介绍过来的人，且早上栗锦给他留下了很深刻的印象。

“等一下！”方子雨冷着一张脸出声，“白导，我看这个人就没有必要试镜了吧？”

经纪人已经给她发过消息了，王总正在外面的休息室等着她，大靠山来了，她就有恃无恐了。

“哦？”白金的脸色冷下来，他还没对方子雨发难，这女人倒是先作死地跳出来了？

“这人不尊重前辈，人品不行，又是新人，女二号这么重要的角色没必要交给她吧？”方子雨嫌弃地看了栗锦一眼，眼中的高高在上就快要砸到栗锦的脸上。

“而且……我不是给白导推荐了一位很优秀的新人嘛，是我小姨的女儿，是B大表演系的优秀毕业生。”

方子雨弹了弹自己的指甲，一锤定音道：“就用我表妹就好。”

这次王总可是给这个剧组加了资金的，白金这种三流导演，还有不知道从哪个山沟沟里挖出来的编剧，这种小制作去哪里找投资商？

要是王总撤资，他们可全都玩完了。

方子雨得意地斜着眼睛，给白金施加压力：“我想，如果导演听从我的建议的话，王总也会很高兴的。”

想起栗锦的演技，方子雨眼中闪过一抹妒意：“而且栗锦这人，我之前在《倾城》的剧组看过她的演技，简直是惨不忍睹。”

方子雨哼笑了一声：“白导，你听我的就好。”

白金靠在椅背上，眯着眼睛摸着肚子。

他长得圆圆胖胖，看起来就和一个好说话的弥勒佛一样。

方子雨看了一眼白金，心想这种小导演，只要说一句撤资立刻就能把他给吓破胆了。

“是这样啊？”白金笑眯眯地喝了一口茶。

“啪嗒”一下，他盖上了茶杯的盖子，在方子雨得意的目光中开口说：“既然你说她的演技不好，那接下来的那场戏你们两个搭一场我看看。”

他拨弄着茶叶，看着方子雨，小小的眼睛里猛然透出锋锐的光。

“说起来，我还没见识过我们女一号的演技呢。王总投了这么多钱，也不好让他这些钱都打水漂是不是？”

白金将手上的茶杯放下，语气压根儿不容置疑：“正好试镜的这一段戏是女一号和女二号的对手戏，去吧方子雨。”

“我……”方子雨脸色都气红了。

这白金是没有长耳朵是不是?

方子雨正想要再说，一直憋笑观望的栗锦笑弯了眼睛，她看着方子雨冷笑道：“怎么，一听见要和我过对手戏，子雨前辈就害怕了吗？”

“我会害怕你？”方子雨眼神阴狠，“你一个新人，我随随便便就能碾压你。”

“好！”

一道声音随着门被推开传来，王总大步走进来。

“我也好久没看小雨的演技了。”王总一把拖开凳子就在白导旁边坐了下来，“去吧小雨！”

王总冷笑：“我在这里！你只要做你想做的，没有人敢给你脸色看！”

方子雨一口气松了下来，得意的目光死死地盯在栗锦身上。

看吧!

你一个无权无势的新人，拿什么和我争?

## 2 “毒蛇导演”白金

“既然这样，那我就让你占点便宜。”方子雨一步步走下去，冷笑着盯着栗锦，“你可要好好珍惜我们对戏的时间。”

方子雨眼中闪过危险又恶毒的光芒。

“毕竟你以后可能就无法继续在这个圈子里立足了呢。”方子雨悄声说，只有她和栗锦两个人才能听见，“我要封杀你，那是轻而易举的事情。”

栗锦只是冲她笑了笑。

王总擦了一下额头上的汗，见旁边的白金居然都不来恭维自己，顿时在心里把白金一顿骂——没眼色的东西!

等他仔细看下面的时候却愣住了，栗锦今天为了切合这个角色，特意穿了一身漂亮的红裙，衬得她脸蛋明艳、气质无双。

王总下意识地咽了一口口水，有栗锦在的地方，他喜欢的方子雨居然变得暗淡无光起来。

栗锦试镜的女二号是剧中的一位大小姐，名叫木香，从小弹唱跳画俱佳，是真正的名门闺秀。

木香是校园女神，可谁都不知道她喜欢的是顽劣不堪非常叛逆的厉天，也就是剧里面的男一号。

大概是自己没有什么就会向往什么。

一举一动都受家族约束的木香很向往厉天那样的生活方式。

而木香最讨厌的就是班上的女一号林织。林织和木香可谓是两个极端，林织父母双亡，在亲戚家里看人眼色过活，可她很乐观，每天都过得很开心，还是厉天喜欢的人。

今天试镜的这一段就是木香的钢笔被人偷了，结果林织却拿出了一支和她一样的钢笔。

而当时正好是厉天和林织处于暧昧期的时候，木香气血上涌就去质问林织。

见栗锦和方子雨两人已经准备好了，白金喊了一声："开始！"

"嘭"的一声，栗锦推开了面前的桌子。

她眼神彻底变了，此刻她就是那个傲意无双的千金小姐"木香"！

方子雨按照剧本上的要求扭头，她心里存着较量的意思，脸上的表情不由自主就比较用力。

不就是一个区区新人……想法刚出来，见到栗锦眼神的那一刻，方子雨却愣住了。

栗锦一步步走过来，红裙被风带得扬起。

她眼神清冷，甚至带着不屑和鄙夷。

此刻的方子雨在她眼中就是一个偷了钢笔的人，是阴沟里的臭老鼠，是永远都不能见到阳光的地下蠕虫。

白金眼神猛地亮起来，一瞬间挺直了脊背。

就连方子雨的大金主王总都瞪大了眼睛，不过他不是被方子雨吸引，而是被栗锦彻底地抓住了眼球。

栗锦此刻太傲了，但是你就觉得她本来就该是这么骄傲的人。

"你……"方子雨连台词都一下子卡住了，但很快又磕磕巴巴地想了起来，"木香，你有什么事情吗？"

白金不由得翻了一个白眼。

一个女一号居然被新人一个眼神吓得忘词。

这个剧中，女一号林织并不是那种俗气的阳光少女角色，她身处劣势却奋发向上，饰演好了是能压木香一头的。

可现在方子雨活生生地演出了一种龙套小配角的气息。

此刻，表演还在继续。

栗锦轻松地拿过了方子雨手上捏着的钢笔："这支钢笔……你的？"

她甚至不屑于和一个小偷说话。

"你买的？"

栗锦冷笑了一声，已经把木香这个角色给饰演活了。

"是别人送给我的。"方子雨说完这句话差点儿没咬到自己的舌头。

栗锦现在的眼神太可怕了，让她觉得自己就是被踩到了地上的泥巴，不敢在栗锦面前开口说话。

"哦？"

栗锦随意地将钢笔扔在地上，发出"啪嗒"一声轻响。

她就这样靠在书桌上，那眼神就像是看待一个垃圾一样。

"呵。"冷笑从她的口中溢出来。

栗锦抬起眼尾，眼底丝丝缕缕的冷意凝结出来："那还真是凑巧呢，我的钢笔不见了，就有人送了你和我一样的钢笔？"

"我……"方子雨眼中有一闪而过的慌乱。

"行了。"白金摸着脸，"够了。"再演下去，他会觉得方子雨太糟蹋栗锦的演技了。

"呼！"方子雨在心中舒出一口气，额头上都渗出了汗。

"白导，其实这一段我没怎么看过，所以台词还不熟练。"方子雨开口为自己挽尊，"等真正拍摄的时候……"

"不必了。"白金冷笑了一声，"方小姐以后不用再过来了，你的实力我已经充分了解了。"

"白导！"王总皱起了眉头。

"王总，你不用说了。虽然你是投资人，但我是导演，我有我自己的坚持。"白金冷笑，"我要找的是演员。"

"我就是演员啊！"方子雨不敢置信地拍着桌子，"我已经参演过一些电视剧了，你不知道吗？"

白金怎么会不知道她的演艺经历呢？

"方小姐，"白金挑起眼皮，"不是演过戏的人，都能称之为演员的。演员这两个字的分量有多沉，你并不知道。"

王总看了一眼方子雨因为愤怒而扭曲的脸，方子雨刚才被栗锦的演技压制出了一身的汗，这会儿脸上都浮粉了，看得王总一阵硌硬。

他那油腻的视线一下子就飘到了栗锦身上。

栗锦今天只化了淡妆，却半点没有折损她的美貌，尤其那双眼睛像是会勾魂一样，身段又比方子雨好了不止一个度。

王总觉得看得喉咙都发干。

方子雨不能忍受这种侮辱：“白金！我能来参演是给你这种三流导演一个面子知道吗？而且刚才那场戏，本来就是木香的动作和神情更好做，那本来就是木香的主导戏！如果让我来演我也能演得好！”

方子雨无法接受自己被一个三流导演踢出去的事实：“而且现在只是试镜而已，我才只发挥出了一成的实力。”

“谁说现在只是在试镜的？”白金突然抬头，笑眯眯地拿出了自己的手机，“原来我没和你说过啊？这次对重要角色的试镜我都采取了直播投票的方式。”

方子雨的表情逐渐崩溃，栗锦也吃了一惊，惊愕地看过去。

白金弯唇，还是刚才那副弥勒佛的样子，可是方子雨愣是被吓得手掌发颤。

“毕竟像我这种三流导演，自己眼光不高，只能依赖咱们群众雪亮的目光。”白金装模作样地喝了一口茶，“而且你刚才说让你演你能演好是不是？只发挥出了一成的力是不是？那我再给你们一次机会。你来演木香，栗锦演林织！当着五百万观众的面儿，你们再 PK 一次，如何？”

栗锦笑了，这才是被人誉为“毒蛇导演”的白金啊。

狠！

## 3 锦绣天下，向阳而生

“你？直播？”

方子雨不自觉地往后退了一步。

白金是疯了吗？

王总起身，狠狠地瞪了白金一眼。

白金感受到王总的目光，冷笑一声道：“我是从你们两个开始表演的时候直播的，观众的评价，你要听吗？”

“我不要！”方子雨的耳朵里嗡嗡作响，旁边的王总倒是松了一口气。

还好，他在她们表演的时候只忙着看栗锦没有出声，那个角度也确实拍不到他，如果被家里的母夜叉知道了，接下来就麻烦了。

“再演一遍，我一定能演好的。”

方子雨鼻子上都浮了一层汗了，她看见王总那窝囊样子就知道他是怕被家里的老婆知道，不打算为她开口了。

本来之前就因为栗锦的事情让她流失了相当一部分的粉丝，现在如果再被传出演技不行……

“再来一次吧白导。”方子雨放低了态度，心里都快气得吐血了，但不得不忍住。

“栗锦没关系吗？”白金问。

栗锦比了一个 OK 的手势。

“那就从刚才那场中断的戏接着演下去。”白金微笑，心里却对方子雨满是漠然。

早上方子雨扔剧本侮辱他的时候，他就已经想到了要给方子雨一个狠狠的教训。

反正这应该是他在娱乐圈导演的第一个也是最后一个作品了，之前做演员做得不温不火的，如果这个剧再不行，他就回家种田去！

谁还管你什么总的，他白金不怕！

栗锦看着十分轻松，尽管她完全看不见弹幕里全都是对自己的夸赞。

微博上的粉丝居然又开始疯狂增长，而这一拨粉丝可不是热度粉，是被她的演技圈来的活粉——

“栗锦妹妹这个演技吹一波。”

“我女儿！都来看看这是我和余千樊的女儿！”

“女儿妈妈为你骄傲！”

王黎看见这些突然出现在栗锦微博下面的评论，一口饮料差点儿没喷出来。

“这是怎么了？”

栗锦又搞事情了？

试镜的房间里面，栗锦变成了女一号林织，而方子雨变成了大小姐木香。

延续着刚才的站位，两人做好了准备。

方子雨深吸了几口气。

没关系的！

木香这个角色比女一号好演，只要她表现出厌恶栗锦的样子不就好了吗？更何况她现在的愤怒和厌恶本就已经达到了鼎盛。

“嘭”的一声，方子雨确实比刚才更入戏了，她拔高了嗓门：“我不信这是别人给你买的，凭你的家庭条件，能买得起这个吗？”

方子雨知道自己的情感到位了，顿时松了一口气。

怎么样？观众一定是看清楚她的实力了，刚才栗锦只是挑了个运气好的角色罢了。

可她不知道弹幕上密密麻麻地刷过去都是差评——

“为什么我的傲气大小姐变成了恶毒女配？”

“菜场大妈既视感：窝窝头——一块钱四个！”

“方子雨不能滚蛋吗，影响我看我女儿了！”

白金冷笑着看向方子雨。

一个表演不到位的人没什么可怕的，可怕的是表演得一塌糊涂还自我感觉挺良好的。

木香会鄙夷林织，是因为她觉得林织偷了她的钢笔，然后为此愤怒。

而方子雨饰演出来的木香就像是一个还没查清楚真相就随意泻火找事的女人。

木香虽然性格强势，但她是一个有自己原则的人，剧中木香知道这支钢笔是男主厉天送的之后就当着全班人的面道歉了。她是受过高等教育的人，不是那种厕所堵人的七彩头太妹！

白金看向栗锦。

栗锦饰演的木香他已经见识过了，那么栗锦饰演的林织呢？

栗锦缓缓地抬起头，当白金撞进栗锦眼神里的那一刻，他心中大定——

这一次……是捡到宝贝了！

那就是林织会有的眼神，比木香要更沉一些，因为她尝过了人生百态，但是黑暗里又沉浮着灼灼的光芒。

林织是一个会扼住命运咽喉的女人！

她处在社会的最底层但她仍旧是骄傲的，学习名列前茅，能兼职养活自己，校内人缘很好，对自己有绝对的自信！

“木香同学。”栗锦开口了，她很平静，因为身正不怕影子斜，“请问你有什么证据吗？你的意思是我偷了你的钢笔？”

栗锦站起来，身高上就完全压了方子雨一头，她身姿清瘦，看起来就像是一个卓卓不屈的小杨柳：“你现在是当着全班同学的面侮辱我？”

最后一句话带上了沉沉的怒意。

又是那股无形的压力。

方子雨不自觉地往后退了一步，她被栗锦的情绪所带动，这一刻她看见了一个盛怒的少女，对方的眼神是明亮又冷彻的。

“我是怎么样的人，不是你木香一句话能判定的！”栗锦扬起头，“你随便找一个班上的同学问问，他们相信我会偷你的钢笔吗？”

最后一句话栗锦说得掷地有声。

一瞬间，方子雨好像真的看见这个空荡荡的教室里坐满了人，每个人都用谴责的目光看着自己。

两人的地位瞬间交换，林织是班长，在班里有绝对的话语权，木香是孤独骄傲的，林织是热烈似火富有领导力的。

“木香”成了众矢之的。

可“木香”会在乎吗？不会的！

但是方子雨压根儿饰演不出那种不在乎的感觉，她磕磕巴巴道：“那……那你的钢笔是谁送的？”

两人的表演应该在这里就结束了。

白金正要开口喊停，坐在旁边的向阳也就是男一号突然站了起来。

他拿起旁边的道具篮球拽着衣领口吊儿郎当地往前走，就好像刚打完球出了汗一样。

白金眸光一闪。

向阳这是……他要加入？

“干什么呢这是？”

少年懒洋洋的声音伴随着汗液蒸腾的朦胧气息插入两人的对话。

向阳手上的篮球滴溜溜地在指尖上旋转。

下一刻，手上的篮球狠狠地砸出。

“咚”的一声砸在了“木香”的脚旁边。

“啊！”方子雨瞬间出戏惊叫了一声。

可她是出戏了，栗锦和向阳还没出戏呢。

栗锦看向了向阳，眼神开始有层次地变化，从无比的愤怒到了逐渐温柔和放松，还有一丝丝面对心上人的委屈。

向阳一只手揽住少女单薄的肩膀，眼神阴霾带着狠劲儿，占有欲十足地道：“这支钢笔，是我送的。”少年眼中带着讽刺，“你有意见吗？木香大小姐？”

就在这一刻，一条热搜以势如破竹的架势冲出了包围圈，牢牢地霸占了第一的位置：

“锦绣天下，向阳而生！”

新的CP粉诞生了！

## 4 想通了随时来找叔叔

这件事情发生的时候，余千樊正在片场拍戏。

大热天的穿古装服绝对是对演员的一大折磨，女主演已经热得说不出话了，拿小风扇使劲儿对着自己的领口吹。

“千樊老师，喝冰水。”助理唐松殷勤地给他递上水。

唐松坐在一旁刷着手机，嘿嘿地笑：“这个叫栗锦的新人演技可以啊，不过她还挺会来事儿的，找 CP 找的当热的小生，这两人年轻，看着就配一脸。”

“咔嚓”一声脆响，唐松惊恐地看见余千樊猛地把矿泉水瓶给捏扁了，里面的碎冰一下子喷涌出来。

余千樊脸色阴沉地转过头：“你说什么？”

“就、就那个、那个栗锦啊。哦，千樊老师，你和人家认识是不是？”

唐松想到不久前两人还一起上了综艺，当时还沸沸扬扬地闹了好大一风波。

余千樊接过手机，视频里少年揽着少女，阳光青春的气息扑面而来。

“呵。”

余千樊弯起唇，眼尾压下带着风雨欲来的沉沉怒意。

昨天折腾了那么久之后，一个道谢的电话短信都没有就算了，和人家对戏倒对得挺好的啊？

他胸口憋了一团火，下意识地拿出手机打开之前他拍的照片。

照片里栗锦裹着被子睡得香甜，两颊鼓起来带着点婴儿肥，闭上的眼睛长长的眼睫盖下来，投下一片深浅不一的阴影。

要不要把这张照片发给她？毕竟她如果真的喝断片了那这笔账怎么算？

余千樊挑眉想着。

很快，他又自己否定了这个做法，为什么他要去联系栗锦，不应该是做错了事情的栗锦先来找他吗？

余千樊收起了手机，紧紧地皱着眉头。

“那个，千樊老师。”剧组中的女四号叫作宋妙妙的女演员，提着裙摆扭扭捏捏地走过来，“我那边太热了，我能在你这边的树下躲一躲太阳吗？”说完也不等余千樊回答，自顾自地就坐了下来。

可谁知道，她一坐下余千樊就冷着脸站起来往旁边走了。

宋妙妙咬唇，泪水在眼眶里打转。

她就是为了余千樊才进圈子的，满心欢喜地以为能和余千樊更近一些，结果呢？

宋妙妙握紧了双拳。

不行！她一定要让余千樊喜欢她，因为她有必须要成功的理由……

宋妙妙暗自下定了决心。

试镜场地内，栗锦笑着和向阳道谢。

向阳是个有天分的演员，出戏了之后反倒是有点不好意思。

“对不住啊，你演得实在是好，这一段我研究了很久但是没找到感觉，我刚才就是、就是……”

向阳越说脸就越红，因为栗锦的眼睛实在是太漂亮了，而且说话的时候栗锦特别喜欢盯着别人的眼睛看，专注得让你觉得她的世界只有你一个人了。

向阳磕巴了，一点儿刚才霸气男主的影子都不见了。

“我知道。”栗锦轻笑，“是找到状态了对吗？演戏这个东西吧，还是要有人对戏才能发挥得更好的。”

“对对对！”向阳使劲儿地点头。

两人之间的气氛很融洽，但是旁边的方子雨脸都快要气歪了。

直播已经结束了，投票结果自然是出来了。

栗锦的票数足足是方子雨的一百倍。

“王总！”

方子雨被气得眼圈发红，梨花带雨地奔向王总。

“王总，你看他们都欺负我。”方子雨调整了一下自己的表情，绝对要让自己哭得美，“导演也不把你放在眼里，现在大家都说我演技不好，这样以后我还怎么接戏啊？”

王总挺着大肚子，象征性地拍了拍方子雨的肩膀，眼珠子还黏在栗锦身上。

“咳！”王总轻咳了一声，把自己的视线收回来，“白金，你看这件事情……”

“王总，我白金就算再落魄再不是个人物，我也不会找一个像方子雨这样的演员。”白金盖上了自己的茶杯盖，“说实话，要是让方子雨做我这个剧的女主这部戏就完了。”

“那你是想逼我撤资？”王总的脸色一下子就沉下来。

“没了我，你这个戏能不能拍都不一定！”王总冷眼睨着他笑，“别不知道自己几斤几两了，乖乖让子雨做女主，至于她……”

王总的眼神落在栗锦的身上，那黏腻的感觉让栗锦皱起了眉头。

方子雨跟了王总快一年了，他一个眼神方子雨就知道他有什么猥琐的心思！

这老色鬼！

方子雨一边气得发抖，一边心中却有一个想法生出。

栗锦凭什么傲气？

王总是什么样子她最清楚了，不如到时候……

方子雨扬起一抹笑。

“至于这个栗锦是吧？”王总装模作样地用手虚虚握成拳头抵在唇边轻咳了一声，“是个不错的孩子，就让她出演里面的女二号吧！”王总盯着栗锦笑得意味深长，“白金导演，你把两个都给我收了，我再投五百万。”

白金一听气笑了。

怎么的？这位王总现在又看上栗锦了是吧？还一捧就想捧两个？

“栗锦会成为我剧中的林织！”白金昂着脖子，他从来就不是一个听劝的人，“王总如果只是想说这些没用的话，就不必继续聊了！”

“白金！”王总神情阴沉，白金屡次扫了他的面子，这让他暴怒起来，“你知道得罪我的下场是什么吗？就算你能拉到投资，我也能让你这个剧播放不了！”

白金背后又没有人，要弄一个三流导演还不容易？

王总拨弄着他头上本来就不多的几根头发，深深地扫了一眼站在旁边的栗锦，一语双关地道：“有些人就是不识相，等碰得头破血流了才会知道自己错了！”

他看着栗锦那冷傲的眼神，心中一片火热。

要是能收个这种小妖精那多带劲儿啊！

王总把攀附在自己身上的方子雨给扒拉开，走到栗锦面前，拿出自己的名片。

“栗锦，你既然是来试镜的，那也是需要拍片资源的对不对？我相信你肯定比白金聪明，你好好地劝劝他。”他强行把名片塞进了栗锦手里，“想通了，随时来找叔叔。”

## 5 你需要一瓶藿香正气水

王总大摇大摆地揽着方子雨准备走了。

方子雨回过头深深地看了栗锦一眼，道：“这次是我表妹没有来，不然哪有你的份儿，木槿的演技可比你好多了！”

“木槿？”

栗锦笑了，这世界还真的是小，又或许她们命里就要争斗，重活一世兜兜转转也还是这些人。

“你笑什么？”方子雨现在很敏感，栗锦一笑她就觉得这人肯定是准备看自己的笑话了！“我表妹是B大表演系的优秀毕业生！你觉得她会输给你这个还没开始正式上表演课的人吗？”

栗锦是刚高考完，现在还在暑期，再过一个月就去大学报到。

“你说的木槿，是不是长得高高瘦瘦的，鼻子上有一颗很小的红痣？”

方子雨心头一阵畅快：“怎么，你听说过？也对，毕竟算是你的前辈。”

“前辈不前辈的我倒是不知道也没有听说过，只是昨天晚上回家的时候碰到了。”栗锦夹着那张名片，意味不明地看着方子雨冷笑道，“昨天晚上那个叫作木槿的女人，酒驾追尾我的车，我估计今天她爽你的约……可能是酒还没清醒吧。”

就算酒醒了，木槿短时间内也出不来了。

栗锦没有把后面那句话说出来，但这已经足够扎方子雨的心了。

“你别得意！”方子雨脸都绿了，“早晚有一天……”她想到了自己刚才想的那个计划，脸上露出阴狠的笑容，挽着王总的胳膊转身就走。

这两人一走，白金立刻冷笑了一声，但是随后又紧紧地皱眉。

见向阳和栗锦都看着自己，白金笑了笑：“都这么看我干吗啊，怕我发不出你们的片酬吗？”

向阳红着脸摆手，而栗锦则是皱眉问：“还差多少钱？”

“怎么，小栗锦你要给我投资？”白金笑了，“还差五百万，你拿得出来吗？”

栗锦现在肯定是拿不出来的，栗家是有钱，但是栗亮抠门，每个月不会给她很多的生活费，加上之前她也很能花钱，现在她手上也不过才五十多万的余额。

想了想，栗锦拿出手机准备给裴天华他们打电话，如果裴天华他们愿意借她钱那就再好不过。

“舅舅的电话号码……”栗锦猛然想起来自己还没存两人的电话，不过记得昨天睡觉之前她接到的最后一个电话就是裴安的，打开通话记录点开第一个就是了！

她打得急，压根儿没发现那串数字是她曾经烂熟于心的某人的电话号码。

而栗锦不知道的是，昨天晚上她是被裴安抱回去了，但是手机落在余千樊家里的不知道哪个角落，裴天华去找了很久都没找到，最终用余千樊的手机拨了一个电话。

所以这通记录压根儿不是裴安的，而是正在片场拍戏的某人的。

栗锦打电话过来时，余千樊正好一场戏完了，唐松拿着他的手机，看见来电显示的名称古里古怪的。

“裴家小刺猬？”唐松瞪大眼睛，余千樊的通讯录从来都是工工整整地记录人名的，什么时候居然出现这种名字的？

挣扎再三，唐松知道平常余千樊工作的时候都是不接电话的，但这个显然就不一样啊！

“那个，千樊老师。”唐松犹豫着给正在休息的余千樊递上手机，“有电话！”

唐松其实说完之后就后悔了。

他这是鬼迷心窍了吧？之前刚跟着余千樊的时候他就犯过这样的错误，当时余千樊看都没有看那正在振动的手机一眼，语气冰凉地来了一句：“下次你要是再在我工作的时候把我手机拿过来你就不用干了。”

“千樊老师，我这就帮你挂了！”唐松一个机灵就要去按挂断键——没事没事，还能挽救。

可谁知他的手还没伸出去，手机已经被一把抢走了。

余千樊拿得很着急，放在膝盖上的水瓶随着动作闷声砸在了地上。

“千樊老师？”唐松目瞪口呆地看着他。

“没你的事情了。”余千樊看着来电显示，心情晴朗起来，“你去忙吧。”

唐松一脸梦游一样走出去。

余千樊按下接听键：“怎么？”

虽然有点迟了，但那个丫头现在跑来和他道歉他也不是不能接受。

“舅舅！”那边传来栗锦脆生生的声音。

余千樊：“……”

“舅舅你现在方便吗？能不能借我五百万啊？”栗锦怕自己要得有点

多，哪怕这点钱对裴家人来说可能连摆在茶几上的一个瓷碗都不够，“等我赚回来了立刻还给你。”

余千樊：“……”

“舅舅你怎么不说话？你是不是生气了？”栗锦小心翼翼地问。

余千樊捏紧了眉心。

“栗锦。”他声音沉沉，但又像草原低低掠过的风，吹进了栗锦的耳朵里，“谁是你舅舅？”

栗锦：“……”

她满脸呆滞地把手机拿离耳旁，仔细地看了一眼上面拨出去的电话号码。

什么！

为什么是余千樊的电话？

“余千樊，你打过我电话？你怎么知道我电话的？为什么我这里显示我接通过？半夜三更我什么时候接你电话了？”

一连串的问题兜头就对着余千樊砸了过去。

他靠在树干上，树枝尖端大概是藏着几只知了，聒噪的叫声和电话那边的某人有得一拼。

“栗锦，你的微信是你的手机号码吗？”

“是……是啊。”

栗锦下意识地就点头回答了。

“那你看微信吧。”

余千樊干脆利落地挂断电话，栗锦急急忙忙去翻微信，有个新的朋友申请，头像很简单，一只胖成猪的蓝猫。

那是余千樊养的宠物，小玻璃。

栗锦立刻点了通过，下一刻对面就发过来了一张图。

图里是她睡得昏天黑地的睡颜，在陌生的房间裹着陌生的被子。

一切都好像灵异事件的开端，要不是顾忌着白金他们都在，栗锦都能叫出声来。

她不敢置信地按着手机键盘，看那架势好像恨不得把手机给捅穿了。

“这是怎么回事？”

“这不是我吗？”

“我这是在哪儿被拍的？”

三连问一条比一条发送得快。

余千樊看着她气急败坏的样子，扬着唇收起了手机。

先让不懂事的小姑娘急一会儿，收收心，免得她下次再不看人就随随便便往其他男人的房间里面钻。

而此刻剧组的导演正躲在一边，满脸担忧地看着余千樊。

余千樊是不是中暑了？给热傻了？

工作时间看手机就算了，还对着手机笑？

不正常！

看来得去买点藿香正气水来给他压压魂儿！

## 6 你会成为我的男人！

栗锦左等右等就是等不来余千樊的回复，她焦躁地抓了抓自己的头发。

试镜还在继续，白金直接让栗锦坐在了方子雨的位置上，顺便观摩一下人家的演技。

不管是青涩的演技还是成熟的演技，多看看总是对自己有好处的。

栗锦心不在焉地坐在位置上，看一会儿那些试镜的人，再瞄一眼自己的手机。

“导演好，老师们好，我叫毛圆圆，我试镜的角色是……”

直到一段自我介绍飘进栗锦的耳朵里，才稍微将她的心神扭转了过来。

毛圆圆饰演的那个角色戏份不重，但她还是让白金露出了笑容。新人演员里有灵气的并不多，尤其是像毛圆圆这样还没被这个圈子污染的，眼神都还干干净净的人。

“你来试试女二号的戏。”白金立刻拍板。

毛圆圆愣怔之后就露出笑容，她一定要牢牢地抓住这次机会！

不过……毛圆圆看向了坐在女一号位置上的栗锦，眼中涌动着崇拜的光芒，好厉害啊！

难怪栗锦刚才一点都不慌，原来人家的实力都足够做女一号了。

毛圆圆深吸了两口气，将角色过渡到木香也过渡得很自然。

白金满意地点头，虽然毛圆圆的木香远远不如栗锦出演得那么惊艳，但他总不能要求人人都变成栗锦吧？

那这个剧还要不要拍了？

“叮”的一声，栗锦的手机振动了一下，她立刻打开，果然是余千樊发过来的。

“栗锦，你要那么多钱做什么？”

居然不正面回答她的问题?

栗锦眯起眼睛，把手机放在腿上噼里啪啦地就开始打字。

“你管我，快告诉我这张照片是怎么回事?”

那边很快就回了一张嘲讽的笑脸。

余千樊：“我不想再回忆昨天晚上，你去问问你的舅舅们。”

栗锦气得翻了个白眼。

余千樊：“你要五百万做什么?”

栗锦撇嘴，敲击：“和你有什么关系?我是和我舅舅借，你问这么多，又不借给我钱。”

余千樊仿佛看见对方已经爹毛，愉悦地靠在椅背上交叠起大长腿。

“大家先去吃午饭吧，今天是高温，中午休息一会儿下午开拍，注意休息。”副导演拿着大喇叭宣布工作先告一段落。

余千樊二话不说拿起手机就往酒店的方向走。

宋妙妙躲在后面悄悄地看着余千樊的背影。

“妙妙！妈妈说的话你都记住了没有?”

电话那边传来宋妈妈略显急促又尖锐的声音。

“只要你能和他制造出绯闻，妈妈就去找余家老爷子商量你们联姻的事情。”宋妈妈的小算盘打得噼里啪啦的，“余家那老爷子是出了名的顽固不化，捕风捉影的事情只要妈妈一夸大，余老爷子年纪也大了，肯定就会信一半。妙妙，咱们宋家可都靠你了，一定要抓住余千樊知道吗?只有余家能帮我们了！”

宋妈妈的野心可不止一星半点：“余家的分量抵得上我们几十个宋家，你爸爸的公司出现危机，如果抓住了余家这棵大树，不仅能解决一切问题，咱们宋家在A市的地位就能水涨船高。”

宋妙妙很用力地点头。

她当然知道!

她还知道自己的父亲为了解除危机，打算把自己嫁给一个年过半百的老头。

宋妙妙傲然扬起下巴，她宋妙妙就算是要联姻，那也是要选择这个圈子里最优秀的男人。

“妈，他已经走远了，不和你说了我要去行动了。”

余千樊他今天是不太舒服，也没什么胃口。

他看了一眼给栗锦发的最后一条消息，随手扯了一把衣领。

“你舅舅没钱借给你了，他今天打电话和我借钱，说为了你的事被老爷子扣卡了。”

他回到酒店的房间，正拧开水打算喝，那边栗锦果然已经按捺不住拨了一个电话过来。

栗锦都要气炸了，离开剧组回到自家屋子就给余千樊打电话。

一边打，她还一边悄悄地打开了录音笔。

自从上次方子雨事件之后，栗锦就觉得录音笔这玩意儿真的很靠得住！

不管怎么样，有备无患。

“说。”很快电话被接通，那边传来了余千樊没什么人情味的声音。

栗锦撇嘴，还是那样，人家男明星那都是人设，只有余千樊，栗锦觉得他在圈子里的名声和他本人完全就是一模一样——不近人情！

“你说我舅舅那个事情是怎么回事？”栗锦扣住了被子一角，闷声问，“我外公骂他了？”

裴天华和裴安是不会把这种事情告诉她的，她心里很清楚。

而老爷子也不是真的手眼通天能管得着两个已经独立了的舅舅。

只是因为他们孝顺，外公一生气他们两个就没办法了。

不过按照裴天华的性子，不管他现在是不是用自己的钱包去安抚外公的怒火了，只要栗锦开了这个口，他一定会给栗锦钱的。

可惜她开不了这个口。

“叹什么气。”余千樊的声音从电话那边传过来，似乎是心情不错，声音都温和了不少，“总归……”

话还没说完，他房外突然传来了敲门声，栗锦把自己埋在枕头里的脑袋钻出来，侧耳仔细地听着。

“谁？”

余千樊皱眉，唐松今天身体不舒服这会儿应该去医院了，肯定不是他。

“是我，千樊老师。”

门外传来宋妙妙万分慌张的声音。

余千樊的脸阴沉下来。

宋妙妙已经观察了他很久，知道说什么话才是有用的。

“千樊老师，你救救我吧，有人在追我。是上次我在饭局遇到的一个老总，我很害怕。”外面的声音听起来都快哭了，“千樊老师，你能不能帮帮我，我真的害怕，能不能帮帮我？我就借你的手机给我经纪人打个电话，我的手机不见了！”

余千樊为人淡漠，但不会真的见死不救。

娱乐圈潜规则很多，这种事他也不是没见过。

门的那边，宋妙妙已经扬起唇，余千樊没有第一时间拒绝就证明有戏！

她要是一开口就说一些爱慕的话，反而要被余千樊拒绝。

余千樊一只手拿着手机，另一只手打开了门。

栗锦竖起耳朵，手上的录音笔拽得死紧。

而门的另一边，宋妙妙扬起了必胜的拳头！

门开了，接下来的事情就好做了。

余千樊……将会成为她的男人！

## 7 哥哥送给你

栗锦正往自己的嘴里塞放在床边的瓜子，猛地听见电话那边传来了什么东西相撞的声音。

她皱起眉头。

下一刻，女人极度紧张的呼吸声响起来，还夹杂着门被使劲儿带上的声音。

栗锦手上的瓜子都吓掉了，她赶紧调大了手机音量。

“滚开！”

下一刻，余千樊冰冷的声音响起来，栗锦瞪大了眼睛。

余千樊这是被霸王硬上弓了？

不对！

圈子里的人都知道余千樊的脾气，这种程度的手段对他来说是没有用的。余千樊和何晗那种人不一样，他不会喜欢上那种耍手段自己送上门的女人。

“千樊哥哥，我是真的很喜欢你！”

房间里，宋妙妙已经完全顾不上理智，她把自己的衣服弄得乱七八糟，死死地扑过去抱住了余千樊的脖颈，手臂一环绕上自己心心念念的人，顿时觉得心都软了：“我一直都在远远地看着你，给我一个机会！”

她像是发疯了一样，整个人状若癫狂地往余千樊的身上紧紧地靠。

“千樊哥哥，我能为你付出一切，你想要什么我都给你。我什么都不求，就求你给我一个机会好不好千樊哥哥……啊！”

余千樊重重地将她一把推了出去，她的肩膀磕在桌角上发出一声惨叫。

余千樊半只手撑在桌角上，看着宋妙妙的眼神带出了沉沉的杀意和极度厌恶。

宋妙妙惊恐地捂住了自己的肩膀，因为余千樊就仿佛被什么脏东西给碰过了一样，要不是他还保持理智，她甚至觉得余千樊现在就能直接过来掐断自己的脖子。

“你说要被认识的老总潜规则了，求我借你手机我才开门的。”

余千樊从旁边抽出湿巾，充满厌恶地擦拭自己被她碰过的地方，他淡淡地抬起眼，那一眼将她看进了尘埃里，渺小又肮脏。

“看来并没有人想潜规则你。”

“我是爱你的啊！”宋妙妙做出心如刀绞的样子，捂着自己的心口道，“是因为我太爱你了所以才这样的。”

“呵……”余千樊冷笑了一声，“收起你的这套给我滚！圈子里没人不知道我的脾气。既然你已经用这种方法来接近我了，想必你已经做好心理准备了吧？”

余千樊转身坐在了沙发上，裤子随着动作被提拉上去，露出一截干净的脚腕。

宋妙妙痴痴地看着。

她觉得余千樊哪里都很好看，哪里都显得和她很相配。

余千樊对她的这种目光真的是厌恶至极，胃变得火烧火燎起来。他一手摁着胃，靠在沙发上弯起唇，眸光发冷，充满嘲讽地说：“不过你自己已经做好准备了，就是不知道你们宋家做好准备了没有。”

宋妙妙脸上的神情狰狞了一瞬。

下一刻，她深吸了一口气，干脆将自己的衣服扯得更开，弯腰将自己腿上的丝袜扯烂，头发也被她抓乱。

“千樊哥哥，我知道你也喜欢我。”或许总有女人会有这种盲目的自信感。

她觉得全世界的男人都会喜欢她的，就算真的有不喜欢那也只是暂时的。

只要自己创造出一个机会，那些人就都会爱上自己。

“我会让你接受我的！”宋妙妙的眼神逐渐变得坚定又狠厉。下一刻，她赶在余千樊发怒之前披头散发地狂奔而出，一边跑一边发出低泣声，好像自己被怎么了一样。

余千樊看着她做戏一样跑出去，眼中寒意快要凝结成冰。

他拿出手机要给经纪人打电话，却发现上面显示正在通话中。

余千樊愣了一下，本来胃里翻天覆地的呕吐感一瞬间都消失了。

“栗锦？”他试探着叫了一声。

“咔嚓咔嚓！”

电话那边的声音突然一顿，栗锦憋着笑的声音传过来。

“怎么，你完事儿了啊，千樊哥哥！”栗锦刻意慢吞吞地学着宋妙妙的腔调。

余千樊额头上的青筋一跳，他按压着眉心：“闭嘴！”

那丫头肯定在看笑话。

栗锦啪啪两声把自己手上的瓜子皮儿给拍掉了，用一种很是兴奋的语气说：“你别丧气啊！”

“我有录音啊余千樊！”栗锦激动地坐直了身体，把电话夹在耳旁开始调弄录音笔，“我就是随意一录。”

余千樊靠在沙发上，稍微抬起了眼睛。

“但是你知道的吧，我要是把这个给你了我就得罪了宋家和宋妙妙，虽然我不怕他们，但是多一个敌人也不是什么好事对吧？”栗锦期期艾艾地说，“你就没什么表示？”

余千樊胃里的灼烧感在一点点地褪去。

“嗯？”他弯唇，那双清冷的眼睛微微弯起，可惜在场没有人看见。

“就是……咱们两个也都这么熟了，本来我要价也不是这样的，这不是和你熟嘛！”栗锦心中的算盘打得噼里啪啦的，“这样，对半折，你借我五百万，我就给你录音怎么样？五百万，而且还是借哦！我可以给你打欠条，这么划算的生意你没遇到过吧？我和你说现在像我这么厚道的人已经不多见了！”

栗锦这人就是越心虚话越多。

余千樊起身，拉开旁边的抽屉，里面同样也放着一支正在录音的录音笔。

想了想，他又锁上抽屉。

“只是借就够了吗？”余千樊转身靠在了书桌上，似笑非笑地问，“你拿着对我这么有利的东西，不把价格要高一些？”

那边的栗锦一愣，然后她就听见余千樊的声音压得低低的，像是在报复她那句“千樊哥哥”一样。

他唇齿间都仿佛含了三分笑：“栗锦妹妹……五百万不要借怎么样，哥哥送给你。”

栗锦耳朵一热，猛地挂断了电话！

这人……这人铁定是又犯病了！

栗锦轻咳了一声。

戳开了余千樊的微信，她觉得还是文字交流比较妥当。

而另一边，狂奔回去一路上还刻意被许多人看见的宋妙妙，一回到房间就抹掉了眼角那点本来就不多的眼泪。

她打通电话，对着那边满是兴奋地道：“拍到了吗？拍到就好！现在就把余千樊强行侮辱我的消息发出去！”

余家的少夫人必须是她！

# 第六章 娃娃亲

## 1 老顽固是余爷爷

余千樊说得没错，这一次宋妙妙就是有备而来的，不只是她做足了准备，还有宋家也做足了准备。

很快，微博上就冲上了一条新闻，空降热搜。

“当红男神潜规则女星。”

发送这条消息的人还附带上了一段视频，里面是宋妙妙衣衫凌乱夺路狂奔的样子。

栗锦刷了一下那人附带的话，当即就冷笑出声。

“我是酒店的一位工作人员，当天男神余千樊和他的剧组一起入住我们的酒店，我是十分激动的，所以连在男神那层打扫房间的时候都格外用心，但我没想到会看见这一幕，酒店里面孤男寡女共处一室想必不用我说大家都已经知道是怎么个情况了。

“视频里的小姐姐是这部戏的一个女四号还是女三号，当时她来找男神的时候我就觉得蹊跷，毕竟男神在圈子里被一些女人纠缠我们是再清楚不过的了。

“但是这个小姐姐进去的时候神情很忐忑，好像觉得很害怕一样，我觉得奇怪就留下来多看了一会儿，但是没想到五分钟之后这个小姐姐居然衣衫不整地从里面跑了出来!

“我知道男神……算了我已经脱粉，就姑且叫他的名字吧，我知道余千樊的粉丝能力很强，可能我把这条消息传出来会被攻击，但我实在没办法昧着良心当作什么事情都没有发生过。

“你们可以不相信我，但是那个小姐姐跑出来的时候，很多很多人都看见了，包括剧组里的一些工作人员！显然就是被余千樊给强迫了！

“真希望这个披着男神皮的人渣能被绳之以法！”

这条消息可谓是巨石砸入了平静的湖面，微博一下子就热闹了起来——

“哇，没想到余千樊背地里居然是这种人？”

“不是拍到了房间号吗？查查看不就知道了？”

“坐等吃瓜！”

“我相信他不会做这种事情的！喷子造谣一张嘴！”

粉丝们还是坚定地站在自己偶像这边的，毕竟余千樊也不是突然爆红的流量明星，他一开始就是以实力打出来的天下，人品也一直没有出过问题。

栗锦关掉了微博界面，点开了微信，上面有余千樊发来的消息。

反正这时候宋妙妙可劲儿闹腾都没有关系，余千樊已经做好了应对的措施。

现在大家贬低他越厉害，回过头来就会觉得不辨是非的自己有多愚蠢。

栗锦一边心里想着，一边点开微信。

余千樊：“钱已经汇过去了。”

栗锦美滋滋地把余千樊的备注改成了“隔壁老地主”！

这五百万等她赚够了第一时间就转过去！

栗锦叹了一口气，没想到有生之年她居然还能和余千樊这么心平气和地谈合作。

“录音给你发过去了。”栗锦躺在床上敷面膜。

余千樊回消息倒是快，虽然只是一个简简单单的“嗯”。

栗锦知道接下来没自己的事儿了，立刻高高兴兴地去给白金导演打电话说投资的事情。

而余千樊这边已经被导演给拉住了。

“这到底是怎么回事？”导演蹲在地上抽烟，满面愁容，“你说你平常那么小心的一个人，怎么会着了这种下三烂的道？”

导演和余家爷爷是认识的，也可以说是看着余千樊长大的。

别看网上那家伙写得一套一套的，可拉倒吧！

余千樊想要女人还用得上强迫这一套?

宋妙妙那丫头进剧组的时候演戏就飘忽，整个人都不定性！要是没看出这点猫腻那他这些年也白在圈子里混了。

“我看她肯定还有后招。”导演狠狠地吸了一口烟骂了句脏话。

余千樊当然知道宋妙妙不会就这点手段的，他的粉丝都不是傻子，凭你一个视频就让粉丝们动摇也太难了。

只是这个后招来得比余千樊和导演想象之中的还要快。

“千樊你看看网上！”导演一脚踩熄了烟，“这女人还没完没了！”

余千樊看了一下手机推送。

“视频女主角居然是宋家千金? 父母公开表态需要余千樊给一个交代！”

宋妙妙还去特意调了监控，然后声称监控被人事先处理过了。

配合着父母那边的表态，宋妙妙在微博上哭诉。

宋妙妙:“这种事情承受伤害的永远都是女人！这次的事情对我和我父母来说都是一个沉重的打击，我曾去向酒店讨要监控视频以证明自己的清白，酒店却说监控提不出来，正好是那一楼的监控坏掉了，好在有不少人都出声帮我证明，这才不至于让我成为万千哑口无言的受害者之中的一个，关于监控事件的过程我不想追究也无力追究了，只希望余老师就事论事，出来承担责任。@余千樊”

倒打一耙这一手玩得很好啊，余千樊将手机反手扣在桌面上，冷笑了一声。

结果刚扣下的手机就振动起来，余千樊接起，那边他妈妈的声音带着十足的阴沉。

“千樊，你先回家一趟，宋家人带着那个宋妙妙来我们家了！”

余千樊扬起头，天边一线的昏黄仿佛带着厚重的滤镜，衬着天空最后的余蓝混成怪异的颜色。

“你爷爷很生气，快回来。”

网上那些宋家买下来的营销号也在努力，场面逐渐开始变得不受控制——

“宋妙妙就是想碰瓷我们千樊！”

“楼上你可别逗了，人家宋家千金能豁出去来碰瓷你家正主?”

“女人是不会拿这种事情来开玩笑的！”

“脱粉余千樊，老子这三年的追逐怕是喂了狗！”

“宋家是我认为的那个宋家吗？宋家制药的那个？”

“真是心疼宋妙妙……”

宋家也算是A市的大家族了，至少A市人是知道的。

在寻常人眼中，宋妙妙家里已经很有钱了，何必再拿自己的名节去和余千樊纠缠呢？

可他们不知道的是，就是因为那些人体会过上流生活的滋味，才会在自家公司出现危机的时候为了保住他们的生活而变得不择手段。

外人看见的是光鲜华丽的外壳，却不知道里面早已经被蛀虫吃空的腐烂模样。

余千樊赶到家里的时候，门口的保安都站得格外笔挺，他们见到余千樊，一脸为难。

“少爷！老爷子他……”

余千樊扬了扬手：“不用说了，我都知道。”

他走到门口，里面就传来了余老爷子激动的声音。

“我孙子强迫你女儿？”

余老爷子是出了名的老顽固，随着年纪越来越大，他开始逐渐钻牛角尖，几乎只认死理，这些余千樊都知道。

不过……

“呸！我孙子是怎样的人我最清楚了！你们拿面镜子出来照照就知道我孙子看不上你女儿这样的！相貌平平人品低劣不懂自爱！少在我余家捧着肚子来装腔作势，装给谁看呢？”

余千樊笑了。

虽然他是个老顽固……但他不是个傻子！

## 2 请她来吃饭

余千樊走进屋子里，余老爷子正拄着拐杖气得要动手揍宋家人，好在余千樊的妈妈张妍伸手拦住了。

“你拦着我？”余老爷子感觉到了全世界的恶意。

张妍似笑非笑地盯着面前的宋家人：“爸爸，不是我要拦着你，是这种小人，如果今天在我们这里挨了打，明天就要满口出去造谣说我们余家杀人了不是吗？”

张妍颇为头疼，她丈夫还在外面忙，这会儿应该正在赶回来……

“妈妈。”

余千樊从外面走进来。

余老爷子见自己最喜欢的孙子居然为了这点破事回来了，顿时心疼得不行。

“离你剧组这么远呢，这点小事你回来干什么！”余老爷子又开始“咚咚咚”地敲拐杖了，“快去洗手吃饭！这里有你爷爷在！”

余老爷子腰背挺得笔直，看着宋家人的眼睛里带着和余千樊如出一辙的不屑。

宋妙妙可算是知道余千樊像谁了。

他是余老爷子带大的，自然一举一动都像当时称霸 A 市的余老爷子。

“呜呜呜……”

宋妙妙低着头哭起来，旁边的宋爸宋妈立刻回神，他们眼神飘忽就是不敢盯着余千樊的眼睛，大声地虚张声势说：“这次的事情的确是我们宋家受委屈了。你们余家是仗着家大业大不敢认？敢做不敢认的孬种！”

宋妈妈这时候是身心通畅，当年她也是靠着手段挤走了宋爸的第一任老婆。

她最得意的就是自己这一套手腕儿。

她靠着这些法子成了宋家的太太，虽然当时人人都瞧不上她，可现在她不照样在宋家牢牢地站稳脚跟了？

用什么方式不重要，重要的是先进了这高门大院！

宋妈妈勉强憋住才没让自己笑出声，她今日特意化了更显憔悴的妆容，她眨了眨眼睛就流下泪来，好一副弱柳扶风梨花带雨的模样。

“我就只有妙妙一个女儿，你自己将心比心，大家都是女人，如果女儿出了这种事情，你难道不觉得扎心吗？”

张妍真是要被宋妈妈这模样给恶心透了。

她张妍最不喜欢的就是像藤蔓一样攀附着男人的小白花，装作什么都不懂的样子其实把该干的恶事都干完了。

闻言，张妍冷笑着说：“我女儿要是这么恬不知耻地用下流手段要嫁入高门，那我宁愿从来没有生过她。”

张妍红唇弯起，整个人说不出的自信与飞扬。她居高临下地俯视着宋太太。

“况且，我也不是宋太太您……”

一样年纪的女人，张妍自己有事业有身份，人人都记得她叫张妍。

可宋太太呢？

她本名黄莲，可谁记得她叫黄莲？

人们只记得她老公姓宋，只知道她是所谓的“宋太太”！

不是以我之名冠你之姓的浪漫。

这是活成了一个附属品的模样。

“你……”宋妈妈满心怒意，看着这个比她更有魅力的同龄女人，她从心底感到了嫉妒和愤怒。

“反正这件事情你肯定要给我们一个交代！”宋妈妈冷眼横着张妍，“而且现在所有人都知道你们余家做的好事！这件事情，你们无论如何都得给我认！”

宋妈妈可算是扬眉吐气了！就算你张妍再厉害，你儿子还不是让我女儿给算计了？

宋父绷着一张脸，他知道自己女儿的算计，却默默地赞同了。

如果能搭上余家这条线，那他的公司不就保住了？

宋父胸腔之中的野心在奔腾。

此刻在宋家三人的眼中，余家这块巨大的肥肉已经被他们一口叼上了。

“千樊哥哥。”宋妙妙软软地开口，“我是真的喜欢你的，如果我们结婚，我会对你很好的！”宋妙妙含情脉脉地看着余千樊，“我会对我们的家庭负责任的！”

余千樊冷笑着从衣服里带出一份U盘：“我不用你对我负责，你更不会和我们家有什么关系。你只需要对你做下的事情负责就好。”

余千樊坐在沙发上，宋妙妙看着桌子上那一个小小的U盘，胸口仿佛被重重一击，好像有什么不好的事情马上就要发生了。

她注意到了，从刚才走进来的时候开始，余千樊一直都是胸有成竹的。

他半点都不曾慌乱过。

他这副胜券在握的样子让她莫名地心慌。

“这是我录制下来的音频……”余千樊又掏出一个袋子，“这是我随身携带放在房间里的摄像机录下来的视频！”

宋家三人的面色逐渐变得苍白。

“你……你要把这些发到微博上？”宋妙妙腿都软了，“不行！不行不行！那我就全完了！”

宋妙妙状若癫狂，狠狠地抓着自己的头发。

“你不能这么对我！你怎么忍心对我一个女孩子做出这种事情，你这是把我往绝路上逼啊！”

“你说错了，宋妙妙。”余千樊冷淡地看着她，“我不只是要发在微博上，我还将以诬陷罪起诉你。”

余老爷子见自己孙子唰唰两下就把宋家人给摆平了，登时心气儿通畅。

“当然，宋家也跑不掉！”余老爷子如鹰般锐利的目光扫过宋父宋母，“敢招惹我们余家的人，现在还没有一个能好好地在A市！”

宋父终于服软了，刚才那种盛气凌人的样子也没有了。

“误会……一切都是误会啊！”

宋父叫喊着，可是已经没有用了，宋家三人直接被早就在外面气撑了的保安直接拖了出去！

张妍冷哼了一声坐在沙发上。

“总有这种人巴巴地要往咱们身上贴。”张妍拍拍自己儿子的肩膀，“不过你这次准备得挺充分啊。不错！”

“嗯。”余千樊看着那个U盘，少见地露出几分柔和的笑容，“有个小朋友出了不少的力。”

张妍一愣。

她转头和余老爷子对视了一眼，问：“男孩女孩啊？”

余千樊睨了两人一眼。

“女孩。”

“哎呀！”张妍急了，“你可是有娃娃亲的人，干吗呀这是？”

她对儿子口中的那个“小朋友”有了抵触情绪。

倒是余老爷子眼睛都放光了。

什么娃娃亲啊，其实他这两年也看淡了，都得随缘，没几年好活的人，就想着抱重孙，最好是重孙女呢！

于是，余老爷子一锤定音——

“你现在打电话过去！咱们得好好谢谢人家，让她今天晚上过来吃晚饭！”

## 3 态度奇怪的张妍

“爸爸！”张妍瞪大了眼睛，“这就叫人家上门来吃饭？不好吧……要不我在外面订个酒店？”

余老爷子一瞪眼。

“酒店？酒店多不好啊！酒店有咱们家的私厨做饭好吃吗？就在咱们

家，千樊你去打电话！”余老爷子又钻上牛角尖了，“至于这边的视频和音频你交给你妈让她去处理，不要浪费时间在宋家这种不入流的小瘪三身上！你倒是给我找个正经人家的姑娘来好好谈恋爱啊！”

余老爷子又开始唠唠叨叨：“老李头家的孩子和你一个年纪，人家女朋友一个个地往回带。”

余千樊靠在沙发上。

张妍见余老爷子又开始了，立刻拿着两件东西躲远了。

余千樊被纠缠得没有办法，只能给栗锦打了个电话。

余老爷子悄悄摸摸地往他的手机上瞟：“你这屏幕怎么黑乎乎的什么都看不见啊？”

余千樊睨了他一眼：“防偷窥手机贴膜。”

老爷子一听，气鼓鼓地就坐到旁边去了。

栗锦正在生啃黄瓜，思考要不要点份外卖吃，手机突然振动起来，她看见上面显示的“隔壁老地主”就很想笑。

“怎么，”栗锦皱起眉头警惕说，“你是不是后悔借给我五百万了，我告诉你钱我都用了！”

余千樊揉了揉自己的眉心顿觉头疼。

她能不能别张口闭口就提钱？

“你这次帮了我大忙，我爷爷想请你吃晚饭。”

栗锦咔嚓咔嚓地嚼着黄瓜，闻言疑惑地问：“我为什么要来你家吃晚饭？”

栗锦满脸警惕：“一手交钱一手交货，我们没什么饭好吃的！”

她和余千樊只想维持正常的关系，就算现在他们关系缓和了一些，但她也不打算和他有太多的牵扯。

“我不去你家吃饭！”栗锦直接拒绝，“我在家吃得挺好。”

在家吃什么？外卖？

余千樊扯了扯嘴角，一转身又看见老爷子殷切的目光。他无奈，看着窗外漂亮的黄昏线，想了想开口道：“让你过来不是吃晚饭的。”

栗锦：“？”

“你的欠条什么时候打？”余千樊看见玻璃上出现自己的倒影，眉眼弯弯，眼中清泉涟漪，他很少有这么开心的样子，他盯着玻璃上的自己愣住了。

栗锦那边听见“欠条”两个字顿时觉得黄瓜也不香了，磕巴地说：“那什么……我又不会赖了你的！”

“谁知道呢。”余千樊背过身去不再看玻璃，“晚上六点，我去接你？”

“不用不用！”栗锦一下子就从床上坐起来，“这多不好啊！要是被狗仔拍到，可怎么办。”

余千樊一愣。

“你不知道吧？”栗锦来劲儿了，她以前和余千樊就是打打闹闹的模式，这会儿终于觉得又找回了之前的感觉，“网上剪辑了我们两个的短视频，说我们像父女……喂？喂？”

那边突然传来的嘟嘟忙音把栗锦后面的话都卡在喉咙里了。

“啧！”栗锦挂断电话，“这人还有没有礼貌了？”

本来今天是打算瘫着的栗锦只能从床上爬起来，要是换成以前她是可以不搭理的，可现在谁让她欠着人家钱呢？

想到要去别人家做客，她穿了米黄色的长裙，挎着背包就出门了。

余家大厅里，余老爷子指挥着后厨忙得团团转，而张妍忍不住拽了余千樊到书房说话。

“你真的让人家姑娘过来了？”张妍皱起眉，“这样让别人误会了怎么办？”

余千樊想起栗锦口中的“父女情”就觉得青筋忍不住地跳跃，他无奈地说：“她是不可能误会的。”

“那也不行，万一裴家那边误会了怎么办？”张妍想起自己的好友裴瑗，那个骄傲了一辈子的女人，“你爷爷和裴家爷爷是几十年的老朋友了，我和裴瑗也是……裴家那边。”

“裴家也不会误会的。”余千樊没什么表情地打断了张妍的话，“就是请她吃个饭，别想太多。”

他并不觉得栗锦喜欢他。

甚至一开始，栗锦是针对他的，只是现在借着钱，那丫头就换了一副面孔，她的内心深处仍然在提防他。

余千樊心想是不是栗锦知道他们两个之间的娃娃亲了，今天晚上找个机会试探一下。

见自己儿子居然铁了心地要请人回来吃饭，张妍心情有点复杂。

明明自家小子和裴家那小姑娘小的时候还玩得挺好的呢。

张妍轻叹了一口气。她前些年一直都在欧洲进修，这两年才回来，当年裴瑗在病床上死死拉着自己的手说的话，她到现在还记得清清楚楚。

“栗亮是靠不住的，我很怕……很怕我的女儿会受委屈。我一直对她的要求很严格，她也不亲近我，妍妍，我希望你有空的话，可以多帮我照顾一下这个孩子。如果她受委屈我真是……死都不能闭眼！”

她当时答应了。

他们这个圈子联姻的很多，像余千樊和栗锦，从小享受着和别人完全不一样的生活，长大之后势必也要付出点什么。

张妍想着如果以后栗锦嫁到她家来，她一定会好好地对待这个小姑娘。

可惜之前她一直在欧洲，她手下的公司好不容易才在这两年站稳脚跟，她立刻就飞了回来。

只可惜一直没敢联系裴家那边，她这么多年都没见过那孩子一眼，她心里有愧疚！

但现在，张妍还没见到余千樊口中的女孩，就已经对她有了几分不满——随随便便就答应来别人家吃饭的，肯定不是什么正经姑娘！

张妍绷着一张脸站在门口。

余老爷子一张笑脸和她一张苦瓜脸形成了鲜明的对比。

很快，一辆车从大门口驶入，一个身姿修长的小姑娘穿着米黄色长裙从里面走下来，她背着个小包，年轻得嫩出水来。

栗锦是见过大场面的，但还是被余家的家宅给震了一下。

比起别墅，这里更像一个山庄。

从大门到庄园这边都需要开车过来的庞大场地。

“好！好孩子来给爷爷看看！”余老爷子忍不住地对栗锦招招手，多好看啊这孩子！

眼睛大大的，皮肤白白的，以后生出来的孩子不论像她还是像千樊都很漂亮！

栗锦落落大方地和大家问好。

转到张妍的时候，却发现这个看起来很漂亮且气场强大的女人正怔怔地看着她。

太像了！

张妍内心一阵阵的激荡，太像了！

她不由自主地开口，声音带了几分颤抖：

“阿瑗……”

## 4 小朋友长得真可爱

栗锦不由自主地就往后退了一步。

余老爷子不高兴了，你吓唬人家孩子做什么?

“妍妍你干什么呢！”余老爷子压低了声音，“这样对客人太失礼了！”

张妍猛地回神，一把拉住了栗锦的手：“你……你叫什么名字？”

栗锦被猛地拉过去，吓了一大跳。

“妈妈。”一只手按住了张妍的手，“她叫栗锦。”

栗锦啊?

张妍忍不住鼻头泛酸。

当年她生下余千樊之后，她还记得自己对裴瑗说的话。

“如果是女儿叫栗锦多好啊，历尽千帆，栗锦，千樊。”

“好！”张妍眼眶泛酸，“这个名字好！很好！”

“先进去吧。”余千樊把张妍的手拉下来。

张妍自知失态又怕自己在栗锦面前情绪失控，只能走在最后面，只是她的目光一刻都没有从栗锦身上移开。

栗锦被看得后背发毛，她偷偷地扯了扯余千樊的衣袖。

“你妈妈这是干吗呀？”栗锦怎么想都想不通，她和余千樊的母亲从来都没有过交集的啊。

记忆里那个她把自己外公气得心脏病突发之后，张妍就对她又是失望又是悔恨，再加上余千樊和她根本就是水火不容，之后两人也没有见过面。

“可能你长得和她以前的朋友很像吧。”余千樊嘴角扯出一点笑意，见小丫头亦步亦趋地跟着自己，转身似笑非笑地问，“你一直跟着我干什么？”

栗锦一愣，下意识地说：“这里我就认识你一个人啊，我不跟着你跟着谁？”

余千樊紧绷的眉梢稍微松了一些。

“栗锦啊，你有什么喜欢吃的东西吗？”张妍调整好自己的情绪，立刻走上来慈爱地看着她问，“有没有什么东西是不能吃的？过敏？”

“来我们家就不要客气。”张妍又忍不住去拉栗锦的手，“想吃什么，都和阿姨说！”

余老爷子一蒙，刚才还摆脸色的儿媳妇这是怎么了？

不过，这种转变显然是好事儿。余老爷子在旁边频频点头：“说得对！

自家人不介意这些！”

“小栗锦今年几岁啦？”余老爷子其实现在记性已经不好了，也忘记了裴老头家里那个孩子的名字，但就是觉得栗锦合他的眼缘。

“今年十九。”栗锦笑了笑，看着要多乖有多乖。

“哎哟……那还小呢！”余老爷子眯着眼睛笑，“有没有男朋友啊？”

栗锦笑容不变：“没有，工作忙。”

“那好啊！”余老爷子眼睛一亮，“这么小就出去工作了？千樊说你也是演员对吧？大学呢？”

“下个月去A大报到。”

余老爷子肩背都挺直了：“A大？我们千樊也是从A大毕业的，算师兄了，有什么事情可以找他帮忙啊。”

他家里这个臭小子半点都不开窍，还得他老人家来支着儿。

“等开学不然让千樊送你……”

“爷爷。”余千樊把一杯茶放在了余老爷子面前，“说话累嗓子，您多喝水！”

余老爷子瞪了他一眼。

“对了，那个宋家处理得怎么样了？”余老爷子看着栗锦是越看越满意，难免就想到了宋妙妙那个堵心的人，“把手机给我拿过来！”

他抖着老花镜要去看微博。

他那些老朋友都觉得他孙子放着这么大的一个家族企业不继承，跑去做什么娱乐明星是不务正业。

余老爷子可不这么觉得！

哪里不务正业了？都是靠自己的努力赚的钱还分什么高低贵贱不成？他就不喜欢那些弯弯绕绕的旧想法！

况且他孙子现在手上的资产可不比余家自己差多少，明面上余千樊只是个娱乐明星，但余千樊从小学的就是商业经管，手下的隐形产业都不知道有多少了。

唉！

可惜就是脑袋不开窍，不追女人！

余老爷子一边腹诽着一边刷微博。

栗锦也想知道后续，凑在旁边悄悄地看，余老爷子乐了，把自己超大号字体的手机递过去。

“小栗锦咱们一块儿看！”

那条宋家人谴责余千樊的消息还挂着，粉丝和喷子形成了两股完全对等的势力——

“千粉就别洗了，你偶像都发黑发臭了！”

“我家儿子要你们这群喷子来喷？你们了解过他吗就满嘴喷粪！”

“千粉永远不会相信这些诬蔑之词！”

“说是没有完整视频，谁知道是不是你们宋家在作秀？”

“余千樊是谁？国民男神！会缺你一个宋妙妙？”

别看千粉平常不怎么高调，但一旦遇到事情他们的战斗力直接就乘以十！

至少栗锦没看见过在这种人家摆出视频的情况下粉丝的战斗力还能和喷子加上营销号持平的。

只能说余千樊在业内的口碑是真的好。

而且有很多的导演和一线演员全都在微博上助阵余千樊，他们绝对不相信余千樊是这样的人。

娱乐圈看着好像只是给大众逗闷子的一个地方，但实际上在圈子里大红大紫的人多多少少身后都有背景牵扯。

这种时候要是不站队，哪还有对余家示好的机会呢？

相比较起来一个日落西山的宋家算什么东西？狗皮膏药也敢随便往金贵人身上贴？

宋家一开始的嚣张气焰顿时就在多方支援下迅速败下阵来。

而这时，张妍的微博上转发了一条视频加上音频，还特意@了宋家人。

张妍：“作为一个母亲，我为我儿子感到骄傲，他从不做愧对自己的事情，而同样也是作为母亲，我为你@宋妙妙感到痛惜，希望你作为一个女孩子能更加自尊自爱，我们已经准备好了诉讼团队，希望宋家人能守住你们自己所说的那些话，做错了事情，就要承担责任！”

下面是一张起诉的诉讼书。

还没来得及打开视频，下面已经有一大拨的粉丝慕名而来——

“见过张总！”

“张总霸气！”

“国家欠我一个像张总这样的母亲大人，叩头！”

而那些点开了视频的人则是更加气愤！

他们都看见了什么？

都听见了什么？

音频里宋妙妙口口声声说自己要被老总强迫了，让余千樊救救她，而视频里，余千樊一打开门她就迫不及待地开始脱衣服，还死命地往余千樊身上扑，人家把她推开又发疯一样地折腾自己的头发……

“千粉”愤怒了！

他们发疯了！

好你个宋妙妙，敢情玩的是这一套？还好意思装出受害人的嘴脸来？

于是，千军万马拥进了宋家人的微博，不撕他们个血流成河都对不住他们这五年以上的粉籍！

也有不少人安慰张妍。

很快，张妍的微博上又传出一张图片，从她的口吻之中都感觉到了几分喜气洋洋。

张妍：“抛开那些不高兴的事情，儿子今天带了一个很可爱的小朋友回来做客，要谢谢这位小朋友的帮忙，不然关于被强迫的这件事情也不能得到这么快的解决（小朋友长得真可爱）！”

下面还附了一张图。

图里面是穿着家居服的余千樊正在给谁递水，而另一边伸出了一只手去接那杯水。

那手修长白皙，一看就是小姑娘的手！

## 5 消失的遗物

在全网开始手撕宋家人的时候，这条消息真是以一种格外清新的姿态挤了进来。

“我是不是眼瞎了？”

“女人？”

“不不不，我不听！这么可爱一定是男孩子！”

“女友粉别急着泛酸，没听张总说人家这次是帮了忙？而且又不是和我们男神单独吃饭，不要慌！”

见这边要歪楼，大粉们连忙跳出来控制粉丝情绪。

别管什么小朋友了，人家还能没几个朋友了？

先把宋家摁在地上摩擦才是要紧事儿啊！

宋妙妙躲在房间里，她不敢打开微博也不敢出门面对在外面歇斯底里的父亲。

这个主意是母亲出的。

“我怎么会娶了你这个蠢货！”宋父狠狠地打了宋母一巴掌。

宋母被打得耳朵里嗡嗡作响。

“你从前就整这些不入流的手段，现在好了吧？我们宋家成了最大的笑话，你让我怎么在A市立足？”宋父拿起酒瓶就要往地上摔。

宋母受够了，拼着满身的伤痕一脚就将他蹬开。

这个老男人还有脸说？

“没用的东西！”宋母疯狂地尖叫，“要不是你没有把公司经营好，我至于这么去算计？你现在把责任都推到我头上？”

宋父气红了眼睛：“我打死你个泼妇！”

这种时候，什么高门贵妇，什么上市公司的总裁都顾不上自己的体面了，他们用最原始的方式冲着旁边的人发火，归根到底，大家都是普通人罢了。

两人扭打在一起，尖叫嘶吼。

宋妙妙捂住耳朵，躲在墙角打开手机。

她只能打电话给自己最好的朋友求助。

“喂？”那边传来熟悉的声音。

宋妙妙瞬间就崩溃了，冲着那边大声哭诉：“子雨，我该怎么办啊？”

方子雨正在陪王总应付客户，王总的那些朋友正把手放在她的身上。

方子雨娇笑着对那些人说了声抱歉，拿着手机起身去了厕所。

一到厕所，她脸上的笑容就逐渐消失了，狠狠地用纸巾擦着自己被碰过的地方，恶声恶气地说：“你干的好事现在来问我怎么办，可别了！到时候让别人听了还以为我唆使你的！”

她自己都因为栗锦那女人的事情泥菩萨过河自身难保了，还得被宋妙妙这个傻子拖累不成？

当时她要不是看宋妙妙是宋家千金，才不和这种会异想天开的女人搭话做朋友。

就这女人的模样还想去勾搭佘千樊？

要知道那可是她都没有攻略成功的男人。

“子雨！”那边宋妙妙惊呼出声，“你怎么能这么说我，你不是我朋友吗？”

“我只和聪明人做朋友，你太笨了。”方子雨对着镜子掏出口红开始补妆，“就这样吧，你们宋家已经完蛋了，以后不要联系我。”

方子雨直接挂断了电话，厕所外传来几个女人的娇笑声和那些油腻男人的哄笑声。

烟酒的味道不断笼罩在方子雨的鼻腔之中。

她畅快地笑了！

没错……宋妙妙倒霉了她觉得很畅快！

宋妙妙仗着自己是宋家千金，从来不用付出什么就有资源往她身上砸。

而自己呢？

自己明明那么厌恶外面的那些男人，但是为了换到好处，被占了便宜之后还得笑脸相迎，得屈辱地站在镜子前面补妆！

“呵……”方子雨嘲讽地笑笑，宋妙妙是这样……那个叫作栗锦的女人也是这样。

总能不费吹灰之力就得到想要的东西，人生为什么这么不公平呢？

正咬牙着，一条短信发到她的手机上。

是王总发过来的：“上次你的那个朋友，叫栗锦的那个，你去约出来让我和她吃顿便饭。”

吃顿便饭？

方子雨冷笑，是想吃掉栗锦才对吧？

不过，方子雨挑眉看向镜子里的自己，让栗锦尝尝这种坠入泥潭的滋味儿好像也不错呢。

她勾起一抹笑容。

仿佛是想到了什么，她拨通一个电话。

“喂？我让你调查的栗锦的资料查好了吗？”方子雨声音有些激动。

那边很快就传来一个男人的声音。

“查好了，栗锦是A市栗家的大女儿，不过不怎么受父亲喜欢，和自己妹妹的关系也很差。”

“妹妹？”方子雨敏锐地抓到了重点，“能找到她妹妹的联系方式吗？”

那边的男人声音冷冰冰的，过了好一会儿说：“可以查，但是要加钱。”

栗锦在余家真的是感受到了空前绝后的热情，她甚至一度怀疑自己是余家走失多年的二女儿。

“栗锦你多吃点，在阿姨家千万不要客气。”张妍一个劲儿地给栗锦夹菜。

栗锦颇为无助地看向余千樊，结果余千樊那厮只是轻描淡写地转开视线喝水。

“其实啊，我年轻的时候和你妈妈是好朋友。”张妍忍不住还是说了出来，“你妈妈是裴瑗吧？”

余千樊看向栗锦那边，细细地打量她的神情。

栗锦神情一愣，惊讶地说：“是吗？我不知道，妈妈在我很小的时候就去世了。”

她的神情作不了假，余千樊心中有数了，她应该是不知道余家和裴家有娃娃亲这一说的。

可如果真的是这样，那栗锦为什么讨厌他？

“你长得和你妈妈年轻的时候真的是一模一样。”张妍忍不住又眼圈发红。

“这和裴家小瑗瑗有什么关系？”余老爷子反应慢了半拍，突然想起了什么一样，他震惊地看着栗锦，声音都大了一些，“你们说什么？小栗锦是裴瑗的孩子？”

那不就是……他家臭小子的未婚妻？

余老爷子兴奋了，拐杖都用不上了！

栗锦被这变故弄蒙了。

张妍握紧了她的手，擦着眼泪说：“你妈妈当时走得突然，但是她说她留了很多的遗产和遗物给你，也算是一个念想了。”

栗锦缓缓地转过头，神情一寸寸地冷下去。

“什么遗物？我从来都没收到妈妈给我留下来的遗物。”

一件都没有！她之前抱回来的那个木盒子也只是放着她妈妈生前很喜欢的一些画作。

至于留给她的遗物遗产，她一件都没有看见。

那些东西都去哪儿了？

## 6 可悲的厨房阿姨

栗锦阴沉了一张脸，张妍也同样满脸凝重地放下了筷子。

“看来你父亲和你继母并没有把东西交给你是不是？”张妍看向栗锦，“需要阿姨陪你回去拿吗？”

张妍心中懊悔地想，这都怪她没有在一开始就陪在栗锦身边，连阿瑗留下来的东西都没能帮这孩子守住。

栗锦拿起餐巾擦了擦自己的嘴角，满脸寒霜地起身。

她看着担忧的余老爷子和气愤的张妍，压下心底的寒意，笑着说：“不用了阿姨，这点事情我还是能自己解决的。”

她起身，对三人笑着说：“我吃饱了，先回家处理一点事情。”

“好好好。”余老爷子是怎么看怎么喜欢栗锦这孩子，他家臭小子可真有眼光，“让千樊送送你。你家里人要是为难你，你就告诉裴老头，如果裴老头不管你你就来找我！”

张妍也点头。

“千樊你送送栗锦。”

余千樊起身，手上已经拿了车钥匙。

这时候，栗锦满脑子都是妈妈的遗物，也顾不上和余千樊斗气，转身匆匆离开。

夜风微凉，栗锦坐进车里的时候打了一个哆嗦，她飞快地思考起来如果回家问，李颖那个女人肯定不会告诉她。

上次那件抓奸事件可算是让她们彻底撕破脸了。

不过李颖也不愧是和栗亮同床共枕了近二十年的夫妻，她力争自己是清白的，一把将自己的小情人给推出去说对方意图不轨，那小情人为了钱也受了李颖威胁，被扭送进局子了。

李颖又是拿这么多年的情分说事，又是在家里梨花带雨地落泪，终归是自己放在心尖上疼了这么多年的人，栗亮还是心软了。

栗锦靠在椅背上整理自己的思绪，缓缓勾起嘴角，虽然表面上看着栗亮好像将这件事情给揭过去了，但栗锦真是太了解他了，他小心眼地将这件事情永远地记在了心中，说不定私底下已经悄悄地去派人调查了。

而且听说这两个月李颖和李淡淡母女俩的零花钱更少了。

对于视钱如命的两人来说无异于是晴天霹雳，是让她们无法盛装出行的要命事情。

“想什么？”余千樊在旁边看见栗锦的神情变了又变，声音温柔地出声问道，“栗家那一边……”他斟酌着开口。

栗锦想起刚才热情的张妍和余老爷子，连忙就摆手说：“不用你帮忙，我自己可以的！”

她急着和自己撇清的样子让余千樊心中不舒服。

他抿唇，玻璃窗上映出他不愉的眉眼。

“谁说要帮你了。”余千樊长长的眼睫盖下来，比蝴蝶展翅还好看，尤其他此刻还带着几分难以控制的恼怒和傲气，“我是让你事情结束之后不要忘记写欠条！”

栗锦：“……”她就不该对他抱有什么期待。

不过嘛。

栗锦“扑哧”一声笑出了声，脑海之中那一百种让李颖母女吃苦头的法子也被这一笑给冲散了。

“笑什么？”余千樊移开视线。

“没什么，就是觉得今天你们全家人的气氛都古古怪怪的，还是你比较正常，和平时一样。”栗锦想到张妍的热情或许是因为自己的母亲，但余老爷子又是为什么？

总觉得老爷子的眼神怪怪的。

余千樊的喉结动了动，他试探性地问：“你外公没有和你说过什么吗？关于我们两家的事情？”

栗锦奇怪地看了他一眼，反问：“你不是都知道我外公和我闹脾气吗？连我电话都不接我还怎么知道两家的事情？”

栗锦有些漫不经心：“什么事情？很重要？”

余千樊面上没有表露出分毫，但眼中已经透出几分不高兴。

“没什么事情，对你来说一点都不重要！”

栗锦觉得莫名其妙，好好的为什么又生气了？

余千樊自己生了会儿闷气，一言不发地停车，一言不发地帮她解开安全带，又一言不发地把包给她，最后还是一言不发地开车走人。

栗锦鼓着脸，对着汽车的尾灯骂了一句：“莫名其妙！”

再次转身看着灯火通明的栗家，她深吸了一口气。

那个李颖的远房亲戚保安队长已经被栗亮赶走了，顶替他的正好就是栗锦安排下来的李叔。

“大小姐回来了！”

李叔分外热情地从保安室里走出来，走到栗锦耳边的时候压低了声音说：“今天二夫人给先生做了一桌子的好菜，先生好像很高兴。”

李叔是个聪明人，知道自己是谁提拔上去的，而且栗锦还借了他二十万让他给儿子看病。

他觉得自己一辈子给大小姐做牛做马都是应该的。

所以他称呼李颖都是二夫人，因为正牌夫人永远都是大小姐的亲生母亲！

“我知道了，谢谢李叔。”栗锦冲他笑了笑，深吸了一口气在脸上挂上假笑。她一步步地走进去，刚到楼梯口就听见了李颖讨好的恭维声和李淡淡那恶心人的笑声。

“爸爸，这些可都是妈妈亲手做的，你可要好好尝尝，妈妈为了做爸爸最喜欢的剁椒鱼头都不小心弄伤了手指……”李淡淡刻意说道。

“多嘴！”李颖紧跟着就低声呵斥。

栗锦真是要笑出声了，你要让她闭嘴还非得等人家把话说完了？

不过也没关系，糊弄一下她那个没脑子的爹爹是没有问题的。

果然，无脑爹开口，声音都软了一些：“辛苦你了。”

李颖立刻就打蛇上棍，用委屈的声音说：“不辛苦，我就是心里委屈，不说这些了，来尝尝我的手艺，你以前最喜欢我做的这道菜了。”

恰到好处欲语还休的委屈最能让男人心软。

而靠着男人才能活着的李颖深谙此道。

就在栗亮准备动筷子的时候，栗锦的声音随着脚步声一块儿响起来。

“李阿姨，你手指头出血啦？”栗锦冷眼看着她，脸上带着假笑，“那你做菜的时候洗手了吗？血液这个东西多脏啊，很多传染病都是从血液里传播的呢。”

栗锦也停得恰到好处：“要是这血弄到了菜里……”

栗亮手指一顿，那筷子是怎么都下不去了。

李颖恼怒，笑得很勉强：“我贴了医用贴的。”

“医用贴？”栗锦一下子把声音拔高了，“那种东西不是更不卫生吗？”

“李阿姨，你怎么不戴手套呢？爸爸每天都在外面谈生意，要是吃了不干不净的东西吃坏了肚子影响进程可怎么好？”栗锦大大方方地在栗亮旁边落座，“毕竟李阿姨你也就只能做做饭了，不能像我妈妈一样以前还能陪着爸爸谈生意分担工作。”

她语气淡漠寒凉，李颖气得浑身发抖。

栗锦这是什么眼神？

就好像……就好像她只是他们家一个可悲的厨房阿姨一样！

# 第七章
# 和强者联手

## 1 你敢跟我去取吗？

听了这些话后，栗亮默不作声地放下了筷子。

他本来就因为这段时间公司里的各种事情觉得头疼，回家了李颖和李淡淡还给他闹腾幺蛾子。

尤其是之前那件事，栗亮其实一直没有放下，但是李颖平常去和小情人约会的时候把尾巴都清理得很干净，栗亮也没查出什么，甚至动摇地开始相信李颖了。

“不过什么血啊医用贴的都不是问题。”栗锦又懒洋洋地笑了一声，“爸爸和李阿姨夫妻感情这么好，肯定不会嫌弃的对吧？”

李颖期待地看着栗亮，她希望这个男人和以前一样，站出来成为她的靠山，狠狠地打脸那些曾经看不起她的女人。

可大家越想让栗亮吃，栗亮就越觉得这一桌子的菜哪儿哪儿都脏。

尤其在栗锦一口一个“传染病”的暗示下，他最终没有拿起自己的筷子，只是皱着眉头说：“我今天其实已经在外面吃过了，这会儿再吃就撑了。”

李颖脸色顿时就变了。

李淡淡神情莫名地看着栗锦，藏在桌子下的手已经快把她自己的裙边给掐变形了。

李颖气到扭曲，不敢冲栗亮发火，只能转身开始针对栗锦。

“栗锦，你怎么回事，一点礼貌都没有！”李颖拔高了音量，用长辈的身份来压制栗锦，“见到我为什么喊李阿姨，我是你妈妈！”

栗锦移开视线，垂着头。

她做出很委屈的样子看着栗亮，以前她都是梗着脖子不服输的，栗亮一时之间被态度突然变了的大女儿弄得一蒙，就听见栗锦用仅仅只有他能听见的声音难过地说：“上一次那个男人的事情还没弄清楚呢！这次就让我爸爸吃这么不干净的菜，我才不想喊你妈妈！每天在家吃吃喝喝的，连爸爸都不能照顾好的女人我为什么要喊妈妈！”

栗亮听得心底一颤！

有些事情别人不点出来，他不会那么觉得，但一旦被别人那么一说，他心中就有点不舒服了。

是啊！

你一天到晚在家里吃吃喝喝，大把的钞票给你花，你连给我做顿饭的事情都做不好？

此时，栗亮已经全然忘记了自己是有保姆的，平常李颖压根儿不做饭。

他公司出现了一点小危机，这时资金已经挺紧张了，一回家李颖和李淡淡这两个人就变着法儿地要钱，栗亮不满地皱起眉头。

他不由得开始怀念起曾经被自己嫌弃不够温柔可人的前妻裴瑗，她不仅是一个很优秀的画家，还在商业上很有头脑，公司出事，还可以让裴家帮忙，而李颖呢？她什么忙都帮不上！

“不就是一个称呼嘛。”栗亮越想越不高兴，“栗锦也不是你生的，喊你一声阿姨怎么了？淡淡孝顺你不就行了！”

李颖瞪大了眼睛不敢置信，刚才不是还好好的吗？为什么现在栗亮还帮着栗锦来侮辱自己？

什么叫不就是一个称呼？这可是事关她作为栗家女主人的颜面和威严！

“老公，你怎么能这么说我呢？”李颖又哭了，她以前就经常用这一招让栗亮心软的，眼泪是说来就来。

但今天在外面折腾了一天的栗亮已经很累了，他心头火气一下子就上来：“哭哭哭！每天就知道哭！以前裴瑗在的时候她从来不会哭哭啼啼地给我添堵！”

“裴瑗”两个字就像是一柄尖刀扎在了李颖的胸口，她仿佛一只被捏住了脖子的鸡，气都哼不出来了。

李颖一屁股坐在了沙发上，气得浑身发冷。

栗锦看着这一幕在心中冷笑。

她父亲栗亮就是这样一个人，自私自利，之前娶她妈妈的时候说的比唱的还好听，到手了就不懂得珍惜。

而对李颖呢？

只不过是延续的时间久了点，什么你不用有自己的工作我会养你的，什么我赚的钱不就是给你们花的？

这些话就像天上的云，看着漂亮却摸不着，唯一能摸着的时候它还化成了冰冷的雨淋了你一身现实的寒意。

栗亮没有男人的胸襟，要是换个人有这么多的钱给老婆花怎么了？

可他心里会不爽，时间越久他心里就越有疙瘩，这是从骨子里散出来的小家子气。

栗亮怒气冲冲地上楼了，留下栗锦和李颖母女两个。

“你……你这个贱人！”李颖咬着牙倒吸冷气，“你和你那个短命娘一模一样！”

栗锦眼中寒意倏然加重，她大步走过去，一把将她拽起来，眼中光芒凶狠：“你也配提我妈妈的名字？”

李颖被栗锦眼中的凶狠给吓住了，半天说不出话来，反应过来就要号啕大哭。

“你喊啊！喊得再大声点让我爸爸亲自来打你！”栗锦冷笑，“以前我大哭大闹的时候爸爸什么时候怜惜过我了？你还以为你是那个被爸爸捧在手心上的女人吗？”

栗锦像是扔垃圾一样一把将李颖甩开。

李颖浑身发颤，喉咙里像堵了棉花一样。

栗锦说得没错，栗亮已经开始慢慢厌弃她了，她不能让栗亮看见自己像泼妇一样的狼狈模样。

李淡淡冲过去扶起李颖，怒视着栗锦又不敢轻举妄动。

这个姐姐真的是变化太大了，就好像被恶鬼附身了一样。

“我问你们！”栗锦从上往下俯视她们，“当年我妈妈留给我的遗物和遗产，在哪里？”

李颖眼瞳一缩，下意识地道：“什么遗产！你那短命……”见栗锦好像要一脚蹬过来的凶狠模样，李颖话音一转不敢说“短命鬼”三个字了。

“你妈妈才没东西留给你！”满满都是欲盖弥彰的虚张声势。

李淡淡则是目光闪烁。

突然，李淡淡像是下定了什么决心一样，松开了拉着李颖的手猛地站起来说：“你妈妈的遗物我知道在哪里！

“你敢跟我去取吗？”

李颖目瞪口呆地看着自己的女儿背叛自己。

而栗锦则是满心警惕地眯起了眼睛。

事出反常……必有妖！

## 2 继妹要找虐

“哦？”看见李淡淡一脸着急的模样，栗锦倒是不着急了，她舒舒服服地坐在了沙发上，修长的双腿交叠，似笑非笑地盯着李淡淡说，“你愿意帮我？”

李淡淡下意识地捏紧了自己的手机。

“当然了，你是我的姐姐嘛，你妈妈是有遗物留给你的，当时被我拿错了，带到了我外婆家。”李淡淡脸上露出温和的笑容，“姐姐，从小我们两个感情就很好的，妈妈是妈妈，我们是我们，不能说因为不是一个妈妈生的我们两个关系就浅淡了吧？”

李颖快疯了，今天是怎么回事？

先是她男人发疯一样地训斥她，现在连自己的女儿都站到了栗锦那一边？

“李淡淡，你个没良心的！”李颖直接扑上去拉扯李淡淡的衣领，“我金枝玉叶养你到这么大，你现在居然为了一个外人背叛你妈妈吗？”

李淡淡心中对这个彻底失去了往日优雅和心计的妈妈已经没有耐心了。

“王妈！王妈来把我妈妈带去房间里休息！”李淡淡立刻对着厨房那边喊。

很快，李颖就被带走了。

李淡淡又恼怒又尴尬地整理自己的衣服。

“姐姐，你看为了你，妈妈都不喜欢我了。”李淡淡垂下眼睛，她遮掩掉内心的愤恨，“我发消息问问外婆那东西还在不在。”

她拿出手机晃了晃。

栗锦神情没有变化：“你去问吧。”

李淡淡拿着手机走到院子里去打电话。

“王妈，给我泡一壶茶水来。”栗锦靠在沙发上看着自己的手指甲。

王妈很快就端着茶水走进来了，小心翼翼地放在栗锦前面，用从来都没有过的恭敬声音说："大小姐，您看看水温合不合适，不合适我再给您泡。"她笑容殷勤，眼角都挤出了深深的褶子。

不殷勤不行啊，王妈在厨房可都听见了，夫人和二小姐好像失宠了，家里是风水轮流转，如今可是大小姐的天下了！

王妈都不敢抬头看栗锦，这位大小姐如今的气势真是太强了。

栗锦弯唇喝茶，看向王妈，仿佛不经意地说："王妈，我记得之前被开除的那个王叔是你弟弟啊？"

王妈腿脚一软，险些给栗锦跪下了。

"我那个不成器的弟弟没有好好给栗家守门，大小姐我……"

栗锦制止王妈抖着声音要说的话，她笑着说："你是你，王叔是王叔，我相信你肯定比王叔要聪明的对不对？"

王妈这个人，唯利是图也有些小机灵，可这样的人有时候利用起来很方便。

"我明白的大小姐！"王妈拿出手机，"大小姐我们加一个微信吧？这样家里有什么事情我也好及时地和大小姐说是不是？"

栗锦弯唇，盯着王妈笑得意味深长。

外面的小院子里，李淡淡的神情非常激动，她对着手机压低了声音说："子雨姐，我说的都是真的，我能把栗锦给约出来，你让王总准备好就行！"

李淡淡脸上充斥着疯狂，一想到栗锦接下来会遭受的事情她就觉得通身都舒畅了。

"姐妹？"李淡淡冷笑了一声，"我可没有她那样的姐妹！"

"行了，不说了，子雨姐你让王总准备好，然后再把酒店的房间号码和时间发给我，明天我肯定把栗锦带过去。"

"什么？你在怀疑我？我敢给你打包票！我已经抓到了她在乎的软肋，借着这个软肋我就能带她过来了。"李淡淡眨了眨眼睛，突然放缓了音速，"不过你答应给我的那条项链，还有那款限量版……"

那边方子雨说了一句"少不了你的"，李淡淡满脸喜气地挂断了电话。

这段时间栗亮减少了她的零花钱，相比那些每月零花钱几十万的女孩她觉得自己穷酸得跟个乡下丫头一样。

她已经很久没有买新款的奢侈品了，这样下去她怎么在自己那些小姐妹面前抬起头做人？

李淡淡在外面吹了好一会儿的冷风，才让自己脸上那一阵阵藏不住的狂喜褪掉。

她走进客厅。

栗锦正舒舒服服地躺着，灯光柔和地打在她凹凸有致的身体上，连闭着眼睛的样子都像是在山谷里沉睡的妖精。

李淡淡有些妒忌，长得一副会勾引男人的嘴脸！

臭不要脸的狐狸精！

“那个，姐姐，我问过我外婆了。”李淡淡放柔了声音走过去想坐到栗锦旁边，却见栗锦一双大长腿把自己的位置给占了。

李淡淡咬牙站在旁边，还得露出笑容来。

“我外婆说了，之前被当成我们自家的东西一路带了出去结果落在酒店里了，让那边的人帮我们收好了，我明天带你去拿啊。”

栗锦用鼻音应了两声，赶苍蝇一样挥挥手：“知道了。你赶紧走。”

李淡淡恨她这副对待丫鬟的样子。

她回到自己的房间，磨着牙说：“等你被那个粗鄙的男人摁住的时候，我看你还怎么傲气！”

栗锦从沙发上坐起来。

“王妈！”

“怎么了大小姐？”王妈殷勤地快步进来。

“我记得妹妹每晚都需要服安睡的药是吗？”

“是的，大小姐，二小姐一直睡眠质量不太好。”王妈热心地回答。

“那赶紧送杯温水去给妹妹，让她早点休息吧。”栗锦微笑道。

王妈心底纳闷，什么时候两个小姐的感情这么好了？

不过王妈不敢得罪栗锦，连忙去送温水了。

半夜一点钟，栗锦从自己的房间里走出来，悄悄地走进了李淡淡的房间。

月色从窗口洒落进来，李淡淡睡得很熟，甚至打起了鼾。

她手上还抓着手机，显然是进入睡梦之前还在和什么人聊天。

栗锦轻轻松松地关上门，坐到她床边，抓起她的手指一个个地尝试指纹解锁。

“我的好妹妹啊。”栗锦看着李淡淡的脸颊。

“嗒”的一声，手机打开了，微弱的光芒映照着栗锦那双漂亮却阴郁的眼睛。

“让姐姐看看你到底在打什么主意……”栗锦打开微信，在最顶端的会话上，看见了一个熟悉的联系人。

方子雨啊……呵！

## 3 对付你们的方法有千万种

栗锦看着沉沉睡着的李淡淡，冷笑说：“妹妹啊，你要找人来帮忙，怎么只会找姐姐的手下败将呢，这让我半点期待感都没有了。”

栗锦划拉着两人的对话消息，一划拉就更失望了。

方子雨：盛世酒店，501 室！

李淡淡：好的子雨姐，明天我肯定把她带到那里。

李淡淡：不过子雨姐，栗锦这人现在变得诡计多端，我觉得不如趁此机会把她的把柄也一起拿下弄得身败名裂才好！

方子雨：哦?

李淡淡：我们可以找一些给钱什么都干的那种记者狗仔……到时候再通过媒体散布出去。

李淡淡：王总不会介意吧?

方子雨：王总是个很会玩的人，他不会介意的，到时候不要拍王总的脸就好。

方子雨：没想到你还挺聪明的啊。

后面就中断了聊天记录，显然是安睡的药发挥了功效，李淡淡的对话框上还输入着“我只想让她身败名裂”这句话，只是还没来得及发出去。

栗锦将手机放好，深深地看了李淡淡一眼，走出去关上门就好像从来没有进过这个房间一样。

她走到自己的阳台上，给大舅舅裴天华打了一个电话。

“小锦？”裴天华那边显然是在加班，还有敲击键盘的声音，“怎么了？”

“舅舅，你有认识的在圈内收集情报很厉害的人吗，给我介绍一下。”

“是遇到什么麻烦了吗？”裴天华一下子就紧张起来，“你老实告诉舅舅，是不是和栗家有关系？”

这两天，他和裴安也在调查栗亮的事情，结果一查发现栗亮确实不疼栗锦，甚至有的时候还会动手。

栗锦就算不打这个电话，他和裴安也要向栗家施压了。

“没有的事情，我就是先备着。”

栗锦的声音听起来轻松从容，裴天华松了一口气。

“好，我给你介绍一个人，到时候你要调查什么事情的话可以找他。”

栗锦盯着裴天华那边发过来的电话号码，拨打了过去。

“喂？”

那边的声音听起来有些低哑，好像是刚睡醒。

听得出对方年纪不大。

“是双耳吗？”栗锦说出了对方在圈子里的代号，“我想让你帮我调查一个人的电话号码……酬金不会少，但我希望你对我舅舅保密。”

那边的人顿了顿，轻笑了一声。

“我为什么要和你舅舅说？你以为我是怎么在这个圈子里混的，单子一笔是一笔，放心。”

栗锦满意勾唇。

双耳的动作很快，她得到了自己想要的电话号码。

半夜风声变得更大了，模糊了手机里传来的女人声音。

“谁啊？”这声音带着十成的恼怒和盛气凌人。

栗锦并不介意，松开了衣领上的两颗扣子，慢条斯理地开口：“你好高女士，关于你丈夫王安的事情，我觉得我们两个需要聊一聊。”

第二天起来，李淡淡觉得神清气爽，和方子雨又聊了两句，就迫不及待地下楼。

栗锦那懒女人肯定还没起……嗯？

李淡淡吃惊地看着坐在餐桌旁的栗锦，对方正仪态优雅地给吐司抹果酱。

“起来了？”栗锦头都没转，淡淡地说。

李淡淡整理了一下自己的头发，每次面对这个容貌艳丽的姐姐时，她内心深处都是自卑的。

自卑自己的出身，嫉妒对方姣好的容貌。

“一想到能带姐姐去找回阿姨的遗物，我就觉得很开心呢。”李淡淡心里都要乐翻了，“我从昨天晚上开始就非常期待今天早上的到来。”

栗锦终于转身，意味深长地看了她一眼，笑着说：“我也很期待……”

害人的方式总是千篇一律，但她有千万种对付她们的方式。

李颖今天就没从房间里出来，她害怕自己忍不住扑上去对栗锦扭打一番，她得让自己冷静下来。

栗锦和李淡淡吃了饭后就出门了。

一路上，李淡淡忍不住对着手机“啪啪啪”地发消息，方子雨也显得很兴奋，不断地夸奖她。

李淡淡一想到自己马上就能到手的限量版包包和珠宝也觉得高兴。

她一撩头发，却惊讶地发现栗锦也在对着手机敲打，脸上还带着心情愉悦的笑容。

李淡淡冷笑，这肯定是又勾搭了哪个男人吧?

想到她在综艺上余千樊那么照顾她，自己喜欢的何晗哥哥又和她一起钓鱼，李淡淡就妒忌得发疯。

她也是栗家的女儿，可外面那些人，那些富贵人家的女孩就只知道栗家大小姐。

说起她这个二小姐都是带着嘲笑的口吻。

比如那个宁家的宁檬，从小就只喜欢和栗锦一块儿玩，还说什么她和自己是三观不合才不能做朋友的，不就是因为嫌弃她不是原配的孩子吗?

不过从今天之后，栗锦就会成为栗家的耻辱，栗锦现在所享受的一切都会变成她李淡淡的。

两人都在笑，就在这样诡异的氛围里，车子停在了酒店前。

“下车吧。”

李淡淡推着栗锦下车，心情飞扬。

“我们在哪里碰面呢？”栗锦假意问道。

李淡淡哼笑一声：“501 房间。”

酒店门口，栗锦往旁边看了看，在一旁隐蔽的花园处看见了几辆黑色轿车。

她冲着那边张开了五个手指，然后又握拳，最后是一个一。

李淡淡迫不及待地拉拽着栗锦往酒店里走。

“淡淡……你抓痛我了。”栗锦轻飘飘地说。

李淡淡已经控制不住自己的嘴脸了:“蠢货,等会儿还有你难受的呢！”

进酒店之后，她们发现里面空空荡荡，只有几个穿着黑衣的保镖在。不过这是王总自己的私人酒店，他为了得到栗锦头脑一热，今日直接让酒店歇业了。

“栗锦，你不是傲气吗？”李淡淡扭曲着一张脸得意地笑起来，“我倒是要看看你等会儿会不会哭着喊着求我帮帮你！”

李淡淡一边说，一边冲着旁边的保镖使眼色：“就是这个女人了，你们把她带上去给王总！”

几个保镖伸出手就要来抓栗锦。

“等会儿，检查一下她身上有没有录音笔！”李淡淡在栗锦的身上搜了一遍，“可惜啊姐姐，你今天居然没有带！”

李淡淡笑得猖狂。

见几个保镖又要动手，栗锦笑得特别开心：“不用你们拉，我自己走上去！”

### 4 要选择和强者联手知道吗？

“哦？你这是破罐子破摔想通了？”李淡淡激动得两颊绯红。

栗锦看一眼就知道李淡淡现在有多么兴奋。

“也对！”李淡淡轻蔑地看了她一眼，“你本来就喜欢勾搭男人靠他们上位。”

李淡淡傲气地抱胸站在底下，犹如一个获胜的女王：“带上去！”

楼梯口，方子雨蹬着高跟鞋走出来。

“没想到吧？”方子雨冷笑，一副高高在上的样子，睨着栗锦。

栗锦翻了个白眼，不好意思，她早就想到了。

“我迫不及待要看你狼狈又可怜的样子了，王总可都等了好久了。”李淡淡长长地舒出一口气。

两个女人耀武扬威够了，才让几个保镖带着栗锦往楼上走。

“傲气什么！”李淡淡看着栗锦那挺得笔直的脊背，不由得冷笑，“我倒是要看看你能假装镇定到什么时候。”

栗锦走进501房间，几个保镖守在门口没进来。

没几秒，方子雨和李淡淡为了看栗锦凄惨的样子也进来了，身后还跟着两个扛着摄像机的男人。

李淡淡的视线扫过栗锦凹凸有致的身材和漂亮的脸蛋，冷笑着说：“等下给我好好拍，对着脸拍！”

王安的视线也流连在栗锦身上，顿时只觉得浑身血液沸腾：“小栗锦，你终于到了我手心里了吧！”

栗锦今天穿了一条短裙，那双细长的腿看着实在是漂亮得过分。

王安忍不住喃喃："小乖乖，你只要好好地跟着我，我保证，我一定像捧子雨一样捧你！"

方子雨在旁边面色扭曲了一瞬。

王总对她已经腻了，这个她清楚。好在她已找好下家，这个肥腻的男人就留给栗锦吧……

方子雨冷笑了一声，况且王总压根儿就是骗人的，他知道栗锦不好控制，而且对方还是千金小姐，他答应拍照，也是为了以后能拿着照片威胁栗锦。

"那我可能要让王总失望了。"

就在王安挺着大肚子朝栗锦走过来的时候，栗锦一把抄起了旁边的果盘整个盖在了王安的脑袋上。

"咚"的一声巨响，王安被西瓜和杧果糊了一身。

"栗锦！"王安顿时觉得失了面子，一把拿起旁边一杯加了料的果汁就要灌进栗锦嘴巴里，"你是敬酒不吃吃罚酒是吧？"

栗锦一把推开王总，刚转身就被李淡淡给掐住了肩膀。

"栗锦，你挣扎什么啊！"李淡淡笑容狰狞地来掐栗锦的下巴，"让你喝你就喝，还真以为你能翻天了不成！"她眼睛通红，"从今天以后栗家就没有大小姐了，爸爸会放弃你，裴家也会厌恶你！而我呢，会成为栗家唯一的小姐，重新获得裴家外公的喜欢。你就只会成为别人嘴巴里的笑谈！"

她掐得很用力，栗锦反手扣住她的手腕，用力一扭。

李淡淡吃痛，高声尖叫："方子雨，快帮我啊！"

方子雨正要扑过去，门外突然传来一阵剧烈的响动。

所有人都止住了动作，惊讶地往门的方向看去。

"咚！"

"咚咚咚！"

紧接着，一声巨响，大门从外面被砸开。

十几个保镖站在门口，他们恭恭敬敬地将一个穿着旗袍的中年女人送进门来。

中年女人身材丰润，一副凶相，眉头一皱就气势十足，那双眼睛如鹰眼一样，被盯上之后有种被枪口瞄准的紧迫感。

"呵？"中年女人手拿一个翡翠烟斗，红润的唇在烟斗上吸了一口，吐出来的烟雾模糊了她的脸却没有模糊她投向王安的眼睛。

“狗东西！”她咧嘴笑了。

方子雨和李淡淡齐齐一愣，这人是谁啊？

她们下意识地去看王安。

结果刚转过去就看见王安“扑通”一声跪下，全身肥肉都在发抖。

“老、老、老……老婆！”王安吓得连话都说不清楚了。

“嘘！”中年女人一根食指压在了自己的唇上，满脸嘲讽，“别说话，不然我现在就弄死你！”

王安死死地低着头，对于这个老婆，他是发自内心地害怕。

王安和夫人高凤，可以说是共患难的夫妻。

王安只是老家镇上一个猪肉铺老板的儿子，高凤是世家千金。

高家是开武道场的，是非常大又有名气的武道世家。

开武道场的，总有不少仇家，年轻的高凤一不小心就被盯上了。

结果被追杀的高凤被王安所救，少女对自己的恩人一见倾心，少年得到了岳父一家的赏识，靠着岳父家的支持，发挥自己的商业头脑，打下了一片天地。

这本该是比灰姑娘还要美好的童话。

可随着时光流逝，少女变成了腰大腿粗的中年女人，少年也变成了如今凸着肚子的中年男人。

王安事业做得越来越大，也逐渐嫌弃高凤。

只是，高父所有的道场都留给高凤继承了，论起财力还是高凤更胜一筹，而论起武力……高凤手下的这些人甩开他手下半个太平洋。

“谁是栗锦啊？”高凤的眼神环视了一圈。

李淡淡一喜，虽然不知道这个女人是怎么过来的，但这不就是原配抓小三吗？

她一把就将栗锦往前推。

“是她是她！王太太，她就是栗锦，这个臭不要脸的勾引你老公，任凭你处置！”

栗锦回头看了李淡淡一眼，可悲的蠢货，死到临头还不知道。

高凤上上下下地打量了栗锦一眼，叼着烟斗笑了，声音也含糊：“不错！有骨气有胆魄的小姑娘，和外面那些人不一样！”

高凤慢条斯理地拿下烟斗，抖下烟灰，重新上好烟草，然后跷着二郎腿坐在沙发上：“小姑娘，到姐姐这边来！姐姐今天就教教你，该怎么处理背叛了自己的男人，和觊觎自己东西的臭女人！”

李淡淡蒙了："为什么啊？王太太……这不是？"

高凤眼睛一眯，给了旁边的保镖一个眼神。

那保镖会意，一把抓住李淡淡的衣领扇了过去。

李淡淡被打得耳鸣，脱力地跌倒在地，她不明白自己为什么就被针对了。

栗锦走过去，一边拿出藏在袋子里的打火机，一边说："妹妹，姐姐也教你一招，找队友，不要去找那些阴沟里的臭老鼠，赢不了的！"

"咔嚓"一声，栗锦手上的打火机发出明亮的光，高凤给面子地低头借火。

"还有，不要称呼她为王太太。"栗锦和高凤都露出微笑，栗锦转身看着李淡淡，神情冷漠地说，"要叫她高总！"

## 5 姐妹们，活的余千樊啊

两人的默契让方子雨的一颗心狠狠地沉了下去。

"完了！"方子雨一屁股坐到地上，她当然听王安说过他家里的母老虎，她连王安都得罪不起，怎么敢去招惹王安家的母老虎？

"我这人吧，不喜欢别人动我的东西。"高凤将头靠在沙发上，倾斜着看向方子雨。

"之前我就发现他喜欢在外面偷吃，但是呢，苦于拿不到证据。"高凤冷笑，"好在今天终于被我抓住狐狸尾巴了。"

高凤看了一眼王安身上的果肉糊："吃吃喝喝的，还挺热闹啊！"再看了眼那果汁，她冷笑出声，"这种早一百年前的把戏还敢拿出来丢人现眼？"

方子雨害怕极了，蜷缩着默不作声，尽量减少自己的存在感。

"这……这就是一杯普通的果汁！"这时，李淡淡从地上爬起来，忙不迭地说，"这……王总没有要背叛您的意思。"

栗锦听到之后直接笑出了声，她真要为李淡淡那点可怜的智商鼓掌了。

难不成李淡淡以为自己不是王安的情人也没有勾搭他，觉得自己很安全？

"你倒是挺会抖机灵的啊？"高凤睨着眼睛盯着李淡淡，似笑非笑，"既然你说这杯果汁没什么，那就喝给我看看！"

李淡淡面色骤然苍白起来。

"这……这怎么可以？"李淡淡看着保镖拿着果汁靠过来，忍不住地往后退了一步，“我和王总又没关系，你们怎么能这么对我？”

“连带责任不懂啊？”高凤冷笑道。

“还有这个我老公花着我的钱在外面养的小情人，看你出这么多汗，累了吧？渴不渴啊？”高凤笑眯眯的，眼风却锐利如刀，“也请方小姐喝点果汁。”

“不不不，我不喝！”

高凤是个狠心的女人，早两年发现王安在外面包养女人之后就开始转移自己名下的财产，她的财产已经转移完了，现在正准备和王安离婚，有了这么一个把柄，对她来说很有利。

栗锦打给高凤的这个电话真是太及时了，就像是瞌睡撞见了枕头，高凤和她两人一拍即合各取所需。

“老婆，我……我错了。”王安被摁着的时候还一直在求饶。

可惜高凤这是隐忍了两年的爆发，又怎么会心软呢？

这边，栗锦正慢慢悠悠地剥着葡萄吃。

“不害怕？”高凤侧头看她，很快又笑开，“也是，有胆子给我打电话通风报信，谋求合作，也不会是胆小之心。说吧，有什么想要的？”

高凤转动大拇指上的玉扳指，说：“我高凤从不欠人人情。不过我也算是帮了你的忙，你提要求的时候不要太夸张，不然我会生气的。”

栗锦挑眉，正准备开口，就见那两个拿着摄像机的人想悄悄地溜走，她叫住了他们。

“去哪儿啊？”栗锦慢吞吞地拿纸巾擦手，“今天的工作还没做呢。”

两个男人僵硬着身子转身，都快被吓哭了。

“两位……两位女士，我们也是鬼迷心窍了。高总，栗小姐，求求你们放过我们吧。”

“谁说要为难你们了？”高凤靠在沙发上吞云吐雾，“你们本来是来干什么的，接下来还是干什么。”高凤目光厌恶地看着方子雨，“要是谁都能来我面前蹦跶，那我高凤的面子往哪儿放？”

王安手下的情人可不止这方子雨一个，可谁让她命不好，一头撞上来了呢？

栗锦听这话就明白了，以后在娱乐圈里方子雨怕是彻底玩完了。

“好好拍。”栗锦站起身，“给我对着脸拍。”

她似笑非笑地盯着李淡淡，把刚才李淡淡说给她听的那些话原封不动地奉还。

“高总，我就一个要求，李淡淡的照片你先不要公布到网上，私发给我可以吗？”

高凤诧异地看了栗锦一眼，眼中带了嫌弃：“你这是要救她？”

她高凤可不喜欢太圣母的人。

李淡淡现在已经热得无法思考问题，听栗锦这么一说，稍微清醒了一下，立刻扑过来抱住了栗锦的小腿：“姐姐，姐姐你救救我！我们都是栗家的孩子啊，你忍心看我被这种男人侮辱吗？你这样做的话……怎么和父亲交代？”

栗锦用力撇开李淡淡的手，温和地朝着高凤笑了笑：“谁说我要救她？我只是觉得只是公开这些照片太便宜她了。”

方子雨针对她，要害她是因为嫉妒，以及她弄砸了方子雨的工作。

可李淡淡，栗锦真的没觉得自己有什么对不起她的，每次她生日，礼物一次不落地奉上，零花钱有一半是花在她和李颖身上的，要知道自己每个月除了栗亮给的零花钱，还有两个舅舅会固定往自己卡上打钱。

自己傻乎乎地把这些钱大部分都花在了这对母女身上，还带着她和自己那些小姐妹见面，带着她进裴家。

如果说，对方子雨是厌恶，那么，对李淡淡那就是恨。

之前她被这群人玩弄在股掌之间，现在她也要玩死她们！

该是属于她栗锦的，她都会一件件拿回来。

高凤满意地点头：“这还差不多。你出去吧，接下来的场面有我，你个小丫头回家去，喝杯热牛奶早点睡。”

栗锦谢过高凤，往外走的时候还能听见李淡淡的尖叫声：

“栗锦！我诅咒你不得好死！我一定会报复你的！”

栗锦嗤笑一声。

栗锦没有坐车，经历了刚才的事情，她只想一个人走走，漫无目的地走。

走着走着，她突然顿住了脚步。

广场上，无数人尖叫着围在那里，举着手机狂热地拍着照。

一个戴着墨镜帽子的年轻人被围在中间，脸颊通红，寸步难挪。

栗锦盯着看了好一会儿，才错愕道：“向阳？”

没有带经纪人也没有带助理？他这是出来玩，被粉丝给堵住了？

到底是接下来要一起合作的演员，栗锦想了想，从包里掏出口罩戴上，然后冲了过去。

她站在人群外围，深吸了一口气，猛地尖叫开口：“姐妹们！我在东边的那个广场看见余千樊了！活的余千樊啊！”只能靠余千樊来吸引火力了，其他男星没有这么大的吸引力啊！

粉丝们：“？？？”

反应过来之后，这些粉丝疯了一样往东边跑——

冲啊！

另一边，一个穿着低调的男人走在广场上，对着手机说：“没事的，我就出来透口气，不会有人认出我的。”

电话那头的经纪人快疯了：“千樊老师，你在哪儿啊？”

“我？”余千樊买了一瓶水，从容地坐在一旁的椅子上，“在×××东广场这边。”

## 6 流落在外的小王子？

余千樊拉下口罩，灌了一口冰水，水珠顺着嘴角滑下，在喉结上落下一道痕迹。

“余千樊！”

尖叫声伴随着脚步声一块儿响起来，余千樊一口水就喷出来了。

他慌忙起身，看着那狂奔过来的人群觉得头皮发麻。

粉丝们怎么会知道自己在这里的？

四面八方都有人拥过来，余千樊退无可退，最终被层层人群给包围了。

“余千樊！”

“男神，和我拍张合影吧！”

空气变得稀薄，余千樊只能压低帽檐往外面冲。

另一边，和陷入困境的余千樊不一样，栗锦一身轻爽地拉着向阳往外面狂奔。

栗锦带着他躲到了一个人相对来说少一点的地方。

“向阳你疯了啊？像我这样没什么名气的都知道戴口罩，你来广场晃荡什么？”

向阳垂着头，他额角都是汗珠，衣服被粉丝扯歪了，看起来十分狼狈。

“经纪公司那边出了点问题，我有点心烦，就自己走出来了。”向阳颓丧地坐在公共长椅上，像霜打过的小白菜，“谢谢你啊，要不是你我这次可能要出大问题了。”

向阳委屈地说：“本来我经纪人就挺烦我的！”

向阳垂着头声音低哑：“合约只剩下四个月了，我也不知道还能不能续约。”

栗锦买了两根冰激凌，递给了他一根，说：“你不是都当男一号了吗？公司怎么会对你不好？”

她回想了一下向阳最后的公司，好像的确不是现在这个。他好像进了何晗开的工作室。

想到这里，栗锦一下子就抿紧了唇，这辈子她绝对不会让何晗再有那么多的财力和名声来开属于他自己的工作室。

当时那个工作室还是栗锦用自己赚来的钱和他一起开的，结果呢？

“我这个工作是在之前就定好的。白金导演是个有原则的人，上面给他施压也一定要用我。”向阳拿着冰激凌，“我得罪了我们公司的上层，肯定不会再签我了。”

他是从选秀节目中出来的，如今积攒了一点小小的名气，但是他们公司如果要封杀他，他还是没办法的。

“比我们公司好的地方我进不去，剩下的地方碍于公司那边，也不会要我。”

向阳真的觉得前路迷茫。

“你可以来天华娱乐。”栗锦吃着冰激凌，“只要你够实力，我保证天华娱乐会要你的！”

“天华？”

向阳吃了一惊，眼神一亮后又猛地暗下去：“算了吧，那可是国内数一数二的大型娱乐公司，里面的人要么都是三线之上的，要么就是有背景的。人家肯定不要我。”

他肩膀被人狠狠地拍了一下，栗锦一只手压在他的肩膀上，用一种恨铁不成钢的语气说：“你能不能对自己多点自信？”

“说不定演完这个《夏初的时光》之后你就火了呢？到时候就是你经纪公司求着你留下来，只希望你不要忘记现在他们对你的所作所为就好。”

“你开什么玩笑。”向阳“扑哧”一声笑开了，眉眼弯弯眼底清澈。他身上有一种很干净的气息，像森林里的清泉，肥皂泡上色彩斑斓的光。

“网剧就是混个脸熟啦。”

向阳也不看好这部剧，当然，这不是说他不会认真演，只是他更相信现实不会让人绝地翻盘罢了。

爱信不信。栗锦撇了撇嘴，在心底悄悄地说。

“栗老师！栗老师！”

不远处，一个人抹着汗一路狂奔过来：“我来了，栗老师！”

来人正是她从方子雨那里抢过来的小助理郎世涛。

他给栗锦带了伞，还带了她喜欢的冰柚子茶，甚至还带了一罐防晒霜。

栗锦见他这么周到，不由得感慨，方子雨这是作什么呢？这么好又任劳任怨的助理去哪里找？

“辛苦你了，今天本来说好让你休息的。”栗锦接过防晒霜往自己的手臂上涂抹。

“没事没事！”郎世涛受宠若惊，“栗老师已经很好了，每次的加班费都分文不少地算给我。”

以前在方子雨手下工作，加班是常有的事儿，还不给算加班费。

栗锦从来不嘲笑他的学历以及出身，在栗锦手下工作很顺心，每个月还能拿到一大笔钱，他之前是和别人挤在公共宿舍里的，现在都有余钱搬出来租公寓住了。

他觉得跟之前相比，现在的工作环境根本就是天堂。

就连这个原本冰冷的城市都变得温暖起来。

“那我们走吧，我把车开过来了。”郎世涛麻溜地给栗锦撑伞。

“郎世涛？你是世涛吗？”

旁边一直怏怏不乐的向阳突然站了起来。

“还记得我吗？我是隔壁村的向阳啊！小时候我们还一起去河里摸过虾子呢！”向阳脸上出现了笑容。他也是大山农村里的，不过他学习好，考出来了。

“是吗，我不记得了。”郎世涛疑惑地皱眉。他从小和爷爷一起捡垃圾谋生活，和那些穿着干干净净的孩子没法儿一起玩。他也从不去看他们，因为那些大人总会禁止脏兮兮的他靠近。

摸虾子……这种事情太久远了，在他这沧桑的前半生几乎没有留下半点痕迹。

“怎么可能会不记得啊！”向阳看着有点激动，“你是十五岁的时候离开村子的！后来来了开着豪车的一男一女，他们说是来找你的，还说是你父母，可惜自从爷爷走了之后，你就没回过村里。不过没关系，你什么时候回村里啊，村长爷爷那里还有你爸妈的联系方式！”

栗锦诧异地转过身看向郎世涛。

“我不回去。”谁知，郎世涛的眼神彻底冷下来，“当年是他们抛弃的我，要不是爷爷捡了我……哼，有钱又怎么样，没钱又怎么样？我不稀罕。”

郎世涛转过身：“栗老师，我们快走吧。”

栗锦被郎世涛带着往前走，走了两步之后“扑哧”一声就笑了。

“笑什么？”郎世涛脸都红了。

“没，就是觉得我可能捞着一个不知道哪家的大少爷来给我打工了。”

栗锦并没有觉得可以趁着这件事情好好利用一下郎世涛，反倒是安慰说：“你怎么做都没有错，抛弃你是他们的选择，那要不要相认也是你的选择。你现在能自食其力，也不用看那些人的脸色。”

郎世涛心头酸涩，重重地点了点头。

与此同时，两条推送一起出现在了栗锦的手机里——

“当红小花方子雨被爆和有妇之夫开房，被捉在床。”

“××× 东广场偶遇男神余千樊！”

## 7 她居然没看见他

栗锦看见第二条消息的时候，惊讶得下巴都要掉地上了。

余千樊居然还真的在东广场？

她脑袋转了两圈之后感慨了一声，真的是神奇啊！

她果然和余千樊不对付，她随口胡诌的一句居然真的说中了，好像和余千樊有关系的事情自己总能乌鸦嘴。

她毫无愧疚心地从第二条热搜里退出来，点进了方子雨的那条热搜里。

啧啧！

一打开就是不加一点马赛克的照片，虽然这些照片会马上被和谐掉，但哪怕只出现一秒钟，也能让照片里的人身败名裂。

栗锦冷笑着摇头：“高凤可真狠！”

这是真正意义上对着脸拍了，王安和方子雨都被拍到了。

李淡淡的照片没有传上去，高凤给栗锦发了一个文件包。

高凤：“你要的照片都在这里面了。”

栗锦回复了“谢谢”两个字。

高凤那边没有再回消息。

回到家没多久，李淡淡的电话就打过来了。

“栗锦，你到底想要毁我到哪一步才会甘心？”李淡淡崩溃的声音传过来，带着无尽的怨恨愤怒，“高凤说她把照片都给你了，是不是！”

栗锦皱着眉头把手机拉远了一些，笑了笑：“对啊，要不是因为在我手上，你们三个人的照片可都要挂在网上了，你想看一眼现在网上是什么情况吗？”

栗锦躺倒在沙发上：“问我什么时候甘心？”她压低了声音，“我们之间早就是不死不休了！”

方子雨和王安被高凤命人带走了，留下李淡淡，让她自生自灭。

李淡淡浑身狼狈地靠在酒店外面的墙壁上，抓着自己凌乱的衣服，胃里翻涌，犯着恶心。

她狠狠地掐住了自己的掌心，强忍着。

只要把照片拿回来，大家就可以当作这件事情从来没发生过。

她依然是最漂亮尊贵的栗家二小姐，以后也可以再找出色的男人。

“姐姐。”李淡淡放柔了口吻，“我知道这件事情是我鬼迷心窍了，可是你看我不也得到了该有的教训吗，这应该就足够了吧？”

栗锦低声笑了起来。

这可真是太可笑了，总有那么一些人，觉得自己伤害他人是应该的，轮到自己赎罪的时候，稍微一点苦头就觉得自己已经偿还清楚了。

“我只给你三天的时间，如果三天内，你不把我妈妈的遗物和遗产整理好送到我手上，我就把这些照片先发给爸爸还有你妈，然后发给你的朋友们，最后发给所有的记者。”

栗锦缓缓闭上眼睛：“你也不要想着对我做什么事情，我设置了定时发送，如果我出什么事情，这些照片一样会被发出去。”

她心情大好，语气都轻快了不少：“这三天不要给我打电话了，准备好东西来剧组找我，不然我怕听见你的声音会吃不下饭。”

栗锦直接挂断了电话。

李淡淡冷得四肢发僵，她哆哆嗦嗦地打了一辆车，满脑子混沌的想法。

不管怎么样，她不觉得自己错了。

她没错，只是做事还不够狠，也不够稳。

下次……下次她一定要让栗锦付出代价。

至于现在，她只能先忍气吞声地去把栗锦要的东西拿回来。

栗锦倒头睡了一觉，这一晚她梦到了很久以前的事情，梦到了妈妈还在的时候。

“快点长大吧……妈妈陪不了你多久了。”裴瑗的声音像云烟一样消散在空气里。

不!

别走!

栗锦猛地睁开眼睛，额头上一片冷汗。

她急促地喘息了好一会儿，手机振动个不停。

她点开微博。

方子雨的事情已经爆红了。

“勾搭有妇之夫，之前还装得高冷的样子。”

“之前这女人在综艺上还往我们千樊哥哥身上贴。”

“我居然粉过这种女人，我得去洗洗眼睛。”

“这个圈子不就是这样，脏得很，有谁是干净的?”

“我们男神余千樊干净得很，谢谢。”

“这种场合不要带别的明星，谢谢!”

有关方子雨的事转发量和评论量都是热搜第一，第二是余千樊的那条。

首次把第一流量压下去，想必方子雨也会很高兴的吧。

栗锦勾唇，起床快速地穿衣服。

今天是她进《夏初的时光》剧组的第一天，舅舅还特意给她安排了一个化妆师，还有接送的保姆车。

栗锦本来是想要拒绝的，但是在电话里被裴天华骂了个狗血喷头。

化妆师在剧组里等着她。

拍摄地点是在远郊山区的一个学校，要走好一段的狭窄山路，保姆车就只能停在山路路口。

“接下来要走多久?”栗锦问。

“地图显示要半个小时!”郎世涛往四周看了看，“要不我让剧组里的人来接我们? 就这样的路走过去，肯定不止半小时，会迟到的。”

栗锦四处看了看，这里的风景真是没话说，满眼苍翠的绿色。

“那边那个小村庄，我去借辆两个轮子的车。”栗锦转身就跑，让剧组的人出来接也得好久，还不如自己想办法。

栗锦和郎世涛离开后不久，又一辆车匆匆地开了过来，也是一样被迫在山路的路口就停下来了。

余千樊和他助理走下车。

“剧组非要来这里取景吗？”余千樊皱眉，“从这里走过去要多久？”

助理回答：“半个小时。”

余千樊点头：“那就走过去。”

对于他一天的运动量来说，这点路不算什么。

就是昨天晚上下过雨，一路泥巴。

余千樊眉梢都没有动一下，反倒是助理看着有点嫌弃，这可是他新买的皮鞋啊。

头顶烈日，助理有点佩服余千樊，即便是在这种泥路上，对方也能走出 T 台的感觉。

有些人天生就适合活在别人的仰慕之中，余千樊就是这种人。

对了，上次见到的那个裴家的小公主也是。

助理暗自点点头。

“我们要迟到了！得加速！”一个男人的声音在他们后面响起来。

助理转头，看见了一台亮黄色的“小电驴”风驰电掣地奔腾而来。

栗锦骑着从村里借出来的“小电驴”赶路赶得风驰电掣，忘乎所以。

“那我要加速了！抓稳了啊！”栗锦把头盔前面的挡风罩一拉，猛地转动把手。

“小电驴”带起的风扑打在余千樊的脸上。

“小电驴”过来了，他停住了脚步。

“小电驴”过去了，车上的人看都没看他一眼。

“嘿！他们真聪明。千樊老师你等会儿我，我去借车！”助理高兴地往回一看，身体猛地一颤。

余千樊的眼底像结了冰碴子一样，一点点的寒气从他身上冒出来。

“怎、怎、怎……怎么了？”助理都磕巴了。

余千樊看着栗锦的背影，怒极反笑。

她居然没看见他?

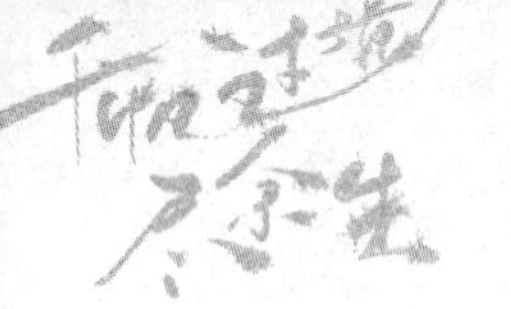

## 第八章
## 为什么不找我帮忙？

### 1 反复无常余千樊

看着前面冒着寒气的人，助理哭丧着脸不敢说话。

不知道过了多久，助理终于鼓起勇气，战战兢兢地开口问："怎么了啊，千樊老师？"

助理无助极了，以前这位爷就只是高冷而已，最近这段时间不知道怎么的，突然就情绪莫测起来。

"手机给我。"

余千樊浅浅地吸了一口气，弯起嘴角，但那绝对不是愉悦的笑容。

助理半句话都不敢说，恭恭敬敬地把手机递过去。

栗锦到剧组的时候，发现果然除了自己以外，其他人都到了。

毛圆圆一见到栗锦，直接从位置上跳起来了。

"快来快来！"她捧着一大袋的零食高兴地招呼栗锦，"导演给了我好多好吃的，一起吃啊。"

栗锦还没出声，那边白金已经破口大骂了："毛圆圆！那是给你的道具，是让你吃的吗？"

周围的工作人员发出善意的笑声。

栗锦只感受了一分钟，就知道这个剧组确实和方姐说的一样，气氛很好。

“嘿！老白！”

旁边的小道上突然走过来一个大肚子男人，他戴着帽子，大肚子一颠儿一颠儿的。

“老葛，你怎么会来这里啊？”白金高兴地站起来。

向阳和毛圆圆都愣住了，立刻从自己的位置上站起来。

“葛导好！”

栗锦也吃了一惊，白金和葛毛导演居然认识？

如果说白金完全是默默无闻的话，那葛毛就是走在了所有导演的前面，虽然为人凶了点，对演员的要求很高，但他出品的电影就没有扑街的。

“你们也来这里拍摄啊？”葛毛拍拍白金的肩膀，“咱们兄弟两个有小半年没见了吧，缘分，中午一块儿吃饭啊！”

“我中午可是和这群小家伙第一次聚餐呢。”白金闻言摇头，“不成，我要和他们一起吃。”

“这还不容易！”葛毛看起来和白金感情很不错，“你带上你的这几个主演，我带上我这边的主演，大家一块儿吃。这边有家农家乐味道不错，难得见一次，哥请客！”

向阳和毛圆圆神情一喜。

能和大导演吃一顿饭也是很好的啊！

“那我就不客气啦！”白金笑得脸上都要开花了，“不过你这次剧组的主角是谁啊？新电影都要拍完了吧？那个宋妙妙之前惹出来的事情可在你脸上抹黑了。”

听见这话，栗锦浑身一震。葛毛！她想起来了，葛毛这次导演的电影《白昼之后》就是余千樊主演的。

他们剧组场地居然撞一块儿了？

栗锦深深地皱起了眉头，这种被债主跟着催命的感觉是怎么回事？总觉得脖子后面凉飕飕的。

说起宋妙妙，葛毛神情一变。

“我好不容易让余千樊空出档期给我演个戏，结果她还惹事。”葛毛看了白金一眼，笑着说，“女四号这不是空出来了嘛，我不准备用宋妙妙了，戏份也不多，到时候从你剧组借一个？”

最后一句他是压低了声音说的，毕竟这话要是被那些小年轻听见了，难保不会为了出头动歪心思，到时候坏了老白这里的气氛他也有负罪感。

“可以啊！”白金往栗锦那边打了个眼色，“看见没，我们这次的女一号。我跟你说，期待值……这个！”他说着比起大拇指。

“倒是你啊——”白金咂了咂嘴巴，“余千樊还成不？听说他实力很强就是人脾气不太好。”

人家都是导演挑演员，但是到余千樊这种水平和名气的，就是他来挑导演了。

“还成还成，人很好没什么架子的，脾气也好。”葛毛乐呵呵道。

话刚说完，他的来电铃声“辣妹子辣”就响起来了，声音洪亮，存在感十足。

众人：“……”

“喂！千樊啊，哦，外面那条路是挺难走的，我骑自行车来接你啊？”葛毛皱起了眉头，“不要自行车，一定要‘小电驴’？没有‘小电驴’啊！”

白金悄悄地看过去。

不是说余千樊脾气挺好的吗？怎么看起来不是这么一回事啊？

“你非要坐‘小电驴’，还去隔壁剧组借？隔壁剧组没有……”葛毛的话顿住了。

栗锦正扶着一辆亮黄色的“小电驴”往阴凉的树下走。

“嘿！”葛毛激动了，连忙招呼栗锦，“帮我个忙，帮我个忙！”

手机通话到此结束，在道路上被炽热的阳光直射的余千樊终于满意了。

“千樊老师，现在怎么办啊？”助理把外套顶着挡阳光。

“有人来接我。”余千樊弯起嘴角，心情好了许多。

助理挠了挠头，看着漫长的山路，还有转身就几分钟路程的村庄，他陷入了诡异的沉默中。

等啊等，终于有一辆亮色的“小电驴”出现在他们的视线之中，助理看见他们千樊老师悄悄地挺直了脊背，眼神也深邃了一些。

“小电驴”越来越近了，一张憨厚中带着几分朴实的脸出现在他们面前。

余千樊的唇抿紧了。

郎世涛浑然不觉对面大佬生气了，高兴地挥手：“偶像！偶像！我们栗锦老师让我来接你！”

助理：“……”

总觉得这一趟应该换个助理来比较好。

栗锦试了试服装，其实就是那熟悉的蓝白相间的校服，还是熟悉的配方熟悉的味道。

“嘟嘟嘟！”

欢快的喇叭声响起来，栗锦看见余千樊坐在“小电驴”的后座上冷着一张脸，两条长腿快拖到地上了。

“噗！”

栗锦忍不住喷笑出声。

栗锦看了眼手上的水，觉得还是去债主面前刷一波好感比较好。于是，她立刻走上去笑着说：“千樊老师渴不渴，要喝水吗？”

余千樊额头上冒了汗，扯开的领子里白皙的肌肤漂亮扎眼。

别人出汗的气味难闻又狼狈，余千樊却像是一个堕落的天使，一眼让人沉沦。

小丫头明眸皓齿地笑着，弯起的眼睛里藏着点点星光和狡黠的小想法。

“喝吗？”她将水递过去。

余千樊冷着脸，该她来的时候不来，这会儿倒是挺殷勤。

他冷漠地转身，好像从来都不认识这个人一样。

栗锦莫名其妙碰了软钉子，心口一阵火气就要冒上来。

转身要走的余千樊猛地看见那个一直纠缠他的同剧组女一号拿着冰水款款走来。

他眉头皱得紧紧的，下一刻，迅速转身抽走了栗锦手上的水。

“谢谢。”余千樊笑着摸了摸栗锦的脑袋。

栗锦正准备奓毛的，顿时被摸蒙了。

这人为什么又犯病了？

## 2 我最爱吃螃蟹了呢！

范丽黎看见自己喜欢的男人居然摸一个陌生女人的脑袋，她手上的塑料瓶被捏出咔嚓声。

她是《白昼之后》的女一号，这两年发展势头很好，已经能算得上是二线女演员，前段时间她参演的综艺播出后又吸了一大拨粉丝。

她专业实力很强，但缺点就是心高气傲。

她看不上除了自己之外的人，加入这个剧组之后，大家都对她很好，只有余千樊除了对戏的时候和她有互动，空余时间压根儿就不和她多说一句话。

想到这里，范丽黎深吸了一口气。她拢了拢自己的头发，笑着走过去说：“千樊，这是你认识的人吗？”

那些小姑娘都叫什么千樊哥哥，范丽黎冷笑，幼稚的手段，把自己摆在和男人平起平坐的地位才能让余千樊这种优秀的男人另眼相看的好吗？

可谁知道余千樊只是靠近栗锦，浅浅地应了一声。

他的神情居然比以前更冷漠。

无奈，范丽黎只能把视线落在了旁边的栗锦身上：“这位是……”

“范姐，你好。”栗锦笑着伸出手，“我是隔壁剧组《夏初的时光》的演员，栗锦。”

范丽黎神情一松，原来是不知道从哪儿来的野鸡剧组的小角色啊！

“嗯。”范丽黎纡尊降贵般地伸出手，“很高兴认识你。”

她眼神睥睨，栗锦刚要伸出手，就被余千樊拉住了袖子。

“走了。”他一手压着栗锦的脑袋给了范丽黎一个警告的眼神，将栗锦一转往后面拉，“该去吃饭了。”

范丽黎目瞪口呆地看着自己的手，脸上就像是挨了两巴掌一样红。

居然敢不把她放在眼里？

范丽黎快要咬碎牙齿。

栗锦古怪地看着余千樊：“干吗呢？你拿我当挡箭牌？”

她记得和范丽黎一直没怎么接触，只知道对方挺讨厌自己的，有时候微博上有自己不好的消息时对方还时不时地会出来踩一脚。

可是没道理啊。

当时的余千樊又没有表现出和她很亲密的样子。

余千樊见栗锦想要和他保持安全距离，眼尾藏着笑：“五百万，给你算四百九十万，挡不挡？”

栗锦刚迈出去的脚顿时就收回来了。

“挡！”栗锦双手抱拳，“从今天开始你就是我最尊敬的金主！”

余千樊：“……”

“咦，小栗锦，你和余千樊老师认识啊？”白金和葛毛两个人勾肩搭背地走在前面，笑着说，“正好，走走走，吃饭了。”

“叫上四个主演，我们一块儿吃。”

每个剧组的男一号男二号女一号女二号，才能算得上主演阵容。

栗锦这边的男二号叫赵晨，外形一般，演技倒是不错，可惜赵晨就是吃了外形的亏，一直没在娱乐圈混出成绩来。

而余千樊那边的人看起来就好认多了，当然，只有一个怒视她的范丽黎比较吸引栗锦的注意。

毛圆圆和赵晨都是新人，显得比较拘谨，向阳则是面对自己的偶像余千樊连手都不知道往哪儿放了。

栗锦……栗锦只想着什么时候能上菜。

“老葛啊，做导演是真的不容易啊！”喝了点酒，白金就上头了，大着舌头说，“里里外外的事情都要操心，唉！”

葛毛抹了一把脸：“不说这些，咱们兄弟两个干一个！”

两人自顾自地说话。

白金有心提携一下自家的演员，敲了敲碗边儿说：“你们这群年轻人别那么拘谨啊，大家多聊聊，熟悉了以后也可以互相帮忙。”

毛圆圆、赵晨几人露出笑容。

范丽黎心里嫌弃，闻言直接笑着说：“帮忙什么的还是说得太早了，说不定以后都见不到面了呢。”

毛圆圆、赵晨他们面色一僵，范姐这话的意思他们都明白，大概就是“你们算什么东西也敢和我攀交情”？

白金脸色也沉下来，人家范丽黎看不上他这个导演。

娱乐圈就是个看碟下菜的地方，他经历得多了，可每次遇上还是觉得心塞丢人。

栗锦安安分分地坐在余千樊旁边，对此已经见怪不怪了。

你红的时候整个娱乐圈都是你的朋友。

你不红……呵呵，那就旁边待着去吧。

栗子鸡被端上来了，栗锦直接伸筷子，可没想到有人比她更快，一下子就将她看好的最大最饱满的那颗栗子夹走了。

栗锦诧异，看见旁边的余千樊把栗子塞进自己的嘴巴里。

他腮帮子微微鼓起，一双凌厉的眼分了个余光给她，嘴角上扬十分挑衅，还带着点得逞后的小得意。

栗锦：“？”

旁边的人频频往他们这边看，隐约能从两人的互动之中瞧出点不一样的感觉来。

范丽黎狠狠地咬住筷子，投在栗锦身上的目光快要灼烧出一个洞来。

栗锦深吸一口气，接着去夹螃蟹。

可余千樊又快她一步把她看中的螃蟹夹走了。

栗锦忍不了了，放下筷子似笑非笑地说：“余老师，看来我们的口味很是相似呢。”

余千樊用纸巾擦了擦嘴角，转头盯着她笑。

栗锦捏住裙角，这人就是非要在饭桌上把那十万的效果拿出来？

她侧头看了看范丽黎铁青的脸，可以！

他转移注意力的方式很成功。

“千樊，原来你喜欢吃螃蟹啊。”范丽黎勉强笑了笑，夹了最大的螃蟹放在旁边的空碗里，给余千樊推了过去，“吃这个吧。”

葛毛看了两人一眼，冲余千樊挑眉。

范丽黎可算是难得一见的美人了，这意图可不要太明显。

谁料，余千樊眼皮都没有抬一下：“我不吃别人筷子夹过的东西。”

范丽黎指尖捏筷子捏得泛白。

“是吗。”她咬牙勉强笑了笑，“那我……”她伸出手去拿那只螃蟹。

谁知道，余千樊直接把碗给端了过去，方方正正地摆在了栗锦面前。

“吃啊。”他眼中带笑，“你不是喜欢吗？”

栗锦：“……”

众人：“……”

栗锦深吸一口气，很好，现在范丽黎肯定已经把自己当作头号敌人了。

余千樊似乎觉得还不够，主动夹起了她挑出来的放在空盘子里的萝卜块一口吃掉。

“不许挑食。”他旁若无人地教训。

范丽黎气得唇都在发抖，什么洁癖！还分人呢？

她把筷子一摔直接走人。

旁边的众人眼神意味深长，在两人身上频频打转。

栗锦假笑着，一筷子戳进螃蟹，磨牙轻声对余千樊说：“戏过了啊！”

余千樊也靠过来：“我给你再减五十万。”

“没问题！”栗锦温柔地捧起螃蟹，笑着说，“我最爱吃螃蟹了呢！”

## 3 你想挑战我吗？

余千樊见栗锦这副见钱眼开的样子就想笑。

“那什么，你们感情挺好的啊！”葛毛尴尬地笑了一声，“什么时候的事儿啊？”

他是从来都没见过余家这位独苗苗这么关心过别人。

这绝对是有情况了吧？

“只是因为我们两家老一辈认识而已。”栗锦笑眯眯地开口，笑话，五十万能买她和余千樊的绯闻吗？

她可没想着要把自己给搭进去。

果然余千樊这个人很麻烦，看来要尽快还完五百万，然后和这位时不时犯病的爷划清界限才对。

“原来如此。”葛毛深深地看了栗锦一眼。

这就是托词了，毕竟和余家熟的那些人谁家还没个女儿了？也没见余千樊多看她们一眼啊。

这一顿饭在诡异的氛围下结束。

回去的时候，毛圆圆小心翼翼地蹭过来问：“栗锦，你真的不是余千樊的女朋友吗？”

“我要是的话不早就火了。”栗锦摊手。

毛圆圆神情严肃地点点头。也是，如果是余千樊的女朋友，他随便带句话都能给栗锦更好的资源，何必进这种没有名气的剧组呢？

“不过我刚才去上厕所的时候……”毛圆圆本来想说什么，但又像是想到了什么一样紧紧地闭上了嘴巴。

栗锦看了她一眼，也没刨根究底。

谁都有秘密，她对毛圆圆的秘密并不感兴趣。

栗锦先一步走了，留下毛圆圆站在原地神情变换。

她没有告诉栗锦，她在农家乐上厕所的时候听见了两个导演在楼道上的对话。

《白昼之后》的女四号到现在还没找到人，也不想临时去找演员了，毕竟戏份不多，最后敲定在白金导演手下借人。

其实说是借人，除了女一和女二，这种小成本的剧组还有什么角色是能入葛毛导演的眼的？

毛圆圆对自己的演技是有自信的。

不是她……就是栗锦！

她真的很希望能拿到这个女四号的角色。

想到这里，毛圆圆紧紧地握住了拳头看着栗锦的背影。

“对不起了。”毛圆圆神情紧绷，“人不为己天诛地灭。”

栗锦是不知道这件事情的，到时候她比栗锦更拼命一些，相信这个角色就是她的了。

毛圆圆深吸了两口气，狠狠地点了点头。

下午，《夏初的时光》剧组这边拍摄第一场戏的时候，葛毛居然过来了。

毛圆圆浑身的血液开始发热。

她看了一眼正在上妆的栗锦。栗锦有单独的化妆师，而她只能让剧组里的化妆师给自己化妆。

毛圆圆看了一眼就移开了视线。

她比栗锦更加迫切地需要这个角色！

“第一场，是女二号木香把女一号林织不小心推到水里的一幕。”白金开始给两人讲戏。

毛圆圆的情绪特别高涨，栗锦只是很平静地点头。

“木香你应该是盛怒的，因为这时候你是被嫉妒一时冲昏了头脑。”白金见毛圆圆这么好学，也不吝啬自己的指点，“但你还是要保持自己的傲气，知道了吗？木香这个角色并不好把控。”

毛圆圆点头：“放心吧导演，我一定会好好演的！”

她说完还看了栗锦一眼。

白金导演只给她讲解呢！看来导演还是更加看好她！

毛圆圆顿时变得更有信心了。

女一号和女二号来到水边。

葛毛盯着两个小姑娘定好位置，余光突然瞄到一个身影，转身看见了余千樊面无表情地站在了他旁边。

“难得！”葛毛啧啧出声，“你还会来看这些小新人演戏。”

余千樊抿唇，葛毛一直似笑非笑地看着他，他顿了顿，正经地说：“女四号彼岸是个很好的角色，我希望更有实力的人和我搭戏。”

葛毛摇头，找什么借口，一个女四号和你有什么大关系，都搭不到几场戏。

不过这话葛毛也只能在心里想想。

在白金的示意下，摄像机开始运作。

毛圆圆深吸了一口气，就好像高中的时候跑800米，她和对手站在了起跑线上。

“准备……开始！”

枪声响了！

这一局她一定要拿下！

毛圆圆眼神一变，愤怒、嫉妒和冲破了理智的神情出现在她脸上，她一把抓住了正在前面走的栗锦，狠狠地将其推下了水。

“哗啦”一声，学校里的人工湖溅开一大片的水花。

毛圆圆心中暗自催眠：“我是木香我是木香，我就是木香！”

她狠狠地闭了闭眼睛，再睁开的时候里面一片高傲凛然。

毛圆圆没有声嘶力竭地咆哮，她只是用天然高贵的眼神睥睨着坐在水中的栗锦。

“就凭你也配和我争？我们的起点线是不一样的，你配不上他。”她只是在陈述事实。

葛毛眼前一亮，说：“这小姑娘不错，很有灵气。”

余千樊弯唇，视线胶着的地方却是此刻低着头的栗锦，他淡淡笑着说：“等着看吧。”

葛毛诧异地看了他一眼。

下一秒，栗锦没有动。

第二秒，栗锦还是没有动。

白金挺直了脊背，怎么了？说台词啊？

毛圆圆心中也疑惑，怎么不说台词啊？

“哈？”

一声轻笑，突然从坐在湖水之中的栗锦口中溢出来。

那声音仿佛不敢置信，又夹带着悲哀，是对她毛圆圆……不对，是林织对着木香的悲哀。

栗锦缓缓抬头，日光打在她溅到湖水后更加白皙的脸上。

她居然不急着站起来，只是把面前被水弄湿的头发撩到后面，露出漂亮的额头。

她眼神细细密密地带着凌厉的锐气，一下子竟刺得毛圆圆话都说不出来。

“你真可怜啊。”栗锦开口了，唇畔带着冰冷的笑意。

众人提起一口气，编剧甚至猛地站了起来。

剧本中的一幕不是这样的。

这一幕栗锦扮演的林织应该是气急败坏地站起来和木香理论的，而不是这样像王一样地戏弄对手。

不对！

编剧甩了甩头，好像……栗锦这样的表演方式更贴合林织这个角色？

林织不是只会哭哭啼啼的软包子，而是一颗自信的太阳！

栗锦缓缓地站起来，水珠哗啦啦地从她身上落下，她的神情却不见一点狼狈。

“木香，你不是很厉害吗？”栗锦冷笑，“那你怎么不去找厉天而是来找我啊？你喜欢的是厉天，你要是真的厉害，就去揪着厉天的衣领让他喜欢你啊。”

她走上台阶，毛圆圆居然被她的气势骇得往后退了一步。

“你只敢来找我，是觉得我好欺负吗？”

栗锦歪着头，冲毛圆圆伸出了手。

毛圆圆愣住了，剧本里没有这一幕啊。

余千樊在旁边露出了笑容。

下一刻，栗锦猛地在毛圆圆屁股上一踹。

毛圆圆整个人扑入水中，视线天旋地转，她压根儿不知道下一幕要怎么接。

她演戏的经验还是太少了，纵然有灵气，却被栗锦完全地碾压。

显然栗锦也考虑到了这一点，她自己也飞快地跳下了水，抓着毛圆圆的肩膀将其提起来。

两人目光对视，毛圆圆看见栗锦笑了。

“木香……你想挑战我吗？”

### 4 机会就在你眼前

“好！”白金站起身来鼓掌，“栗锦有你的啊，这段戏加得精彩。”

编剧也在旁边点头：“没错，这段本来就是这部剧的一个小高潮，栗锦的发挥让这段小高潮变得更有紧张感了。”

有的时候，演员会因为过度入戏而做出最直接的反应，甚至是和剧本背道而驰的。

但只要演员表演得足够精彩碾压原剧本，不仅不会被导演骂，甚至会得到整个剧组的夸赞。

“谢谢导演。”栗锦弯唇。

郎世涛立刻拿来毛巾和干爽的衣服给栗锦。

毛圆圆整个人失魂落魄的，完蛋了！一切都完了！

她浑浑噩噩地被毛巾包裹起来，头发上的水珠一滴滴地往下落。她仰起头一看，果然葛毛的视线是对着栗锦的，他眼里没有自己。

白金拍拍栗锦的肩膀："我就知道你会发挥得很好，都不用给你讲戏的啊！"

原来是这样啊！

毛圆圆突然明白了，给她讲戏不是因为觉得她比栗锦出色，只是因为他觉得栗锦不需要了，栗锦已经吃透了这个角色。

是因为能力不足，所以才指导她的啊？

"当然了！"白金满意地看着毛圆圆，"圆圆也配合得很出色，不会让观众出戏，最后掉进水里的那段惊愕和最后一个有些畏惧的眼神表演得到位！"

配合啊……毛圆圆看向了栗锦，然后颓丧地闭上了眼睛。

最后那个眼神，是被栗锦带动出来的。

她什么都没做，只是被栗锦的演技感染到，自然而然地露出那样的神情而已。

她们两个并不是一个等级的。

毛圆圆有点想哭。

"老白。"葛毛已经迫不及待地冲上来，"人借我用用呗，很快的，她空戏的时候你就让她去我那儿串两场。我那边戏份不多的。"

毛圆圆被浇了一盆透心凉的冷水。

果然……她输了。

毛圆圆的情绪格外低落，但其他人都没有注意到。

栗锦吃惊于葛毛导演的邀约。

"角色？让我去吗？"栗锦被这个大馅饼砸得晕晕乎乎，"那我、那我等会儿去试镜吗？"

"我觉得你可以！"葛毛并不吝啬自己的夸奖，"等你空戏的时候我给你打电话，不然我可怕老白要剥了我一身的皮。"

葛毛笑着走了，走了两步不忘转身对余千樊说："你也别看了，你个男一号总得和我回去吧。"

他悄悄附耳在余千樊身边说："到时候人都去我们剧组了，你爱怎么看怎么看，嘿嘿嘿！"

余千樊对上葛毛满脸“我懂”的调侃神情，他淡淡地看了对方一眼，面无表情地转身离开。

栗锦坐在凳子上，还有点没反应过来。

她记得……《白昼之后》这个剧是今年最佳！

搭上顺风船了！

“恭喜啊。”向阳坐到了她旁边。

少年的身上散发着热汗的气味，却并不难闻，倒是衣服里的皂角香气有点透出来了。

“你的演技也很好，我不如你。”

“谢谢。”栗锦没有矫情，实打实地接下了这句夸赞。

“等一下就是我们两个的戏了。”向阳挠了挠头，“我怕被你压戏呢。”

栗锦吃惊地看了他一眼。

想了想，她老实地说：“你肯定会被我压戏的，不过我希望你能好好演，对方戏越猛，我会越兴奋。”她舔了舔唇，很享受那种酣畅淋漓的对戏感觉。

向阳打了个寒噤，默默地拿着水离开了。

“恭喜啊。”毛圆圆咬着唇走过来，终究还是太年轻，脸上的不甘心透出来几分。

栗锦一下就明白了，毛圆圆之前没说完的事情肯定是这个。

毛圆圆早就知道葛毛要来选人，不然这会儿应该是吃惊的神情而不是不甘心。

看剧组里向阳他们到现在都还没反应过来呢，而且结合之前毛圆圆的种种古怪反应，栗锦心里就有数了。

“希望以后我的演技也能有你这么好。”毛圆圆失落道。

栗锦看了她一眼，站起来说：“演技是永无止境的，不要把我当成目标。演技没有目标。”

说完，栗锦就去找编剧梳理下面场景的剧情了。

毛圆圆坐在凳子上，脸色涨红。

明明她和栗锦都是一样的年纪，怎么觉得栗锦好像在前面很远的地方，她怎么追赶都看不见对方的背影。

栗锦拿出手机，上面有余千樊发来的消息。

隔壁老地主：“到剧组之后还得你帮忙。”

栗锦撇了撇嘴，想起中午那场没有硝烟的战争，“啪啪”地开始摁键盘，指尖都带着杀气！

栗锦："抱歉呢亲，我们家没有延时服务！"

余千樊正坐在凳子上休息，被这条消息弄得笑出了声。

他声音好听，笑起来仿佛周围十米内的景色都耀眼起来了。

范丽黎心中一动，走过去，笑着说："有什么有意思的事情吗？"

那臭丫头和余千樊以前认识又怎么样，近水楼台先得月懂不懂？

"没什么。"余千樊立刻收起了笑。

范丽黎想要靠过来，余千樊有点嫌弃地用手指虚捂住了鼻子："抱歉，能离我远点吗，我对香水过敏。"

他用最绅士的笑容说着最让人尴尬的话。

范丽黎脸色僵硬了一瞬。

为什么！

就算是要摆架子到这一步也差不多了吧？余千樊这个男人到底要傲娇到哪一步？

"千樊！你有栗锦的手机号没有，我刚才忘记要了！"葛毛突然奔了过来，"给我一个！"

余千樊把电话号码发给葛毛。

范丽黎心中有了不好的预感。

"咱们女四号不是没定嘛，刚才我去看了，栗锦这孩子很不错，我要把这个角色给她。"葛毛说。

范丽黎愣在原地。

《夏初的时光》剧组外面，一个女人战战兢兢地捧着一个木盒，脸色苍白地站在那里。

"谁啊？"有人拦住了她，"非工作人员不能靠近的。"

"我、我是你们主演栗锦的妹妹，我来给她送东西。"李淡淡咬唇，一派可怜。

"等着，我去问问。"

那工作人员很快就消失了。

李淡淡心里发恨，现在她居然连见她一面还得她同意了？

栗锦放下手上的镜子，看着那工作人员，说："你说我妹妹来了？"

她脸上露出冷然的笑容，来得可真快。

厕所里，毛圆圆在低声哭泣，她太难过了。

“喂！”

一个声音突然传来。

她慌忙擦掉眼泪抬起头，看见了范丽黎带着笑容站在自己面前。

和之前那高冷的样子完全不一样了。

“我有办法让你拿到女四号，你要不要试试看？”范丽黎微笑着对她说。

## 5 不说实话吗？

“范姐……”

毛圆圆红肿着一双眼睛，不解地看着面前那盒胶囊：“这是什么？”

范丽黎蹲下来，她眼角天然上挑，是不怎么讨喜的那种狐狸眼，妖异异常：“不会伤害她的身体的，只是让她一个月不能说话而已。你想啊，就算白金愿意等她，葛毛导演肯定等不了。到时候那个角色不就轮到你了吗？”

范丽黎的声音充满了蛊惑，描述的是十分美好的未来。

“我都听说了，导演有意在你们两个之中选一个，导演也夸赞你的演技了，要是没有栗锦，你不就被选上了吗？”

范丽黎晃了晃手上的胶囊，清脆的锡纸声音刺激着毛圆圆的耳膜：“圆圆，这么好的机会，大导演大制作，还有我和余千樊撑场子，只要你愿意，你就能搭上这趟顺风船了！不愿意吗？”

这一切都太美好了。

上哪儿去找这样的机会呢？

“这圈子就是这样的！”范丽黎声音阴冷，“你不去为自己谋出路，谁还会对你有笑脸？”

对！

毛圆圆狠狠一咬牙，这样的机会不会再有了。

人都是自私的。

她伸出了手，往胶囊的方向……

栗锦带着李淡淡来到一个空教室里。

栗锦坐在凳子上，笑着看向李淡淡，说：“这么快把东西找到了，看来我给你三天时间还是给多了啊。”

李淡淡嘴角抽搐一下：“姐姐，我……我把阿姨的遗物都带出来了。”

说着，把木盒递给栗锦。

栗锦打开木盒，发现里面满是信件。

数百份，整整齐齐地摆放着。

心口涌上巨大的酸涩，栗锦手指微颤地拿起一封信，上面写着“致锦儿”。

每个信封上都画了一个特别可爱的小姑娘，每个小姑娘都不一样，不是样子不一样，而是身高不一样，脸形轮廓不一样。

妈妈在想象她长大之后的样子。

“姐……姐姐。”李淡淡突然“扑通”一声跪下，泪流满面、浑身发抖，“姐姐我是真的没办法了，阿姨的遗物我还能帮忙找到，但是那些遗产我真的没办法拿到手。”

栗锦忍住眼底的泪意，看向李淡淡。

李淡淡哭得梨花带雨，还撩起了自己一边的头发：“你看，这还是被我外婆打的。”

她的左脸高高地肿了起来，上面有一个清晰的巴掌印。

“我拿回我妈妈的遗产，和你外婆有什么关系？”栗锦的声音倏然阴寒下来，“那些遗产都去哪儿了？”

“一些画作，被我妈妈拿去外婆家了，还有阿姨名下的公司，是在爸爸的手上，一些珠宝……就是、就是在我妈妈……”李淡淡越讲声音越轻。

不行！

想到自己被拍下的那些照片，李淡淡一把就抓住了栗锦的手：“姐姐，我真的只能做到这一步了，那些东西我是真的拿不出来！那些照片求你不要发，我真的已经尽力了。”

李淡淡这时候哭得有多可怜，栗锦心里就有多恨。

这些人多无耻啊！

他们吸干了妈妈的血，拿到了这么多的好处，最后呢？把她的女儿一手推入了深渊。

栗锦深吸一口气，声音好像从地狱里飘上来的一样：“这些事情，你早就知道了是吗？”

李淡淡目光闪躲：“我、我怎么会知道呢，这是长辈们的事情。”

栗锦拿出手机，上面是一份备注“照片”的文件夹，只要手指一点，就会发送给栗亮和李颖。

“不说实话吗？”栗锦眼神可怖。

“不不不，我说！”李淡淡脸色骤然变得惨白，“我早就知道。小时候我妈妈就和我说过了，可是我什么都没拿，你就算杀了我我也没拿你妈妈的东西。”

栗亮和李颖都是小气的人，恨不得把好东西据为己有，怎么会给当时还是一个孩子的她呢？

“是吗？”

栗锦靠在椅背上。

“对啊，所以姐姐你一定不要把照片发送给爸妈，我是站在你这边的啊！”

这时候，李淡淡可怜的样子和记忆里李淡淡拿着刀尖对准自己脸的样子重合在了一起。

栗锦弯了唇。

点击……发送。

“不！”

李淡淡抓着自己的头发尖叫了一声，扑上前去抓栗锦。

栗锦站起来，说：“抱歉了淡淡，既然你说你只能为姐姐做到这一步，那么，姐姐也只能为你做到这一步了。你只完成了姐姐交给你的二分之一的任务，所以姐姐，也只是选择相应的人发了照片。看，姐姐对你多好，只是把照片发给了你爸妈，不然可以发送的对象那么多呢。”

栗锦的手按在李淡淡的脑袋上，一下下地帮她整理头发。

李淡淡眼角抽搐，一动都不敢动。

“如果你爸妈问起来照片是谁发的，又是谁让你变成这样的，姐姐相信你能做出最好的回答，对不对？”

栗锦在威胁她……李淡淡从来没有这么畏惧过栗锦。

在她的印象里，栗锦就是一个彻头彻尾的傻货，是被她玩弄在股掌之间的人。

为什么会走到今天这一步？李淡淡一瞬间想了很多，对了，是因为自己还是对栗锦太好了啊。

栗锦这个蛇蝎心肠的女人，居然一点都不顾及姐妹之情。

她心里恨不得把栗锦大卸八块，脸上却勉强挤出了一个笑容：“姐姐，给爸妈发消息的人我也不知道，害我的人是方子雨那个女人，你放心吧。”

栗锦捧起李淡淡的脸，眼睫半耷拉，遮盖掉眼底的冰凉。

“嗯，淡淡真乖。”

李淡淡都不知道自己是怎么从剧组里走出去的，当她接到栗亮电话的时候，她浑身虚软地坐倒在地。

她这辈子都完了！

李淡淡离开了，栗锦一个人坐在教室里。

手机突然响起。

来电显示是“李秀云”。

李颖的妈妈，李淡淡的外婆。

栗锦靠在墙壁上，背后传来冰冷的触感让她头脑清晰。

她按了接通键，那边李秀云的声音刻薄尖锐——

“栗锦，你居然唆使你妹妹来要我们家的画作。我告诉你，这些都是我们家的东西了！”李秀云恶狠狠地说，“和你那个短命娘没有关系，想拿回去，你不要妄想！”

栗锦目光沉沉，冷笑了一声挂断电话。

那边李秀云更恶劣的话还没说出口就被闷在了喉咙里。

而另外一边，毛圆圆神情紧张地拿着一瓶饮料走过来。

## 6 后退一步就是深渊

栗锦刚要伸手去看妈妈留下的信，门就被敲响了。

“栗锦,我能进来吗？”毛圆圆的笑容有点不自然,“我给你带了饮料。”

栗锦刚送走李淡淡，又因为李秀云的一通电话弄得浑身冒寒气，见到毛圆圆，她迅速地调整了一下自己的情绪，笑着说：“进来吧。”

她伸手接过那瓶饮料：“谢谢啊。”

毛圆圆扯了扯嘴角：“恭喜你啊，拿到了那个角色。”

见毛圆圆又提了一次选角色的事情，栗锦下意识地挑眉看她。

“我……我不是妒忌你，就是有些羡慕。”毛圆圆连忙摆着手，“像我这样的人恐怕没可能了吧。”

栗锦看着毛圆圆，没说话。

每个人都会经历颓废和自我怀疑期，这个只能靠自己克服。

栗锦垂下眼有些疑惑，毛圆圆怎么出这么多汗？现在很热吗？

毛圆圆摸了一把额头上的汗，催促道：“你喝点吧，味道不错的。”

栗锦捏着饮料瓶晃了两下，里面冒起一颗颗小气泡。

她眸光很深。

一瞬间，毛圆圆还以为栗锦是看出什么来了，她下意识地看着外面，范丽黎还在外面等着她。

“咔嚓”一声，栗锦把瓶盖给拧开。她站起来往外面走去，一边走，一边说：“我先走了，谢谢你的饮料啊。”

毛圆圆一着急，刚想开口，就看到栗锦拿起饮料喝了一口，然后消失在拐角处。

毛圆圆一屁股坐了下来，松了一口气。

对！

这样就对了！

她没有做错！

毛圆圆走出教室，目光坚定地去找范丽黎。

毛圆圆不知道的是，栗锦刚走到拐角，就把嘴里含着的那口果汁给吐了出来。

栗锦连口水都不敢吞咽，生怕果汁里有不干净的东西进去了，她把饮料直接丢进垃圾桶，飞快地往外面跑。

要快点找到水来漱口！

谁知道，她刚走到楼梯口就看见了同样找过来的余千樊，他手上拿着半瓶水。

“栗锦，你怎么……”

余千樊话还没说完，栗锦就已经扑过来一把抢走了他手上的水开始疯狂漱口。

余千樊见她急切的样子，眼眸深了深。

“这是我喝过的。”余千樊抿唇。

“喝你一口水怎么了，我等会儿还给你！”栗锦抬头看了他一眼。

终于活过来了，她不确定那果汁是不是能喝的，但毛圆圆有些反常，她不想冒险。

“别人喝过的水你也喝？”余千樊见她一脸无所谓的态度，不豫地皱起眉头。

“说什么呢，古古怪怪。”栗锦嘀咕了一声。她又看向妈妈留给自己的信，这一封封都是妈妈留下来给她的吗？

上面还标明了日期，好像是让她在特定的时间打开的。

以前她傻乎乎地以为妈妈是不爱自己的，对自己严厉又苛责，可是妈妈只是爱在心底，不像李颖，都是假惺惺。

是她错了。

她情绪低落，脑袋也垂下来。

余千樊不知道她怎么好好的突然又变丧了。

“有人欺负你了？”

他很快就联想到刚才她漱口的样子，神情一下子就变了。

“不确定。”栗锦捧着盒子想走，“关你什么事。”

刚走出一步，手就被余千樊猛地拉住了。

他眸光定在栗锦身上，栗锦都能看见他脸颊上细细的小绒毛，抓着她手臂的掌心滚烫，余千樊声音好听，响在她耳边。

他说：“你明明可以找我帮忙。你为什么总是不找我帮忙？”

一瞬间，有风涌入栗锦的耳朵里，一些记忆也一起涌入脑海。

那时候她被爆出陪睡的新闻，当然，那新闻是捏造的。

可是当时她被黑得很惨，几乎所有的朋友都避着她，正当她焦头烂额的时候，撞上了余千樊。

当时她觉得余千樊肯定是来嘲笑她的，因为他们的关系一直不好，所以她先对余千樊发火了，连日来积压的委屈都在那一刻爆发。

她大喊着：“你滚！不要出现在我眼前！”

可奇怪的是，余千樊只是和现在一样扣住了她的手腕。

他眼底好像有千言万语，之后只化成了一句压抑的话：“你为什么不找我帮忙？”

这一次，她总觉得余千樊不一样了，可是心底又马上否认，有什么不一样呢？余千樊从来都是余千樊，不一样的人好像只有她。

“说话。”余千樊晃了晃她的手腕，他眼底带着浅薄的怒意。

她什么事都不和他说。

刚才一瞬间的软弱很快就在栗锦眼底散开了，她深吸了一口气，又恢复了原来的样子。

她朝着余千樊笑了笑：“我自己能解决的事情，怎么敢劳驾我的债主呢？”

她用笑容来伪装自己内心所有沉重的血债。

这是她自己的事情，她会自己解决。

这辈子她不要再依靠任何人了。

说完，栗锦直接挣开他的手离开了。

余千樊站在原地，侧脸鼻翼看起来很漂亮，唇形却显得有些凉薄。

不识好歹的小丫头!

余千樊气得头都开始痛了，明明只要对他开口说一句话的事情，为什么她就是这么倔?

余千樊想要直接抬脚走人，但心底有个声音一直在拉扯他。

“不要不管她，不要再次做错误的决定！”

虽然这个想法冒出来得很莫名其妙，里面的“再次”也很诡异，但这个念头余千樊怎么都摆脱不了。

他狠狠闭了闭眼睛，沉着脸往栗锦的那个方向追过去。

不再是停留着等她来求自己，他的脚步不受控制地往栗锦那边走。

而下一刻，绕过教学楼，余千樊看见了范丽黎把栗锦堵住的一幕。

他停住脚步，脸色阴沉下来，借着粗壮的树干掩住了自己的身形。

他听见范丽黎的声音传过来，带着点隐隐的期待：“栗锦，马上就要和余千樊一个剧组了，你是不是很开心？”

栗锦看了范丽黎一眼，弯起嘴角，说：“比起余千樊老师，倒不如说马上就要和范姐一个剧组了，我很期待！”声音流畅，没有半点沙哑的感觉。

范丽黎愣住了，她没有在约定的地点等毛圆圆那个白痴，她迫不及待地要来看栗锦出丑。

实在是太过震惊，范丽黎脱口而出的就是：“怎么回事，毛圆圆的那瓶饮料……”

她猛地刹住车，脸色一寸寸地沉下来。

栗锦的笑容也逐渐冰冷起来。

啊……原来那瓶饮料是真的有问题啊。

树后的余千樊闭上了眼睛，再睁开时里面已满是戾气。

而就在这时，范丽黎的电话响了，是毛圆圆打过来的。

范丽黎背对着栗锦接下电话就怒骂：“你这个废物，这点事情都办不好！”

那边毛圆圆沉默了很久，然后坚定道：“范姐，我觉得这样做是不对的！”

# 第九章 人生第一场吻戏

## 1 锦儿，妈妈爱你

“没用！”范丽黎气得恨不得砸掉自己的手机。

“你刚才说的饮料是什么意思？”

身后栗锦寒凉的声音响起来。

范丽黎愤怒地转身说：“没什么！我看见她给你带饮料了，顺带问你一句。”她的语气里丝毫没有心虚，有的只是事情没有办成的愤怒。

栗锦知道，范丽黎压根儿没有将自己看在眼里。

她就是范丽黎眼中能随时捏死的一只蚂蚁。

对方本来想借毛圆圆的刀杀人的，可没得逞。

栗锦冷笑，看着范丽黎气急败地走开。

余千樊的目光随着范丽黎离开的身影越来越冷，他又担心地看着栗锦。

其实栗锦如果愿意借裴天华的势头应该就不会遭遇这种事情了。

可她显然有点傻。

余千樊从树后走出来想要去安慰她两句，却看见她猛地跺了跺脚，满口怒气地说：“余千樊这个惹事精！看吧，被人当假想情敌了，五十万亏了！得要个两百万的！”

余千樊：“……”

呵！哪里傻了？

他弯了弯唇。

看来栗锦的心态比他想象之中的好多了。

他转身离开，拿出手机给范丽黎打了个电话。

那边可以说是秒接，接电话时，声音柔情蜜意。

“千樊，怎么了？”

余千樊一步步往前走去，声音格外温和：“你的戏份今天晚上就杀青了吧？”

那边范丽黎神情激动，同时心里也得意，看吧！余千樊这人的高冷就是装的，见她戏份要杀青了就立刻急急忙忙地奔过来了。

她舒服地坐在助理搬过来的凳子上，笑得眉眼弯弯志得意满:“对呀。”

“那我给你办一个接风宴吧。”余千樊停下了脚步，一双眼睛寒霜凝结，“就我和你，两个人！”

范丽黎立刻开心地答应了。

余千樊闭了闭眼睛，继续往前走，正好看见了坐在花坛边发呆的毛圆圆。

余千樊走过去，声音冷厉：

“毛圆圆，我想问你一件事情。”

栗锦回到剧组之后，把自己该拍摄的戏份都拍完了。第一天拍摄，白金也不会让他们赶工太久，吃完晚饭就让大家都回去休息了。

栗锦坐在自己的车上，她让郎世涛先回家了。

她掏出了妈妈给她的信件。

“锦儿，六岁生日看。”

“锦儿，七岁生日看。”

“锦儿，八岁除夕看。”

每一个生日，每一个节日，妈妈都给她留下了一封信。

栗锦的视线变得模糊起来，眼泪一颗颗地砸落下来。

再次回来，她以为谁都想让她死，没有人爱她，她只想着复仇，每天晚上做噩梦都在重复着那段在地下室暗无天日的日子。

栗锦拆开信封，这是妈妈写给六岁的她的。

“我们锦儿今天有没有好好画画啊？妈妈之前一直都没有告诉你，妈妈最喜欢你画的大老虎了……”

这是写给十岁的她的。

“我们锦儿没有在学校和别人打架吧？也不知道你长得多高了，和妈妈像不像啊……”

写给十五岁的她。

“锦儿一定长得很漂亮了吧？不要早恋哦，不然妈妈会生气，不要为了别人委屈你自己，你是妈妈在这世界上最珍贵的人……”

写给……十八岁的她。

“我最亲爱的锦儿，祝你成人快乐。我的锦儿一定成了一个优秀的画家吧？你外公肯定希望你成为画家的，不过妈妈觉得你做什么都能做得很好。

“你长大了，可惜妈妈看不见了。

“妈妈在死之前最后悔的事情，就是为什么不能对你更好一点呢？妈妈在你小的时候只知道催着你画画，你是不是很恨妈妈？

“对不起，因为妈妈的世界除了你爸爸就只剩下画画了，我想要在死前，多教你一点，我恨不得把我这辈子得到的道理和能力都塞进你的脑袋里，在幼年的你看来我就是一个魔鬼妈妈吧？

“妈妈真的很抱歉，我不能陪着你一起长大。

“你已经成年了，妈妈留给你的东西你也都能继承了，你把木盒下面的底板拿掉，里面是个夹层，有妈妈留给你的产业清单，还有当时妈妈委托的律师的联系方式，你去找她，她是妈妈的朋友。

“锦儿，妈妈永远都爱你。”

栗锦手指颤抖地打开木盒的底板，里面是长长的遗产清单。

名家画作十三幅，价值九千万。

珠宝首饰二十三套，价值九千万。

名下投资公司三个，价值三亿。

名下二十个餐饮店铺加上各种连锁店五个，价值两亿。

还有可流动资金五个亿。

栗锦浑身颤抖，她一直不知道，原来她妈妈给她留下了那么多东西。

这些东西呢？

都被那些吸血鬼给吞了！

栗锦咬牙，简直要流下血泪来。

他们分食了妈妈留给她的所有东西，然后一个个告诉她，她妈妈一点儿都不爱她。

“该死！”栗锦声音颤抖，死死地抓紧了方向盘，“这些人都该死！”

她拿出藏在最里面的名片，上面写了“刘燕”两个字。

一看见这个名字，栗锦浑身的血液都冲上了头，耳朵嗡嗡作响，她眼前有一瞬间恍惚的白光。

“嘭”的一声，她就要气得栽倒过去，好在右手撑在了方向盘上，按到了喇叭发出了一声巨响。

“刘燕？”她趴在方向盘上哈哈大笑起来，“刘燕！”

这个叫作刘燕的律师，不就是栗亮养在外面的情妇吗？

这个人居然是妈妈的好朋友？

她好像身处于一个巨大又黑暗的网中，越走就越能窥得底下的一片深渊。

栗锦把东西收好，放下手刹猛踩油门，车子飞驰出去。

目的地……李淡淡的外婆，李秀云家！

她要把属于她的东西，一件件地都夺回来！

而同一时间，范丽黎敲响了一扇门，门从里面打开，她看见男人的脸在灯光下宛如上好的白玉。

他笑得温和，勾人又像带着致命的毒。

范丽黎看得身子都酥了一半。

桌子上摆了两杯红酒。

## 2 余千樊的冰山一角

“千樊。”范丽黎痴痴地看着他。

的确，余千樊拥有让女人花痴的魔力，他的容貌和实力都是当之无愧的王者。

这还是在他刻意和别人保持距离的情况下。

余千樊要是想对谁好，那才是沦陷的真正开始。

“坐啊。”余千樊亲自为她拉开了凳子，唇畔露出一个迷人的笑容。

范丽黎觉得自己脚下好像踩了棉花，一切比童话还美好，从来没人拿下的这朵高岭之花，现在落在了她的掌心上。

“我怎么觉得这么不真实呢？”范丽黎今天穿了一条特别性感的小裙子，露背装让她背后的蝴蝶骨看起来更漂亮，“你请我来的，你为什么不看我呢？”

她半趴在桌子上，一只手如蛇一样瘫软在桌子上，小手指却缱绻地往前勾起，眼神里带着丝丝缕缕的暧昧。

她很习惯于在这样的场合做这样的事情。

余千樊慢条斯理地切牛排，听到这话他抬起眼睛。范丽黎撞进他眼眸里，他只是拿着刀叉坐在位置上而已，眼神却专注地落在她一个人身上。

她突然发现自己的诱惑和对面那个男人比起来实在就是萤火与皓月的差距。

而这也仅仅只是被他看了一眼而已。

桌子上的烛火在他眼底跳跃，他放下刀叉，十指纤长地搭在自己的下巴处："喝酒吧，我亲自为你斟的。"

范丽黎脸上露出甜蜜的笑意，她浅抿了一口，脸上泛着微红。

而就在她喝下那一口红酒的时候，屋子里瞬间亮堂了，所有的灯光都被打开，隔间的门也被打开，十几个保镖从里面走出来，而且奇怪的是这些保镖都是女人。

"你这是什么意思？"范丽黎一下子就从位置上坐起来，她的目光在这十几个女人身上扫过，笑容勉强地说，"难道你喜欢这种玩法？"

余千樊刚才的温情已经尽数消散了，他是娱乐圈实力出众的年轻影帝，对表演的拿捏出神入化。

"去，搜搜看。"余千樊都没有耐心和范丽黎对话了，让那些女保镖都围了上去，"看看她衣服里有没有录音笔，头发里也不要放过。"

几个女保镖把范丽黎拉进了厕所里，很快厕所里就传来了范丽黎挣扎的声音。

"不行！不要碰我，余千樊你不能这么对我！"她尖叫着。

余千樊往自己的嘴里送了块牛排，他站起身看着落地窗外沉沉的夜色，拿出手机对那边说："抓到了吗？"

那边传来他安排在酒店外面保镖的声音。

"余先生，已经抓到了，三个楼道三个狗仔，现在带他们来见您？"

"不用见我了，把照片毁了，我会和他们所属的新闻社打个招呼的。"余千樊冷然说。

他摁了摁自己的眉心，又拨出去一个电话。

"余总，什么事？"那边传来咔嚓咔嚓的键盘声，而且还是连绵的一整片，显然是一群人正在加班。

"辛苦了，这么晚还加班。"余千樊勾了勾唇。

"不辛苦，不然我们'真娱'在圈子里的第一报社的地位可就要不保了。"那边传来爽朗的笑声。

任凭谁都不会想到，娱乐圈最大的报社居然是余千樊的私产。

“余总大晚上什么事情啊？正好我们大家现在都还在，一块儿解决了呗。”都是记者，大家处理事情来全都雷厉风行。

“有三个不懂事的小报社，你安排着处理一下……”

没过多久，范丽黎就被几个保镖架着带了出来。

“千樊，千樊你是在和我开玩笑，对不对？是我哪里让你生气了吗？”范丽黎从天堂掉下地狱，她不愿意相信这个事实。

她说完，女保镖就“哗啦啦”地倒出她藏着的小摄像头三个，录音笔两支。

范丽黎脸色铁青。

余千樊靠在窗边，冷漠地盯着她笑了笑。

“那是因为我还没有低劣到那个地步，你应该庆幸你对栗锦动的歪脑筋没有涉及这方面。”余千樊长腿交叠似笑非笑，“你之前如果是用男人来设计栗锦，你猜猜看我会用什么法子对付你？”

栗锦？

居然是为了栗锦！

范丽黎浑身发冷如坠冰窖。

“你喜欢栗锦！”范丽黎气得声音发抖，“你喜欢她对不对？”

视线里出现一双黑色的鞋子，她哭着往上看，撞进了余千樊眼底的冰霜里：“和我喜不喜欢栗锦没关系，不喜欢你的人是我，而我只是单纯因为我看不起你这样的人罢了。”

“把她送走，我看着头疼。”从刚才开始，他就被她身上浓烈的香水味熏得头疼。

几个保镖拉着失魂落魄的范丽黎走了出去。

这时候，范丽黎还不知道，从此她就一直走下坡路，最终在娱乐圈销声匿迹。

当然这都是后话了。

栗锦浑然不知余千樊帮自己解决掉了大麻烦，她此刻开车到了李秀云家门口，本来是打算进去的，却看见一个人拿着画急急忙忙地从李秀云家跑了出来。

然后，李秀云追打着跟出来。

“阿帆，你干什么！这个画是不能拿出去的！”李秀云一家本来只是小康家庭，现在别墅跑车都买起来了。

除了李颖之外，李秀云还有一个滥赌的儿子李帆。

栗锦连忙熄了车灯，她将车停在花坛旁边，和漆黑的夜色融为一体。

栗锦降下车窗，李帆和李秀云两人的争执声传过来。

“妈！这幅画怎么就不能卖了，我再还不出钱，命都要没了。”

李秀云死死地抓着那幅画，气急败坏地说：“不可以！这一幅画是那个短命女人裴瑗画的，只能拿去国外悄悄卖，咱们把这些画偷拿过来，栗亮他可不知道，你现在拿去抵，不要说栗亮了，如果裴家那群人知道了怎么办？”

栗锦猛地瞪大了眼睛。

这些画……是他们偷拿的?

## 3 受委屈了找“爸爸”

栗锦冷笑出声，继续静静地侧耳听。

李秀云一把抓住儿子的衣服，说：“你给我冷静点，这些东西我们放家里能升值，你不知道死人的画越来越值钱的吗？”

说着，李秀云一巴掌打在了自己儿子的背上，被气得流出了眼泪。

“这些画可是颖儿好不容易从那个女人的律师手上抠出来的，为此还分了那个律师三千万呢!

“栗亮都不知道画在我们手上，你现在拿出去不是要让你姐和你姐夫完蛋？妈都和你说了让你不要赌不要赌，现在赌出事了吧？你欠了多少？”

李秀云拿出手机来准备给李颖打电话。

“没用！”李帆眼神赤红，“我欠了九百万啊！姐夫再好能借给咱们这么多钱吗？妈，我的好妈！你是不是不管你儿子的死活了，李家断后你也不管了是不是？”

李帆摆出要么给我画，要么让我去死的神情。

“三个小时之后我要是不能把这幅画拿过去，那些人就要来拿我的手了。妈，我和你保证，就这一次，真的真的是最后一次了！”

说完，李帆一把将李秀云推开，连李秀云重重地跌在地上擦破了手，他都没有回头。

他现在只想着自己。

李秀云跌在地上拍着地面哭天喊地。

“我的亲娘嘞！我的命怎么这么苦啊，这个不孝子……”

像是唱大戏一样就号哭开了。

栗锦冷笑一声。

她发动车子，掉头往栗家的方向开去。

她改主意了，比起自己亲自上场去撕，借别人的手不是更好吗？

话说李秀云这人和李颖一样，没什么本事还自视甚高，即便李秀云知道栗锦已经怀疑上他们家拿了画，她仍然觉得只要打电话过来骂栗锦一顿，然后再让李颖劝一劝就什么都过去了。

她一点都不清楚栗家发生了什么事。

自以为栗锦现在还被自己的女儿和外孙女耍得团团转，是任凭她揉捏的泥人呢。

也不知道栗亮这个小气鬼知道被李颖的娘家坑了近一亿的画作会不会气得一头栽倒过去。

到时候他还能把李颖看成自己的心肝儿宝贝吗？

想到这里，栗锦止不住愉悦地笑出声。

走到栗家外面，李叔立刻就迎了上来，笑着说："大小姐回来了，今天家里可热闹了！二夫人和二小姐还在哭。"

"哦？"栗家盯着栗家别墅，"那我倒是赶上好时候了，爸爸在家吗？"

"在的在的，今天他暴怒着冲回来一把就抓着二小姐的头发又打又骂。"李叔想起栗亮那发狂的样子就觉得可怕。

栗锦轻笑一声走过去，站在门外的王妈立刻给她打了眼色让她现在不要进去。

栗锦抬手让王妈先离开，她推开大门。

突然，飞来的一个盘子砸在了她脚旁。

不远处，栗亮震怒地喘息着，而门边，李淡淡浑身青紫地蜷缩在那里。

"丢人的东西！不要脸的东西！"栗亮脸色赤红，额头青筋暴起，"竟然敢做这么让我丢人的事情，如果这些照片传出去，我们栗家以后还怎么在圈子里抬起头来？"

"老公……"李颖哭得凄凄惨惨，可盛怒之下的栗亮恨不得连她也一块儿打了。

"都是你教导出来的好女儿！"栗亮把矛头对准了李颖。

李颖呜呜哭号，再也不敢开口为李淡淡求情了。

"爸爸。"栗锦适时出声。

栗亮这才分散了一点注意力看着她。

旁边的李淡淡听见栗锦的声音，浑身抖得更厉害了。

“你回来了？”栗亮稍微平复了一点情绪。本来他最不喜欢的就是栗锦这个大女儿，因为长得太像裴瑗，可现在和李淡淡这个糟心货一比，他觉得能给栗锦更多的耐心了。

“爸爸，你怎么好好地打起妹妹了？”栗锦走过去把李淡淡护着扶起来，她背对着栗亮，冲着李淡淡露出一个愉悦的笑容，“看你把妹妹打得遍体鳞伤，我这个做姐姐的都心疼了。”

以前李淡淡就喜欢做这种姊妹情深的戏。

现在她全都还给李淡淡这个女人。

李淡淡唇色苍白一句话都不敢说。

“你看看你妹妹干的好事！”栗亮拿出手机拍在桌子上，上面的照片不堪入目。

栗锦拉住了李淡淡的手：“姐姐相信你肯定不会做这种事情的，你说出来，是谁害的你！爸爸和李阿姨肯定会为你讨回公道的！”

“我……”李淡淡很想当着众人的面说出就是栗锦这个蛇蝎女人害的。

可是她不敢啊！

“是、是方子雨害的我，她说可以引荐我去娱乐圈。谁知道那个王总垂涎我的美色！给我下套！”李淡淡手心冰冷，看着栗锦的眼中透出几分恨意，咬碎了牙齿继续胡编说，“王总的老婆是来抓方子雨的，却把我也连累进去了。”

想到这里，李淡淡连忙扑到了栗亮面前。

“爸爸！爸爸！王总的老婆高凤已经知道我是被害的，她说过不会把照片传到外面的，我不会给栗家丢人的。只要你不说，我不说，没有人知道的。我是栗家的二小姐，爸爸，求求你救救我吧。”

栗亮气得又拿起扫帚：“那你解释解释这照片到底是哪里来的！”

发照片出来的 ID 是空的，他压根儿查不到。

栗亮是恨李淡淡不珍惜自己，但他更害怕这些照片传出去，丢了他的面子。

“爸爸，我想应该是高凤想要给妹妹一个教训。”栗锦走过去，扶住栗亮的手，让他坐下，“谁喜欢自己的老公去睡别的女人呢？哪怕知道妹妹是被害的她也咽不下这口气。”

栗锦的声音轻轻柔柔：“恐怕就是想让妹妹得个教训而已，不然早就发给记者了。”她给栗亮正歪了的领带，“爸爸，这件事情咱们可以以后解决，我有一件很重要的事情得先让你知道。”

她挑眉看了李颖一眼，压低声音对栗亮说：“当年我妈妈的那些价值快一亿的画作，我找到它们在哪儿了。”

栗亮手上的扫帚“啪”的一声落在了地上。

## 4 吻戏你行不行啊

“你说什么？”栗亮声音猛地拔高。

李颖的哭声立刻就停了，一双眼睛就好像潜伏在黑暗里的老鼠一样咻地射了过来。

就连李淡淡都忍不住将视线投了过来。

“爸爸，我们去书房说可以吗？”栗锦笑眯眯地说。

“走，去书房！”栗亮被一亿冲昏了头脑，什么李淡淡都顾不上了，有了这一亿不是正好可以解决他公司现在的危机了吗？

“王妈！”栗亮叫来王妈。

王妈立马推开门走进来等吩咐。

他冷漠地说：“把二小姐看好。从今天开始没有我的吩咐，二小姐不能走出家门一步！”

栗锦觉得讽刺，毕竟以前动不动就被栗亮禁足的人可是她呢。

“说吧。”两人一进书房，栗亮就迫不及待地追问，“那些画作不是都消失了吗？我一开始还以为你妈妈拿回去给裴家人了。”

当时他还因为这个，在裴瑷那个女人的墓前痛骂了半个小时——这女人竟然死了还给自己添堵。

栗锦看清楚他眼底透出的贪婪，在心底冷笑一声，面上却做出很乖的样子。

“我本来只是想去外婆家看看外婆的，但没想到在他们家门口看见了……”

栗锦将自己看见的那一幕原原本本地说了出来，当然，还有那两人的对话。

栗亮越听越生气，最后直接拍桌子：“那老太婆当真这么说？是李颖把那些画作给偷回家里的？”

栗锦很肯定地点点头，她抹了一把自己的发尖，做出难过的神情：“爸爸，其实我也知道你不是在乎这点钱，可这是妈妈留下来的东西，也应该是留给爸爸的对不对？”

“对！”栗亮咬牙，“你妈妈要留也是给我……我们父女俩的，和他们李家有什么关系？”

栗亮忍不住一脚蹬向桌子，一边像疯子一样地蹬，一边骂：“该死的老太婆，本来就像吸血虫一样只敢攀附着我的东西，居然还藏着这么大的胆子？”

栗锦看他像疯子一样砸东西泻火，已经见怪不怪了。

她这个爸爸就是这样，在人前人模狗样，骗过了朝夕相处的裴瑗，骗过了裴家，骗过了外人，觉得他是一个进退有度又白手起家的成功人士，大家都以他为榜样。

只有栗锦知道，她这个爸爸自从妈妈死后不再装样子了，就开始露出他的真面目。

在家里，一有不顺心的事情，他就开始砸东西、打人。

“爸爸，如果你不相信的话可以看看最近有没有人在倒卖妈妈的画，那应该就是李帆舅舅倒卖出去的。”

“叫什么舅舅！”栗亮气得胸口痛，那可是价值九千万的画，而且裴瑗死了以后还可以升值的，说不定现在已经能值一亿了！

想到一亿，栗亮就觉得要晕过去了。

“那家人和你没关系，你是栗家的大小姐，和李家有什么关系？”栗亮已经迫不及待地要和李家撇清关系了。

栗锦想到了刘燕那个女人，她并没有把刘燕吞了三千万的事情说出来，她留着那个女人还有用。

栗锦见栗亮和李秀云之间的这把火已经烧起来了，就不准备继续对着栗亮了。

她安慰了栗亮两句就说自己要回剧组，然后连夜开车回了剧组安排在附近的一个酒店。

躺在床上，栗锦打开了那个叫作双耳的联系方式。

“再帮我办一件事情，价格好说。帮我查一个叫刘燕的律师现在住在哪里。”

双耳好像也没睡，很快就回了消息。

“好。”

栗锦放下手机，沉沉地叹了一口气，她揉了揉自己酸痛的眼睛，内心一片空茫。

不知道晚上做梦的话，能不能梦见妈妈。

可还没等她拿出蒸汽眼罩，王黎的电话就先打过来了。

“栗锦，你看微博了吗？”王黎喜气洋洋的。

栗锦一愣：“还没有。”

“《倾城》已经上映了，你的角色讨喜，不少观众夸你，上热搜了。”

栗锦这几天被家里那些事情弄得没时间关注自己的微博，听王黎这么一说，她立刻登录上去看了一眼。

“白离落泪”这四个字明晃晃地挂在热搜第二十位。

虽然和之前她引起的热度没法儿比，但当时她是和余千樊还有方子雨的热度绑在一起才冲上的前三，这次可是凭借她自己的演技冲上的热搜。

那是一张剧里的动图，高高地站在城墙上的白离面色苍白，时光仿佛对她尤其厚爱，即便是家破人亡硝烟满城，可她依然美得惊心动魄又让人心碎。

战马齐鸣时，她最后闭上眼睛，一颗泪顺着漂亮的脸颊落下，那种冲破屏幕似要扑出来的悲伤感染了在场的每一个人。

这条微博下面的粉丝们已经在嗷嗷地叫了——

“仙女落泪！什么叫作仙女落泪！”

“一开始我以为栗锦只是个靠炒作出道的小糊女，万万没想到，真香！”

“都快来看看，这是我女儿的演技！”

“表示从《明星的岁月》粉上这个小姑娘的，没想到老娘我抓到了一个潜力股！”

“栗锦的演技本来就是很好的，你们不知道上次她和方子雨 PK 的事情吗？”

“楼上的能不能给我链接，我们村刚通网包容一下。”

很快，就着栗锦演技这个话题上次她和方子雨的 PK 视频被翻出来，连带着《夏初的时光》这个没有任何宣传的剧都跟着小火了一把。

《倾城》本就是大爆的剧，栗锦更是趁着“白离”这个角色小涨了十万粉丝。

虽然这十万看起来没有之前因为炒热度涨得那么快，但这些粉丝都是被她演技折服的粉丝，换而言之这些人才是未来维护她的真正战斗力。

“栗锦后援会”也被这一拨粉丝弄起来了，虽然人数不多，但是一个很好的开端。

栗锦点进去，就看见一群特别可爱的小姑娘给她留言——

“栗锦，妈妈来报到了！”

“从今天开始我们家女儿就不再是只能被人摁着头骂的小可怜了！”

“难不成我是唯一的男粉吗？妹妹，哥哥可以等你长大的！”

里面人数虽然少，但每一个都是很温暖的人。

栗锦还看见了几个很眼熟的ID，那些人一直就是她的铁粉。

兜兜转转，果然她吸引的人还是一样的。

刷完微博，栗锦神清气爽地去洗了个澡，走出来的时候瞟了一眼手机上的信息。

这一眼却差点让她的眼珠子都掉下来了。

什么情况？

王黎：“葛毛导演给我发了剧本，我帮你看了一眼，你明天和余千樊有一场吻戏啊，你能行吗？”

## 5 老娘要拍照留念

王黎发的每一个字，栗锦都能看懂，但连起来的这个意思怎么就看不明白了呢？

吻戏？

哪门子的吻戏？

以前的余千樊从没接过一个吻戏，有也是要删了的！

所以才说余千樊这个人瞎计较，洁癖到了骨子里。

可王黎现在说她和余千樊有吻戏了？

栗锦立刻一通电话就拨了过去。

“黎姐，你是不是弄错了？”栗锦凭借着脑子里的回忆这会儿真的是稳如泰山，“我和余千樊怎么可能会有吻戏呢？”

“剧本上就是这么写的，你饰演的反派‘彼岸’至死都喜欢男主，在死之前印下卑微一吻！”那边是王黎哗啦啦地翻动剧本的声音，她调侃，“你运气不错啊，这都能让你搭上葛毛导演的顺风船？”

“本来我手上还有一些资源的，现在看来都不用我出马，你自己就把自己的后路安排明白了。”

栗锦弯起唇：“这个戏还是很出色的，而且我也看了彼岸这个人设，算是亦正亦邪，带给人的冲击力很强，不过黎姐你放心，这个吻戏是肯定不会有的。

“你信不信我明天再去的时候，余千樊那人就已经让导演把吻戏都删干净了！”

王黎沉吟了一会儿点头：“这倒是，他出了名的洁癖。行了，那你睡吧，我再帮你看看能不能接两个广告什么的。”

栗锦一点都没有压力地酣然入睡，余千樊那边的经纪人却快疯了。

他联系不上余千樊，只能打给葛毛。

“葛毛导演，不是说好了这场吻戏是删了的吗？”经纪人紧皱眉头，近两年公司动荡得很厉害，上面好像有要换领导人的意思，股份也被外面大肆收购。

他隐约得到消息，收购股份的那个人就是余千樊。

现在余千樊已经算是半个老板了，他只能巴结着，不然要是换个经纪人那他哪里去找这么好的下家？

“吻戏？”葛毛睡得迷迷糊糊的，被这么一问立刻就烦躁了，“你懂个什么，别烦我，我要睡觉！”

经纪人：“……”

第二天一大早，栗锦就赶到了剧组那边。她睡了一觉，早就把昨天说的吻戏给忘记了，白金这边先安排了毛圆圆和向阳的戏份，倒是给她空出时间去了葛毛那边。

等到了，她才知道原来只有宋妙妙因为中途出事所以换人重新拍，其他人的包括范丽黎都已经杀青了，只留下几个和“彼岸”还有点关系的人在等着。

其中就有余千樊。

“栗锦来了。”葛毛笑眯眯地凑过去和栗锦打招呼，“你的戏不多，不过今天安排的是那场吻戏，你没接过吻戏吧？”

栗锦整个人僵在原地。

什么玩意儿？

她不敢置信地掏了掏耳朵：“导演你说什么？吻戏？我和谁？”

“我不是让你经纪人看剧本了吗？”葛毛把剧本塞到栗锦手上，“你赶紧看看，这一幕是最重要的戏，你和男主‘昊天’的诀别。”

栗锦晕乎乎地走了。

余千樊也在翻剧本。栗锦魂都被抽了一半，像鬼一样地飘荡过去。

“债主！”她开口就十分欠抽，“你怎么回事？我以为你已经把事情办好了呢！”

余千樊一愣，她是不是又欠揍?

余千樊收起剧本侧身看她：“你又抽什么风？”

“这个啊！”栗锦哗啦一下抖开剧本，“这个怎么没删啊？”

余千樊见到她紧皱的眉头，她好像很抵触这场戏?

他眼中的笑意淡下来，重新靠在了凳子上。

“难不成你还有这种不能接吻戏的规矩？”余千樊用栗锦最讨厌的那种轻飘飘的口吻挑刺儿说，“身为一个演员却挑戏？”

栗锦磨牙，狠狠地盯着他：“那余老师你不也是这样吗? 听说您从来不接吻戏。”

“所以我不是正在克服嘛。”他弯唇，“至少要有职业素养，你说是不是？”

栗锦都快把手上的剧本给撕烂了。

真是见鬼了!

这个余千樊真的是得病了，还不如以前那个“你碰我一下试试看”“再看我把你眼珠子抠出来”的余千樊来得可爱。

但任凭栗锦怎么生气，她是没有能力要求改吻戏的。

而剧组的工作人员不会等她，很快场地就布置好了。

《白昼之后》是一部仙侠剧，栗锦饰演的女四号“彼岸”只是男主“昊天上神”的伴生物，原本是一朵开在男主修炼的小木屋里的彼岸花，成精之后就成了上神的小跟班。

她就像石头缝里的杂草一样不起眼。

和热烈似火的金乌之女“骄阳”形成了一个鲜明的对比，只是“彼岸”是绿叶，“骄阳”才是那朵鲜花。

饰演“骄阳”的范丽黎已经杀青，妨碍不到栗锦了。

“彼岸”对“昊天上神”是因爱生恨，求而不得，最终执念成魔死在了最爱的“上神”刀下。刀身刺入身体的那一刻是她离上神最近的一刻，她留下了一个绝望的吻。

即便被吻的那个人眉梢都没动一下。

她虽然成魔，但很多事情都是随心而做，她会一夜屠戮整个村庄，但是等她死后，“昊天”会发现那个村庄是贩卖女人和孩子的罪恶之地，她所做的所有事情都好像有迹可循。

“小栗锦有没有交过男朋友啊？”葛毛皱紧了眉头，努力让自己看起来严肃点，但是栗锦和余千樊都在他脸上看见了幸灾乐祸的神情，“你才十九岁，应该没谈过，那可不好办了啊，我们余千樊都二十五岁了，别说女朋友了，吻戏什么的更是一窍不通。”

他拍着手：“嘿呀，这场戏可难办了啊。”

他摇着头一边走一边说：“要不你们自己先找找感觉啊，三分钟之后我们开始。”

吻戏怎么找感觉？

还要亲一个热热身吗？

栗锦在心底翻了个巨大的白眼。

“要找什么感觉……”栗锦碎碎念，“眼睛一闭不就完事儿了吗？”

旁边的余千樊放下剧本，似笑非笑地看着栗锦说：“眼睛一闭的那是我，这场戏是你吻我，你不用闭眼睛。”

栗锦想骂人。

而另一边，葛毛激动地给张妍发消息。

“你儿子终于要拍吻戏了，开窍了哎！”

张妍那边秒回消息。

“谁啊？不许拍，我儿子订出去了，有人了。”

葛毛心里一个咯噔，怎么认识张妍这么久还不知道她包办婚姻呢？

“叫栗锦，要不我给删了？”

那边顿了两秒，回了条消息。

“删个鬼！老娘来了，等老娘到了再开拍啊！老娘要拍照留念！”

## 6 你还想低头吻？

“吻戏有什么难的。”栗锦咬牙。

“是吗？”余千樊眼底含了一点笑意，“那就靠你了，这方面我可没有经验。”

周围的工作人员也低头轻笑，栗锦这个小姑娘能有什么经验。

估摸着这会儿是不好意思了。

“准备……开始！”

葛毛兴冲冲地坐在了摄像机前面。

栗锦已经换上了一身红衣。

她的五官本就是很立体能撑得起艳丽颜色的，这身装束将她通身的妖艳衬托得淋漓尽致。

栗锦深吸了一口气，再睁开的时候已经带上了几分疯狂。

她近乎渴求地看着面前的这个男人。

此刻的她就是“彼岸”，对面那个要取她命的是她追逐了一辈子的男人。

余千樊手上长剑抵着她的心口，他目光沉沉，里面似装了星空瀚海一般。

她伸出手握住了剑身，被余千樊入戏之后凶狠冰冷的眼神激起了较劲儿的意头，虽然是道具的剑但仍旧十分锋利，工作人员都为栗锦捏了一把冷汗。

葛毛差点儿喊了卡，但下意识就忍住了。

感觉很好！

“你要诛我？”栗锦脸上出现了大大的笑容，一颗泪却从眼角滚落，“上神啊，你一点都不懂。”

“我再不懂也不会成魔。”余千樊眼底是一片空洞冰冷，最可悲的不是面前这个男人恨你，而是他连恨都不恨你。

长剑刺入栗锦的心口，早就准备的血浆包炸开。

两人之间的气氛抵达了一个高潮。

葛毛不知不觉就从自己的位置上站了起来，死死地盯着栗锦。

吻他！

带着诀别又不甘心的吻，这是“彼岸”离“昊天”最近的一次，至死的这一吻才让昊天得知那朵小小的彼岸花成魔的原因居然是自己。

不管余千樊和栗锦两人表现得多么不在乎，对余千樊来说这都是第一次尝试吻戏，而栗锦……是因为对着余千樊总觉得哪里不一样，她以前那些游刃有余的吻戏经验仿佛都在这一刻被清空了一样。

她绷紧了唇，余千樊高了她整整一个多脑袋，她踮起脚靠过去。

余千樊的眼睫垂下来看她，那双眼睛里自然地镀上一层清浅的惊愕。

她的脸靠近了余千樊的脖颈处，从他身上闻到了好闻的果木香气。

手摁在他胸膛处好像被烫了一样，能感受到他有力的心跳声。

栗锦踮脚的动作不知怎么突然一顿。

这一顿，她本来要紧贴过去的嘴巴就撞在了余千樊的下巴上。

一瞬间的剧痛让两人顿时出戏。

栗锦眼里飞快地闪起泪花。

“抱歉。”她立刻就转身道歉，眼神都不敢落在余千樊身上，“导演，是我算错了高度。”

“噗！”

周围的摄像师和后勤人员都笑起来。

“刚才是谁说不就是一个吻戏的？”旁边的摄像大叔打趣，“小栗锦，你的脸都红啦。”

栗锦转身去看镜子，她眼里带着水光，两颊绯红，好像整个人都能掐出水来。

“不要打趣小栗锦，人家姑娘小呢！”立刻有几个女工作人员过来把那大叔轰走了。

栗锦转过身就听见了旁边的工作人员笑着说：“千樊老师，你怎么也脸红了？”

余千樊脸红了？

以前都是被她气脸红的，现在居然还有被她亲脸红的？

栗锦侧过身悄悄看了一眼。

余千樊还是那副表情，但耳尖上带了点浅红色，眼圈倒是憋得有点红，那双本来冰冷的眼都潋滟起来。

看着……特别让人心动。

那边的葛毛似乎是笑着对余千樊说了一声什么，余千樊突然转身，两人目光对视，栗锦唰地先转开视线。

心跳得厉害，像是要破开胸膛冲出来。

余千樊那是什么神情？

栗锦蹲在角落里，脸上的热度越来越高。

他干吗啊？

栗锦想象之中的余千樊应该是毫不在意甚至会嫌弃到去漱口的，可是他那眼神是什么意思。

像是化开的糖，丝丝缕缕的甜味儿不受控制地从她舌尖冒出来。

葛毛给余千樊讲完了戏，又把栗锦叫过去。

“小栗锦不要害羞，你就把这个当成工作。”葛毛拍拍栗锦的肩膀，“我知道让女孩子主动，你又没经验，但是我们克服一下。”

说起这个，葛毛不由得想起刚才自己和余千樊讲戏的时候，余千樊冷不丁来了一句：“非要她亲吗？我低头不行吗？”

当然不行！

葛毛在心底啐了他一口，要是他低头就弄得好像“昊天”喜欢“彼岸”一样了。

这部戏不是爱情剧，昊天是没有喜欢的人的！

葛毛导演愤怒地想着。

而就在这时，一个戴着帽子的女人从远处靠近，蹲在了葛毛身边。

“还想低头，想得……”

正在碎碎念的葛毛被来人吓了一大跳，张开嘴巴就被张妍用手给死死地捂住了。

她摘下墨镜压低声音骂：“不是让你等我吗？亲完了吗？”

她儿子都肯站着让人家小栗锦亲了，啧！

上次去裴家老爷子的宴会还说什么要把婚约给退了，看看！打脸了吧！

得到否定的答案后，张妍呵呵一笑，摸出手机对准正在补拍吻戏的两人，催促葛毛：“干吗呢，还不快让他们开始！”

因为之前两人的情绪都很到位，所以这次只要直接补拍吻戏的这一段就好了。

栗锦完全不知道已经有人在准备抓拍了，她深吸了一口气，在心底狠狠地给自己做足了心理建设！

她是谁？

影后栗锦！

合作过吻戏的男演员加在一起体重都能把余千樊给压死了！这种小场面她能怵？

“准备……开始！”

葛毛话音一落，栗锦就以一种一往无前的架势一把抓住了余千樊的衣领。这一刻，栗女王引以为傲的演技全都被抛之脑后，她总觉得余千樊在笑话她！

对！

他在笑话她不会吻戏！

她眼底带着膨胀开的自信！

余千樊笑了。

带着点清爽的柠檬甜橘味儿。

她睁着眼睛，眼睫落在他脸上，一丝一缕地勾进了他的心底。

余千樊伸出了手，扣住了她的脑袋。

他想什么，就做什么。

他要抱一抱这只小刺猬。

## 7 我曾那么仰慕你

“啊啊啊！”张妍激动得压低声音叫了起来，“你看见了吗？看见了吗？那是我儿媳妇！”

葛毛拿着大喇叭的手被她晃得七上八下，一个“卡”字愣是没说出来。

导演没喊停，栗锦就觉得自己亲得没问题！

而余千樊……余千樊才不会去管这种小事。

他扣住小刺猬的脑袋，一点点入戏。

栗锦脑子混沌，被他拉着整个人都靠了过去。

恍惚之中，她想起余千樊的超话里最容易出现的一个问题。

“和余千樊接吻会是怎样的感觉？”

栗锦当时对这个问题嗤之以鼻，不就是接吻吗？能有什么感觉？

可她现在知道了。

“卡！卡卡卡卡！”

双手终于得到自由的葛毛忙不迭地喊：“余千樊把你的手给我撒开！栗锦快回魂！”

栗锦最先反应过来，一把就将余千樊给推开了。

她脑子里都是蒙的，看着余千樊的眼睛瞪得圆溜溜的。

余千樊觉得她可爱，忍住了想要伸手掐一把她脸颊的欲望。

旁边的张妍已经拍了不知道多少张了，正捂着嘴躲在一旁偷着乐。

葛毛是真的毛了，这个吻戏压根儿就演得不对。

怎么会……应该是两人都不适应吧。

他先开始教训这场戏的主导者栗锦：“小栗锦你怎么回事？知道的以为‘彼岸’是爱他的，不知道的还以为你们俩有杀父之仇不共戴天呢？你怎么没把他嘴给咬下来啊？”

“还有你！”他直接看向了余千樊，“你是不爱她的！你低头做什么？你要震惊啊！要错愕啊！你为什么要伸手抱她？她是你老婆吗你就抱！”

栗锦：“……”

余千樊：“……”

余千樊好久没在演技上被导演挑刺了，这会儿居然还觉得有点新鲜。

“这一场吻戏到时候再补拍，拍另一场戏，你们两个自己找找感觉！”葛毛气呼呼地走了。

旁边的工作人员刚开始看得脸都红了，尤其是一些女职员。

她们一个个现在面上冷静得不行，其实内心早就开始火山爆发了，很想对着天空大声尖叫：“老天爷，是谁说余千樊不会吻戏的！看得她们都要春心萌动了好吗？是谁说余千樊不会撩的？闭上眼睛亲人的样子就和妖精勾魂一样，根本没有人能从他手下活命的那种。”

咆哮完了内心就只剩下两个字——

想嫁！

此刻身为亲吻女主角的栗锦却不高兴了。

她回想起自己刚才被余千樊抱着亲了，而且……余千樊好像还挺入戏的。

栗锦脸上腾地烧起来，一会儿就通红通红。

“为什么啊？”栗锦心中不解，“没有道理啊？余千樊不会喜欢我吧？”

这个念头刚出来，她就起了一身的鸡皮疙瘩。

让她相信余千樊这厮会喜欢她，还不如让她相信李颖一家子成了善良的人来得更快。

不是喜欢她，那他这里卖力的原因就只有一个了！

他居然想抢戏？

她越想就越觉得是这样，脸色由红转青。

而余千樊嘴角上扬，上面还留着橘子的清香，下一刻被突然出现的张妍一把拉了过去。

“臭小子！”张妍笑容满面地拍拍他的肩膀，用一种他从来没有感受过的慈祥语气说，“不错！你这头猪妈妈养得白白胖胖的，总算会去拱白菜了。”

她对自己儿子的上道很满意。

张妍余光瞥见栗锦的神情好像不太对，立刻警告自己儿子说：“我看小姑娘有点不太开心啊？”

张妍又觉得自己儿子不顺眼起来，她甚至把自己带入了好友裴瑗的角色。

如果她是栗锦的妈妈，那……啧！

她打从心底开始嫌弃余千樊，这臭小子脾气差、性格冷，也就这张脸长得还能看，不然真是哪儿哪儿都不满意。

“你等会儿哄哄她啊，不许欺负人家。”

余千樊无奈地揉额头，狠狠地瞪了告密的葛毛一眼，又对张妍说：“你来这儿干吗，赶紧回去，我在工作。”

“弄得谁不工作一样，我再盯着看会儿我也要去工作了。”张妍翻了个白眼，催促他，“你赶紧去。”

余千樊被她推着往前面走。

他心情不错，这时候就没和自家傻妈妈计较。

余千樊拎着一串葡萄走到栗锦身边，绕过去却看见她骤然阴沉下来的脸色。

他脚步一顿。

栗锦也正好朝他这边看了过来。

他甚至都想好了小姑娘害羞的话他要说什么话。

却没想到栗锦眼底只有沉浮的怒气，用力地“哼”了一声，转身扭头就走。

余千樊：“……”她又怎么了?

为什么每次和他想象之中的都不一样?

还没等他把人哄过来，葛毛急匆匆地要开拍了。

“接下来这一幕是‘彼岸’入魔之后险些杀了女主被‘昊天’发现的场景。”葛毛轻咳了一声，他看了眼兴致特别高昂的栗锦，“这场戏你们俩不分主次，凭实力演知道了吗？”

一个好的演员要懂得收放自如，比如说不同的场景它侧重的角色不一样，如果一个演员只知道抢戏那反而会毁了那部戏整个的和谐感。

比如刚才那场吻戏其实侧重的都应该是栗锦饰演的“彼岸”。

余千樊应该是收着点气势的。

这也是为什么栗锦自觉余千樊是想要抢戏之后会那么愤怒。

“我知道了，千樊老师您可别让着我啊。”栗锦开口就莫名地冲。

余千樊挑了挑眉。

说起来，这不是第一次和余千樊对戏 PK 演技了。

但栗锦觉得，这是第一次在她演技成熟之后和余千樊站在了一起。

刚才那场戏带来的冲击感逐渐褪去。

她眼底染上了一较高低的跃跃欲试。

而栗锦不知道，这样子的她比刚才脸红害羞的样子更让余千樊移不开眼睛。

“准备……开始！”

话音落下的那一刻，余千樊浑身的气势都变了，小刺猬想斗一斗演技？

那就陪她玩玩。

周围的空气好像都带上了压迫感，栗锦目光不移地盯着他的眼睛。

下一刻，余千樊伸出手虚虚掐住了她的脖子。

“彼岸，你太让我失望了。”

余千樊变成了那个冰冷的上神，他的眼神就好像看待一步走废了的棋，句句刺心。

“如果你做这些只是为了引起我的注意，那你错了。我一开始就没有对你有过期望。”

这几句话一下子就冲进了栗锦的脑海。

恍惚之中，一些记忆的碎片出现在眼前。

他也用这种失望的眼神看着自己。

从第一天开始，她就觉得余千樊是看不起自己的。

一股酸涩突然冲出眼睛，那时的她努力打磨演技，又何尝不是因为他呢？

泪顺着她的眼角流出来，她握住了余千樊的手。

“昊天上神。”她好像是在对记忆里的那个余千樊说，“其实您不知道吧？我一直很仰慕您。”

仰慕你，敬佩你，无关情爱，但铭记在心！

她不得不承认。

不管是记忆里的他还是眼前的他，她都以他为榜样。

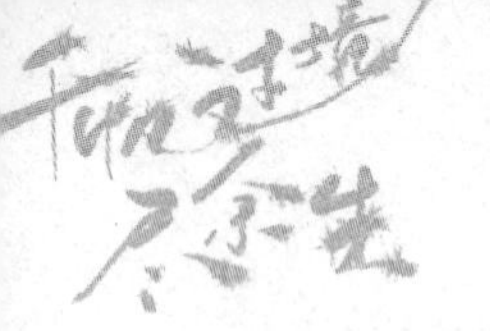

# 第十章
# 爱豆与演员

## 1 我觉得那是纯洁的吻戏

余千樊愣住了，他在栗锦的眼睛里看见了真切的哀伤，浓郁到让他的手都在颤抖。

他甚至想伸手抱住栗锦，可多年来的演戏实力让他稳住了自己脸上的神情。

“是你铸就了我。”栗锦那细长的手指搭在了余千樊的手腕上。

对“彼岸”来说，那是可以剖心剥皮的手指，却只是毫无威胁地落在他的手腕上。

“那我宁愿从来不曾见过你。”

余千樊冰冷地将人往前一推。

“卡！”葛毛满意地站起来，“不错不错，你们两个只要不拍吻戏就都还是很正常的啊！”

栗锦揉了揉自己的脖子，一时之间还没从情绪里走出来。

她低落地走到自己的位置上休息，满脑子都是“我疯了吧”“我刚才的想法是余千樊给我下降头了”。

栗锦不断地叩着自己的脑袋反问自己。

她敬佩余千樊?

不对不对！肯定是被剧情给影响了，她太入戏了！

她一边在心底歇斯底里，一边用自己的脑袋“哐哐”地撞着桌子。

葛毛从远处看了一眼，对旁边同样是新人的几个演员说："看看！你们都学学，大家都是一样的新人，为什么栗锦出头得快？你们看看她的态度多好。刚才那个场景拍得那么好，人家还不满意！再看看你们，没多少本事就一个个傲气得不行……"

葛毛开始了自己滔滔不绝的教育之行，那些被他训斥的新人一个个和鹌鹑似的，时不时拿惊讶的目光去看栗锦。

那人可真的是老天爷赏饭吃。

"你怎么回事？啊？"张妍恨铁不成钢地戳着自己儿子的手臂，"让你哄哄人家你干吗掐人家？"

"我这是在工作。"

余千樊无奈，脑海中却浮现出栗锦刚才的眼神。

那真的是演技？

可比起演技，那更像是自然流露。

栗锦显然没有多少属于自己的思考时间，很快就被葛毛抓着接着拍戏。

"白金导演还在等着你，咱们速战速决！"葛毛挥舞着手上的喇叭，是准备大战一番了。

旁边留下的那些小新人羡慕地看着栗锦，别人都是新人时期接不到工作，栗锦倒好，是人家导演抢着等她。

羡慕嫉妒在他们的心底滋生。

"工作人员去发个通告，把宋妙妙那边的海报给改了。"副导演催着说，"把栗锦的换上。"

走了颗老鼠屎，换来了小珍珠，他们剧组都要偷着乐了。

果然福祸难料啊，要不是宋妙妙作妖，他们还捡不着这么一个大宝贝。

官博很快就挂出了声明。

白昼剧组："欢迎迟来的剧组新血液'彼岸'@栗锦，你是站在黑色天空下仰望着光的人，带着渺小又卑微的心愿祈祷。"

下面附了一张栗锦昨天就拍好的剧照。

照片里是合成图片，是两个时段的她背靠着背，一个她抬头看着天空，笑容单纯明媚，另一个她垂头冷笑，红衣招摇凶残。

这一张照片带来的震撼力太大，她的神态拿捏甚至超过了女主范丽黎。

栗锦的粉丝们立刻赶过来取图——

"女儿这张剧照我要拿去当屏保了。"

"女儿最近很多剧啊，期待。"

"要好好照顾身体啊。"

而纯路人也被栗锦这一张照片上的前后反差震惊，纷纷留言——

"这是之前仙女落泪那位？"

"就是她！"

"实力推荐我们栗锦妹妹，未来可期，入股不亏哦。"

最近栗锦的热度一直没有下去，对人的印象都是层层叠加的，等印象越来越深刻就会有人好奇地试着深入了解。

但是比起这个，很快有人想起了吻戏的事情。

余千樊的女友粉第一时间杀到了战场上——

"换人就好！我一想到宋妙妙那个绿茶能亲到我男神我就恶心得饭都吃不下。"

"我女儿和我老公？吻戏？为什么要这么对我！"

"对不起官博哥哥，这两个人的组合就算拍吻戏我也觉得透露着一股子纯洁的味道，少女心真的动不起来。"

有工作人员刷到这些评论，他们想起了之前被导演喊停的那个吻，笑了。

这些小妹妹还是太年轻啊，少女心动不起来？

可别逗了，不流鼻血不错了！

那可是余千樊，他就算是不动也足够撩人，更何况刚才他那差点儿把人家小姑娘吞下肚子里的劲儿，众人至今想起来都还觉得脸上一阵阵发热。

"行了，还差最后一幕！"

葛毛挥了一把额头上的汗，自己都觉得不可思议："栗锦你午饭在我们剧组吃，反正咱们拍得快，我已经和老白说过了，干脆今天能拍的都先拍掉。"

每场都是一次过，加上"彼岸"毕竟只是一个小配角，戏份少，她本就占不了多长时间。

栗锦在这个剧组并没有认识的人，领了盒饭下意识地要去旁边吃。

却没想到葛毛直接叫住了她。

"往哪儿走，来我们桌上吃！"

这个圈子是由等级构成的，名气分等级，演技分等级，就连吃饭也分等级。

栗锦看了眼那些扎堆的龙套，还有旁边抱团的新人们，稍微露过脸的人则是看不上那些新人，自己成了一圈。

还有一些混了很久的老人，他们嘻嘻哈哈地一块儿吃饭。

这是看不见的隔阂，像软刀子戳人，又让人不敢僭越。

“坐！”

葛毛一锤定音，让栗锦坐在了自己身边，所有人都停住了自己手上的动作看过来，这个位置就如同那些跨越不过去的等级，高高地悬在他们的脑袋上。

那是什么位置?

看看栗锦左手边的葛毛，再看看在她右手边落座的余千樊。

众人的神情变得意味深长起来。

## 2 意想不到的选择

当栗锦被邀请去那个圈子的时候，就证明是实力得到了认证，又或者是她有了不起的背景。

一群新人肚子里揣着各自的心思，有些人打算怎么样都得找栗锦套套近乎，有些人则是妒忌地戳着盒子里的饭，想着栗锦肯定是家里有背景，不然这些人一个两个捧着她干什么。

不过他们倒是不知道栗锦确实算是有背景，只是她合作过的这些导演都不知道她的背景，她是靠实力取胜的。

“等会儿咱们把最后一场吻戏拍了。”葛毛往自己的嘴巴里塞了一筷子蒜苗炒肉。

栗锦只挑着生菜叶子稍微吃了点。

余千樊看着就皱起了眉头。

“干吗？”栗锦下意识地护住了自己的生菜，“菜叶子就这么多，不可能给你的。”

演员对体重的要求很苛刻，要比常人更瘦上镜才会好看。

别人可能都以为他们吃的一顿可能抵上别人半年的工钱，但实际上只有做明星的自己知道。

每天做梦都想吃火锅串串炸鸡的滋味是怎么样的。

“吃你的。”余千樊额头上的青筋顿时跳了两下，不过他看了一眼栗锦眼下的黑眼圈，还有她在饭菜里挑挑拣拣的样子，就知道这丫头肯定每天晚上熬夜加挑食。

不过之前她喝醉那次，倒是在他家吃面吃得有滋有味的。

想到栗锦小猪一样的进食方式，他难得地弯起了嘴角。

“等会儿你们两个谁都别给我掉链子啊。”葛毛刚才还在幸灾乐祸地看他们的吻戏，这会儿倒是愁得头发都要掉了。

他可见过一场戏因为找不到感觉整整卡上一天的。

“我已经找到感觉了。”栗锦看了余千樊一眼，“放心吧，不会被……”

不会被压戏的！

栗锦把这句话默默地藏在了心里。

“你上次也是这么说的。”葛毛幽幽说，“然后你差点儿没把余千樊的牙撞碎。”

栗锦：“……”

“还有你！”葛毛又转向旁边弯着嘴角笑的余千樊，“这场不是你的主戏，你不要抢戏知道没？”

余千樊：“……”

两人重新面对面站好的时候，栗锦运气深呼吸。

余千樊真的好想看看她的脑袋里装了什么！

“准备，开始！”

葛毛紧紧地握住了自己的手，恨不得在自己的心口上画个十字。

余千樊眼神沉下来，冷若冰霜地看着栗锦。

栗锦垂着头，长长的黑发从她肩膀两侧铺散下来，她扬起脸，上面还溅着几滴血珠。

她在心底告诉自己，不要否认了，这就是曾经那个你一直钻研演技的原因，你想要追逐他，你想要这个男人认可你。

你是敬仰他的。

即便一直没能听见他说一句“你的演技还不错”。

一阵悲哀涌上栗锦的心头，她鼻子酸涩，眼泪落下来，而就在泪水流在唇上的那一刻，她抓住了余千樊的衣服，闭上眼睛近乎绝望地吻了上去。

咸涩的泪水在余千樊的舌尖化开。

他瞪大了双眼，压制了自己想要伸出去抱住小姑娘安慰的手。

栗锦很用心地在演，这一场他应该去配合她。

一瞬间，惊讶、恼怒的神情在他眼底流转，最后转瞬即逝归于平淡。

对于“昊天上神”来说，情爱皆是山间清风，于他无用。

被一个绝望的女人亲了一口和被一只狗舔了一口，意义是一样的。

他为了苍生心怀大爱，可又丝毫没有爱。

利剑穿透栗锦的胸口，她顺着余千樊的胸口滑下来，闭上眼睛。

“再见了，彼岸。”栗锦在心底告诉自己，“再见了，那个一直追逐着余千樊的自己。”

这一刻她终于承认，余千樊对她而言是特别的。

特别不甘心。

“好！”

葛毛大喊一声：“收工！正式杀青了！”

整个剧组的人员欢呼起来，还有早就准备好的礼炮“砰砰”地炸开。

栗锦盘腿坐在地上，刚出戏睁开眼睛就被礼花轰了一头。

栗锦还蒙着，脑子里嗡嗡作响。

“起得来吗？”一只手伸到她面前，余千樊拨开她脑袋上的礼花，“庆功宴你来吗？”

“我能来？”

栗锦面对余千樊，感觉有点奇怪，做不到之前那么自然：“看导演怎么说吧，白导叫我了，我走了。”

她拿起自己的东西转身就走人。

葛毛凑到余千樊身边，幸灾乐祸地说：“小栗锦这是入戏了？上神大人，她可是生气了啊！”

任凭谁看都是“彼岸”在生“昊天上神”的气，对圈子里的人来说，一时半会走不出戏是很正常的事情。

余千樊却看着栗锦的背影陷入了沉思。

那眼神……不是昊天看彼岸的眼神。

栗锦被炸得满头礼花回去之后，白金又是好一顿吐槽葛毛。

“对了，你经纪人过来了。”

白金指着坐在一旁的王黎说：“有工作找你。”

对一个新人来说，这恐怕就是最动听的一句话了。

“黎姐。”栗锦走过去好奇地问，“是什么工作？”

王黎脸上带了一点笑容：“最近新出的一个大制作综艺，《爱豆与演员》，有没有兴趣？”

栗锦猛地抬头：“你说那个造星计划，《爱豆与演员》？”

王黎挑眉：“你消息倒是挺灵通的啊。”

明明这个还没有对外宣传过。

她哪里知道栗锦压根儿不是从外面听说的，因为在她记忆里，这个综艺造成了很大的轰动。

其实现在国内已经开始创办各种造星综艺了，有大型选秀出道组合的综艺、演员PK的综艺，还有各种冒险类综艺，甚至是美食向、生活向的综艺。

各种各样百花齐放。

但《爱豆与演员》这个综艺却不是单纯的人与人之间的PK综艺，它是两种明星类别的PK。

唱跳类偶像组合PK年轻代实力演技派。

听起来是不是感觉很荒谬?

偶像怎么能和演员PK呢?

但同为明星，粉丝资源只有这么多，看似不相关的两种职业却一直在抢夺粉丝市场。

“这个综艺看着好像乱，但实际上安排得很精妙。”王黎害怕栗锦不愿意去，“你的演技已经被很多网友关注了，正好趁着这个机会更上一层楼。”

“不！”栗锦突然出声，打断了王黎的话，“黎姐，这个综艺，我不报演员组。我要加入爱豆组！”

## 3 你不配做我们的评委了

“你说什么？”王黎一下愣住。

“我说我要加入爱豆组。”

王黎猛地从位置上站起来，脸色阴沉：“栗锦！你知道你自己在说什么吗？”

“我知道。”栗锦很肯定地点头，“王姐，我第一次见你的时候就说过的那句话你可能忘记了，但我今天可以再和你说一遍。”

栗锦也站起来，认真地盯着王黎：“我！全能！”

王黎还是第一次见栗锦这么气势满满地和她说话，一直以来栗锦都给她一种很温和、很听话的错觉。

但那只是在两人的意见没有分歧的时候，现在两人想法不一样了，王黎才发现栗锦半点要听她话的意思都没有。

“你是不是以为做爱豆很容易？”王黎的神情逐渐严肃起来，“全能两个字不是说说这么容易的，你知道现在我们整个圈子，能称得上是真正全能的艺人是谁吗？”

“我知道。”栗锦弯唇笑了笑，眼中有炽热的战意，“余千樊。”

“你还知道余千樊。”王黎笑了一声，摘下自己的墨镜，“那你应该知道的吧，他除了是如今最年轻的影帝以外，在二十二岁的时候已经创造除了横扫各大音乐榜单的原创歌曲，还带着他自己的队伍扫荡了国际街舞大赛这个你知道吧？

“门面爱豆是什么，是一张漂亮的脸加适当的实力。

“实力爱豆是什么？是一张超越众人的脸加上绝对的实力。

“实力又是什么？那是一座座的奖杯，那是一张张排名第一的畅销截图！”

剧组的人都忍不住看了过来，栗锦这是让经纪人生气了？

向阳和毛圆圆缩了缩脑袋。

对于他们来说，经纪人就是最直接的上司。在没有名气之前，经纪人生气对他们来说就是一件非常严重的事情。

“栗锦好像不害怕啊。”毛圆圆小声和向阳咬耳朵，“要是换成了我，恐怕头都抬不起来了。”

向阳想到自己和经纪人的那点破事，不由得叹了一口气。

如果是他的话，恐怕也会慌了吧。

但是栗锦不会，他脑海之中想起那天和栗锦坐在一起吃冰激凌的画面，她眼底带着浅光，好像未来都在她的掌控之中。

自信而强大。

向阳的脸慢慢地红了。

“黎姐，你说的我都知道。”栗锦笑了一声，“放心吧，我虽然现在暂时还做不到余千樊那种程度，但在这个综艺里给你争口气是不成问题的。”

栗锦没有骗王黎，她的唱跳其实是很拿得出手的。

像他们这样的人家，一些声乐形体课都是必上的，其实早在还没有重生之前，十五岁到十九岁之间的她学习的一直都是街舞和现代舞。

因为喜欢何晗，何晗又是选秀出身的，所以她一开始要走的路子其实就是选秀。

只是后来阴错阳差先借着家里的势力拿到了演员的机会，现在回想起来不过是李颖和李淡淡当时动了手脚，想让她丢人罢了。

不然当时她的第一个出道节目应该是后来爆火的《爱豆与演员》才对。

当时，她冒冒失失一点都不懂地就进了演艺圈，才会被对实力要求极高的余千樊抓着撂。

才会有那么多年的意难平，然后咬着牙想要证明给他看，然后铸就了后来的影后栗锦。

可惜那时她最终没有将唱跳捡起来。

“黎姐，你放心吧，我从来不做没有把握的事情。”栗锦的态度温和却不容置疑，“比起演技上更上一层楼，我更希望我以后的道路更多更广。就和现在的那些偶像爱豆都能来拍剧一样。我也要证明，即便是演员，唱跳也未必拿不出手！”

栗锦眼神坚定。

王黎和她对视了三秒钟，最终还是松开了一直紧捏着的拳头。

太倔了！

王黎在心底暗骂，最让人生气的是，栗锦身上带着的那股子狠劲儿和信服力。

王黎终于明白为什么她手下的这个新人火得那么快了！

这吸粉能力也太强了，就刚才她说的那两句话，连王黎也不得不承认。

真的帅！

“如果你在这个综艺里没有按照你说的发挥好，导致你现在的努力前功尽弃……”王黎还在试图劝说，气势却变弱了。

“不会的，我可是王黎手下的艺人，绝不做没有把握的事情。”栗锦还小小地拍了一记马屁。

王黎脸上终于重新露出笑容。

“就你油嘴滑舌。”

王黎心里叹了一口气，这个艺人带得是真的省心，她很有自己的主张，甚至不用经纪人出面干预。

“一期录制两天，到时候和剧组这边调剂一下。”王黎开始给栗锦安排日程表，“综艺播出得快，吸粉量高，是比你自己靠作品提升知名度要更高一些。”

王黎噼里啪啦地打着小算盘：“等综艺的热度结束了，你的作品也会相继上去，电影你今年在两个大制作上露了脸，有好的机会也可以上，倒是电视剧你还可以再接几个。”

“对了！”

栗锦在原地坐着坐着，突然想起了一件事情，转身问王黎：“黎姐，这次综艺的评委老师是不是有何晗？”

“何晗？”王黎古怪地看了她一眼，“你怎么知道的？”

何晗是早些年选秀节目出身的，给那些唱跳新人当个评委也说得过去。

“那我这就给那边发消息。”王黎晃了晃自己的手机，给综艺部那边打电话了。

那边能找到像栗锦这样自带话题的新人自然是高兴，满口答应了下来。

与此同时，那个综艺的负责人试探性地打给了余千樊。

“千樊老师，您看我上次和您提过的关于来做我们这个综艺总判长的事儿，您考虑得怎么样了？”

余千樊现在已经不打算接手什么综艺了，拍两部自己喜欢的剧，家里那边的产业催得很急，他那两位爸妈总想着把事情丢给他，然后他们两夫妻恩恩爱爱地出去旅游，他哪里来的时间上综艺?

“我不……”拒绝的话刚说出口，那边就响起了另外一个工作人员的声音——

“负责人，栗锦也答应过来了。”

栗锦？余千樊下意识地顿了顿。

他想起那小丫头每次看他的那古怪眼神，微微眯起了眼睛。

“把你们策划案发来我看看。”

余千樊立刻就改了口风。

“好！好好！”负责人满口答应了下来。

天哪!

节目要大爆!

余千樊啊!

负责人觉得脑袋晕乎乎的，头顶都要开花了。

那个工作人员问：“何晗那边打电话来说什么时候可以官宣。”

负责人马长生立刻反应了过来。

“何晗？还要什么何晗！”马长生一张脸拉了下来，“告诉何晗那边，没办法再让他来当评委了，余千樊做总判长的话，请他来做评委不是拉低千樊老师的格调嘛。问问他要是愿意来做练习生那就来！别的不用想了。”

## 4 把你摁在起跑线上

“后期是不是有集训？”白金皱起了眉头问道。

“放心吧，集训的时候这边应该可以杀青了。”王黎和白金说，“我们栗锦还是主攻演员的，这一点我可以保证，绝对不会让她在演技上松懈下来。”

唱跳偶像在国内的市场还远没有演员市场成熟，但是爆发力很高，很容易就能扩展开知名度。

“演戏还是正途！”白金绷着一张脸，“别总想着去折腾那些没用的！”

栗锦也没多做解释，演员圈和唱跳圈其实是有些矛盾的，现在很多爱豆出身的人有名气之后都转战演员圈，这就给人一种演戏好像很容易的错觉。

一些老演员对此是有意见的，尤其是有些小鲜肉根本没有用心在演技上，凭着一张脸穿梭在各种好资源的剧本里。

第二天一大早，栗锦就被王黎带着去了拍摄场地。

节目组租了很大的一栋楼。

“行李我都给你准备好了。”王黎叮嘱栗锦，“这次是你执意要过来，如果拿不出成绩你就等着被我骂吧。”

“还有——”王黎开车忍了一路，这会儿终于愤怒地转身问，“你这身造型是怎么回事？”

王黎隐约有要爆发的趋势，没想到只是一晚上不见，栗锦居然改变了自己的形象。

本来栗锦是长发披肩，现在却剪了一个利落的短发，白衬衣黑色长裤，加上短靴，怎么看怎么像一个男孩子。

“不好看吗？”栗锦一只脚已经迈出了车门，闻言回头盯着王黎笑。

晨光从黑色的玻璃窗外透进来，明晃晃地落在栗锦脸上。

王黎一噎。

怎么会不好看……简直好看疯了！

栗锦的容貌本来就是属于很有攻击性的那种，之前的长发将她明艳过盛的脸中和了一下，扎个麻花辫还特纯。

可现在不行了，栗锦的齐耳短发将她一双眼睛和侧脸都露了出来。

王黎不得不承认，今天看见栗锦的第一眼她的第一想法是——原来这世界上真的有男女难辨的人！

她比女人多了一分英气，比男人多了一丝诱惑，这张脸就该是站在舞台上的脸。

“看来你是铁了心的要去爱豆组了。”王黎觉得头痛，她也是女人，眼神居然黏在栗锦身上拉都拉不下，“进去之后要记得制造话题。敢闯敢露脸，知道吗？”

栗锦挥了挥手，动作潇洒帅气地拎着包进了楼里。

栗锦算是来得比较晚的，此刻的大厅里放着无数凳子，坐满了人。

“为什么演员那边的位置比咱们要好？”栗锦在爱豆组这边刚坐下，旁边一男一女就开始窃窃私语。

这个综艺是男女混合的，并不像之前一样全部都是男人或者全部都是女人。

“嘘，别说了。”

旁边的那个男孩子走的是甜美路线的，粉色上衣把他一双大眼睛衬得异常可爱。

“那边那些演员好些都是有点名气的了，你再看看我们。”男孩摊了摊手，“没办法，咱们没名气呗。”

这一男一女说完心情就低落下来，不过很快他们就感觉到了一个大包“嘭”的一声放在了旁边的凳子上，两人的目光往上看。

齐齐一愣！

细碎的短发衬得对面那个“少年”气质温和，可偏偏“他”长了那样一双眼睛，望过来的时候，就好像一柄刀架在了他们的脖子上。

挺翘的鼻梁，漂亮到近乎完美的下颚线，即便是侧脸也能打满分。

全方位无死角的一张脸。

“嗨！”栗锦大大方方地和两人打招呼。

那一男一女又愣住了。

女的？

“我叫栗锦，你们叫什么？”

栗锦看向了那个一开始抱怨的小姑娘。

被栗锦这样直勾勾地看着，那女孩的脸色腾地红了。

这太帅了吧！谁扛得住啊？

“我叫胡兔。”

小姑娘怯生生的。

栗锦默默地在心底惊叹了一声，胡兔啊，那位外号“狐兔”的超级偶像。

谁能想到这个像兔子一样的姑娘上台之后展露的却是狐狸的台风？

“你好，我叫胡狼。”

这两人显然是兄妹，未来的“狐狼”组合，这兄妹俩都是看着萌但实际上是爆发性舞台炸裂的选手。

“不过栗锦，你的名字有点熟悉啊。”胡狼背后卫衣的兔耳朵一晃，“我最近好像经常在热搜上看见这个名字，不过对方是个演员！”

“啊，听说她演技很好。”胡兔赞同地点点头，“不知道她这次来不来呢！如果在演员组的话我估计那些演员组的人很紧张吧！”

栗锦听完弯唇笑了笑。

“演员组的人不用紧张。”她短靴往前一放，修长的双腿交叠，“该担心的人是爱豆组的。”

胡兔和胡狼一愣，他们听不懂。

“那个叫栗锦的来了爱豆组。”栗锦觉得这兄妹俩还真有意思，“就坐在你们面前。”

胡兔和胡狼慢慢地瞪大了眼睛。

不同于他们这边，演员组那边有几个人确实很紧张。

“听说栗锦要来？”

“最近很火的那个？”

“可别了吧！她资源那么好，何必和我们来抢这个综艺呢！”

“搭上大制作顺风船的人，好羡慕啊。”

他们嘴上说着羡慕的话，脸上的神情倒是一个比一个镇定。

“不过我们这边还好，爱豆组那边听说来了尊大佛。”一个女演员笑了一声说。

旁边的人都好奇地看着她，显然她消息很灵通。

女人被这么注视着，心中略得意：“听说何晗要来当爱豆组的练习生。”

“什么？”

这声音是离他们坐得近的爱豆组的几个少女发出的。

她们脸色难看地捂住了自己的嘴。

胡兔和胡狼也听见了这话，转身看着栗锦说：“何晗真的会来吗？”

栗锦弯唇，看向了大门口：“不知道。”

她面上镇定心里其实也在疑惑，何晗不是导师吗？

为什么成了练习生?

正说着，外面哗啦啦地进来了一堆摄像师，众人立刻坐直了身体，栗锦目光沉沉地看着。

却看见何晗脸色难看地从外面走进来，衣服上贴着一个白色的贴纸。

哈!

栗锦笑出了声。

练习生?

“原本我以为要以下克上了。”栗锦脸上的笑容加深，“何晗……原来我们已经站在同一起跑线上了啊。”

放心吧。

我一定牢牢地把你摁死在起跑点。

## 5 他找到了

“真的是何晗啊？”胡兔吃惊地捂住了嘴巴。

“这不公平吧？”

“就是啊，我们都是新人。”

像栗锦这样只能说是新人里面拔尖的，有粉丝基础和一定的知名度。

算是劲敌。

但何晗这样已经出道三年左右，还参演了不少电视剧，之前就是选秀节目出来的人，对这些新人来说就是压在肩膀上的一座大山。

何晗的脸色也很难看，这个节目就是打他的脸，明明以他的实力来做这里的导师都绰绰有余。

“你忍一忍。”经纪人就在他旁边，“最近高层对你的表现很不满意，三个月内你都是空档期，上这个综艺至少你能在大众面前露脸。”

“你是能稳拿第一的。”经纪人拍拍他的肩膀小声说，“第一的奖品是一个珠宝代言，两个零食广告代言，还有一部 IP 戏的主演角色。不要意气用事。”

经纪人按在他肩膀上的手微微用力。

何晗出道时才是巅峰，这两年逐渐走下坡路，只是如今来参加这种都是练习生的节目依然有些自降格调。

“啪啪啪……”

现场的灯光突然全部暗下来，面前的巨大幕布拉开，一个灯光闪烁的巨大舞台出现，而舞台的后面，是无数呈现了阶梯式的位置。

上面灯光印着从A到F的字母。

这个众人心里已经有数了，之前已经有不少选秀节目用的都是这个套路。

“滴滴滴滴！”

现场突然响起了警报声。

那些灯光映照出的字母开始扭曲，最后“嘭”的一声以特效的方式炸开，消失殆尽。

“砰砰砰！”

舞台上的灯光也在一瞬间都消失下去，全场陷入了伸手不见五指的黑。

“哇！”胡狼下意识地抓住了胡兔的手，“这节目组是要玩大的？”

在场的练习生都兴奋了起来，这显然是和其他的选秀节目要弄不一样的套路啊！

“哗啦”一下，面前突然出现一个巨大的显示屏投影，随着噼里啪啦的键盘音效，屏幕上浮现出一个个字——

“你们以为这是团队作战？”

“错了！”

灯光一下打开，那些凳子发着银白色的光芒，最顶上的那条凳子是最亮的，最底下的那些凳子几乎都看不见光芒。

一道低沉的声音响起来，带着金戈铁马踏冰过的背景乐。

“星途与我们而言，就是一条看不见顶端的路。”

这声音一出，所有练习生都沸腾了，爱豆组的人很快就认出了这个声音。

胡狼激动地说：“天哪，这是王子涛吗？天王来给我们当导师？”

王子涛？

栗锦吃了一惊，为什么和记忆里不一样了？

那时节目组压根儿没有请到王子涛这样重量级别的老师，基本都是何晗那种稍微有点知名度的人来当的导师。

要不是因为类别还算是创新，这档综艺根本不可能火成那种程度。

一束光打下来，栗锦下意识地眯起了眼睛，果然看见站在中间的是王子涛。

他今年已经四十岁，当年的唱跳天王级别人物，即便上了年纪如今开演唱会也是场场爆满一票难求。

“天啦！”

“居然是王子涛老师！”

但王子涛显然没有要接着讲的意思，紧跟着响起的是一道熟悉的女声。

“星途与我们而言，是一将功成万骨枯，千军万马迎桥过。”

灯光“啪”地打下，又一个重量级别的老师，情歌天后莫菲菲！

场下的这些练习生一瞬间安静了下来，他们已经意识到了，这个配置绝对不是什么普通的节目。

他们这是被幸运之神眷顾了。

果然，接下来又一道男声响起。

“这是一场没有硝烟的战争，我们不是来这里找一个完美的团队的。”

这声音带着点饶舌，果然是那位擅长说唱的鼻祖人物刑天。

“欢迎各位来到我们《爱豆与演员》节目组，在这里，你们不是所谓的练习生了，我们将称呼你们为‘竞技生’！”

又一个面孔出现，甜美的声音魔鬼的身材，真正一线流量女团队长，晴天。

“竞技生是什么意思？”旁边的人发问。

“听着好像很燃啊！”

也有女孩子跃跃欲试。

但是大家都还没欢呼，因为最中间的那个位置空出来了。

显然，最重量级的人还没来。

何晗和经纪人站在后面已经完全愣住了。

“这些人为什么……”何晗终于明白自己为什么从导师的名单上被刷下来了。

他的等级不够。

天与地的差距！

如果他真的当上导师和这群人站在一起，光是想想那场面他就心虚气短。

“这反而是好事。”何晗的经纪人突然笑起来，“这档节目的热度不会低了，反正第一的位置肯定是你的……”

经纪人的声音还没说完，场上突然响起了清晰的脚步声。

“嗒！嗒！嗒！”

练习生……不，竞技生们已经屏住了呼吸。

四个导师一起拿起了话筒——

“现在向各位竞技生们介绍我们的总判长，也就是未来你们诸位在这个圈子里的标杆。”

台下一片哗然，是谁配得上用“标杆”这么有分量的词？

“大家好，我是你们的总判长。”

男人的声音比人先出来，但是全场都疯了。

“我是余千樊！”

灯光在一瞬间打到最足，栗锦面前的视野开阔明亮起来，余千樊拿着话筒站在了最中间，他一出来，什么天王天后全都变得黯然失色。

他是真正把爱豆和演员两项都做到了顶端的人。

“我觉得我需要冷静一下。”

“竟然是余千樊，我的天？”

“这趟来得太值了吧！”

“我觉得我们综艺要起飞了。”

“难怪天王都只能给他作配。”

这次沸腾的不只是爱豆组了，演员组那边也再也不能保持那副高冷的样子，一个个双眼发光地盯着余千樊。

“场面话我就不说了。”余千樊单手持着话筒，另一只手上出现了按钮，轻轻一按，背后那些发光的椅子上浮现出了一个个的序号。

不是分级别的字母，是从 1 号，到最后的 132 号。

“舞台上的时间，请你们抓紧每一分每一秒，我们将不再对你们的资历进行阶层分类。”余千樊侧过身，让摄像机拍摄身后的椅子。

“我们将对你这个人进行最直接的判定，我们将不用你的名字称呼你，你或许会是 1 号，又或许是 132 号。

“排名就是你的实力，爱豆组一共有 132 个人，男 66 人，女 66 人，这是第一场比试，只会留下前一百人。”

竞技生们顿时沸腾起来：

“第一场就让人回家？”

“都还没露脸呢！”

一些完全没有知名度的新人更是拧紧了眉头。

几位导师神情一下子就冷漠了下来。

而余千樊则是弯唇，灯光都落在他有些冷漠的眉梢上，他目光平视所有人：“你们谁对此有意见？”

他似笑非笑，底下的窃窃私语声一下子就消失了。

没人敢招惹余千樊。

“132 人淘汰 32 人你们觉得很多？”余千樊笑容消失，“这是比赛，没做好准备的人，我们为什么要留下你们？导师的时间不是浪费在那些人身上的。”

当然没有人愿意走。

“现在开始名次自评。”余千樊视线在场上绕了一圈，却没有找到栗锦，他微微皱眉，“大家不要浪费时间，爱豆组的，觉得你能成为第一的人站起来，走到我身边。”

大家齐齐地看向了何晗。

何晗心中得意，正要站起来，有一个人却比他更早一步站了起来。

短发少女一步步地朝着余千樊走过去，眼神直视带着笑意。

余千樊眉梢一定。

找到了！

## 6 对你们所有人的宣战

“这是谁啊？”

“何晗都在呢，这人真有勇气。”

“感觉不认识啊？”

“当然是为了镜头啊，不过有何晗在她也只有丢人的份儿了。”

栗锦一路走上去，旁边的竞技生脸上都带了嘲讽的神情。

“有些人就是觉得一味冲上去就能让观众记住她。”

“哈哈，这是觉得黑红也是红？”

听见这些话，栗锦眉头都没有皱一下。

她一步步地朝着余千樊走去。

余千樊的视线在那些挂着嘲讽笑容的人脸上掠过，等栗锦站到他身边了，他突然说：“刚才还没认出来，走近了才发现居然是我的熟人。”

那些嘲讽声顿时戛然而止。

熟人？

余千樊的熟人！

谁啊？

难道是他们看走眼了？

“不过我很奇怪你怎么会来到爱豆组的。”余千樊意味深长地将话筒递过去，“而且还剪短了你的头发，栗锦小姑娘。”

旁边的四位导师一下子看了过来。

小姑娘？这么亲昵？

他们对视了一眼。

得！

余千樊这是要捧她，给她镜头呢。

“栗锦？”晴天很关注热搜，她立刻接腔，“是那个之前一跃冲上热搜的栗锦吗？”

晴天转身去看栗锦，本来只是想着讨好一下余千樊给栗锦热热场，但是一看到栗锦本人她却愣住了。

难辨男女的美貌，一双凌厉不失镇定的眼睛，可她笑着看过来的时候又会给人温柔的错觉。

“哇哦！”

晴天不受控制地发出了一声惊呼。

镜头立刻凑近了栗锦的脸，堪称是魔鬼距离了，但是栗锦那张脸在摄像机面前还是一样无懈可击。

大屏幕上满满都是栗锦的脸。

“栗锦？”

“她怎么跑去爱豆组了？”

演员组的人都很奇怪，有些消息灵通的人早就被经纪人告知栗锦会过来。

可谁能想到她居然去了爱豆组？

“千樊老师好。”栗锦背对着摄像机对余千樊挑了挑眉，再转身的时候脸上又恢复了恭恭敬敬的小模样。

“四位导师好。”

她恭恭敬敬地给其他几人问好。

晴天对她最有兴趣，立刻就问道：“栗锦，你到底是之前是男扮女装呢，还是现在在女扮男装呢？”

“那您觉得呢？”栗锦把皮球踢过去，冲她眨了眨眼睛，“晴天老师喜欢我哪个装束呢？”

“当然是现在这个！”晴天被这两下眨眼迷得不行，“你答应姐姐，以后一直这样，我们不要养长头发好吗？”

栗锦一点都不怵台，压低了自己的话音带着点小勾引：“姐姐把票都投给我的话，姐姐想要什么我都答应你。”

晴天被苏得不行，做出了一个捧心的动作，场子立刻就在两人的互动之间热起来了。

“你真是……太会了。”莫菲菲虽然已经三十五岁了，但这并不妨碍她欣赏栗锦的美貌，“姐姐也把票都给你，等会儿陪姐姐一起吃顿晚饭吗？”

“我可以亲手为姐姐做。”栗锦将手伸进小小的口袋里，再拿出来的时候手指一捻居然出现了两朵玫瑰花。

“哇！”

台下竞技生们发出惊呼声，不少人目光复杂地看着栗锦。

真是……太有魔力了这个女人。

“一个小魔术，送给两位姐姐的。”栗锦亲自递了过去。

莫菲菲和晴天两人自然是高兴，被这样一个漂亮的“少年”送花，谁都会心动。

“为什么我们没有？”刑天是个很有综艺感的人，他哭丧着一张脸捏起了兰花指，“天姐姐也想要你的玫瑰花呢。”

全场都被他活宝的样子逗笑了。

栗锦的神情却突然严肃起来：“老师，大家都是‘男人’，就不要再搞这套了好吗？”

刑天：“……”

全场：“……”

你是忘记了你是个女人了是不是?

但栗锦真的厉害，从她上台之后，所有人的节奏都在被她带着走。

控场能力一流。

最憋屈的就是何晗了，他本来想要站起来的，结果被栗锦抢先了。

可现在余千樊显然没有要再问一句“还有人上来”的意思，大家都被栗锦的两朵破玫瑰花吸引了注意力。

这会儿他再上去岂不是很尴尬?

余千樊心底对栗锦这个又送花又叫姐姐的举动冷嗤不已，脸上也带了点严肃出来。

余千樊问：“说一说你选择爱豆组的原因。”

台下的众人也死死地盯着栗锦。

“原因？”栗锦想了想，笑了，“我经纪人说我来爱豆组就是作死，我就想让她也知道一下，不只是爱豆可以转演戏的，我们做演员也可以唱跳俱佳。”

余千樊眼睫颤动了一下，轻笑说：“我可以理解为这是你对整个爱豆组的宣战吗？”

气氛一下子就凝固了起来。

何晗眯起眼睛，余千樊这是在给栗锦施加压力？

她如果点头说是的话，怕是会得罪所有爱豆组的成员。

何晗在心里悄悄地想：难道余千樊不是偏爱栗锦，而是讨厌栗锦才这么给她下套？

栗锦神色深深地看了余千樊一眼，他竟然会帮她？

“是的！”栗锦直接应下，所有人都愣住了。

“不过……”栗锦显然还有话说，她往前走了一步，看向了摄像机，一双眼睛带着绝对的自信，“不是向爱豆组宣战，而是爱豆组加上演员组。抱歉了诸位。”

明明是很轻狂的话，可栗锦说出来就是有种贵族般浑然天成的骄傲，让人不自觉地要去信服——

“第一的位置，从这一刻开始，我不会让它旁落。”

全场爱豆组 132 人，演员组 132 人。

共计 264 人，如何在这么多人之中脱颖而出？

节目组总导演的眼神落在栗锦身上，很显然，这个叫作栗锦的小姑娘知道如何冒尖。

他又看了眼对栗锦露出不屑神情的台下众人。

可惜了，场下那些人并不清楚。

一群傻瓜在嘲笑现场最聪明的人。

“太狂了吧？”

“等会儿正式比赛可别笑掉别人的大牙了。”

都是年轻人，不会压制自己的锋芒，当即底下的人就开始呛声。

总导演打了个手势，摄像师们飞快地开始拍摄可以用的素材。

“这个叫作栗锦的小丫头真是个宝。”总导演抽了口烟，“既能帮我带动话题，对着摄像机又大方得体，这种人不火谁火？”

只是希望栗锦有能匹配这份傲气的实力，不然等待她的将是无止境的谩骂。

不过，这就不是他该担心的事情了，他只要保证收视率。

余千樊接过栗锦的话筒，这丫头果然没有让他失望。

“好，那接下来我们进行正式比赛。”

底下的人蒙了。

有人纠结地问：“总判长，后面的名次呢？”

“为什么就让栗锦一个人露脸了啊？”

“就是啊！”

余千樊淡淡地扫了有意见的那些人一眼。

那几人顿时就闭嘴了。

“我问你们，这个节目是团体赛还是个人赛？”余千樊仿佛是失去了耐心。

“个人赛。”

众人一起回答。

“好，那在我们节目之中最后的胜利者只有一个，我们不是打造团队的综艺，那么请问——”他长身玉立，衣服上的锁链跟着一晃，“除了第一名以外，其他的名次有需要被了解的必要吗？”

一句话，全场肃静。

“啧！”总导演对余千樊也是不能再满意了，“台风真是……太棒了。”

“一帮小崽子。”总导演冷哼了一声，“我们节目的残酷性，这才刚开始呢！”

# 第十一章
# 惊艳亮相

## 1 不要丢了我的人

“嘁！”

“谁知道是这么个操作啊。”

“节目组太会玩儿了。”

大家这才纷纷扼腕叹息——“早知道我刚才也冲上去了，栗锦都没展示，弄了个小魔术就刷脸了。”

他们一群人都成了栗锦的陪衬。

但不甘心归不甘心，接下来才是真正展现实力的时候。

“都紧张起来啊。”晴天拿着话筒入座，提醒在场的所有人，“还有表演组的竞技者，这次的海选我们是分开比的，先比完爱豆组的人，然后再比演员组的，你们可以选择留下来看，也可以趁着现在去休息一下。”

这个比赛肯定得通宵，节目组已经安排好了宿舍。

晴天话音刚落，至少八成演员组的人都站起来离开了。

总导演看着那些离开的人，意味深长地摇了摇头。

年轻的崽子们啊！现在离开得爽了，却不知道这就代表他们放弃了镜头，哪怕是有趣的点评，能在电视前面多露一秒钟的脸，都值得他们等待。

可惜他们不懂这些道理。

“有没有人要自愿上来的？”

这一次大家都争先恐后地举手了，但有一个人比他们更快。

灯光一打，落在已经站起来的何晗身上。

“总判长，我先来吧。”

何晗好歹比这些新人更懂这种选秀节目，那就是一定要拔尖，让镜头落在你的身上。

余千樊似笑非笑地盯着何晗，他修长的手指“哗啦啦”地翻动着参赛者资料。

余千樊半晌没说话。

大家目光诡异地看着何晗。

“总判长怎么不说话？”

“哇！何晗站在那里显得好尴尬啊。”

“看他额头上都流汗了。”

何晗确实是流汗了，有种回到了当初选秀的感觉，所有人的目光都汇聚在他身上，余千樊如果要存心给他难堪的话他该怎么办？

在圈子里待得越久，包袱就越重。

以前那个练习生何晗可以丢面子，现在这个何晗丢不起！

直到这一刻，何晗才开始有些后悔答应来参加这个该死的节目。

栗锦在自己的位置上坐着，诧异地看着余千樊。

他针对何晗做什么？他们两个不是一家公司的吗？

“行吧，那你上台。”余千樊连眼神都没有给一个，他拿过话筒，对后面说，“舞台准备。”

竞技生们激动起来，但很快诡异的一幕让他们重新安静了下去。

舞台中间突然裂开，从下面往上升起了一块巨大的透明隔板，巨大的舞台居然一分为二了。

“忘记和你们说新规则了，比试是两人一组，一个在一边表演的时候，另一个人就在舞台的另一边做准备。”余千樊一边查看资料一边说，“而等待的那个人，会连接一个可以显示你心跳数据的仪器，测试你在台上的心跳变化。”

竞技生们脸色都变了。

“这得多大的压力？”

“那我心跳肯定快到飞起了。”

“这个没必要吧？好好比赛不行吗？”

晴天适时地拿起话筒解释：“和你专业的实力比起来，一颗稳定不受动摇的心也很重要。”

“不要去抱怨节目组的安排。”刑天也在旁边眯起眼睛说，“真正的王者，做足了充分准备来的人，不会因为你的对手正在旁边演出就感到压力。”

“既然你们觉得都不行，那我就挑一个出来。”余千樊不断翻页的动作终于停下来了，他修长的食指在一张资料纸上敲了敲，“这个，作词、作曲、编舞都是自己的选手我觉得有必要让你们认识一下。”

总导演挥手，让镜头往余千樊那儿挨过去。

余千樊刚才只能算是冷漠的脸上居然带了几分浅笑，整个人都灵动了起来。

“栗锦，站起来。”

又点栗锦?

大家张大了嘴巴。

不对!

关注点歪了，栗锦居然自己作词作曲编舞?

一个人顶了一支团队?

栗锦也没想到余千樊居然会给自己这么一个机会。

她起身，隔着一排排的座位深深地看了何晗一眼。

何晗以前对她说的话她清楚地记得。

他说：“栗锦，你看我是从爱豆成为演员的，可是你呀，就一辈子都无法从演员成为爱豆，不能像你妹妹一样多学学唱跳吗? 演戏演得皮肤状态都差了。”

那时候栗锦接了一个很辛苦的剧，半边胳膊被火烧得留了疤痕，而李淡淡正好从女团出道，皮肤白皙，吹弹可破。

怕是那时候，他就已经和李淡淡勾搭上了吧?

栗锦冷笑了一声，对余千樊真诚地说：“谢谢总判长给我这个机会。”

谢谢你，给我一个真正意义上碾压何晗的机会。

没想到余千樊继续和她互动，他当着众人的面问：“栗锦，你觉得你能控制住自己的心跳吗?”

栗锦愕然，随后笑了一声：“当然。”

余千樊放下话筒，点了头:“那就好好表现别丢我的人，上台，开始吧。”

他似乎在镜头面前有意无意地拉近两人的关系。

余千樊这意思再明显不过了。

竞技生们有些脸热，但又不服气。

凭什么余千樊这么偏爱栗锦，还不是因为他们之前就认识！

这个节目一点都不公平！

栗锦盘腿坐在了舞台的另一边，工作人员给她戴上测试仪器，上面的红心平稳地跳跃着，数值也在正常的范围之中。

何晗的背后都是汗，不过他一想到旁边的是栗锦就安定了很多。

栗锦这家伙他还不清楚？

之前就一直追着他后面跑的小丫头，脾气冲得很，没什么脑子，就这样的人还自己作词作曲？别逗了！

何晗发出了一声不屑的轻笑后，闭上了眼睛摆好了舞蹈架势。

先进入的是一段平缓的音乐，而就在众人奇怪的时候音乐突然拔高，何晗动了起来，他的第一个动作就带着十足的力量，一下子就炸开了全场。

“哇！”

全场哗然，纷纷为他鼓掌。

几乎是所有人都同一时间看向了栗锦那边的心跳值。

她也在透过那透明的隔板看何晗那边的表演。

大屏幕上栗锦压根儿神情都没有变化。

她甚至还游刃有余地开始活动自己的手腕，时不时地看一眼正在热舞的何晗，那眼神就好像是一个大人在看孩子做广播体操一样。

“心跳真的……一点都没有涨。”胡兔双眼发光地看着台上的栗锦，“哥哥，她好酷啊！”

胡狼的目光也定在栗锦身上。

何晗的热舞还在继续，他用了几个高难度的街舞动作作为结尾，直接将气氛带入了一个高潮。

不少人冲何晗欢呼。

“晗哥！晗哥！”

那些人忍不住为何晗打 call。

何晗满身都是汗，露出自信的笑容。

对！

就应该是这样的。

他之前的后悔完全就是杞人忧天了啊，以他的实力怎么都不会输给这些小菜鸟。

“栗锦你有什么想说的吗？”刑天笑眯眯地看着旁边的栗锦，“你的情绪是真的很稳。”

栗锦拿起话筒。

她想了想，大屏幕上投影出她疑惑的神情。

“我只是觉得奇怪。”栗锦弯唇。

“哪里奇怪？”刑天有预感这丫头要语出惊人了。

“我以为何晗前辈会唱歌的，但我等了很久他都没开口。”她重重地咬了“前辈”两个字，最后叹息一声，“看来是我想多了啊。”

言下之意就是，只能跳？不能唱？

呵呵！

何晗哪里算是什么威胁？

何晗脸上自信的笑容瞬间就消失了。

## 2 舞台上的妖精

“心态很稳啊。”莫菲菲赞扬了一句，“那么希望你接下来的台风和你的心态一样稳。”

“你的这个歌曲名字很有意思啊。”刑天看了一眼递上来的歌曲词，“哇哦，还有说唱部分呢。”

刑天是场上唯一一个说唱导师，当即就坐直了身体对栗锦的演出有所期待了。

“歌曲的名字叫《重生》？”余千樊扶着话筒，探究的眼神落在栗锦身上，“光看这个歌词的话，好像很沉重。”

“既然是重生，肯定不会沉重的。”栗锦笑着回道，“各位老师敬请期待就好。”

这一番互动等播出的时候一定会吊足观众的胃口。

“那么，给何晗选手戴上仪器。”余千樊视线转到何晗身上，他看上去有些无所谓的样子。

可谁知，何晗的仪器一上手，那心跳值就快速地暴露了他现在的紧张情绪。

还没等晴天帮忙解释，何晗已经抓起自己的话筒说：“因为我刚剧烈运动过，所以现在心跳很快。”

众人神情有点微妙。

大家又不是傻子，但这话由他自己迫不及待地来说怎么就觉得有点欲盖弥彰的感觉呢。

何晗那边的灯光逐渐暗下去，栗锦那边的光芒一点点地亮起来。

“呼！”

先响起来的不是音乐，而是一阵短促的风声，还有一滴滴的水滴声，小提琴的声音悠扬之中透着几分诡异，但又奇妙地饱含着小提琴音本身带着的高贵。

单单是这段前奏，已经让所有人的鸡皮疙瘩都起来了。

“咚”的一声鼓点进入，栗锦双膝往下一跪，在即将磕到地面的时候稳稳顿住，漂亮的一个微微上弹，她的脑袋垂落下来，细碎的短发遮住了她的双眼。

像一位虽然落魄了但骄傲犹存的贵族。

“提线木偶？”晴天不由自主地把身体往前探去。

何晗在旁边被这漂亮抓心的前奏一击，心飞快地跳了几拍，他又看见了栗锦跪下的舞蹈动作。

一分力都不多不少。

栗锦什么时候去学的舞蹈?

到这一刻，他才发现自己一点都不了解这个曾经跟在他屁股后面跑的小姑娘。

栗锦仰起头，漂亮的脖颈暴露在灯光下。

“地下室传来哭泣声，大屏幕里有笑声。”

声音一出，清亮的声音完全震撼全场。

像是诱惑水手深入的妖精，在船上航海士扬帆的那一刻，就陷入了她用歌声布置下的天罗地网。

晴天听得浑身一个激灵，她拍了拍自己的胳膊不敢置信地说:“天啊！我起了一身的鸡皮疙瘩！”

全场一片安静。

没有一个人能在这样的情况下挪开目光，他们甚至不想关注何晗的心跳是不是快要从胸膛跳出来了。

栗锦的歌声还在继续，时不时地伴随着几个不输给何晗的高难度街舞动作。

歌曲进行到中间段，音乐开始逐渐变得激昂起来，仿佛那位落破的贵族重新拾起了自己破烂的帽子，又像落难的水手对着绕着他转圈的鲨鱼拿起了斧头。

刑天握紧了拳头：“要来了！”

最关键的一段说唱。

栗锦是一边唱一边跳，但即便是这样她的气息也丝毫没有不稳或者是崩溃的迹象。

她拿起话筒，吐词清晰，字字句句震得所有人的心脏都在抽动。

“爱人的亲吻是雨夜里甜蜜的尖刀！”

“彷徨街边巷角的亡魂发不出惨叫！”

“如果上天再给你这个可怜虫一次重生的报到！”

“你是否还会再选择仇人的拥抱！”

“撕下面具扶摇直上九万里呼啸！”

音乐骤然降落，可大家的那颗心却被栗锦的说唱带上了天空还悬挂着，她的声音从浓郁的痛苦过渡到重生后的酣畅淋漓，恰到好处的抖音让人心悸。

尾部的钢琴音仿佛都带着未了的杀气。

众人的一颗心终于随着尾音落了下来，而就在这时，他们听见栗锦冷笑了一声。

这一声仿佛是一根刺，又像是涅槃之后对世界的不齿。

“假如……真的给我一次重新选择的机会。”

栗锦的声音轻远，没有任何节奏的话，只是用自己的声音在说而已，却给这首歌的尾部画了一个完美的句号。

“我不会放过你们。”

音乐随着栗锦最后一句话戛然而止。

众人呆愣了一瞬，下一刻掌声雷鸣般涌动。

所有人都从位置上站了起来。

余千樊看着还随着最后一句话跪在舞台上的栗锦。

他眸光深深。

是经历过怎样黑暗的事情，才会有这样的曲风?

才会有这样的歌词?

所有人都在笑，只有他神情紧绷地盯着此刻舞台上的人。

栗锦下颚有汗水流下来，折射着舞台的灯光像从太阳的光芒里取出来的一点透亮。

晴天深吸了一口气，很肯定地说：“栗锦，我觉得你天生就该是属于舞台的。”

是为舞台而生的妖精。

刑天什么都不说，只给栗锦比了一个大拇指。

而莫菲菲满脸的欣慰，有这样的后辈，她就会觉得即便他们这一辈人老了，以后的圈子还会不断地有新星涌现。

“栗锦，你的歌曲很震撼，故事又丧又燃，我想或许之前大家对你的印象是演员，但从今天开始，你会成为新一代的全能型明星。”

这是至高的评价了。

“谢谢老师们。”

栗锦弯腰鞠躬，最后落在什么都没说的余千樊身上。

余千樊垂着脸，神情有些紧绷。

栗锦紧了紧话筒。

她以为……余千樊至少会说点什么。

可他什么都没说。

“下一组。”余千樊神情未变。

栗锦有些失望地将话筒递给后面的人。

坐到自己的位置上后，她死死地盯着余千樊的后脑勺。

怪！

之前她什么都没做他都拼命地把话题往她身上引，现在大家的注意力都在她身上了，他反倒是不看她了？

栗锦扯着自己的衣角，有些不高兴。

旁边的几个小新人看得在心中叹息。

这都稳稳的第一了，为什么栗锦还是不高兴？

果然要求严格的人才是强者！

他们默默地将这话吞进肚子。

何晗都不知道自己是怎么从台上走下来的，只是当他的目光和坐在后面的栗锦对视上时，他脑海里突然响起了栗锦最后结尾说的那句话——

“我不会放过你们的。”

## 3 我的好爸爸

何晗突然打了个寒战，从脚底心开始往上冒寒气。

栗锦见他那心神不宁的样子顿时就冷笑了一声，然后收回自己的目光。

就这样的货色，她以前真是鬼迷心窍了才会看上。

栗锦坐直了身体，开始认真看后面的节目。

当时这个综艺大火的时候，她全程只顾着看何晗各种耍帅批评小新人去了，这些竞技者的实力都没怎么研究过。

她挺直了脊背，不论是哪一个竞技者上台，她都认真地分析着对手的不足和长处。

总导演本来是在困倦地打着哈欠，眼尾视线看见栗锦一下子就来劲儿了。

“快快，把镜头切换到栗锦那里去。”

旁边的摄像师立刻照办，很快他们就发现栗锦笔挺的姿势和别人或者跷着二郎腿或者半躺着的姿势形成了一个鲜明的对比。

“够努力啊。”摄像师都忍不住说，“栗锦这人还真是很有镜头感，坐姿漂亮了上镜才精神嘛，是不是？”

总导演跟着点头。

怪不得这孩子红得快，机会可都是给有准备的人的。

但显然这两位完全低估了栗锦的准备充分程度。

镜头里，栗锦微微皱着眉头。不得不说，她那张脸太有欺骗性了，像是每个女孩在青春时期都会喜欢上的那种腹黑美少年，可笑起来又浑身带光的那种。

“她干什么呢？”

总导演见栗锦不断地在自己的包里掏啊掏的，最后掏出了一本小本子和一支笔，她翻开第一页，开始迅速地在本子上写写画画，写一下，就看一下舞台上正在表演的人。

“噗！”总导演直接喷笑出声，“这是哪里来的宝贝？居然还带写小抄的？”

他叩了叩面前的栏杆，发出清脆的声音：“到时候剪辑的时候，给这丫头多点戏份。”

摄像师“嗯嗯”点头，心里盘算着恐怕第一期的镜头都要被栗锦包圆了。

这家伙真是扎眼啊！

比赛一下子就进行到了后半夜，栗锦还是端端正正地坐着，她平常有上仪态课，在坐姿方面可是有专门训练过的。

后面的比赛都没什么看头，直到胡兔和胡狼两人上台这才让余千樊他们稍微来了点精神。

时间一下子就到了半夜两点钟，晴天先受不了比了个暂停的动作。

“千樊老师说请大家吃外卖，我们吃完外卖就先去休息，明天继续比赛。”

众人都欢呼起来。

“谢谢千樊老师！”

“千樊老师我们爱您。”更有女孩子趁着人多大声表白，刚才还紧张的气氛一下子就扫空了。

栗锦吸了两下鼻子，开始活动自己僵硬了的身体。

“栗锦，你刚才那首歌会单曲发售吗？”

胡兔和胡狼兄妹俩凑过来。

胡兔都不太敢正眼面对栗锦，她短发真的好帅啊。

“会的。”栗锦冲两人笑了笑，“到时候请多多支持啊。”

胡兔被她一笑晃花了眼，如同小鸡啄米一样疯狂点头。

何晗自己一个人坐在位置上，没有人往他这边过来，大概是因为他脸色太臭，有心想来拉关系的人也不好走过来。

倒显得他被孤立了一样。

栗锦收拾好自己的东西往前面看去，在主位置上却看不见余千樊了。

“去哪儿了？”栗锦还想和他道谢呢。

难不成是去厕所了？

栗锦起身往外面走去，刚走到厕所附近，就听见了一个尖锐的声音在说话。

“就那个栗锦啦。木槿姐姐，你是刚才没留下来看不知道，狂得不行。”

栗锦停下了脚步。

木槿？

她出来了？

栗锦脸上带着笑容，一步步往声音的来源处走去。

“栗锦还放话向我们演员组和爱豆组一起宣战，你说这人逗不逗？”

木槿靠在墙边，下意识地想要去摸烟，又想到旁边的摄像头才作罢。

“栗锦……这名字好耳熟。”木槿烦躁地抓了抓头发，“一群唱跳的戏子也敢和我们相提并论，不知所谓！”

“唱跳的戏子也比喝大了进局子的女人好，你说是不是？”一道声音突然从柱子那边传过来。

正在悄悄咬耳朵的三人吓了一跳，转身就对上了栗锦似笑非笑的眼睛。

“栗……栗锦？”

一开始说话的那女人脸色顿时就白了下去。

她可不像木槿家里那么有钱，也不像栗锦那么有实力，这会儿一被人抓到立刻就先心慌了。

木槿一下子就认出栗锦来了。

“你不是那天和我……”她话音戛然而止。

酒驾被拘留这个事情都可以算是一个黑点了，木槿的神情也变得难看起来。

木槿走过去低声威胁栗锦：“我警告你，这里是我的地盘。我爸爸可是这节目的投资人，你要是敢在这里乱嚼舌根我一定让你吃不了兜着走！”

她色厉内荏地放完狠话，勉强在自己小姐妹面前维持住了自己的面子，然后脚步匆匆地带着人跑了。

这要是换个人的话可能就压根儿不会搭理木槿，但是栗锦不。

栗锦默默地在心底给木槿记了一笔，然后想到这个节目接下来马上就要面对的一个环节，她笑了起来。

等会儿她就让木槿知道知道求人保密的时候需要的真正态度是怎样的！

栗锦转身往回走，路过某一处房间时被一阵熟悉的香味给勾住了脚。

“好香啊，好像在哪里闻到过。”栗锦耸动鼻子，不由自主就贴在了窗户的玻璃上。

余千樊正在搅拌锅里的面。

他不喜欢吃外卖，只能用剧组现有的食材随便炖个面，正准备往里面加蛋的时候，转身看见了五官都贴在玻璃窗上挤变形的栗锦。

余千樊：“……”

他看了眼身边的摄像师，觉得栗锦应该是看见了，放她进来应该也没关系。

就算她有的时候间歇性地抽风，应该也不会在镜头下肆无忌惮的。

余千樊好脾气地给栗锦开了门。

很快，一个脑袋从门缝里挤进来，她被香味糊了眼睛，压根儿看不见摄像师。

她只能看见余千樊的胸膛和后面那锅一看好像就是两人份的面条。

在食物的诱惑下嘴巴比脑子先说话了。

她使劲儿往里挤，宛如猛虎扑食：“亲人！就让我嘬一口面条可以吗？”

余千樊：“……”

摄像师：“……”

完了，栗锦脑子又抽了。

## 4 饿死她算了！

摄像师有点尴尬地看着余千樊。

他们本来就猜想着两人是不是很熟，但没想到能熟到这个地步。

余千樊是什么人?

那是连吻戏都不肯拍，出席各种场合从来都不带女伴的人。栗锦居然敢冲上来要他碗里的面?

摄像师摇摇头，在心里感慨：栗锦还是太年轻啊。

那边两人还僵持在门边，栗锦的理智逐渐归拢，可现在摄像机都拍下来了啊!

绝对不能被拒绝!

不然就丢人丢大了!

她死死地用脚抵住门框，脸上带起了讨好的笑容。

“你……”余千樊看向了摄像师。

摄像师单纯地咧嘴笑了笑。

“只能吃一碗。”见到那只死死扒拉着他衣服的手,余千樊无奈地妥协。

他觉得头痛欲裂，好像又回到了那个被喝醉酒的栗锦支配他家的可怕夜晚。

栗锦朝他的方向虔诚地拜了三拜。

“谢谢!”

摄像师：“……”这就进来了？难道是他自己还太年轻了看不懂现在千樊老师的操作了?

栗锦欢快地在自己的衣领上塞了一张纸巾免得汤水溅出来，一手拿着筷子，一手拿着碗坐在小桌子旁边等待。

余千樊利落地将两个蛋打在锅里。

鸡蛋的香味混合着切开的葱花香，栗锦的肚子开始咕噜噜地叫起来。

她眼尖地在旁边发现了一个可以用来打包的空外卖盒。

余千樊这是打算给别人送餐?

栗锦想到刚才锅里煮的两人份面条，觉得自己看明白了。

她有点不好意思起来，那她现在来蹭饭吃是不是就是吃别人的面条了?

栗锦想起身走人，但现在摄像机在拍着，直接抬脚走人好像有点没有礼貌，如果说理由……难不成说余千樊要给别人送加餐?

那第二天可能整个微博都得爆炸。

就在栗锦思考着有没有万全之策的时候，她手上的碗被余千樊抽走了。

眼看着他要大把地往里面盛面条，栗锦满是惊恐又愧疚地站起来：“余老师，我自己来就好。”

余千樊给了她一个意味深长的眼风：“怎么说话呢？”他似笑非笑地说，“我不是你亲人吗？”

栗锦一怔。

她就是那么随口一说。

余千樊没管她这突如其来的抽风，把捞面条的工具给她。

然后，余千樊和摄像师看见栗锦就夹了一筷子面条，鸡蛋都不敢碰，可怜巴巴地端到桌子的一角去吃了。

余千樊眉心都隐隐抽痛起来，他脸色以肉眼可见的速度黑了下来。

她什么意思?

嫌弃?

之前在他家明明吃得那么欢，一根都没有给他留汤都喝干净的那种!

“铛铛”两声，他用汤勺敲了敲锅子。

他黑着一张脸说：“过来，把碗里盛满了再走。”

栗锦着急了。

嘿呀!

小余你这就不懂了吧，我只嘬一口，你就还能给你的小心肝送外卖去啊!

栗锦盲猜余千樊可能看上这个节目里的哪个小姑娘了。

自从上次她明确了自己其实打心眼里还是敬佩余千樊的之后，她对余千樊的成见也就都消失了。

她可以尝试着做余千樊最好的知己嘛!

知己栗锦对着余千樊使了个眼色，不断地往外卖盒上瞅，从眉眼里都透出一股子“兄弟我知道你别瞒着我了”!

余千樊冷冰冰地看着她，脸色越来越黑。

连摄像师都想说一句要不先拍到这里吧，他好想离开啊。

余千樊松开一只手摁着眉心，仿佛用尽了耐心一样倒吸着冷气问：“你到底吃不吃？”

不吃就以后都不要吃了!

栗锦感受到森然杀气，她缩了缩脖子，算了，小余就是个不开窍的。

“吃吃吃。”她又捧着碗走过去，“谢谢余老师。”

余千樊杀气丝毫不减。

栗锦想了想，试探地说：“谢谢亲人？”

余千樊：“……”

算了，他去指望一个小傻子开窍做什么呢？

不过栗锦最近对他的态度好像亲近了很多，一步步来吧。

他无声地在心底叹了一口气。

两人坐在一张桌子上，思考着各自的事情，栗锦越吃越觉得这个味道好像在哪里吃到过。

上次余千樊发过来的那张照片的事情她后来问了舅舅，但舅舅也只是意思一下大概说了一遍。

至于那些细节……没有人告诉过她。

所以，栗锦自然想不到自己曾经还扒拉着人家的碗，霸占了别人的晚餐。

栗锦将最后一口汤喝完，起身要去洗碗。

“你干什么？”余千樊摁住了她的肩膀，“把碗给我。”

“我蹭了你的面条，当然得我洗碗。”

栗锦也不是白吃人家不干活的那种人。

余千樊面无表情地收拾东西，栗锦就去整理垃圾，结果肩膀又被余千樊摁住。

“在我们家没有让女人动手干活的先例。”他看了栗锦一眼，眼中终于带了点笑意，“小姑娘就不要去碰冷水了。”

他衣袖撩上去，手指纤长，连带着被他拿着的碗好像也贵重了起来。

栗锦有点无措地站在原地。

什么都不干？吃了就抹嘴走人？

这……不太好吧。

栗锦跟在了余千樊后面开始试探着吹彩虹屁：“千樊老师你做的面条超好吃。”

余千樊简单地“嗯”了一声，嘴角却悄悄往上扬起。

栗锦接着说：“这个味道我总觉得在哪里吃过。”

余千樊手上动作一顿，转身看向栗锦。

她都想起来了？

栗锦苦苦思索了半天，回答道：“余老师你的手艺都可以媲美专业的厨师了，肯定是和我在哪家餐厅吃的饭很像，或许是我的外卖！”

余千樊冷着脸将面前的碗一放，把手上的一瓶洗洁精塞进了栗锦的怀里。

栗锦满脸惊讶地看着他。

余千樊半点不心软：“我还有点事情，你洗吧。”

他面无表情地转身走人了。

栗锦：“……”

摄像师：“……”

你前脚不是还说小姑娘不要碰冷水的吗？

吐槽归吐槽，摄像师还是第一时间就往已经呆滞的栗锦身上“咔嚓咔嚓”地拍了几张硬照。

栗锦对着摄像机，愣了好一会儿才问：“他们做男神的人都是这么反复无常的吗？”

余千樊刚走出来，张妍的电话就打过来了。

“你装在外卖盒里的面条会不会送不到锦儿手上？被其他人吃了怎么办？”

余千樊面无表情地挂断。

不开窍的小丫头，饿死她算了！

### 5 我经纪人总是叨叨叨

栗锦飞快地洗完碗，出去的时候外面那些人已经由导师轮流评价比试完了。

而这时已经到了凌晨四点。

所有人的精神可能都已经开始恍惚了。

栗锦坐到自己的位置上，胡狼已经靠着睡着了，胡兔看见栗锦倒是精神了一点。

“栗锦，我们还不知道你是哪家公司旗下的呢！”胡兔和胡狼两人都是素人参赛，“我和哥哥都还没有公司。”

因为是素人的关系，刚才他们在台上的表现也很是不俗，旁边的人有意无意地开始避开他们兄妹。

“我？我是天华娱乐的。”栗锦掏出护手霜开始仔仔细细地抹，“你们要不要来试试我们公司？”

“我们？”胡兔连连摆手，“算了吧，天华娱乐是国内一流的娱乐公司，像我们这样的能进去吗？”

栗锦记得当时这兄妹俩由于没有经验，出了这个选秀节目后突然爆红，在选公司的时候栽了好大的跟头，被骗进了一家坑人的小公司，过了四五年才缓过来。

“你们上台比赛的时候有录视频吗？”栗锦突然眼睛一亮，“我可以把视频发过去帮你们问问我的经纪人。”

天华娱乐是有很多顶尖的娱乐圈大佬没有错，但是等三年后天华娱乐就会遭遇一次重大的危机。

那些娱乐圈大佬不知怎么的竟然集体跳槽，而天华娱乐的新生代还没完全成长起来，公司一度遭遇危机差点儿没能挺过来。

胡兔和胡狼是实诚人，有潜力又知道感恩，栗锦相信王黎是个有眼光的人。

“视频？有的！我发给你。”胡兔连连感激，“谢谢你栗锦，我们以后一定会报答你的。”

“不用报答我。”栗锦弯唇给王黎转发了过去，“要是真的进去了，记得感恩你们的公司就好。”

天华从不强迫手下的艺人做那些龌龊的事情，也希望这兄妹俩自己能争气。

“哇！”王黎那边很快就给了回复，“潜力股，你哪里弄来的？”

“在节目里认识的，可以签约吗？”

“可以。我让其他的经纪人联系他们，给我电话。”王黎并没有自己要带的意思，带一个栗锦已经很够了。

毕竟栗锦不仅是裴天华的外甥女，她自身的潜力也是王黎见识过的新人里面最高的。

胡兔都快高兴疯了，一把就抱住了栗锦。

“谢谢你！真的谢谢你栗锦！”

余千樊从外面走进来的时候看见的就是这一幕，漂亮可爱的少女抱住了栗锦，偏偏栗锦今天穿得就和男孩子一样。

三台摄像机完美地记录下了这美好的一幕，清纯漂亮得好似在偶像剧里才会发生的事情。

余千樊放在桌子上的手缓缓地紧握起拳头。

“千樊老师你怎么了？”晴天疑惑地发问。

“没什么，准备一下等会儿宣布名次。”

余千樊深吸了一口气，紧绷着脸坐下了。

栗锦对自己“亲人”的怒气那是一无所知，还和胡兔有说有笑的。

王黎似乎是觉得不放心，连着发了好几条消息过来：

“新人进公司的事情先放一放，我比较担心你。”

“在里面不要给我作妖，好好比赛。”

“拔尖可以，不要去针对什么人，毕竟参赛人太多，要是没有朋友，上镜的时候不好看。”

栗锦啪啪啪地拍着自己的胸口回复：“放心吧黎姐，我就不是那种会作妖的人。”

下一刻，舞台上的灯光闪烁，余千樊迈动着修长的双腿拿着名单走到了台上。

“关于你们各自的比试成绩和第一轮晋级的人选已经出来了。”余千樊大概是心情不好，扫视众人的目光很是淡漠。

但上镜的时候别人并不会觉得他无礼，因为他一直都是这样的。

从出道到现在，余千樊的人设就是做他自己最真实的样子，从来不在镜头前强颜欢笑。

“先从演员组的开始宣布。”

“1号，木槿。”

“2号，花永青。”

“3号……”

大屏幕上跟着他的节奏出现一个又一个的名字。

最前面的木槿特别温和地笑了笑。

这女人是傲气了点，无礼了点，但看来实力还不错，或许还夹带点她爸爸那边的分数。

不过如果木槿真的是个废物，余千樊那边她第一个就通不过。

报名字的顺序比大家想象之中的快很多，余千樊甚至都没有故意制造紧张点。

“100号，方琴。”

“没有报到名字的人，收拾你们的东西走人。”余千樊声音平淡，“从现在开始，我们会用你们的序号称呼你们而不是你们的名字。

“希望你们时刻谨记，在我们节目，名次代表了一切，它重于一切。

“我们选拔的是绝对王者，我们只认1号，其他的数字于我们而言是没有意义的。

“或许你们会觉得太残酷，可这里的规则如此，你们现在还不值得节目组和制作人为你们修改规则，你们就只能去适应这个规则。”

演员组的人一声不吭，那些留下的人还来不及高兴，就被余千樊的这几句话压得透不过气来。

木槿挺胸抬头地站在最前面，她坐在了阶梯凳子的第一条上，视野是最高的，温暖明亮的光芒将她整个人包裹住。

她看了一眼右边那一片属于爱豆组的发光椅，其中的第1号凳子和她是平起平坐的。

木槿眼底发狠。

平起平坐?

那是绝对不可能的事情!

她木槿才是这个节目中会脱颖而出的人。

“现在我们来宣布爱豆组的成绩。”在余千樊的身上你看不见一点通宵的倦意，他永远都站得很漂亮，在镜头前面随便做一个动作就是最好的状态。

何晗就坐在栗锦身边，他快要紧张吐了，整张脸僵硬得不成样子。

总导演直接让摄像机对准了何晗和栗锦两个人，一个有名气，另一个则有实力，第一究竟是谁呢?

何晗也知道这会儿自己要从容，可他能压下手指不发颤就已经在竭尽全力，让他笑那也只能是扭曲的笑。

反观栗锦倒是还有空玩手机，实在是王黎太缠人了。

大屏幕上投出栗锦正在“咔嚓咔嚓”地摁手机的时候，所有人都无语了。

“1号，我们的1号好像对成绩不太感兴趣?”余千樊的声音在栗锦耳旁响起，“1号，能问问你在做什么吗?”

栗锦猛地抬头，才惊觉所有人都在看她。

“栗锦。”余千樊挑眉，又喊了一遍，“到我这里来，告诉大家你手机里有什么吸引你的东西。”

栗锦耸肩，越过面色苍白的何晗往余千樊的方向走去。

她脚下投下了星光倒影，这是对第一才会有的待遇。

“也没什么。”栗锦笑了笑，从容地说，“就是我家经纪人对我的一点叮嘱，大家要是好奇的话，我不介意和大家分享。”

她点开王黎最后发来的那条语音，靠近了话筒。

王黎的声音带着十成的警告。

“栗锦！你一定要记住千万千万不要在节目组里面搞事情，要乖一点知道没？”

众人：“……”你平时是有多能找事？

总导演直接笑喷：“剪进去！这一段一定要剪进去！”

“对了，我第一了。”栗锦特别高兴地转身，她的反射弧好像才把喜悦这种情绪传递到脸上。

“千樊老师，我能和你合拍一张吗？让我经纪人知道我拿了第一，这样她就不会整天叨叨叨了。”

余千樊：“……”

所有人：“……”

## 6 我从不欺负人

总导演真的对栗锦太满意了，她太有爆点了，他几乎能想象他这个节目在开播第一天能火到什么程度。

光是余千樊一个人就稳住了这个月的综艺之冠了，再加上栗锦这么有趣的竞技者。

他算是看明白了，栗锦这孩子早晚大火。

“坐到你的位置上去。”余千樊嫌弃地将人从自己眼前支走了。

栗锦看向了那个最高的位置，宽阔明亮，第一的待遇就是不一样，凳子上还给垫了软垫子，更大，更高。

她坦然入座，从上至下俯视下面的那些竞技生。

视野开阔了，随之开阔的是一个人的野心和欲望，体会过上层风景的人又怎么会甘心屈于人下？

所以……栗锦的视线定在了何晗身上，她脸上露出笑容。

何晗，曾经在别的选秀节目上坐在王座上的你，现在心里该是多么咬牙切齿？

他越难受，栗锦就越开心。

“2号，何晗。”余千樊似笑非笑地说出了何晗的名字。

何晗失魂落魄地走上去，他觉得每一步都仿佛是踩在刀尖上一样，他觉得每一个人都在嘲笑他。

比这里所有人加起来都要高的人气，出道时间也早，可偏偏被栗锦压下去了。

这一期节目播出之后他要怎么办?

“2 号现在有什么想法吗? ”余千樊居然哪里痛就往哪里戳，“被一个演员出身的小新人给比下去的感觉怎么样? ”

何晗猛地抬头，撞上余千樊的眼睛。

他面上是礼貌的笑意，眼底却一片冰凉厌恶。

何晗终于明白了!

之前他就在综艺上感受过一次，还以为是自己出现了幻觉，但是现在他终于确定了。

余千樊厌恶他。

为什么?

明明之前他们两个是半点交集都没有的。

“只能说对自己要求更加严格一点，请大家期待我下期的表现。”何晗努力挤出一个笑容，但眼角散不开的压力让他这个笑容并没有之前那么阳光了。

余千樊侧身漠然说：“往上走吧。”

名字被一个个地念出，胡兔和胡狼兄妹俩坐在了 10 号和 11 号的位置。

排名暂时有些低，但栗锦知道那是因为他们之前完全没有受过系统的训练，等封闭式的集训开始，这兄妹俩会以十分可怕的速度往上蹿。

何晗走上去的时候看了栗锦一眼，他不像木槿那样，他即便内心狂傲得不行，但表现出来的还是很谦虚。

第一名的位置很宽，何晗觉得要不是镜头都对着他们，栗锦现在能在上面横躺下睡一觉。

很讨厌! 何晗握紧了拳头，他不喜欢栗锦俯视他的感觉。

栗锦对何晗点了点头，脸上挂着无懈可击的笑容。

倒是何晗有点笑不出来了。

舞台上的主持还在说着什么，但是他一句话都听不进去，整个人像是被一圈朦胧的雾气给笼住了，好像在暗处被什么可怕的东西盯上了一样。

“各位竞技生，从今天开始，要把你们代表数字的号码牌贴在你们的胸前，我们不会去记你们的名字，只会喊你们的号码。

“当然，刚才总导演告诉我，第一名，可以破例被导师们喊名字。”

余千樊的话音落下，底下的人群发出了羡慕的喟叹。

“这也差太多了吧? ”

“感觉除了第一名之外其他人都不是人了。”

“这是一点活路都不给其他人啊。”

“这都没有人权了吧！”

不少人紧皱起了眉头。

当然，区别对待之下所有人的斗志也都燃了起来。

“我一定要往上走。”

“怎么都要让导师喊出我的名字！”

栗锦笑眯眯的，半点不见紧张。

倒是木槿，一边在心底鄙夷这些癞蛤蟆想吃天鹅肉的人，一边脸上做出了紧张的样子。

“哇，这个位置真的是坐得太有负担了！”木槿对着镜头轻声说，“我害怕我坐不稳啊。”

“害怕坐不稳就让出来嘛！”

旁边突然传来栗锦的笑声。

栗锦意味深长地看着木槿：“你要真不想坐的话，就给我坐嘛！我一个人可以坐两条凳子的。”

木槿青筋一跳。

栗锦是疯了吗？不知道在镜头前需要谦虚吗？

栗锦当然知道，可她这辈子就想在镜头前面做她自己。

她丝毫不掩饰自己的野心与欲望，不说那些违心虚伪的假话。

“咱们……还是谦虚点好是不是？”木槿脸上带出了一点冷笑。

“谦虚是美德，当然需要谦虚，可我们现在是在竞争啊！”栗锦摊手，“我只是不掩藏我的野心。”

木槿冷笑，就看导师或播出的时候观众们会不会认同你这句话了。

那些淘汰掉的人已经走干净了，他们原本坐着的位置都空了出来，巨大的屏幕投放出一幅幅的图片。

“这是宿舍？”底下的人发出惊呼声，“区别好大啊！”

“第一个宿舍都是豪华套间了吧？还有单独的练习室和隔音室！我的天！”

“最后那张图让我想起了我的大学宿舍八人间，哈哈哈！”

就连宿舍也是分等级的。

余千樊放大了第一张图：“这是第一名才能享受的待遇。你们也看见了，豪华套间，单独的练歌房和舞房都有，不用和别人抢也不用担心打扰到别人。”

他又打开第二张图，只是普通的单人间。

“这是前二十名能享受的待遇，能保证你们最好的睡眠。”

第三张图，四人间，还算可以。

“二十之后到五十名的人住的。

“最后的这个八人宿舍五十名以后的住。”

余千樊脸上带了点笑容：“不要抱怨你住的地方不够好，你要怪就怪自己实力为什么比不上别人，为什么在训练的时候不能比别人多练一分钟。”

他点开最大的那个套间。

“不过呢，我们只有一个套间，可我们有两个组，两位第一。”他稍稍拉长了语音，“你们谁住？”

木槿为难地看了栗锦一眼。

“要不……”木槿装腔作势了一番，“前辈住吧。”

栗锦比木槿不过出道早了一个月，但那也是前辈。

本来还以为栗锦会谦虚一下，谁想栗锦直接点头：“好啊。”

木槿的脸色一下子就垮了下来。

栗锦似笑非笑地站起来，她松了自己衣领上的一颗扣子，扭动脖子说：“舍不得就说，在这里没人会怪你，想争就比！”

栗锦修长的身姿迎着光影，笑容从容自信。

“我栗锦从来不欺负人，就比你最擅长的演技如何？”

## 第十二章
# 步步为营

### 1 给本少跪下

木槿掌心狠狠地握了起来，她看着迅速对着她们围过来的摄像机，这一段绝对能出镜！

栗锦这个女人果然好算计！

用演技的话，就算栗锦输给她观众也不会说什么。

“用演技不是显得我欺负人一样吗？”木槿撩了撩自己的头发笑着说，“不如我们剪刀石头布吧？”

栗锦挑眉：“我不介意被你欺负啊。”她笑起来，露出单边的小虎牙，“还是说你害怕？”

木槿眉心狠狠一痛！

这个该死的没有眼力见儿的女人！

“那就比演技吧。”木槿见栗锦屡屡不给自己脸，“怎么比？”

“没有剧本，当然是即兴表演，五分钟即兴表演，到时候看谁的效果好。”栗锦抬起手，上面的腕表银光一闪，衬得她手腕纤细。

“可以吗，总判长？”栗锦笑眯眯地转身盯着余千樊。

所有人也跟着看过去。

气氛一瞬间到了高潮点。

“当然可以，不过负责演员组的那些导师都去休息了，在这里的几位导师都不是精通演技的，只有我一个人显得不太公平，所以你们敢不敢来一局大的？”余千樊压低了自己的声音。

“哦？”栗锦来了点兴趣。

“楼下现在来了很多粉丝。”那些粉丝总能探听到余千樊的行程，楼下现在少说拦了四五百人，“不如让他们来投票怎么样？”

木槿抿唇，温柔地笑了笑：“我怎么样都可以的。”

余千樊冲总导演点了点头。

那五百个粉丝都被带了进来。

他们显得有些拘束，一进来就被耀眼的灯光和一个个俊俏的小鲜肉和漂亮的女孩子震得瞪大了眼睛。

“哇，我这是来了什么逆后宫不成！”

“全世界好看的人都在这里了吧？”

“我！中间那个神仙是谁！是我们千樊哥哥吗？”

“余千樊！”

粉丝们一下子就尖叫起来，声音响亮到仿佛要连屋顶都一块儿掀开。

摄像师们都忍不住捂住了耳朵。

其他竞技生纷纷露出羡慕的目光。

是啊！

至少得有这么程度狂热的粉丝才算是明星吧？他们什么时候也能走到这一步呢？

余千樊早就习惯了这种场景，他站在耀眼的灯光下，话筒抵住了唇边，漂亮的眼尾扬起，上面有化妆师打好的珠光，映着动作恰到好处地闪耀起来。

“嘘。”他轻笑了一声，“我有事找你们。”

五百个粉丝瞬间就像被按住了消音键一样，齐刷刷地捂住了自己的嘴巴，脸上开始迅速地充血。

“能帮忙吗？”余千樊轻轻问。

“能能能！”

众人齐刷刷地点头。

“我们这个节目现在有两个竞技者要PK，你们来帮忙做一下评委如何？”

如何？

当然是好了！

面对这么帅的明星，他们说得出拒绝的理由吗？

节目组很快就给五百个粉丝安排了座位，余千樊坐在位置上看着栗锦整理自己的衣服。

那五百个粉丝本来眼睛都是落在余千樊身上的，但是等栗锦踩着小短靴上台的时候，他们愣住了。

她雪白的肌肤在灯光下好像会发光，碎发下一双多情的眼睛好像会说话，清瘦却不显得无肉的笔直身形，比余千樊少了几分锐气和冰冷之感，又比那些小奶狗一样的男孩子多了贵气骄矜。

这是哪里来的小宝贝！

“不说了！”其中一个粉丝悄悄地和旁边的朋友咬耳朵，“不需要看实力了，这人的颜值已经征服了我！”

“诸位评委老师好，我是栗锦。”

她一开口，粉丝们又愣住了。

女孩？

“是个女孩啊？”

大家在消化完这一波消息之后立刻就把刚才的震惊甩到了理智后面。

“我不管！长得帅的都是老公！”

“我不是喜欢男的，我就是喜欢好看的！”

“这个妹妹我可以！”

木槿也很快上台，她听不见那些粉丝在说什么，只能看见他们在栗锦出声之后窃窃私语的样子。

看吧！一个女孩子非要弄成男人一样的，现在被人看笑话了吧？

木槿心中得意，对栗锦这一身装束是半点都看不上眼。

“我们在舞台上放置了很多小道具，你们可以随意使用，虽然是即兴演出，但你们的对话不可以超出正常的范围，必须要背景一致连贯顺利，这些基础都不用我说了吧？如果连这些都做不到那就直接下台走人。”余千樊叩了叩桌面，“准备，开始！”

旁边的灯光唰一下尽数灭掉了，只留下了舞台的灯光。

木槿第一时间看向了桌子上摆着的一柄道具匕首。

即兴演出！就是要快！要占据先机。

她一把夺过了匕首，猛地对着栗锦的脖颈抵了过去。栗锦被她连推了数步，跌坐在舞台上的凳子上。

木槿深吸了一口气，眼眶骤然变得通红，仿佛栗锦就是她的杀父仇人。

“别以为你是霍家的小公子就能清洗你的罪恶！”木槿直接给她扣了

一个“小公子”的名号——栗锦不是喜欢做男人吗？那就让她好好地尝试一下反串的滋味儿吧！

能演好正常角色已经很难了，更何况是反串呢？

底下一片哗然，晴天这种不懂演技的人都被木槿精湛又带有转折和剧烈矛盾的开口吸引了目光。

演员组1号，果然还是有实力的。

木槿眼神如刀落在栗锦身上，又抛出一个重磅炸弹：“你就是一个疯子！一个杀人犯，你杀了我母亲这仇，今日我们就一并清算了！”

又是一重“杀人犯”的帽子给栗锦狠狠扣上了。

余千樊坐在位置上挑眉，先是反串，随后紧跟着是“恶人”角色，先入为主大家肯定喜欢正派的角色。

为恶注定为配角。

木槿倒是不傻。

栗锦轻笑了一声，身体缓缓前倾，冲着摄像师打了个眼色。

镜头立刻切换到了栗锦的身上，大屏幕上投出栗锦一张笑意加深的脸。

木槿得意地看着栗锦。

怎么样？这就是个死局，凭你栗锦能破？

下一刻……栗锦动了，她动作快速地将木槿的手一拉一翻，木槿直接扑倒在了地上。

下一刻，栗锦抽出桌子上的丝带就将人的双手给绑了起来。

“哇！”

“帅！”

那五百粉丝一下子就炸了。

栗锦刚才那套动作太帅了！

她慢条斯理地拿手帕擦了擦自己的手，好像碰了木槿是一件很脏的事情。

大屏幕上，栗锦抬起眼皮，密而长的睫毛唰一下扬起，下面是寒霜凝结的眼睛——

“区区贱民也敢放肆？”

木槿蒙了，被束缚着双手站在栗锦面前。

“本少最烦有人站得比我高来俯视我。”栗锦小指拉扯了一下衬衣，拿起旁边的一根铁板，“咚”的一声磕在地上，半个身躯往前靠去，腰肢纤细紧贴着衬衣。

“你是要本少敲碎你的膝盖，还是你自己听话一点？”

栗锦靠在了木椅上，单脚抬起架在另一只脚上。

她脸上的笑容骤然消失，声音沉下来带着无尽的威势——

“还不给本少跪下！”

## 2 你只要看着我一个人就好了

“这又是什么设定？”

粉丝们激动了起来，短短三分钟，矛盾反转高潮起伏。

栗锦冷眼看着木槿。

她眼中有戏……

木槿仿佛置身冰窖，周围的观众目光，她也感受不到了，好像陷入了一片漆黑的空间。

不能跪！

木槿背后出了一大片的汗，额角也流下了汗，如果这一下真的跪了，木槿知道今天在这舞台上她就要彻底地沦为配角了。

“我岂会跪我的仇……”木槿话还没说完，膝盖上某一处就被栗锦轻轻用脚尖一触，她“嘭”的一下跪下了，但是栗锦居然还飞快地把旁边的垫子状似不经意地踢到了她的膝盖下。

完美地扼杀了那些键盘侠到时候会喷她动作的可能性。

膝盖落在软垫上，一点都不痛，可她的心凉了。

栗锦蹲下来，动作大方利落，一点都不像女孩子，做出来比男人还要帅气。

“我当是谁呢！原来是一条败于我手的小虫子！”

栗锦伸手捏住了木槿的下巴，将她的脸抬起来。

两人的脸挨得很近，木槿是温和型的长相，从气势上就不适合出演太凌厉的角色。

两人气势高下立分。

“你手上沾满了鲜血！”木槿并不想坐以待毙，挣扎愤恨道，“你把我家人的命还给我！我的家人们！他们有什么错？”

栗锦突然抓住了木槿的手，眼中神情一下子变得暴躁。

“那我未婚妻有什么错！”

猛兽掀开了利爪，一下子就将苦苦挣扎的小猎物摁在了泥地里，栗锦赤红着眼圈，整个人看起来狠毒又脆弱：“我们霍家为了驱逐那些入侵者，府邸被破，当时你父母怎么说的?

“说让我不要把她带去战场，你们会好好照顾的！”

“结果，我回来之后呢？”栗锦单手掐住了木槿的脖子，明明没有使力，可木槿却被她眼底深沉的痛意刺到窒息，“遇敌的时候，你们为什么把她推出去做挡箭牌？”

栗锦弯唇笑了起来，眼角一颗泪顺着脸滑落下来。

明明“他”掌握了别人的生死，可是这一刻看起来却可怜得像个失去了全世界的人。

“他”深爱的那个女人永远地死在了肮脏的人心下，终于，“他”从一个战士成了一个手染鲜血的怪物。

不论是粉丝还是竞技者，都被这一幕震撼了。

栗锦直接将背景定在了战乱时期，加害者变成了最初的受害者，“他”不否认自己是恶人，可你们也不是什么好人!

栗锦闭上眼睛仰起头，声音轻到近乎祈祷呢喃。

“我杀你全家又如何……你们把她还给我啊。

“我明明什么都可以不要。”

她神情绝望，压抑的气氛迅速感染了全场，不少粉丝已经捂住了自己的嘴巴，眼圈发红。

但是下一刻，她眼中的悲伤立刻就褪去，剩下的是夜色的无边黑沉。

“哈哈哈！”栗锦笑声带着嘲讽。

她不再看木槿，而是抬头看向了观众，此刻她的眼神宛如厉鬼，泛红的一双眼睛却艳丽如妖。

那样一双眼睛被放大在大屏幕上，众人觉得自己的心脏都被一把拽紧了。

“我说过的吧。”栗锦的眼神看似是对着镜头，但实际牢牢地钉在了何晗的身上。

她弯唇：“我再和你说一次，我不会放过你们的。”

晴天紧张地捏住了自己的手。

“太可怕了！”晴天不自觉地说，“我感觉她想杀了我！”

旁边的刑天几人也是绷紧了神经。

只有余千樊注意到了栗锦的视线，他顺着看过去，看见了面色凝重的何晗。

心底像是烧了一把火。

又是这样！

栗锦的视线总是莫名其妙地落在那人身上。

余千樊脸色阴沉下来。

而就在这时，栗锦气势又是一沉：“都愣着干什么？还不快过来把这个放肆的女人拖出去？”

众人心口一震。

栗锦居然把他们所有人都当成了外面的“守卫”了吗？

见没有人动，栗锦阴郁的目光顿时扫了一圈，用更阴沉的口吻说：“怎么，本少是喊不动你们了吗？”

众人只觉得凶狠的气势和莫名的压力压在了他们身上。

尤其是演员组的那些人本身就比其他人更容易被带动情绪，就在坐在前排的几个人忍不住要站起来搭戏的时候，有一个人站起来了。

他身姿修长，只是站起来就把栗锦布下的视线集中区给破掉了，众人恍然回神，才惊觉居然被栗锦牵着鼻子走了。

等他们发现站起来的那个人是谁时，顿时更惊讶了。

余千樊！

他为什么？

栗锦垂下的手指动了动，脸上的神情死死地绷住了。

他迈动步子，每一步都像是丈量过的一样，像是贵族会养出来的高等级骑士。

余千樊知道自己最好是不要站起来，但是他忍不住。

越走近，存在感就越强。

整个舞台都仿佛成了栗锦和余千樊两人的磁场。

栗锦的目光不自觉就定在了余千樊身上。

这就对了！

余千樊露出一个笑容。

栗锦……你只要把眼神放在我身上就好。

只要放在我一个人身上。

他走到栗锦身边，单膝行礼，执起她的手以额相抵，一个忠诚的礼。

“永远愿为少爷分忧。”

他抬头仰视她，眼底沉了无数碎裂的星光。

一瞬间，栗锦只觉得自己被他抓着的那只手火烧火燎地烫了起来。

“滴滴滴！”

闹钟声音响起来，栗锦瞬间回神，可台下的众人却仿佛看痴了。

几秒钟后，那些粉丝不受控制地尖叫起来。

“拍了吗？拍了吗？”

“这一对我锁了！”

“钥匙我吞了！”

“阴郁少爷和忠犬骑士！虽然我知道这是假的！但是妈妈我好心动啊！”

粉丝们完全失去了理智。

余千樊轻轻捏了捏栗锦的手指，栗锦耳尖一红猛地收回手。

她不着痕迹地瞪了余千樊一眼，转过身去把木槿手上的绑带给解开了。

“没弄疼你吧？”栗锦笑得特别温柔。

木槿心里恨得滴血，可对着摄像机只能故作大方地笑笑。

余千樊重新拿起了话筒。

“那么请诸位投票。”他轻笑。

很快，粉丝那边一个胆大的说：“投什么，还用得着投吗？”

木槿脸色一白。

一定是最后余千樊捧栗锦了！

这些人都是余千樊的粉丝，肯定向着余千樊捧着的栗锦！

太卑鄙了！

才不是她实力比不上栗锦！

余千樊脸上露出笑容：“哦？那你们怎么说？”

全场对视了一眼，齐刷刷地举起了同一个人的牌子。

栗锦！

## 3 你什么都改变不了

“看来是众望所归。”余千樊从口袋里拿出一枚金色的钥匙，“那这套钥匙就归属于你了，好好保管啊。”

栗锦对着大家说了谢谢。

“那个，请问！”坐在下面的一个女粉丝突然举起了手，“栗锦，我可以问你一个问题吗？”

她捧着自己的手机脸红红的。

栗锦觉得她可爱，当即就笑着说：“当然。”

一脸宠溺的样子让不少粉丝都红了脸。

他们都是奔着余千樊来的，但忍不住往栗锦那个“墙头”试探。

就让他们做一棵快乐的墙头草吧——风吹两边倒的那种。

“你是那个栗锦吗？”这位女粉丝翻开了栗锦微博上的相册，当然，是长发披肩的那种，还有一张是她在《明星的岁月》里扎着马尾的照片，嫩得能掐出水来。

和刚才那个满眼阴郁的“小少爷”简直就是天壤之别。

“是我。”栗锦大方承认。

“哇！”

“疯了吧！”

粉丝们齐齐发出惊呼。

眼看着这群人就要炸，总导演立刻以“大家很累了要休息”为理由将他们都请出去了。

一群人被外面的冷风一吹才齐齐反应过来。

第一时间就打开了自己的微博。

这里的一部分还是余千樊的死忠粉，但这群往日坚定不挪窝的死忠粉居然齐齐地发了一条微博消息。

“@栗锦，你到底还有多少我们不知道的惊喜。”

底下也有千粉嘻嘻哈哈地评论。

“姐姐你们是集体中毒了吗？”

“怎么回事啊？”

这些人答应了导演不能细说，粉丝群里也不断有人@他们，他们只能回一句：“等综艺出来你们就知道了！”

这边，栗锦住进了豪华套房之后直接就瘫软在床上了。

在外人看来她好像是精神十足，那是因为她一直绷着一口气。

现在这口气松了下来，她连一根手指头都不想动。

余千樊却还没得休息，他被总导演给拦住了。

总导演眉头紧锁：“你刚才不应该上去的，你是真这么欣赏这个小姑娘？”

“难道你不欣赏？”余千樊反问道。

总导演：“……”

他说什么了吗？余千樊就皱起眉头！

“我的意思是，栗锦本身已经很出色了，你不用做这个举动她也能技压全场。”总导演有点心累，“我的意思是你不是不喜欢和女明星绑在一起吗？要不要我给你把后面的剪掉一部分？”

把他和栗锦同框的镜头减掉？

余千樊阴沉沉地看了总导演一眼，什么都没说，转身去自己的房间休息了。

总导演：“？”

余千樊这段时间到底为什么这么喜怒无常难以捉摸？

旁边目睹了两人一块吃面的那个摄像师拍了拍总导演的肩膀，小心翼翼地说：“导演，千樊老师和栗锦关系很好的，不要怕，我们就大胆地剪！”

总导演：“……”

总觉得他还不如一个摄像师知道的多。

木槿气冲冲地回了自己的屋子，而其他人也或满意或羡慕地回了自己的宿舍暂时休息。

现在暂时不用封闭式的集训，大家休息一下就可以各自走人离开。

余千樊大概睡了四个小时，就被电话喊了起来。

“谁？”

他压着怒意，声音低沉到可怕。

那边是他父亲的声音：“晚上安家小公子回国，正好又是他的生日，你不要忘记代表我们家去参加一下。

“也认识一下安家那边的人，他们家是做房地产投资的，今年你不是正想开拓这一块吗？多认识一点这方面的人总没错。”

安家那位哑巴小公子要回来了？

余千樊清醒了一半，随意地应了一声。

挂断电话，他一看时间，已经下午四点了，离宴会还有两个小时。

他按压了一下发胀的太阳穴，起身去洗漱了。

栗锦这一觉也睡得很沉，直到被栗亮的电话吵醒。

她压了压翘起来的短发，接听。

“爸爸。”

那边栗亮顿了很久之后带着疲惫的声音传过来：“锦儿……你赶紧来医院一趟吧。”

他的声音里夹带着浓浓的懊悔。

栗锦的瞌睡一下子就清醒了，她猛地从床上坐起来："怎么了？"

"你李阿姨她为了救我出车祸了。"栗亮的声音里满是自责和懊悔，"右腿骨折了。要不是你李阿姨，我可能就活不下来了！"

栗锦的心一点点地沉下去。

李颖遭遇车祸?

错了！

李颖压根儿就没出过什么车祸！

"对了，你妈妈那些画的事情你以后也不要再提了。"栗亮的声音严肃起来，"你李阿姨都为了爸爸拼上性命了，就几幅画，权当送给你李阿姨了！"

栗锦一下子就掀开了被子穿衣服，几幅画?

呵呵！

栗亮真是好大的面子，一个劈腿出轨在老婆尸骨未寒的时候就把小三接进来的人渣，现在要拿着妈妈的画送小三家人?

谁允许了?

李颖会为了栗亮拼命？别搞笑了！那可是一个只顾自己的女人！

恐怕不想失去画和珠宝为此布局才是真的吧?

"你现在来医院一趟，看看你李阿姨。"栗亮用不容置疑的口吻说完又自顾自地挂断了电话。

栗锦迅速套好衣服，杀气满满地往外面冲去。

栗锦刚走出去，那边李颖就来了电话。

李颖和她已经完全撕破脸了，声音里满是得意。

"小杂种！"李颖冷笑说，"你以为你做的这些事情能改变什么吗?

"我告诉你，栗家只会有一个女主人！那就是我！

"你那短命鬼妈妈都埋在土里发霉了！"

"少做点无用功。"李颖捏了一块水蜜桃放进嘴巴里，"无论你做什么，都没办法改变的！"

说完，她立刻就挂断了电话。

栗锦站在原地，浑身冰凉。

她原先铺好的路被阻断了，下一步该怎么办?

她脑子一片混乱，什么改变不了？

属于她的东西还是拿不回来，笑到最后的还是李颖?

栗锦狠狠地将手上的包砸在了地上。

“开什么玩笑！”

她面色有些扭曲，盛怒之下狠狠地握紧了拳头。

旁边的大屏幕上传来最新新闻消息：

“数学天才安培将于今日四点三十回国……”

栗锦神情一变，猛地抬头。

安培？

安家小公子？

她站起来，拍了拍身上的灰尘。

“不能变是吧？”栗锦弯唇，“说什么狗屁不如的话，我就改一个给你们看看！”

她捡起包，脚步轻快地往前走。

她拦下一辆出租车，直接说：“师傅，去海湾路。”

车子冲了出去。

栗锦闭上眼睛，她记忆中闪现了一条她当时看到的新闻消息。

——数学奇才安培在回国日于海湾路发生意外，遗憾离世！

## 4 帮你们清清脑子？

“嘿！”司机笑了一声，“这个点海湾路可堵了！”

“没事,去吧。”栗锦笑了笑,对了一下手上腕表的时间,“应该赶得上。”

机场外，一个戴着眼镜的清瘦少年推着行李箱，另一只手上还捧着一本书目不转睛地看着。

手机振动起来。

“宝贝，你怎么不让爸爸妈妈来接机呢，几点的飞机也不告诉我们！”那边安夫人有些不高兴的声音传过来，“晚上可是你的生日宴，别迟到了哦。”

“好的，妈咪。”少年的声音略带几分不耐烦，“我自己能回去，不要叫人来接我，很吵。”

他有些厌恶地皱起眉头。

安培从小就有异于常人的学习天赋，不管学什么他都能远超过同龄人一大截，但是他生活自理能力不强，早熟并且性格古怪，在外人看来就是有些内向得过分了。

安夫人又说了两句才挂断电话。

走出机场，盛夏的热浪一下子扑打在安培身上，他有点烦躁地扯了扯衣领。

呼吸都是热的。

衣服汗湿地黏在身上，可即便是这样，他也不想被家里的一群保镖包围着。

那更不舒服。

拖着行李箱的安培打算走出去打车。

外面有一片广场，一些大妈已经扛着收音机来抢位置了，还有几个少年人在嘻嘻哈哈地玩球。

他收起书。

傍晚的天空在金色和红色之间过渡，漂亮到刺眼。

他坐在广场旁边的台阶上，有点不想回家。

回家就是宴会，爹地和妈咪一定会让他见各种各样的人，他讨厌应酬，更喜欢自己在房间里做难题。

解开题目很简单也开心。

而和人交流却很累。

“再多坐一会儿吧。”安培自顾自地说道，他看着正在玩球的人，自己说服了自己，“我就再看几分钟。”

“姑娘，这路都堵死了！”司机转身看向栗锦，“还有一千米呢，至少得堵二十分钟。”

“谢谢你师傅！”栗锦戴上了口罩，“接下来的路我自己走。”

要尽快！

栗锦飞快地拔腿往前跑。

那天的那则新闻她看过，也感慨过，所以记得特别清楚。

安家如今是栗亮的合作对象，应该说栗亮求着安家投资，所以姿态摆得很低。

李颖当时为了讨好安家可做了不少事情。

“李颖！你断我一路，我也毁你一城！”

栗锦真觉得自己测百米的时候都没有跑得这么快过。

风声在耳旁呼啸而过。

傍晚，整个广场热闹起来了，安培觉得有些吵，他看了一眼漂亮的天空，有点遗憾地站起来。

“算了。”安培自言自语，“先回家吧。”

他低头拍身后的尘土，而就在这时，一道短促的声音响起来。

“小心！”

一颗球刺破空气猛地朝着他砸了过来。

安培怔住了，眼前只有那一抹越来越近的红。

突然，这抹红被一只白皙的手挡住。

就好像电影里的慢镜头一样，那颗球被那双手拍了出去。

傍晚的光影都打在了那人身上，他看清了她额角流下来的汗，还有随着动作扬起的衬衣里她漂亮的小腰窝。

安培的脸顿时变得通红，周围的吵闹一瞬间在他耳边消音，连对着夏天的厌烦感都在这一刻消失了。

“咚”的一声，球砸到了旁边的石板路上，溅开一圈灰尘。

“赶上了！”栗锦弯腰大口大口地吐着气。

安培愣愣地看着她。

他不是惊艳型的长相，但是清秀耐看，一双眼睛像小狗一样圆圆大大，高高瘦瘦，看着像是一只被吓着了的小仓鼠。

栗锦弯腰喘息了很久，才勉强有力气抬起头看了他一眼。

这蠢弟弟!

“你——”安培脸色红红地试探着伸手，声音又轻又小，“你的衣服。”

什么衣服?

栗锦低头看了一眼，发现是自己在奔跑之中衬衣卷了一点上去，露出了一小片细腰。

栗锦心想这算什么，我刚才可是把你从鬼门关里拉回来了。

但是小仓鼠……不对，安培好像很在意，小心翼翼地伸出手把那截衣服给翻下来了。

“这样不好。”

栗锦在心底翻了一个白眼。

要不是她，刚才安培会被那颗球砸中太阳穴，往后倒去正好磕在许愿池里的大石头上，脑部两次重击下失去生命。

想到这里，栗锦心里一股子火气。

本来就跑得累，她一把拽过安培，转身去看正往这边跑过来的几个少年。

他们大概是高中生，正是最不知天高地厚的时候。

刚才就是他们不好好打球，居然互相砸球，才会殃及无辜。

“喂！”那几人冲着栗锦招手，“给哥哥们把球扔过来！”

他们嘻嘻哈哈地笑，半点都不知道愧疚，也没有道歉。

其中一个还不学好地叼着烟，少年青涩，他们觉得模仿大人的行为就好像真的能变成大人一样。

殊不知都是一群可笑的幼稚鬼。

“你们聋啦？”其中那个算是“大哥”的少年不耐烦地弹了弹烟灰，“要我再说一次，找死呢！”

出口就是脏话。

还自觉很帅气。

安培皱眉，神情阴沉下来，伸手要去拽栗锦让对方站到自己身后。

可谁知道栗锦已经弯腰捡起了球，她眼里盛着怒气。

“想要？”

她手腕一松，那颗球直接砸落在了后面的水池里。

“找死！”

那群人哪里受得了这个刺激，脑子一热就要冲上来揍人。

“走！”

安培头皮一麻，一天八节课里他最讨厌体育课。

打架?

那是不可能的!

栗锦又是女孩子，一定得跑了。

可他刚抓住栗锦的手，就被她狠狠一甩。

他都没看清楚她的动作,那个叼烟的“大哥”已经被她一脚踹入水池里。

她动作快速利落，都是基本的防身招式，但对付几个高中生简直就是轻而易举。

“砰砰砰！”

很快，那几个高中生就都落在了水池里。

“你……”那几个人的脏话猛地顿住了。

因为他们看见栗锦从自己的包里拿出了一根电击棒。

噼里啪啦的声音让人头皮发麻。

“弟弟们，知道水是导电的吧？”栗锦盘腿坐在了水池旁边，指着包裹他们的水，“要不要姐姐让你们清清脑子？”

## 5 不介意帮我洗脚吧

栗锦的半张脸都被遮挡住，但一双眼睛里却透着森森寒意。

水池里的那几个人立刻就怵了。

他们打别人的时候是爽的，但这个拳头要是打在自己身上那就疼了。

“姐姐，我们错了。”

“真的是我们不对。”

“我们道歉。”

“不是向我道歉！”栗锦将旁边傻看着她的安家小公子给拽了过来，“是向这个哥哥道歉！”

“哥哥对不起，我们再也不来这一片玩篮球了！”他们真怕栗锦给自己来一下，电不死但是多丢人啊!

安培皱起眉头：“你的手没事吧？”他只看着栗锦，“刚才那个篮球速度挺快的。”

栗锦当着他的面张开自己的五指，手指纤长，指甲盖是浅粉色，光线从她的指尖透过。

安培这是第一次发现原来女孩子的手比男孩子的手要漂亮得多。

“没事。”栗锦掏出了手机，对准那几个男生咔嚓咔嚓就来了几张照片。

“你，过来！”

栗锦对着其中一个人勾了勾手指头。

安培看了一眼，是刚才叼着烟的那位同学。

“把校牌拿出来给我。”栗锦伸出手。

“为……为什么？”对方完全没有了刚才的嚣张气焰，眼睛死死地盯着栗锦手上的电击棒。

“啧！”

栗锦脸色一沉。

那家伙十分有眼力劲儿地把校牌递过来，殷勤道：“给姐姐！姐姐您慢慢看！”

“三中的啊？”栗锦看了一眼就把校牌扔了回去，“回学校后好好学习天天向上，不然要是让我再知道你们几个惹出了什么事情，我就在你们三中的贴吧上把你们刚才这副落汤鸡的样子发上去。明白了吗？”

几人如同小鸡啄米一样地点点头。

栗锦才不管他们心里怎么想的，反正以后都得乖乖的就行了。

“走了。”栗锦挥挥手。

“等一下！”安培慌了，她就这么走了？

栗锦转身，看见那个期期艾艾的少年脸红地说：“你救了我一次，你想要什么呢？”

栗锦意味深长地看了他一眼。

其实就算他不是安家的小少爷，她知道能救一条命，也还是会来救的。

“我叫安培！”他见栗锦迟迟不说话，立刻说，“我家条件还可以，你想要的东西告诉我，我会帮你的！”

栗锦转身吃惊地看着他。

“啧啧！”栗锦摇摇头，“听别人说安家的小公子脑回路和我们不一样，原来是真的。”

安培不解。

“这种时候哪有人会坦言自家条件不错的，你这不是给人敲竹杠的机会吗？”栗锦担忧地看着这个傻弟弟，这样的人以后可怎么在这个艰难的社会生存哦。

“你认识我啊？”安培吃惊地问。

“对啊，安家的小少爷。”栗锦扯下自己的口罩，露出一张漂亮到惊艳的脸，“你肯定不认识我，我是裴家的外孙女，栗亮的女儿，我爸应该是你爸爸的合作方。”

“我不用你报答我物质上的东西。”栗锦想了想，笑着说，“如果你真的想谢谢我的话，那就不要喜欢我讨厌的人好不好？”她的鬓发乖乖地贴着，眼底闪烁着细碎的光。

旁边的音乐喷泉一下子升起来，五彩的光芒笼罩在两人身上。

安培觉得她像一道难解的题，因为他此刻竟然移不开眼睛。

“好。”他听见自己的声音不受大脑控制，“你讨厌谁啊？”

栗锦笑了笑。

“我继母、继妹，还有我爸爸。”

希望这辈子的安家不要再被李颖母女两个利用得团团转，而栗亮这次的投资本就是一个很烂的计划，安家也会元气大伤。

“那个……我还不知道你的名字呢！”安培连忙说，“你晚上有时间吗，我可以请你来参加我的生日宴会吗？我可以现在就带你一起去，我让我的保镖来接我们！”

他完全忘记了自己讨厌被那么多人围着，他只想遵从本心和栗锦多待一会儿。

栗锦脚步一顿，转身看他："可以啊，谢谢你的邀请。不过我现在要先去医院看我的继母。"

安培迅速地失落起来。

"等我看完我继母，我会过来的。"

安培立刻接上："那我派车来接你！"

栗锦一愣，这小孩可真热情。

但在她眼里就是一个脑回路有点清奇的小弟弟罢了。

"行吧，那就谢谢你了。"

背后，安培在很快乐地和她挥手。

栗锦收了笑容，想到医院正等着的那一位，怎么都笑不出来。

医院。

VIP 病房里，栗锦看见了一只脚还打着石膏的李颖。

对方脸色看起来完全就是不正常的苍白，栗锦在她耳朵后面看见一小块没有化开的粉。

啧！

这病倒是生得挺用心的。

但栗亮很吃这一套，时不时地关怀：

"累不累？要不要我给你调一下床的高度？"

"饿不饿？有没有想吃的东西？"

"头还痛不痛？"

栗亮一瞬间就又回到了眼里除了李颖就看不见其他人的状态了。

李颖眼泪汪汪地躺在床上："我什么都不想吃，我就是害怕，老公。"她喊得缠缠绵绵，"我真的以为我再也见不到你了，我们两个之间还有误会没有解开，我真的怕我就这样带着委屈死了，留下你一个人，也没个贴心的知冷知热的。"

栗亮被她说得感动不已，一把抓住她的手说："别再说那些傻话了，我怎么会怀疑你呢？这一切都是误会。"

李颖哭着扑进了栗亮的怀里，好像栗亮就是她的天。

"老公，你能这么说我就算是现在为你去死也甘心了。"

"傻瓜！"栗亮刮了刮李颖的鼻子，"你好好养伤，不要再说这些傻话了。"

栗锦看他们夫妻两个恩恩爱爱浓情蜜意的，心底冷笑着把包往旁边一扔。

“咚”的一声，让旁边的李淡淡脸色顿时变得苍白。

这个煞神怎么过来了?

她现在真是怕极了栗锦。

“你来了。”栗亮不咸不淡地说，“正好你平时也没什么事情，过来和淡淡一起伺候你李阿姨养病。”

李颖得意地看了栗锦一眼，栗锦就该做一些给她端水的活儿!

“不是有保姆吗?”栗锦似笑非笑地问栗亮。

“保姆哪有自家人贴心?”栗亮不悦地呵斥，“你阿姨不想让保姆来，不喜欢外人来插手她的事情。”

李颖对着栗锦得意一笑，说：“说起来我脚好像脏了，得洗洗。”

她眼神转了一圈，最后靠着栗亮看向了栗锦。

“锦儿，你应该不介意帮我洗脚的吧?”

## 6 只是一个附属品

之前栗锦这丫头不是把她当做饭阿姨吗?

李颖冷笑，那她现在就要告诉栗锦，她要栗锦给她洗脚，栗锦就得乖乖给她洗脚。

“李阿姨确定要让我洗?”栗锦的视线如刀一样地刮在了旁边李淡淡的身上。

李淡淡一下子就从沙发上站了起来：“我来洗，妈妈！姐姐洗得肯定没有我洗得舒服，姐姐又刚工作完回来，多累啊是不是?”

谁知道栗锦这个女人会不会突然发疯把她的照片散出去?

李淡淡连忙凑过来。

李颖脸色难看，一把将李淡淡推开。

她现在真是看不懂这个女儿了!

这么死听栗锦的话做什么?

“你之前做了那么大的错事，我都不想看见你！”李颖佯装生气地说，“你走开。”

“你去旁边思过。”栗亮也看不上这个二女儿了，“锦儿，你来服侍你李阿姨。”

栗锦笑了，怎么，弄得好像给她洗个脚就像是恩宠一样。

栗锦正要说话，栗亮的手机突然响起来了。

栗亮一看来电显示，那张脸立刻就变得谄媚起来：“喂？安总，有什么事情吗？”

那边，安洪天的衣袖被自己的小儿子牢牢地抓住。

安洪天给安培比了一个“OK”的手势，笑着说：“是栗亮老弟吧？这样，我小儿子今天回国，说和你家女儿是朋友，说好了等会儿有人来接她过来的，你赶紧给你女儿准备一下。”

栗亮真是喜不自胜啊！

这两天安洪天对他的态度一直淡淡的，现在好不容易有拉近关系的法子了，他才不会放过。

不过，栗亮奇怪地说：“我们淡淡怎么和令郎认识的？”

“什么淡淡啊，说是叫栗锦。”

安洪天安抚了一下小儿子，让他别老拽自己的衣袖，当个老父亲还真不容易。

“锦儿？可锦儿的继母现在受伤了，她……”

“继母？”安洪天看了安培一眼，捂住了手机。

安培连忙想起了栗锦说过的讨厌家里人的话，他压低了声音愤怒地说：“她家人对她一点都不好！是不是她爸爸和继母一起欺负她了？”

安洪天太了解这个孩子了。

从小就聪明，虽然生活自理能力不行，但因为过于聪慧吧，他能很清楚地感知并且辨别出他人对自己的善意和恶意。

所以他几乎没什么朋友，那些一开始围绕在他身边的人就是冲着他的家世背景来的。

别说女朋友了，连朋友都没有的儿子着实让安洪天担忧了很久。

这个孤僻儿子难得有了一个朋友，还是一个女孩子，安洪天不知道有多开心。

经儿子这么一说，安洪天立刻就脑补出了一场名为灰姑娘的家庭大戏。

他立刻就沉了声音：“栗亮老弟，我记得你还有一个小女儿，为什么不让亲女儿去照顾，亲女儿还更贴心呢！

“我小儿子这还是今年第一次回家，栗锦要是不来，我儿子可会不高兴的！”

他哼哼了两声。

安家比栗家背景深厚得多，说话也不用太给面子。

“你看着办吧！”

“别啊，安总，我又没说不让锦儿去，我只是想让她换件衣服啊。”栗亮赔笑，一转眼看见栗锦似笑非笑地端着脸盆过来了。

栗锦大声地问：“爸爸，这么多水给李阿姨洗脚够吗？我去拿块毛巾吧。”

这声音一字不落地传到了电话那头的安洪天耳朵里。

安洪天惊讶又生气，也不喊老弟了，说话之间都生分了不少：“栗总，栗家总不至于连保姆都请不起吧？堂堂栗家千金去伺候别人洗脚，这要是亲妈就算了，那是孝顺是美德，可这继母……不知道的还以为你栗家怎么苛待孩子了。

“而且我记得你大女儿的母亲是裴瑗画家吧？我听说裴家老爷子可把外孙女当眼珠子护的。这事情要是传到裴老爷子的耳朵里……”安洪天冷哼了一声。

这要是和继母感情好也就算了，可自己儿子说栗锦被欺负这还能有错？

栗亮也忒不是个东西了，看来和栗家的合作还是要放一放。

这种人太不靠谱！

“没有没有，我这就让栗锦去准备。”栗亮被李颖各种“委屈啊”“要死啊”洗脑成功的神志终于回来了一点。

栗锦看得冷笑连连，以前最开始创业的时候都是妈妈帮着一起出谋划策。

可现在呢？

只有栗亮一个，他就是个目光短浅、刚愎自用的蠢货，栗家在他的带领下只能走向灭亡。

不过在这之前，她就会把栗家所有的东西都夺回来就是了！

栗亮又对着电话那边点头哈腰，最后挂断电话。

他觉得自己在妻女面前丢了人，但当着栗锦的面儿又不好发作，只能压着怒气说：“锦儿你换一身衣服。”

“去哪儿换？我不是要给李阿姨洗脚吗？”

“不用你洗了。”栗亮沉吟片刻后，看向了李淡淡，“等会儿安家那边的人要来接你姐姐，你姐姐就得待在这里，淡淡你回去把你姐姐最漂亮的那套礼服拿过来。”

李颖皱眉。

“为什么要淡淡去拿，随便穿一套不就行了？”

李颖在某种程度上是没有大局观的，她只懂得女人间钩心斗角的那一套。

栗亮心里有些嫌弃，但很快就被对李颖的愧疚感冲散了：“安家是我们现在在合作的对象，让锦儿穿得隆重一些也代表了我们的重视，这些事情你都不懂，安心养伤就好了。”

这话就像带着刺一样，李颖面上笑容勉强。

什么叫她不懂？

她有什么不懂的！

那个死人裴瑗出过国学历高就懂了是吗？

“可是，我还要人给我洗脚呢。”

李颖委委屈屈的，这次好不容易让栗亮站在她这边了，可不能轻易地放过栗锦。

栗亮心中的不耐烦加重。

洗脚洗脚！

洗脚有讨好安家重要吗？

所以说李颖就是头发长见识短！

他正要说话，却没想到栗锦拿出了手机。

“爸爸，就是这个道理，李阿姨没有人伺候的啊。”栗锦心里冷笑，你想让我洗我就洗，不想让我洗我就得穿上礼服滚蛋？

偏不！

栗锦拿出手机：“我给安培，也就是安家小公子打个电话，就说李阿姨没人照顾，我要留下来给她洗脚，这次宴会我就不去了。”

栗亮神情一变。

李颖很得意，觉得自己赢了：“你这样想就对了锦儿，宴会哪里有家人重要呢！”

栗亮神情阴沉下来。

“哦，对了。”栗锦笑意浅浅，“舅舅他们也会去宴会的吧，说等着我的，我也给舅舅他们发个一样的。”

栗亮心头一个“咯噔”。

不行！

“这样就对……”李颖得意地摸指甲。

“对什么对！”栗亮猛地喊道，“你不懂就给我闭嘴！”

他怒视着李颖，心头的火气彻底地压制不住。

“锦儿有更重要的事情要我说几遍你才懂！头发长见识短！”

李颖气得脸色煞白。

栗锦盯着她笑——

看清楚自己的位置了吧?

当你绝对依附于一个男人的时候，你就只能成为一个附属品，他可以前一秒对你很好，下一秒把你骂得毫无尊严。

# 第十三章
# 争风吃醋

## 1 有星星落在你的裙摆上

李颖气得脸色通红，一下子捧住心口眼睫剧烈地颤抖起来。

“老婆。”栗亮到底还是心软地去哄，“这是生意场上的事情，你不明白，就按照我说的做好吗，别惹我生气。”

李颖到底是前段时间被栗亮给冷落怕了，现在脾气收敛不少，只能怨毒地瞥了栗锦一眼，然后反手抱住了栗亮。

“老公你别这么凶好不好，我害怕。”

她保养得好，看起来也还是很能让人心动。

不算大气的容貌，可胜在楚楚可怜，偏偏栗亮就很吃这一套。

“好好，你安心养伤，好不好？”

两人之间的气氛总算回来了，不过栗锦的目的已经达到了。

栗亮现在对李颖的耐心可是大不如前了。

很快，李淡淡将礼服送了过来。

李淡淡递给栗锦礼服的时候眼睛都不敢落在栗锦身上。

“怎么了淡淡？”栗锦在李淡淡收手的时候一把抓住了她的手腕，“淡淡想不想和姐姐一起去啊？”

安家那可是不输于裴家的大家族，要是放以前李淡淡拼尽浑身解数也要把栗锦的这个名额抢到手上的。

可现在她只想离栗锦这个煞神再远一些。

“不，姐姐去就好！”还没等李颖帮李淡淡答应下来，李淡淡连忙摆手道，“我还是不去了，我留下照顾妈妈。”

李颖脸色沉下来，这个没有用的废物！

这么好的机会竟然不知道争取？

“是吗？”栗锦拿着礼服进了卫生间，“那辛苦你了。”

李淡淡现在有把柄在她手上，做事情都不敢耍花招，确实是拿了她放在家里的那套最漂亮的礼服。

银白色的细碎光芒落在裙子上，从小腿处分开拖曳了一部分在地面上。

仿佛雪地融碎的阳光，覆盖在了她的影子上，走一步就亮一分。

她看着镜子里的自己，剪了短发之后更少了几分柔和，宛如危险至极的刀刃，劈开人的视线搅动心弦。

“请问栗锦小姐在这里吗？”

病房门口站了两个穿黑西装的男人，一个比一个魁梧，这不是司机，一看就是保镖。

两人气势汹汹地往病房里看了一眼——来的时候安培小少爷还嘱咐了，要是撞到栗锦小姐被欺负了，那就不要客气！

总之不能让栗锦小姐吃亏！

“找我吗？”门被打开，栗锦提着裙摆走出来，“走吧。”

她气势极强，两个保镖不由自主就让开了路。

这……被欺负的小姑娘现在都是长这样的吗？

安家大宅，安培站在大门口，跟随着长辈一个个向那些往来宾客问好。

以前每次这个时候他都是很不耐烦的，尤其不喜欢听这些人讲场面话。

但是今天他不仅没有一点不耐烦，甚至还迫不及待地频频看向大门口。

“小培这是怎么了？”安培的姐姐安琪好奇地问安夫人，“怎么看着像是在等人？”

安夫人笑容满面：“可不是嘛，说是请了一个朋友！”她顿了顿，又喜不自胜地加上一句，“是个女孩子！”

安琪瞪大了眼睛。

她觉得自己的弟弟以后可能就要和数学做伴了，身心一致交给国家，为国家的数学研究做出杰出的贡献。

就这样一个傻弟弟居然有女孩子愿意和他做朋友？

她和安洪天一样，对弟弟看人的眼光是很放心的。

安琪不太自在地摸了摸自己的衣裙：“妈咪，你快帮我看看我今天这身衣服是不是显得不太重视？说不准就是我未来弟媳呢！我要不要上去换一条，红色怎么样？红色喜庆！”

安夫人瞪了她一眼。

“八字还没一撇的事情呢，瞎说什么！”

安夫人说完，前面人群突然涌现一片骚动。

尤其是那些来参加宴会的女孩子纷纷红了脸退到一边。

而男人则是纷纷上前想要和迎面走过来的那个人打个招呼。

“千樊，我是你唐伯伯啊，今天老爷子没过来啊？”

“好久不见啊千樊。”

“千樊，这是我小女儿笑笑，你没见过吧？”

“千樊今天是代表余家来的吧？阿姨可有半年没见到你了，你们年轻人啊就是忙。”

明明也不是什么很亲近的人，可这一刻大家恨不得把来人当成自己亲生儿子一样的殷勤态度让安培不齿地撇了撇嘴。

余千樊身姿笔挺，客气疏离地和众人点点头。

他走到安培面前，比安培略高了一点。

“回来了？”余千樊脸上带了点笑容。

而安培也是露出了一个真心的微笑：“千樊哥好久不见，听说你现在做演员很成功。”

安培眼中闪烁着光芒，余千樊可以说是他在数学道路上的引路人。

“其实千樊哥你如果投身数学专业的话，比我可要好多了，现在一定……”

安洪天笑眯眯地打断了自己儿子这副数学狂热的样子，和余千樊客气地握手。

“千樊来了，别搭理小培，里面坐，今天可要陪叔叔多喝几杯。”

余千樊微笑：“当然。”

随后，他看向安培，笑着说：“你好好加油，我对数学不感兴趣。”

安培有点失望，明明余千樊比他聪明又有天赋多了。

“你也别只盯着数学看，生活之中还是有很多事情比数学更有意思。”

余千樊知道这个安家的弟弟一向是学痴，其他人根本入不了他的眼。

安培点头。

下一刻，他突然看见自己派过去接栗锦的那辆车到了门口。

他眼睛唰地亮起来，什么爸妈什么千樊哥都顾不上了，快步穿过人群走过去，甚至小跑起来。

“爸妈，我去接我朋友！”

这轻快的声音让周围的宾客都愣住了。

跑起来了？

这么高兴？

安培也有朋友？

余千樊挑眉，看向了门口。

黑色车门打开，一小片银白色的裙角露出，众人倒吸一口凉气。

女的？

余千樊疑惑地皱起眉头。

一个女孩从里面走出来，纤细的腰肢被裙子包裹着，利落的短发下是一张明艳的脸。

“你来了！”安培飞快地伸出手去，他眼底倒映着穿银色长裙的栗锦。

之前她穿衬衣的时候他就觉得她好看，现在这样就更好看了。

他是个耿直的男孩，直接就开口说：“你穿这衣服好漂亮，就像星辰落在了你的裙摆上。”

众人：“……”

他们是幻听了吧？这书呆子还会说情话？

余千樊认出了栗锦。

他垂下去的小指缓缓地弯曲起来，脸色逐渐沉下。

同一时刻，A 市机场，一个戴着墨镜的女人从里面走出来。

鬈发随着动作一晃一晃。

她按下电话，对着那边的人笑道：“爸爸，我回来了。你别担心，余家我等会儿就过去拜访。”

## 2 想和哥哥抢吗，弟弟？

裴婉甩了甩手：“先不和你说了爸爸，我和千樊哥哥是大学同学，我心里有数。”

她挂断了电话，手机登录上微博，输入“栗锦余千樊”。

跳出来的是两人在综艺上的片段和照片。

“父女组合？”裴婉笑了一声，摁熄了手机，“是啊，就这样一个乳臭未干的丫头怎么和我争？”

她是当真没有把栗锦当成是自己的阻碍。

裴家和余家是有婚约的，但是当年也没明确文书指定是哪一个孩子，她的爷爷和栗锦的外公是兄弟，论起血缘，栗锦终究是外姓。

凭什么这么好的婚事让一个外姓人给占了？

裴婉摘下墨镜，露出志在必得的笑容。

不急！

安家大厅里此刻气氛有些与众不同，虽然大家看似在各自聊天，但实际上他们的视线总是不由自主地就飘到栗锦那边去。

“那是谁啊？”几个太太围在一起看着栗锦，“有点面熟。”

“就那个之前在那个电影里演白离的那个。”一个太太还算是喜欢看电影，“栗家的女儿，裴老的外孙女。”

“哦！裴老的外孙女！”大家了然，至于栗家……比起裴家，自然是不值得一提了。

“不是说裴家和余家那什么吗？”有一个年纪大些的太太忍不住问，“怎么安培和人家这么好？”

圈子就这么大，联姻的事情多少都知道一点。

“裴家也不止栗家一个女孩儿吧？”另一个太太皱起眉头，“还是个外姓的。”

成为全场焦点的栗锦没有半点不适，让她感到不适的是一直在围着她转的安培。

“你不用去招待客人吗？”栗锦捏起一颗荔枝慢慢地剥着，“老围着我干什么？”

“你不就是我客人吗？”安培坐在她身边，“这里这么多人，只有你是我的客人，其他人都是我爸妈的客人。”

栗锦挑眉，不说话了。

他们这样的人哪里有真正的生日宴会呢，不过又是人脉的一场狂欢。

“感谢各位来参加我家小培的生日宴会……”安洪天的声音响起来。

众人开始鼓掌。

“栗锦，等会儿你和我一起上去切蛋糕好不好？”安培突然扭头问她。

栗锦差点儿没被呛住：“你的生日蛋糕我凑什么热闹，我又不是你家人，你自己去。”

她想都不想就拒绝了，同时在心里感慨这位少爷真的是缺少人与人相处的常识。

安培抿唇走上去。

余千樊坐在沙发上，单手持着酒杯，里面的红酒随着手指的摇晃沿着杯壁转了一圈又一圈。

他盯着栗锦，可她一眼都没有看过来。

突然，大厅里响起了乐曲，带了女伴来的人纷纷拉着自己的女伴进入了舞池之中。

小提琴的音乐舒缓，可半点都不能抚平余千樊躁郁的心情。

他看见安培兴冲冲地拿着第一块蛋糕往栗锦那边走去。

那些目光又开始若有似无地往两人身上靠过去了。

“呵……”余千樊突然冷笑了一声。

靠那丫头来发现，他得等到什么时候？

余千樊放下酒杯站起身。他很了解栗锦，在非必要的场合，就算她看见了他也不会主动靠过来的。

总要一个人来往前迈步！

他一步步地往栗锦那边走过去。

余千樊的气场是绝对不容忽视的，正在聊天的人都忍不住看了过来。

“栗锦，这个给你吃！”安培要把手上的蛋糕递给栗锦。

栗锦皱眉正想说什么，一只手直接绕过了她的肩膀，接过了那块蛋糕。

“她不能吃这么高热量的东西，胖了上镜不好看。”余千樊一只手压在了栗锦的肩膀上，另一只手将那块蛋糕递了回去。

“小培，你自己吃。”

他眼眸深深，冰冷的锐意不加掩饰。

安培抿唇，他对人的情绪素来敏感——

余千樊不高兴了！

而且是因为他和栗锦？

安夫人担忧地看过来：“那边怎么回事？”

安洪天垂下眸光，沉吟着倒是想起了什么：“哦！栗锦是裴老的外孙女啊！难怪了……”

啧！

这可不好办啊！

“我以为像余千樊这样的，会不满意家里的联姻呢。”安洪天暗自说，“看来这情况比较棘手啊。”

“余千樊？”栗锦被陌生的气息猛地包裹住本来吓了一跳，转身见到是余千樊倒是松了一口气，“你怎么也在？”

余千樊：“……”他就知道这丫头肯定没看见他。

栗锦之前是没想到这个宴会上能看见自己的熟人，至于和栗亮说的舅舅他们也要来那根本就是唬人的。

舅舅他们哪里这么有空了，什么宴会都来参加。

“嗯。”余千樊眼尾的视线扫了一眼愣在原地的安培，另一只手熟稔地在栗锦的脑袋上揉了揉。

如果说安培对栗锦的热情对大家来说是震惊的话，那现在余千樊对栗锦这种堪称“宠”的程度就让众人觉得惊悚了！

舞池里不少人甚至都踩错了舞步。

“千樊哥，你和栗锦认识？”安培觉得心里怪不舒服的。

“嗯。”余千樊抬眼看向栗锦，“你愣在这里干什么，想不想和我跳一支舞？”

他弯唇的样子实在太好看，栗锦正觉得安培有点太热情了，立刻就点头说：“跳跳跳！”

比起安培，当然还是和余千樊一起跳比较自在。

余千樊心口的郁气稍微散了一些。

他牵起小姑娘的手，她指尖很软，他一只手就能拢住的小巧。

这两人凑在一起的存在感实在是太强了，舞池里的人顿时变成了背景板。

栗锦从来没见过余千樊跳华尔兹的样子，今天她亲自感受了一把。

两人的配合无比默契，踩点精准，场面美得像一幅画。

他们附近都没有人靠过来跳舞，因为有对比之后会自惭形秽。

安培咬牙站在舞池外面。

安琪安慰地拍了拍这个蠢弟弟的肩膀说：“早听姐姐的话多好，你看，生活不只有数学的对吧？你要是也会跳舞的话，早就能请人家女孩去跳舞了，还有余千樊什么事儿？”

安培沉默着。

一曲完毕，栗锦的手机响起来，上面显示发来消息的人是“双耳”。

她面色一变，转身对余千樊说：“我去回个消息。”

余千樊还没来得及说什么，安培就冲过来拽住了他。

“千樊哥，我有话要问你。”

余千樊止住了脚步，舌尖轻轻舔了一圈牙齿。

血腥气弥漫在唇齿之间，他笑了一声。

栗锦走到角落，打开手机，上面只有一条消息。

双耳：“刘燕的住址是……”

花园里，安培咬牙问：“千樊哥，你是不是喜欢栗锦？”

余千樊靠在树干上，双腿修长地抵在树上，轻笑了一声，花园里灯光很暗，他眼底跳跃着浅色的金。

他伸手松开了领结，声音很沉：“是的话呢？但又和你有什么关系？”他轻笑了一声，怒意凝在眼底，像是王者开瞳，“怎么，想和哥哥抢吗，安培弟弟？”

## 3 羊和虎怎么在一起？

安培不自觉地往后退了一步，却被余千樊摁住了肩膀，他靠近安培，声音夹带着花园里细细的虫鸣声。

“安培，多吃点饭。”余千樊在他肩膀上拍了拍，“好好做你的数学题，别总想些和你自己没关系的事情。”

余千樊一双眼比夜色还沉。

一个一直以来只沉浸在数学题海之中的少年怎么会是在娱乐圈和商圈沉浮多年的余千樊的对手。

安培紧握手掌，只能看着余千樊越过他走过去，他们之间像是有一道难以逾越的鸿沟。

“我喜欢栗锦。”安培还是开口，“我和你是不一样，但你怎么能保证栗锦喜欢你这样的？”

余千樊脚步顿了一下，他转身看了安培一眼。

他眼中是志在必得的笑：“弟弟，那你告诉我，你有看见过绵羊和母虎在一起的吗？”

“你们不合适。”他弯唇，“对了，祝你生日快乐。”

说完，他直接离开了花园。

他走到大厅里，发现栗锦已经没影了。

“找人呢？刚才人家把礼物一放离开了，说家里有急事。”安琪靠在客厅的钢琴上，晃着酒杯警告，“余千樊，你可别欺负我弟弟啊。”

余千樊和安琪并不是很熟，但安琪和安培完全不一样，她精通心理学，是个挺棘手的人。

“那你不如劝劝你弟弟，让他不要觊觎不属于他的人更好。”余千樊拿起放在一旁的外套，“帮我转告安叔叔，今天没法儿陪他喝酒了，我改天来谈合作的事情。”

安琪盯着余千樊的背影感慨。

“合作啊……可怕，这么快都消化到房地产这一块了吗？”

余千樊往外面走着，突然顿住，想到了刚才安培那句话。

万一栗锦不喜欢你这样的呢……

他眸光沉沉，拿出手机打了个电话。

余家老宅，张妍高兴地把平板电脑上放大了的照片递过去给余老爷子看。

“怎么样，我没有骗你吧！”张妍笑眯眯地捧着脸，“咱们家臭小子可是彻底栽了呢！”

余老爷子一见那照片上的两个人，顿时头也不痛了，眼睛也不花了，利落地戴上老花镜一瞅。

是之前张妍在剧组偷拍的照片。

正好是栗锦扑过去抱住余千樊的那一幕。

两人相拥，余千樊抱住栗锦，绝佳的角度。

“哦！”余老爷子一下子就激动起来，“这怎么好呢！怎么能随便抱人家清清白白的小姑娘呢！”平常就算是在电视剧里看见吻戏都不会有半点尴尬的余老爷子拍起了桌子。

“我们肯定要对人家小姑娘负责的！结婚！马上就结婚！”

张妍被口水呛住了，急忙说：“那还没有到这一步，人家就是拍戏，但是——”她兴致勃勃地说，“就算是拍戏，你看我们千樊有接过这种和女性角色搂搂抱抱的戏吗？”

余老爷子坚定地摇头：“没有！”

“还抱着不撒手的，有吗？”

“没有！”

“所以……”张妍的话还没有说完，外面就响起了敲门声。

余老爷子烦躁地晃脑袋。

“谁啊挑这个点来，一点都不机灵。”

他捧起平板电脑使劲儿地盯着照片上的栗锦看。

真好看！

以后两个人生出来的小重孙肯定也好看！嘿！

张妍打开门，发现门外站了一个女孩子，她穿着一身浅紫色裙子，腰带束腰纤细，个子高挑肤色白皙。

“裴婉？”

裴婉算是余千樊为数不多在大学能交谈两句的女同学，和余千樊关系算不得很好，但也不差。

至少能说上两句。

张妍对裴婉还是有印象的，因为这个女孩足够聪明，她不会像其他女人一样死命地扒上来，始终和自己儿子保持在一个恰到好处的距离，见识、谈吐也都很不错。

在学校里，裴婉也从不拿一些无聊的问题去打扰余千樊，都是挑的一些和专业相关的学术性问题，还有余千樊感兴趣一点的话题。

栗锦没出现的时候，张妍觉得像裴婉这样的女孩子也是不错的，至少很聪明，不会让人心生厌恶和疲劳。

现在嘛……她已经把栗锦当成自己的半个女儿，阿瑗的女儿不用说肯定是最好的。

“阿姨，我刚从国外进修回来，爷爷让我来向你们问个好。”裴婉把东西递给张妍，“这是我从国外带回来的一点小礼物，那你们忙吧，我先走了。”

她也不说要留下来的话。

张妍笑了笑：“进来坐坐吧。”

关键是儿子现在没在家，随便坐坐没事。

裴婉果然心中一喜，要攻略一个男人，首先要从他周围的人开始攻略，因为周围的人的言语会改变男人对你的第一感官。

“余爷爷好。”裴婉和余老爷子打招呼。

可余老爷子只顾着看照片，压根儿没注意到多了一个人。裴婉耐心很好，就恭恭敬敬地站在老爷子旁边等待他看完。

裴婉视线转了一圈，有些失望，没看见余千樊，看来是不在家。

张妍见裴婉一直站着，正要提醒老爷子一句，可这时她电话突然响了起来。

张妍一看就乐了。

“千樊，怎么了？”

裴婉心跳漏了一拍，悄悄地竖起了耳朵听着。

电话那边余千樊的声音混杂着外面的风声。

“妈妈，你上次和我说的娃娃亲，我同意了。”

“啪嗒”一声，张妍手上的手机一松，重重地砸落在了地上。

万锦花园小区。

刘燕正带着自己三岁的儿子在荡秋千。

看着越来越黑的天，刘燕冲着儿子招招手。

“小乐，我们该回家了。”

小乐有点不愿意走，躺在地上哭闹不止。

“我才不回去！回去什么好玩的都没有！”

刘燕皱起眉头吓唬他：“小乐你是不是不听妈妈的话了！”刘燕张开自己的五指做鬼脸，“在外面太晚不回家的话，会有可怕的怪物来把我们拖走！”

小乐皱眉：“我那天听见电视里的大姐姐说了，不做亏心事，不怕怪物上门的！妈妈你是不是做了亏心事？”

刘燕伸手去拧他的耳朵：“你个小家伙知道亏心事是什么事吗，赶紧给我回家！”

“我不，我不！”小乐挣扎着对刘燕拳打脚踢。

突然，小乐动作一顿，朝着一边发出了一声惊呼：“哇！那个姐姐在发光！”

“说什么胡……”刘燕一边说一边转头，却在看清楚树下站着的人时猛地颤抖了起来。

栗锦站在路灯下，惨白的灯光落在她身上，她眼底透着十足的凉意，身上的裙子闪烁着冰冷的光泽。

那一张脸，太像了！

像那个她死去的朋友，那个病重时刻还忍不住拽紧了她的手让她一定要关照自己女儿栗锦的女人！

刘燕惊恐地摇头：“不！不会的！”她声音突然尖锐，“裴瑗……你不是死了吗？”

## 4 谁是最终的胜利者？

栗锦站在树下的阴影里，她和妈妈是真的很像，以至于让面前的刘燕惊恐到颤抖。

刘燕死死地抓着小乐的手：“你为什么要来找我！”她歇斯底里地吼着，“我不会对你负责任的！”

小乐被她抓痛了，一把就将她的手挣开。

栗锦拿出一根棒棒糖，招手：“好孩子。”她蹲下来，晃了晃手上的棒棒糖，“过来姐姐这儿，我给你吃糖。”

“不要！”刘燕惨叫了一声，还没来得及伸手，小乐已经对着栗锦狂奔了过去，他一把就从栗锦的手上夺过糖塞进了嘴巴里。

栗锦挑眉，伸出手在他的脑袋上摸了两下。

刘燕冲过来一把将小乐抱在了自己怀里。

“别碰我儿子！你到底是谁？”

刚才栗锦开口，声音稚嫩，和裴瑗清冷的声音是不一样的，刘燕清醒了点，但看见栗锦这张脸的时候终归还是害怕的。

“刘燕阿姨，我妈妈给我留下的信里面说，我可以来找你拿我的遗产对吧？”栗锦拿出那张名片晃了晃，虽然上面的电话现在已经是空号了，“话说，小乐也是我们栗家的孩子，你就打算让他这样成为一个流落在外面的野孩子？”

刘燕愣住了，声音颤抖：“你……你怎么知道小乐……”

“我想要查的话，还是很容易的。”栗锦当然不会告诉她，栗亮后来亲自查到了这件事情，然后把刘燕接进了家里。

虽然刘燕和李颖斗得不可开交，只是当时她还是站在李颖那边的，刘燕还挨了不少算计。

不过这些都是以前的事情了。

“刘燕阿姨，我不是来和你算旧账的，我是来找你一起合作的。”栗锦看着刘燕一身廉价的衣服，“我知道李颖当初肯定威胁你了吧？因为你和我爸爸在一起，背叛了朋友，李家威胁你还让你失去了工作。

“你之前生了一场大病，李家给你的钱早就没了。只是你甘心就这样在外面带着小乐过日子？”

栗锦走过去，语气像是掺了蜜糖的毒，抬手摸了摸刘燕的衣领，说：

“看看李颖现在过的是什么日子，你过的是什么日子，你就算努力赚钱十年，也未必买得起她身上一件礼服。而且，刘燕阿姨……你还生了儿子呢。”栗锦歪头笑得特别好看，“我爸爸可想要一个儿子了。”

刘燕惊疑地看向栗锦。

“你为什么要帮我，我背叛了你妈妈不是吗？”

她不信栗锦这么好心。

“刘燕阿姨，我和我妈妈能有什么感情啊？”栗锦冷嗤了一声，“我只想让李颖母女尝点苦头，互惠互利不是很好吗？”

演员要说谎真的太容易。

她眼底一片淡漠，刘燕看不见她对自己的恨意。

刘燕看了一眼栗锦随手拿出来的手工糖，小乐恐怕见都没见过。

要不要赌一把？

刘燕心底开始剧烈地挣扎起来！

余家大宅里，张妍忙不迭地捡起掉在地上的手机，狂喜地说：“你说什么！乖儿子你再说一次！”

余千樊抬手扯了扯在风中摇摆的树枝。

“我喜欢栗锦。娃娃亲我同意了。”

他的声音比风声在枝丫上摩擦过还好听。

“你这么想就太对了！”张妍喜不自胜，想要快点和老爷子分享这个喜讯。

谁知，一转眼就看见裴婉眼里带着几分热切地站着。

张妍：“……”吓了她一跳！

“阿姨，是千樊哥哥吗？”裴婉笑容温柔，“他最近还好吗？”

电话那边的余千樊听见了裴婉的声音。

“我先挂了。”他甚至都记不起来对面那个喊他哥哥的人是谁。

“好好好，什么时候带锦儿回家里来吃饭，妈妈做一大桌子……喂？喂！臭小子敢挂电话！”

虽然嘴上在骂着，但张妍脸上的笑容可是半点都没消。

裴婉也不恼：“是有什么好事吗？”

张妍看了裴婉一眼，心想这姑娘什么都好就是眼神不太行，非要吊死在她儿子这棵歪脖子树上。

“是有好事。”张妍笑了笑却不打算说给一个外人听。

裴婉等了等，却等不到话，心里暗骂了一句，脸上笑容分毫不减。

她和方子雨那样的女人是不同等级的。

这样的人更难缠。

“下个月就是千樊哥哥的生日宴会了吧？”裴婉见张妍这次对她的态度竟然冷漠了不少，只好主动出击，“不知道有没有这个荣幸参加，我也有些学术上的问题想请教一下千樊哥哥。”

“说什么荣幸，要来就来。”张妍还不至于任性地将人往外面赶，裴家那边的面子还是要给，“不过千樊挺忙的，后来又是转修了演员专业，问题可能是解答不了了。”

裴婉的一颗心沉了下去。

张妍的这个态度不对！

“不早了，你回去休息吧。”余老爷子绷了好一会儿没绷住，直接下逐客令，他老人家还想知道孙子在电话里说什么了呢。

裴婉再沉稳的性子，这一刻都有点挂不住面子。

走出余家的大门，她尚且带笑的神情立刻崩塌了下来。

这时，她爸爸发了条语音过来：“婉婉，我得到消息，你伯爷爷裴苍海和栗锦好像闹翻了。”

裴婉一怔，神情重新轻快起来。

“哦？那她可真是个蠢货！”

上了车，司机问：“回家吗小姐？”

“嗯。”裴婉轻笑，“明天你早点过来，我要去一趟裴家老宅。”

栗锦回到家的时候已经是半夜了，她摁亮手机，上面有刘燕发来的消息。

刘燕考虑了一段时间，最终还是同意合作了。

刘燕：“你的提议我接受了，合作愉快。”

栗锦放下手机，冷笑一声。

她拉开冰箱门，浅白色的光芒笼罩在身上，她眼角笑容很淡。

愉快？

蠢货！

解决掉李颖，下一个就是你刘燕！

今天栗锦回了栗家住。

想了想，栗锦从包里拿出一本婚纱册子，放在了李颖每天必坐的沙发上。

她困倦地打了个哈欠，上去洗漱睡觉，只有睡好了才能见证接下来的好戏啊。

栗锦舒舒服服地一觉睡到大天亮。

第二天，栗锦用手按摩着脖子下楼，正好看见李颖在翻阅那本婚纱册子。

栗锦靠着楼梯扶手：“别看了，再看你也没得拍！当初你连婚礼都没办过，真可怜。”

李颖脸色顿时难看起来，转身就喊栗亮。

“老公！”

“怎么了？”栗亮从房间里走出来。

“你觉得我穿婚纱会好看吗？”李颖脸上浮现出一抹浅粉色。

栗亮一愣：“怎么这么说？”

李颖隐晦地看了栗锦一眼，抿唇：“没什么，就是觉得这辈子也没能得到一场婚礼，没事的，嫁给你我就已经很满足了。”她眼底还带着几分脆弱。

栗亮走过去拿过婚纱册子，笑了。

“不就是一个婚礼嘛，这次的事情你受委屈了，我补办一场给你！”

李颖猛地直起身子：“老公我爱你！”

她朝着栗锦露出了一个胜利的笑容。

栗锦假装气愤地转身，却在转身后的那一刻也露出了笑。

## 5 补办婚礼

“爸妈，你们在说什么？”旁边的房间，李淡淡走出来惊喜地说，“要补办婚礼吗？”

补办婚礼的话，那她是不是就能名正言顺地姓栗了？

栗锦挑眉，意味深长地看向了李淡淡。

“淡淡好像很高兴？”

栗锦眼底有深潭，一下子就把李淡淡的那点兴奋和小心思给冰冷地搅碎了。

“没有。”李淡淡惊恐地垂下了头，但心底的怨毒在与日俱增。

她一定要把栗锦手上的照片拿回来，不能再受栗锦的控制与威胁了。

“不就是一场婚礼吗？”想到当时因为裴瑗的死，和对裴家的畏惧，李颖跟了他都是悄悄领了证就完事。

栗亮自己也多多少少有点没面子。

可是现在不一样了啊！

他栗亮在圈子里也大小是号人物了，最近又和安家那边搭上了线，他男子汉大丈夫，想娶什么人就娶什么人！

想到这里，栗亮立刻就转身对着栗锦说：“你们两个去选漂亮的婚纱，婚礼就在这两天的事情了！”

他迫不及待地要向众人证明他栗亮现在的能力！

那些人当年一定嘲笑过他连娶自己喜欢的女人都还要看裴家人的脸色。

“好的，爸爸。”栗锦痛快地答应了，引得旁边的李颖古怪地看了她好几眼。

栗锦心里很清楚，栗亮不是想结这个婚，他只是想向别人证明他栗亮现在今非昔比了。

请柬很快就印出来，发往了各家，其中也包括在 A 市拥有着绝对话语权的余家。

余老爷子拿着请柬看了一眼，冷笑着丢到一旁。

“什么狐狸精都领回家，没眼力见儿的蠢货！”

中午吃饭的时候，李颖拉着李淡淡的手，细细叮嘱说：“余家那是真正的大家族，你可不要犯浑，说是我们的婚宴其实更是让你重新拾起自己身份的日子。”

李颖想起这些年自己被圈中那些太太嘲笑的样子，到现在还能咬得牙根发疼。

“虽然姓氏暂时还不能改，但这是你打入圈子的第一步，你也别总跟那些不学无术的人玩，学学栗锦，你看看她的那些朋友。

“那些才是能让你拿得出手炫耀的朋友。”李颖的手指头有一下没一下地戳着李淡淡的额头，“而且我看你最近是中邪了！她栗锦有什么可怕的你要被吓得这么战战兢兢的？”

“一点都不像我，都随了你爸！”李颖颇有些嫌弃地想，尤其是最近栗亮对她的态度有些阴晴不定的，跟神经病一样。

李颖有些想念自己的小情人了，可惜了！

李淡淡被戳得头隐隐发痛，但是她不能开口说照片在栗锦的手上。

栗锦说了，如果李颖知道了这件事情她就直接把照片散出去。

李淡淡很了解自己的这个妈妈，耍心机一流，但保守秘密的能力太差了。

“这次的婚宴你给我好好办，别让栗锦在背后捣鬼知道了吗？”李颖舒服地长叹气，“婚礼一办，我这么多年的委屈也算是没白受。”

转眼就是四十出头的女人伸出了自己的两只手，保养得当，白皙小巧。

这是自从跟了栗亮之后就从来没干过活的一双手。

“看我这么些年过的是什么日子啊。”李颖唏嘘，“一点儿都不快乐！”

李淡淡抿唇，让她看好栗锦？

可别逗了！

但是李淡淡是不希望栗锦搞砸这场婚礼的，如果栗锦真的打算做什么的话，她是不是可以通过爸爸的手教训栗锦？

被李淡淡算计着的栗锦和栗亮此刻正在书房里。

栗亮满脸喜色地将一张请柬递给栗锦。

“这是给裴家的请柬。”栗亮脸上带着自豪的笑容，“好歹是你母亲的娘家，让他们抽空过来一趟。”

栗锦拿着请柬都要笑了。

栗亮真是好大的错觉，他觉得自己真有这么大的脸？

别说是家底深厚的裴家，随便她的哪一位舅舅拎出来都是栗亮得捧着哄着的人物！

真以为这些年靠着吃妈妈留下的遗产老本，弄出一个个空壳的公司就觉得自己是号人物了？

但这些话栗锦不会说出来，只是好笑地接过请柬。

栗亮悄悄地观察了一下栗锦的神情，干咳一声说：“锦儿，我知道你和你外公那边亲近。”他眉头扬起，“但是你要知道，你是栗家的女儿，可不是姓裴的，关键时刻要帮谁你心里要清楚。

“世界上只有爸爸是对你最好的！

“知道了没？”

爸爸是最好的？

好到可以不顾她的死活把她转身送人。

栗锦脸上露出了甜甜的笑容：“知道了爸爸。”

栗亮满意点头，最近这大女儿是开窍了，不仅不会忤逆他，每次还能顺着他的心意说话。

“去吧，早点回来。”他迫不及待地要让裴家知道现在他已经不是那个需要依靠裴家活的倒插门女婿了。

栗锦起身离开。

李叔开车送的她，神情有些担忧：“大小姐，这场婚宴……”

李叔觉得很气愤，他觉得李颖才不配这么好的婚宴。

“要是婚宴不能举行就好了。”李叔发出了长长的一声叹息。

栗锦闻言睁开了一直闭着休息的眼睛。

“不！”栗锦露出了一个意味深长的笑容，“我要这场婚宴好好地举行，要用最贵的美酒，请最厉害的人士。”

她的声音像是蒸腾在云雾里，一点都听不真切。

“我要这场婚宴办得轰轰烈烈。”

李叔没听清楚，只觉得大小姐真是可怜，没了妈妈的孩子就是没人疼。

车子开到裴家老宅，栗锦脸上的笑容变得明艳了几分，脚步也轻快了许多。

这里才是她真正的家，里面住的也都是她的家人。

“小小姐回来啦！”门卫大叔看见栗锦眼神顿时一亮，“今儿个是什么好日子，小姐们都回老宅啦？小小姐能过来，老爷子一定开心！”

栗锦皱眉：“都回老宅了？还有谁？”

她视线环绕一圈，看见了停在外面的另一辆车。

“哦，是裴婉小姐。”门卫大叔笑着说，“她刚从国外回来，立刻就来看老爷子了呢。”

裴婉？栗锦神情淡了一些。

记忆里她们没什么交谈，好像是爷爷兄弟那边的孩子，裴家的旁支。

栗锦迈开脚步往里面走，刚走到门口就听见里面有一道温温柔柔的声音：“伯爷爷，怎么不见栗锦妹妹来看您？”

栗锦妹妹在外面挑了挑眉。

然后传来的就是她外公生气的声音：“她哪里还知道回来！天天就知道去那乱七八糟的圈子！”

裴婉心底高兴，一脸惋惜地给老爷子顺气儿。

“伯爷爷您别生气，栗锦妹妹就是不懂事儿，确实，像我们这样家庭的孩子出去外面抛头露脸的做戏子是不太好。”

栗锦冷笑，这位表姐不简单啊。

语气温柔却字字如刀！

## 6 只是个开始而已

裴苍海的声音哼哼唧唧的。

“反正我就是很生气！”

他看了一眼裴婉，有些不悦地皱起眉头。

说什么戏子！

还国外读完书回来的呢，讲话一点都不中听！

“你也赶紧回去吧，天色不早了。”裴老爷子内心有点小生气，但是憋住了没有开口骂人，不然大家就都知道他绷不住了要维护栗锦！

他一点都没有要妥协的意思呢！

哼！

但是他不想再看见裴婉在自己面前晃。

栗锦在外面听着这位表姐在外公面前献殷勤，她脑袋慢慢地垂落下来，一缕细碎的发落于眼前，挡住她有些丧气的眼睛。

栗锦冷笑了一声直接推开大门。

她靠在门口冷冷地盯着裴婉说：“我倒是不知道裴婉表姐你还有背后嚼舌根子的习惯！”

里面裴苍海和裴婉齐齐吓了一跳。

裴苍海硬生生地把马上就要浮现在脸上的笑容给生生地压了下去，眉眼也忍不住抽搐了两下。

裴婉则是脸色微红，不过她段数显然很高，很快就稳住了，转身若无其事地和栗锦打招呼。

“栗锦妹妹，你过来怎么也不和我们打招呼？”

她摆出主人家的姿态。

栗锦直接在裴苍海旁边坐下，放下请柬说：“我回自己家，还需要和你打招呼？”

她冰冷的眼神一下子落在裴婉身上。

裴婉气急，她和栗锦已经很多年没见了，印象里栗锦就是一个修养一般的小丫头，怎么现在……

栗锦穿着浅棕色衬衣搭米白色的灯笼裤，看起来英气十足，尤其是右耳还有一颗小小的黑色十字架耳钉，随着她动作一晃一晃地惑人视线。

栗锦似笑非笑地抬眼，有些像猫儿的眼尾，蛇的瞳，看起来冰冷又妖异。

她用最直观的容貌冲击让裴婉快速地明白她已经长大了。

不再是电话里简简单单的“栗锦”二字。

“伯爷爷心脏不好，栗锦妹妹你好好和伯爷爷说话。”裴婉想要伸出手去给裴苍海拍背，手背却被栗锦一巴掌打开。

“表姐也知道我外公心脏不好，那就不要总做让人堵心的事儿，我们的家事还容不了你一个外人来多嘴。”栗锦可不畏惧这个裴婉，这辈子谁让她不好受了，她就要千百倍地讨要回来。

“你！”裴婉再能忍的脾气都忍不住了。

裴老爷子轻咳了一声：“裴婉你先回去，你爷爷该担心了。”

裴婉咬唇！

该死的栗锦！

看来裴苍海这个老东西还是心疼自己的外孙女。

不过也快了，裴婉在心底得意地笑，没看见裴苍海连一个笑脸都不给栗锦吗？

裴婉见好就收，很有礼貌地说：“那伯爷爷您好好休息，我以后再来看您。”

她越有礼貌，不就衬托得出口不逊的栗锦越蛮横？

她想得倒是高兴，但裴婉忘记了还有一个叫作“长辈滤镜”这样无敌的东西存在。

裴婉离开老宅，裴父立刻打了电话过来。

“怎么样，哄老家伙开心了没？”

裴婉捏了捏眉心，刚才的礼貌和温柔在一瞬间消失得干净，剩下的只是无尽的冰冷和算计：“放心吧。”

裴婉伸出手看了看自己漂亮的指甲，自信地说：“还在控制之内。裴老爷子和栗锦的关系确实不好了。”

大厅里，关系不好的老爷子和栗锦正在大眼瞪小眼。

“哼！”裴老爷子气得喝了一口茶水，舒坦！

“外公，您和人家的孙女一起编排我，我可难受了。”栗锦耷拉着眼睛一脸委屈地看着裴苍海。

裴苍海压下想要抱抱小心肝的心情，冷哼：“要不是你做了该骂的事情，刚才我就把她轰出去了！”

栗锦抿唇笑了笑。

“笑！还笑！”裴老爷子气冲冲，“赶紧回来！好好学习绘画，家里留下的这些美术馆、展馆，还有我毕生珍藏都是你的，为什么要跑出去做那什么演员！天天让别人品头论足！”

裴老爷子说着心里还有点委屈，画画不好吗？为什么自己的儿子和最喜欢的小外孙女就是不喜欢呢！

“外公有看过我出演的电影吗？”栗锦打开电视，找到《倾城》的片子，“我在里面出演了呢！”

裴老爷子很生气。

“我不看！”

栗锦把遥控器交到了这个言不由衷的外公手上：“您自己决定要不要看，我去找舅舅。”

她不打算把请柬给外公。

他心脏不好，受不得刺激，刺激就留给小舅舅他们吧。

见栗锦噔噔上楼，裴苍海眯着眼睛，左手不断地在大腿上点点点。

“我才不看呢。”

他瞄向电视，见里面的演员表里挂着“栗锦”两个字，惊了一下。

还真有啊？

裴老口是心非地去拿遥控器。

“好吧，就五分钟！我就是来看看她演得有多烂的！”

楼上，裴安和裴天华看着请柬，愣住了。

“锦儿，你爸敢办婚礼？”裴安一双桃花眼笑容大盛，却无比冷冰，这是要发怒的前兆，“还是和那小三？”

“看来是我们这段时间对他疏忽了，让他忘记了自己的身份。”裴天华冷笑着，“放心吧，锦儿，这场婚礼他办不起来。”

“不！”栗锦突然出声，顶着两人惊讶的视线说，“舅舅，这场婚礼不仅要办，而且要大办！”

栗锦的眼底有灼灼笑意，带着滚烫的温度：“到时候你们两个都去，我请你们看场好戏！”

裴天华和裴安两人对视了一眼，带着几分惊愕。

这个小外甥女，好像是不一样了！

三天后，婚礼如期举行。

李颖拽着李淡淡的手："你说的是真的，栗锦真的没搞破坏？"

这三天里，栗锦不仅是要什么给什么，更是一句不爽的话都没有。

李淡淡心中隐约觉得不安。

但是，李颖不觉得。

她满意地笑道："看来是终于知道以后得在我手上讨生活了，也好！等婚礼结束我就好好给她立立规矩！"

反正听说栗锦和裴老闹翻了，以后没有裴家的帮助，还不是她想弄死栗锦就弄死？

李颖心中在向往以后的美好生活，脸上笑容顿时更加满足甜美，皮肤状态更是好得发光。

正想着，栗亮突然喊了她一声："宁家的人来了。"

李颖顿时带上笑容。

宁檬带着她妈妈过来了。宁家在 A 市也是上流家族，宁夫人以前压根儿就看不上李颖的。

李颖挺直了脊背，从来都没有觉得这么扬眉吐气过。她等着宁夫人来和她说恭喜。

没想到宁夫人直直地越过了她，走过去捧住了栗锦的手。

"锦儿真是好久不见啊。"宁夫人话里话外一点都不提李颖，只是关心地问栗锦，"你最近很累吧？也是，糟心货都赶这两天来眼前蹦跶，看看你的小脸都瘦了。"

这就是说她是糟心货？

李颖的脸一下子气歪了。

但她不知道，这……仅仅只是个开始而已！

## 7 你们笑得可真开心

宁檬斜着眼睛瞪了李颖一眼，也说："委屈我们锦儿了。"

李颖气得抓紧了自己的婚纱。

"老公！"李颖不满地朝栗亮低声喊。

栗亮神情也不好看，他刚觉得这个大女儿懂事了一点，没想到还是这么不顶用。

既然交了朋友，就要让她的朋友们尊敬自己这个父亲才对。

看看那个宁檬，一点教养都没有，这要是他的女儿，非要让她好好吃点苦头不可。

栗亮神情十分不爽地瞪着栗锦，栗锦全都当作没看见。

很快，宾客络绎不绝地过来了。

栗亮还请了许多生意上的合作人，这些大多是和栗亮差不多等级的生意人，把栗亮和李颖两个马屁拍得是舒舒服服。

李颖脸色总算是好看一些了，但是这还不够！

她心里憋着巨大的一团火，这团火一直哽在喉咙里。

这些人还不够！

她希望的是让那些原本眼高于顶的贵太太们承认她！

她往后也是她们的一员，她不是什么小三！

她现在是正儿八经的栗夫人。

这一股火直接就烧到了她的脸上，从神情之中露了出来。

宾客们坐在自己的位置上，看着栗锦那一桌上宁家的夫人和小姐相谈甚欢，他们有心想要靠过去说两句又怕人家不搭理自己。

也有觉得以后栗锦这个原配女儿就没有地位的人忍不住说："现在二小姐也该改姓了吧？"

"以后栗锦怕是要在李颖手上混日子了。"

"可不是吗！"

"也是可怜，年纪小小没了妈。"

"以后就要在继母手上讨生活喽。"

还有人幸灾乐祸，就喜欢看这种八点档的狗血戏码。

宁檬听见了立刻就阴沉着一张脸要站起来，被宁夫人死死地摁住了。

"别慌！"宁夫人看起来气定神闲的，"今天负责帮锦儿出头的人可不是我们。"

她年轻的时候受过裴瑗的恩惠，自然不喜欢小三李颖。

栗锦挑眉："阿姨说的是我舅舅他们吗？"

宁夫人点了点栗锦的鼻尖："不管是谁，小锦儿等着就行，反正今天绝对不会让她这么得意的！要让外面这些人好好地看看，栗家最尊贵的人是谁！"

宁夫人眼中有一闪而过的厉色。

宁家是女人当家，宁夫人说的话可比宁先生好使多了。

张妍和宁夫人算是商场上有合作的人，她早就知道今天张妍可是正装出席，栗亮和李颖有这么大的面子？

还不是为了小锦儿来的！

张妍从国外回来之后一直不敢联系栗锦，看来这回是定下心了。

“哎，怎么就咱们这些人？”有人忍不住发问，“栗亮不是早就散话说裴家也会来？”

“裴家？”立刻有人忍不住嘲笑，“可别逗了，裴家来？把裴瑗往哪儿放？”

“栗亮不是这些年做事业做得挺好？”有不太懂行的人发问。

旁边的人闻言立刻看了他一眼。

这眼皮子浅的怎么也混进来了？

栗亮请的都是些什么不三不四的人？

众人心中略有嫌弃，嘴上还是解释说：“裴家那是书香艺术世家，两个儿子一个打造了娱乐帝国，另一个商业鬼才，你说这怎么比？”

“不说别的，裴老爷子随便一幅画顶你半年的单子，你怎么说？”

说话的那人神情讪讪，他眼神一转顿时吃惊说：“你们看，那是不是裴家的人？”

“不会吧，真来了？”

“让开我看看！”

众人看着从车上下来的裴天华和裴安两人，瞪大了眼睛，不仅来了，还来了两个！

这裴家也太给栗亮面子了吧？

“栗总了不得啊！”

“裴家两位居然都来了。”

场上的恭维不要钱一般地对着栗亮兜头就砸下来，栗亮简直通体舒畅。

裴天华和裴安两人一起走过来，只是那眼神好像没有落在站在门口的两人身上。

李颖挺直了脊背，努力做出不心虚的样子。

以后她就是栗家的正牌夫人了！

裴天华总算是赏了两人一瞥，只是这一眼带着深深的厌恶和鄙夷，如尖刀剜在李颖的身上。

李颖一瞬间就捏紧了手，心止不住地开始颤抖。

她永远都记得裴瑗死后的那一天她带着淡淡进门的时候，裴天华和裴安两人阴郁的表情。

当时裴天华掐着她脖子的威胁，至今仿佛还像枷锁一样扣在她的喉咙里。

“你不要妄图夺走我妹妹的位置，你的女儿也永远不能和我的锦儿一个姓，不然我让你永远下去陪我妹妹！”

李颖浑身发抖。

“你们……”栗亮正了正领带想要开口，可谁知这两人居然连他的面子都不给，当着众人的面直接掠过，走向了栗锦。

“我们小锦儿饿不饿？”裴安宠溺地摸了摸栗锦的脑袋，“大清早的就让我们锦儿在这里吹冷风，也不知道那些蠢货是怎么想的。”

这就是结结实实地在打脸了！

“就让你吃这些？”裴天华挑剔地看了一眼桌子上摆出来的菜色，“真是不懂还是不要面子了？”

在场的众人大气都不敢出一声，裴家哪里是来祝福的！这就是来找事的，或者说给栗锦撑场子的。

“你们！”

栗亮正要发火，就受到了裴安冰冷的一眼，那一眼将他冲上头的怒火全部压熄。

“你们这里还挺热闹的啊。”

一道声音猛地插进来，穿了一身黑裙的张妍配着正红色的口红简直就是气场全开。

众人的吸气声一下子收住了。

张妍！

余家的人怎么会来？

“李颖，好久不见了。”出乎众人意料，张妍居然一来就直接和李颖打招呼。

李颖有些受宠若惊，要知道这一位可是裴瑗那个女人的好友。

“好久不见。”李颖颇为端着地回了一句。

张妍笑着说：“还有栗亮也好久不见。”

栗亮脸色好了一些。

总算有个拎得清的来了。

看着四面八方投来的目光，栗亮长出一口气点点头。

却不料张妍下句话就是——

“还记得上一次见面的时候，是在阿瑗的葬礼上。”

新婚上提亡妻？

气氛一瞬间凝固到了冰点。

张妍转身笑看两人。

红唇迎着烈阳，匹配得很。

“你们两个倒是真的一点都没变呢，变的好像只有我们这群旁观的人。”张妍眼底有飓风汇聚，孕育成风暴，“笑得可真开心啊！”

栗亮脸上的笑容彻底地消失了。

与此同时，栗锦的手机上收到了一条消息。

刘燕：“我到了。”

# 第十四章
# 一场好戏

## 1 嘘！我都知道的

栗锦露出笑容，被旁边的宁檬看到了。

“你干什么？”宁檬掰过栗锦的脑袋左右看了看，“是傻了不成，这种情况还笑得出来？缺心眼儿啊！”她满满都是对自家闺密的不认同——栗锦就是人太柔软了，才总是被李颖母女欺负！

“没什么。”栗锦想到接下来的事情就止不住地开心，“今天日子好，我高兴。”

宁檬无奈。

这孩子是真傻了不成？

“张妍阿姨。”栗锦冲张妍招了招手，“这边。”

再让张妍刺激下去，她那没什么自制力的蠢爹可能会毁了这场婚礼，这可不是她想要的，要知道她为这场婚礼策划可花费了许多的心力呢。

张妍一看见她的小乖乖，就笑得比吃了蜜还甜。

“我们锦儿今天可真漂亮。”

张妍走过来直接坐在栗锦的身边，完全无视黑了脸的栗亮和李颖，大大方方地坐下。

栗亮刚才那股子火气没发出来，这会儿也恢复了理智。

他抹了一把额头上的冷汗，还好，刚才如果和张妍起了冲突，他在A市的生意就全完了。不管怎么说她能来参加婚宴也不错，只要接下来老老实实的就行。

经过这么一轮大佬的无视下来，栗亮的要求真的不高。

很快，乐队开始奏乐，其他人都配合地露出笑容，栗锦看着李淡淡作为伴娘走在旁边的红毯上。

李颖脸上重新露出笑容，就算这些人不喜欢她又怎么样，成了栗太太之后自然有人会来巴结她。

李颖冷嗤了一声，心中想着，等栗家的产业做大了，到时候你们跪着求我看你们一眼我都不带看的！

她的脚踩在了红毯上，这一刻仿佛整个世界都变得温柔了起来。

神父已经准备好了。

“这位帅气的新郎，你愿意娶李颖女士为妻吗？无论富贵贫穷，无论健康疾病，无论人生的顺境逆境，在对方最需要你的时候，你能不离不弃终生不离开直到永远吗？”

神父的声音带着丝丝威严。

栗锦脸上的笑容消失了。

结婚誓词是神圣庄严的，很早之前，栗亮也是这样和她的妈妈保证的吧。

栗亮看着李颖，眼中带着温柔的笑意，这一刻就好像他要把整个世界都捧到李颖手上一样。

“我愿……”

一个尖锐的哭声突然响起来。

“爸爸！”

这声音刺破众人的耳膜，演奏队的众人声音一顿。

一个小男孩踉跄着对栗亮跑过来，在众人惊讶的视线中抱紧了栗亮的腿：“爸爸！”

小男孩抬起头，露出一张和栗亮像了八分的脸。

栗锦高兴地端起高脚杯，里面的红酒微微晃动。

“嘭！”栗锦的小尖牙轻轻地咬住杯壁，“捧到手上的世界碎了呢。”

宴会彻底地乱套了，所有人都齐齐地看向栗亮。

“怎么回事啊？”

“私生子？”

“李淡淡之前不就是私生女吗？”

“也是！”

“长得很像栗亮啊。”

窃窃私语的声音传入栗亮的耳朵里，他终于忍不住暴怒了。

“都胡说八道！”栗亮眼睛赤红，面容狰狞，“我怎么可能有私生子？”

李颖浑身发抖，她是想相信栗亮的，但这男孩长得和栗亮太像了！

“爸爸。”小乐惴惴不安地看向栗亮，妈妈明明说过这个就是爸爸，还说这个爸爸很有钱，跟了他以后自己每天都能吃好多好多的糖果了！

“我不是你爸爸！”栗亮在外面的情妇有两三个，但这么大的孩子是不可能……

栗亮眼神一顿，浑身宛如雷劈，站在了原地。

那条为了李颖精心铺盖的红毯的另一端，站着一个女人，她脸上有风霜摧残过的痕迹，但确实是栗亮印象极深的一张脸。

刘燕?

她为什么会出现在这里?

当年和刘燕在一起不过是因为想要让刘燕帮他瞒住遗嘱的事情，难道这个孩子是……

栗亮吃惊地看向了小乐。

儿子!

是他的?

在场的众人哪一位不是人精，基本上从栗亮的反应之中就可以看出，有戏——这孩子八成就是栗亮的!

“刘燕！”

李颖的面容在一瞬间扭曲了起来，同时她惊恐地看向了坐在旁边的裴天华兄弟俩。

当年他们一群人瓜分裴瑗留下的东西，都是悄悄瞒着裴家的。

裴家兄弟没有注意到李颖面上的惊恐，但是栗锦注意到了。

栗锦无奈地摇摇头，在心中想，蠢货！连现在应该是害怕谁都弄不清楚。

刘燕这个“小三”就站在红毯的那头，而李颖这个“正牌妻子”站在这一头，中间站着个傻住了的栗亮还有懵懂的小乐。

“噗！”

不知道是谁开了这个头，忍不住笑出声。

其他人都忍不住面色扭曲地垂头才能掩盖住自己脸上的嘲笑。

补办婚礼，小三带着私生子上门?

刺激啊！

栗总真会玩。

张妍眼中满满都是嘲讽，同时又为自己的好友感到心酸。

她拿出手机噼里啪啦地摁字。

“死小子，你工作结束没？还不过来！再不过来你未来老婆被人欺负了怎么办？”

“小三……哦不对，小四都带着私生子打上门来了！”

“小三”这个称号当仁不让地属于李颖。

余千樊其实已经到了，他就站在不远处，阴沉着脸看着这场闹剧。

是因为生活在这么肮脏的家里，所以栗锦才会写出像《重生》那样的歌？

他有些头疼地揉了揉眉心，想着等会儿要不要安慰一下这个小姑娘，却突然看见那刘燕好像有点紧张，下意识地往栗锦那边的方向扫了一眼。

那模样很像是下属不知所措，下意识地追寻主子的指导。

余千樊皱眉，直直地往栗锦的方向看去。

他清楚地看见栗锦皱起眉头，然后冲着栗亮的方向极其隐晦地勾了勾下巴。

刘燕心中有了底气，开口就先落泪了。

“阿亮……”她摇摇欲坠，绝望地说，“小乐是你的孩子啊。”

众人发出了惊呼声。

裴天华和裴安交叠双腿，露出看好戏的神情。

余千樊弯唇笑了笑。

果然……这个女人不是凭空出现在这里的。

栗锦和刘燕那微妙的互动全都落入他的眼中，而下一刻，栗锦似有所感，她猛地转身，那双凌厉的眼睛和余千樊已经洞悉一切的眼睛撞在了一起。

她眼睫微颤，心底的疑惑已经从眼睛里倾泻出来，明明白白地传递出一个意思。

你知道了？

余千樊挑眉，伸出食指压在自己勾人的唇上。

“嘘！”

他当然知道！

## 2 之前为什么讨厌我

栗锦心底“咯噔”一下，余千樊这家伙是什么意思?

他都看见了?

正想着，余千樊已经走了过来在栗锦身边坐下。

纵然栗亮那边那么热闹，但还是有不少人注意到了余千樊。

更是有不少带了自己女儿或者妹妹出来的，赶紧晃了晃她们的胳膊示意。

那可是整个A市身价最高的单身男人，即便是去做了明星都没有多少狗仔敢胆大包天地跟踪的男人。

“你……”栗锦皱起眉头。

其他人的动机她都能猜到几分，唯有余千樊她总是不知道这个人下一步会做什么。

余千樊在众人面前将她的脑袋掰到了栗亮他们那一边：“现在最重要的好像不是我，好好看着。”

余千樊附耳在栗锦耳边轻声说：“毕竟有人为这场表演准备了很久不是吗?”

话音一落，他果然看见栗锦脸上的神情以肉眼可见的速度变得阴沉起来。

“你都知道了?”栗锦压低了声音，眼睫颤动，“把嘴给我闭紧一些。”

余千樊似笑非笑，半点都不害怕小姑娘的威胁：“那就要看你是怎么做的了。”

栗锦气急，脑袋里开始风暴式思索能让余千樊闭嘴的方式。

其他人看着余千樊一来就奔向栗锦，再加上一些年轻人还是认得栗锦的，刚去娱乐圈，好像余千樊也挺照顾她的。

一些名媛眉头紧锁，心底一阵阵地酸气往上冒。

场上的闹剧还没有结束，李颖彻底发疯——刘燕这个女人胆敢在这时候出现?

“老公!”李颖目光怨毒地钉在小乐的身上，“这个臭小子才不是你的儿子，你抱着他干什么，把他给我!”李颖伸手就要去拽小乐。

“爸爸!爸爸!”小乐声音尖锐地喊着，抓紧了栗亮的裤腿。

栗亮来不及阻拦李颖，就看见小乐脖颈处猛地被划开一道血痕。

栗锦在底下看着，颇有兴趣地挑了挑眉。

刘燕一下子就慌了，直接看向栗锦。

等到栗锦微微点头后，刘燕不再掩饰自己，痛恨地扑过去一把拽住了李颖的头发。

“你凭什么打我儿子！你这个恶毒的女人！”

李颖精心装扮的头发被刘燕一把抓住。

她才不怕李颖！早在她来到这里的那一刻她就想好了，这种日子过够了，栗锦说得没错，她还为栗亮生出了儿子呢！

凭什么好日子都是李颖这个坏女人的？

她立刻扑上去撕扯李颖的婚纱。

李颖的背部曲线很漂亮，特意选了露背式婚纱，被刘燕这么一扯，她的婚纱差点儿就被扒拉下来了。

“啊！”李颖大声地惨叫起来。

底下的宾客们都惊呆了。

众人不由得看向栗锦那边，她被张妍、裴天华，还有宁夫人他们一群人护着，纵然是坐着也是端正的风骨，微微蹙眉表达了自己对台上这种作风的不认同。

看着栗锦就不由得让人想起了那个风华绝代的女子裴瑗。

众人叹息地摇摇头，又看了一眼台上不断在撕扯的李颖和刘燕，眼中露出了厌恶的神情。

李颖一边惨叫一边叫栗亮：“老公，老公快救我。”

栗亮不仅没有上前，反而是护着号啕大哭的小乐往后退了一步。

女人打架太可怕了，他可不想挨巴掌，也丢不起这个人。

刘燕知道这一刻不抓住机会的话，等会儿保镖冲上来可就再没有这么好的机会了。

她一把就将李颖扑倒，长腿一跨直接横坐在李颖身上，一顿乱撕！

“呵！”

底下的宾客传来冷笑声，栗亮眉头紧锁。

“够了！”

保镖冲了上来立刻分开了两个人。

伴娘李淡淡漂亮的裙子也被踩得乱糟糟的，她整个人都蒙了，僵直地站在旁边。

完了！

一切全完了！

她是不是再也不能摆脱私生女的称号了，还会连带着和自己母亲变成人家茶余饭后的消遣？

栗亮死死地抓着小乐，今天真是丢人丢到姥姥家了！

但这时候他也顾不上去思考丢不丢人的问题，他只想快点抓着小乐去做个亲子鉴定。

“诸位，我这边还有点事，就不多留各位了，让各位有不自在的地方，以后栗某请客赔罪。”栗亮转身冲着众人露出了一个极度勉强的笑容。

众人拿出笑容安慰了两句，各怀心事地走了。

栗锦也站起来，她敲了敲余千樊的桌子，神情冷漠地说：“你出来，我们聊聊。”

余千樊挑眉，真是现实！

这会儿就不抱着他喊亲人了？

张妍满心欢喜地对着两人一起离开的背影咔嚓咔嚓拍照，末了还感慨说：“真好！”

宁檬眸光复杂地看着张妍——这人……好像脑子不太好使啊。

余千樊和栗锦走出好一段距离之后，栗锦猛地转身：“你都知道了是不是！”她像一只炸开了的河豚，“你想怎样！”

余千樊随手扯过旁边树上的一片叶子，叶子卷曲炸开清新的草香。

“我想怎么样？”他似笑非笑地盯着栗锦，“让我闭嘴也可以，要不……你陪我一起喝酒吧？”

栗锦：“……”

喝酒？

喝哪门子的酒！

她是那种受了他威胁就会去喝酒的人吗？

A 市最大的酒庄里，服务员利落地打开栗锦面前的酒瓶。

栗锦神情难看。

没错！

她还真是那种人。

“你酒量小，少喝点。”余千樊浅浅地喝了一口，喉结上下浮动。

栗锦轻哼了一声：“我酒量还是不错的。”

啤酒能喝满两罐！

这酒好像还带着果香，栗锦忍不住就喝了一大口，还有点甜丝丝的。

余千樊甚至都来不及阻拦，他目光复杂，也不想阻拦。

“咚”的一声，栗锦的脑袋就磕在了余千樊及时伸出垫在桌子上的手上。

栗锦迷迷蒙蒙地看着前方，脸上漫上一层浅粉色。

余千樊也将脑袋靠在了桌子上，两人挨得很近。

他眼底好像有旋涡。

“栗锦……”余千樊开口，眸光深沉，“告诉我，你之前为什么讨厌我？

“我们是不是很早以前就认识？”

### 3 给你我的小心心

余千樊盯着栗锦，他眸里仿佛沉了黑夜一般。

他很想知道栗锦之前经历了什么事情。

和他之间到底有什么误会。

栗锦酒量不好，什么都会说。

结合上次的经验，余千樊半点愧疚都没有，反正小醉鬼明天一觉醒来就什么都忘记了。

栗锦的脸颊在他的手掌心里蹭了两下，嘴巴微微鼓起。

然后，她说出了一句让余千樊吃惊的话。

“我不讨厌你啊。”声音软绵绵的，和平常随时带刺的样子完全不一样，“余千樊老师，我其实很崇拜你的！你就是我的偶像！”

她抬起自己的脸，口水顺着她积压的嘴角流出一点，她非常自然地在垫着她脸蛋的余千樊的手上蹭了两下。

重度洁癖患者余千樊眉头都不皱一下，甚至还拿大拇指掐了一把她的脸蛋。

栗锦坐直身体，伸出两只手拍了拍自己的脸蛋。

她把自己的另一只手伸进了自己的外套里面，在胸口不知道掏什么。

“你干什么？”余千樊挑眉。

“嘘！”醉鬼栗锦伸出一根手指压住了余千樊的唇。

她指尖都好像带着酒香，余千樊眸光深了深。

“你不要吓到它啦！”栗锦不赞同地皱眉。

“它？”余千樊往栗锦胸口处的口袋看去，“什么东西？”

“送给你的礼物！”栗锦悄摸摸地说，“见到偶像贼高兴！”她音量猛然拔高，“要给你送礼物！”

虽然知道她只是喝多了，但余千樊还是觉得舌尖好像有棉花糖在化开。

“送什么？”他拿出纸巾，擦掉栗锦嘴角的一点酒渍。

栗锦掏了半天，倏然一笑，眼底碎开柔和的光，一瞬间闪烁进余千樊的心底。

她猛地掏出自己的手，两根手指捏出了漂亮的心。

“千樊老师！给你我的小心心！”

她笑得特别可爱，两颗小尖牙在余千樊面前一晃一晃的。

余千樊愣住了。

“你不喜欢吗？”栗锦两条漂亮的眉毛皱成了毛毛虫，开始耍酒疯，她直接就从位置上站了起来，拂开碍事的酒瓶子，两只手搭在了余千樊的肩膀上，很生气！

她的两只膝盖跪在了余千樊的膝盖上，两人呼吸贴脸。

余千樊听见了自己的心跳声。

“不是。”余千樊手指从她头发上顺过，“我很喜欢。”

栗锦哼地笑了一声，脑袋一歪，靠在了他的脖颈处。

余千樊抱着她，下巴轻轻地扣在她的脑袋上。

“对不起，我不该让你喝酒。”他眼底飓风凝聚，“但我不后悔……”

只是如果她没喝酒的话，刚才他肯定亲她了。

“不喝多的话，你会这样对我吗？”余千樊捏了捏栗锦的耳垂，叹息滚烫，“小骗子，你嘴巴里的哪句话才是真的？”

他戴上口罩，现在已经是凌晨一点钟了。

街道上基本没什么人。

司机见栗锦烂醉了就想要来接人，余千樊一眼看过去就让他怔在了原地。

那眼中的独占欲快要化成刀子刺出来。

“不不不！”打开车门就闻到了一股子汽车闷味儿的栗锦折腾起来，“我不要坐车，我想吐！”

司机满头大汗地看着余千樊。

这里离他们俩的家也不远。

“少爷，这……”司机眼看着余千樊把栗锦背了起来。

“你在后面跟着，我背着她回去。”余千樊把自己的外套脱下来裹在栗锦身上。

夜风有点凉。

司机瞪大了眼睛。

这还是他们那个被女人碰一下就能臭脸半天的少爷吗?

不敢质疑，他只能开着车慢慢地尾随在两人身后。

栗锦乖乖地趴在余千樊的背上，她脑子乱糟糟的，突然在路过一个橱窗的时候看见了一闪而过的漂亮星星。

那是一条吊坠，这个品牌只推出了这一款，独一无二的吊坠。

她记得!

栗锦“啪”地打在了余千樊的背上，嘴上说：“马儿！吁！吁！”

不知道背上这人又发什么疯，余千樊纵容地停下脚步。

栗锦的思绪一团糨糊，但是有一件事情她记得特别清楚。

这款项链的名字叫“掌心的星”!

当时她缠着何晗给她买，但是何晗总托词说自己忙，结果最后她决定自己去买的时候，却发现星星没有了。

也不是缺这一条项链，只是当时的委屈此刻被无限地放大。

“我要星星。”栗锦靠在余千樊的背上，委屈得想哭。

余千樊不明所以，还以为栗锦要刚才她自己比出来的“心心”!

从来没在大街上做过这种事情的国民男神纠结地拧起眉毛。

栗锦已经在背上扑腾着下来，然后蹲在地上：“不给我我就不走了！”她蜷缩成一团。

余千樊无奈地叹了一口气，他在栗锦面前蹲下来，做足了心理建设。

三次伸手都没能比出她要的“心心”!

栗锦歪头盯着他看。

其实她心里面在想，这人谁啊！长得真好看!

余千樊被她一双闪烁的眸子瞅住，艰难地比出一个歪歪扭扭的心。他脖子都红了，这辈子就没这么幼稚过!

栗锦皱紧了眉头，看着他的手。

半晌后，她猛地伸出手“啪”的一声打在了他的“心”上。

“这个不是星星！”栗锦逻辑乱七八糟的，完全忘记了自己刚才给出去的“心心”，嫌弃地说，“你拿这玩意儿糊弄谁呢！你这个渣男！”

余千樊：“……”

他觉得他要压制不住自己的耐心了，然后转身就看见栗锦趴在了窗口上，盯着项链：“我想要星星。”

她变得特别安静，只是盯着它看，眼泪也流了下来。

或许说她也不是想要星星，就是想给以前那个“栗锦”一个安慰。

那个从不曾被人爱过的“栗锦”！

栗锦混沌的脑子压根儿就不能思考那么多，只感觉旁边空空的，那个漂亮的男人好像不见了。

都不见了！

她更难过了。

“小酒鬼，抬头。”

脑袋顶上突然响起声音，她下意识地抬起头，被泪水模糊的视线里，一串漂亮的项链落下。

碎钻成星，悬挂在她的眼前。

星星的后面是一张比它更漂亮的脸。

余千樊垂眸，声音钻进她已然要炸开的思维里。

“擦干你的眼泪。我带你摘。”

这一晚，星星落在了她面前。

## 4 是想恶搞我们？

栗锦起床的时候感觉头痛得要裂开。

外面早饭的香味让栗锦隐约有种熟悉感。

这种隐约好像见过的场面是怎么回事？

栗锦心里“咯噔”一下，掀开被子赤着脚跑出去。

“穿鞋子啊！”裴天华翻卷了一下报纸，“又不穿鞋子就跑出来？”

裴安把煎蛋放在盘子里，闻言转身看了栗锦一眼：“你下次要是再和余千樊那小子出去喝得烂醉回来，我们就把你丢在门口！”

两人一起瞪栗锦，把栗锦看得万分心虚。

“你项链挺好看的啊。”

裴安眯起眼睛打量：“你自己买的还是别人送的？”

栗锦一愣，看向了镜子里的自己。

“掌心的星”就挂在她的脖子上，她脖颈修长，和项链互相搭配显得十分漂亮。

“我……忘记了。”栗锦看向裴安，皱紧了眉头，“是我什么时候自己买的吗？”

“这个不重要。”裴天华打断了栗锦的话，“下午你就要去录节目了吧，要不要舅舅去和节目的制作人打个招呼？”

裴安适时地打开电视："你们那个节目正好这会儿开播。"

"天华舅舅,不用去和制作人打招呼。"栗锦随意地往电视上看了一眼，才刚开始呢，她的脸都没扫到，反倒是刚走进大厅的何晗给了几个特写。

弹幕上密密麻麻地刷过——

"弟弟我来了！"

"我们哥哥这是什么绝世美颜？"

栗亮冷笑了一声，就何晗这种等级的还称得上绝世美颜?

果然，"千粉"就率先不高兴了。

"寒气们麻烦收一收，千粉姐姐们都还没发话。"

"千粉"在该霸道的时候还是十分霸道的。

"寒气"的战斗力远不如千粉，被撑了一波之后迅速地安静如鸡。

裴天华还在担忧："舅舅去和制片打个招呼的话，到时候你在里面能受到照拂。"

"我现在挺好的。"栗锦挥挥手，"舅舅你可千万不要去，也别公开我们的身份，我现在这样挺好的。"

裴天华拗不过她只能作罢。

"遇到困难的话随时找舅舅。"

栗锦拼命地点头。

见裴安和裴天华都出去上班了，她才坐在桌子上，一边开始吃早餐一边看节目上的弹幕。

记忆中的她在综艺上其实是没有什么观众缘的，可能是因为立的那个人设和她本人的性格差距太大，总让观众觉得生硬死板。

栗锦深吸了两口气。

反正她已经下定决心，这一世怎么开心就怎么来，不管别人说什么，这已经是她最真实的自己了。

但是栗锦不知道的是，在同一时间，还有一个人也在密切地关注着弹幕。

裴老爷子趁着两个儿子都不在家，打开了综艺《爱豆与演员》！

他招呼旁边的李管家说："老李，这综艺真的好看吗？"

老李点头："没错的，小小姐就是参加了这个综艺！"

裴老一下子奓毛了："谁问栗锦那臭丫头了！我就是随便打开消遣一下！"

老李把一切都默默地看在眼里，点了点头给裴老打开了弹幕。

屏幕上余千樊正在主持，弹幕密密麻麻的一大片表白。

裴老眯起眼睛："余家小伙长得还是这么精神啊，就是这个职业选得不好。"

老李及时地说："听余家那边说，现在余家少爷接戏接得少了，要逐渐开始掌管家中的事业了。"

裴老爷子满意地点头。

"哦！小小姐出来了！"老李突然喊了一声，镜头对着栗锦那张漂亮得有些盛气凌人的脸来了个特写。

弹幕上短暂地安静了一瞬。

下一刻，密密麻麻的弹幕突然冲了出来——

"这个弟弟是谁？"

"我可以！妈妈我找到理想型了！"

"奶狗和小总裁的结合体？"

而随后栗锦直接开口就是要拿第一，以及魔术小鲜花哄得两位女导师笑个不停的时候，弹幕上彻底疯狂了——

"女人！她居然是个女人！我要和她做姐妹！"

"等会儿，栗锦是我知道的那个栗锦吗？"

"栗锦？？？"

随着栗锦的自我介绍，她被越来越多的人想起来，还有余千樊直接点明了他们认识的关系，粉丝们彻底疯了。

王黎同样也在为自己唯一带着的新艺人盯弹幕，她越看越觉得心惊。

栗锦怎么会……这么能吸粉！

这些都是天生的魅力吗?

弹幕已经完全跟着栗锦走了。

就连之前还略有不悦的何晗粉丝在这样疯狂的弹幕里都被压得头都不敢抬。

"黎姐！"有工作人员跑过来，神情复杂地说，"你之前准备的给栗锦的热搜都不用买了。"

王黎一怔。

"她自己冲上去了！"

点开微博，果然在前十上明晃晃挂着的就是"栗锦男装"四个字。

一波高清图简直满屏都是扑面而来的胶原蛋白。

粉丝们抓的还是栗锦说要拿第一的那张照片，一张小脸上有野心也有傲气。

下面的评论更是精彩——

“栗锦？？？”

“姐妹们，指路《爱豆与演员》，太好看了！”

“你们先去，我刚才屏幕舔得太湿了，你们等我擦擦先。”

“我以为我是个钢铁直女，没想到一张照片就让我沦陷！”

栗锦正看得挺高兴的，节目组那边突然发来了消息。

“亲爱的竞技者栗锦，今日下午集训的场地更换为大槐山村，请携带好你的物品……”

栗锦吓得嘴巴里的煎蛋都掉了。

大槐山村?

那不是山沟沟里吗?

记忆里这次集训是在现代楼里的大宿舍啊。

为什么去村里?

栗锦在原地愣了好一会儿，随后猛地站起来往自己的包里开始塞吃的。

而电视上已经播放到了她惊艳的一曲《重生》！

弹幕在一瞬间都消失了，她的歌舞在经过后期处理之后显得更加抓人眼球。

王黎在征得栗锦同意后，也在同一时间把《重生》这首歌放上了各大音乐平台。

而下一刻，呈现直线式上涨的播放量一瞬间霸占所有的音乐平台。

王黎一直在深呼吸，但是她完全镇定不了。

想起栗锦在去节目之前和她说的话。

栗锦是真的……全能!

节目的剧情已经推进到了栗锦向余千樊要面条吃的时候。

几乎所有人都要乐疯了——

“栗锦怎么能这么可爱？”

“亲爹可还行哈哈哈哈！”

“看把孩子给饿的。”

“吃货石锤！”

“也不知道我们家栗锦小可爱现在在干什么呢。”

被称作小可爱的栗锦正满头大汗地把手上的零食不断地往包里塞。

这次集训是要练舞的，但是地点从现代化建筑换成了山沟沟，栗锦总有点不太好的预感。

节目组……不会要恶搞他们吧?

## 5 啊！我的泡椒小凤爪

今天的热搜绝对是被栗锦承包的一天。

什么“栗锦男装”“亲人给我吃口面”这样的标题一路霸榜，而且在女生眼里栗锦超帅，在男生眼里这姑娘自然不做作，还有种张狂的美。

很多路人被“栗锦”这两个名字弄得烦了，怒气冲冲地点进去一看，等走出来的时候就是“真香”两个字。

而排位在热搜第一丝毫不动摇的正是《重生》！

实力是证明自己的最好捷径。

如果前面一首《重生》直接让所有观众震撼的话，那后面那一段反派小少爷的表演就是让所有人疯狂。

爱豆与演员，只有栗锦一个人做到了两者兼顾。

她的微博正在以极其疯狂的速度开始涨粉。

最早的那批粉丝一跃成了大粉，开始组建粉丝群，弄相关超话带着新粉们一起维护他们的偶像，一个个都充满了干劲。

栗锦的粉丝还给自己取了特别好听的称呼——“栗子”。

和以前一样。

《爱豆与偶像》官方已经打开了这些竞技生的投票通道，诚如他们所说，每个人只能投一票，是要投给演员，还是爱豆，全凭竞技者们的吸粉能力。

只过了一个小时，栗锦的票数直接三百万，远远地甩开第二名的何晗整整两百万票。

她用实力证明了就算是新人，也不是不能力压已有流量的偶像，成为新的奇迹。

奇迹本人正在准备东西，下午三点钟，郎世涛开着车来接栗锦去大槐山村。

“你带这么多都是衣服吗？”郎世涛被栗锦的包裹给惊呆了。

两个大行李箱，一个巨大的登山包，还有一整袋堪比蛇皮袋大小的东西。

“不是，都是我接下来安身立命的本钱。”栗锦重重地拍了拍座位，“问那么多干吗，开车！”

等到了大槐山村的时候，外面天都黑了。

“前面好多灯光，还有人声，应该就是前面了。”郎世涛有些担忧，停车之后转身看栗锦，“要不我在这里找个民宿住下？栗老师，我怕你在这里住不习惯。”

“这地方哪有民宿啊，帮我把东西搬下去。”栗锦拖着自己的两个大行李箱从车上下来。

外面是一大片空旷的草地，不少人都拿着自己的行李在等着了。

郎世涛发现他家艺人还真的不算特别夸张的，只能算是基本水平。

最夸张的是木槿，来了三个人帮她一起抬箱子，七八只躺在地上，不知道的还以为她是来旅游的。

“栗锦！”

胡兔和胡狼兄妹俩从远处走过来，兴奋地说：“我们和天华娱乐签约了！真是太感谢你了，本来想联系你请你吃顿饭的，但是天华娱乐那边给我们安排了训练，一直都没有空。”

大公司的训练量当然和之前他们自己练习是不一样的。

“你们凭借的是你们自己的实力，不用感谢我。”栗锦今天戴了顶帽子，看着特别酷。

旁边不少人也对着栗锦围了过来。

“你这箱子里装的都是衣服吗？”

“栗锦你也是天华娱乐的艺人吗？”

“大公司真好，还有很多别的机会。”

“羡慕啊。”

他们都拥上来，胡兔胡狼反而被挤到了外面，兄妹俩有点沮丧。

其他人恐怕也都很明白，现在栗锦就是站在这个节目顶点的人，和她搞好关系，才能多蹭几个镜头。

栗锦有些不耐烦。

木槿那边也单独围成了一个圈子，木槿这次投票的排位才在第三。

她是有点不甘心的。

要不是栗锦……

“诸位晚上好。”

灯光突然聚拢，大家都安静下来，余千樊今日穿了一身黑色的衬衣和裤子，整个人看起来透着一股子妖冶的帅气。

“想必你们很疑惑为什么我们的场所变更为大槐山村了。”余千樊的声音不疾不徐，他的目光在众人身上扫过，一下子就定在了栗锦身上。

她的脖颈处挂着他给她戴上的项链。

余千樊心情好了不少，声音都跟着温和了一点："我们这档节目在比赛的同时，也是一个综艺节目，本来这次集训考核的是你们的专业技能，但是总导演和我们的编剧讨论了一下，决定换一个考核的方向。"

他的话音落下，众人就觉得头皮一紧，好像有不好的事情要发生。

尤其是在跟着他的那几位导师都露出了不怀好意的笑容时。

旁边有人忍不住吐槽："我感觉这个苗头不太对。"

仿佛是为了证实大家心中的不安，余千樊顿了顿，扬唇说："这次我们比试综艺感，爱豆组一百人，演员组一百人，各自只取排名前五十位的人。

"之前第一场比试你们应该已经看见了，但那次的名次只是暂时的，我会再给你们一次机会，这次的比试成绩会在集训的时候重开投票通道。

"抓紧这最后一次机会。"

全场哗然，太狠了吧，两百人直接砍一半?

不过变色的只是那些排在末尾的人，像何晗木槿这样排在前面的人只会想着怎么往更高处走。

而栗锦是全场唯一一个进无可进的人。

"当然，集训还是要进行的，舞蹈、声乐以及表演课程还是要上。"晴天接过了话筒，笑着说，"不过既然是集训，一些不必要的东西就不要带了。"

"现在请大家把你们的行李箱打开，我们将开始筛选你们可带入的东西。"

话音落下，所有人都崩溃地抱住了自己的脑袋。

"我的天啊！"

"什么是能带的？"

"别收走我的小可爱啊！"

艺人，尤其是女艺人，那带的东西可不只是一件两件的。

其中数木槿的神情最难看。

一个个的箱子打开，带的各种各样的东西都有，还有人居然带了音箱过来。

"木槿，你是富二代吧？"有人忍不住惊呼了一声。

摄像机跟着转了过去，才发现木槿满箱子的衣服、包包、高跟鞋，还有可以用来搭配的首饰，并且全都是大牌和限量版，可以看出价格不菲。

"没有啦。"木槿知道这一下自己赚足了镜头，财力本来就是另一个资本，"我就随便带了点。"

"这就是随便？"

"这样一比感觉我们好穷啊。"

"我也想随便地带点这些。"

木槿笑着笑着神情突然一顿，她转过身盯着栗锦，目光落在她紧紧护着的那个显然不是知名包包的袋子上，心中嘲讽了一句，肯定是带出来的东西拿不出手吧？

"栗锦，你带了什么啊？"木槿故意问，"好奇咱们的第一名会带什么呢。"

栗锦冷冷地看了木槿一眼。

要是木槿不问的话，说不定她可以带着她的小宝贝们蒙混过关的。

这一眼的"恨意"扑面而来，摄像机立刻捕捉到了。

"快快快！"总导演嘿嘿笑，"打开我们看看。"

"没什么。"栗锦讪笑，"就是衣服。女孩子的衣服没什么好看的吧。"

她笑着看向余千樊，只要他愿意开口，应该能……

"还是打开看看吧。"余千樊笑意温和地走过来，拽住了她手上的袋子，"我就看一眼。"

栗锦眉梢狠狠一跳。

"有什么好看的啊。"栗锦往后退。

余千樊一步步紧逼，他敢肯定这丫头已经把昨天的事情给忘记了，呵……他可是背了她整整一条路。

"嘭！"

有一包东西从袋子里掉出来。

众人定睛一看。

可爱的泡椒小凤爪！

场面有一瞬间的寂静。

高热量食物！

栗锦是想要找死吗？

接着，展现在大家面前的是如小山一样的零食。

还有一个圆滚滚的电饭锅。

余千樊："……"栗锦还会煮饭？

栗锦："……"完犊子了，余千樊肯定知道她想让他煮饭给她吃了！

## 6 我就是出来散个步

栗锦很可怜地抱着自己的电饭锅看着余千樊。

余千樊："……"

他仿佛从她的眼神之中读懂了什么。

这丫头可能还想吃他做的面?

他俯身下来，一只手扣在了她的电饭锅上，一语双关地冷笑："你想得美！"

连自己发酒疯之后的记忆都没有的人，有什么资格吃他做的饭!

"那我的零食……"栗锦期期艾艾。

余千樊从地上捡起一根巧克力棒，轻笑了一声丢进电饭锅里。

"咚"的一声脆响，就好像是栗锦心碎掉的声音。

余千樊看着她的眼睛，轻笑："没收。"

栗锦："……"

就知道和余千樊和解啊、做朋友啊、崇拜啊，都是她脑子不清醒的时候做的一场梦。

"其他的箱子也打开。"余千樊笑意盈盈。

摄像机忍不住在他的脸上逗留，这也太上镜了。

两人面对面的样子就和画报似的。

胡兔站出来帮栗锦说话:"其他箱子就算了吧，肯定不会是吃的了……"

"人家都打开了，她也得打开。"余千樊打断胡兔的话，看向栗锦，"你说是不是? 我们的1号，应该一视同仁啊。"

众人："……"你之前不是还说1号有特殊待遇了? 这就一视同仁了?

栗锦认命地打开第一个箱子。

众人："……"哦哟，一箱酸辣粉。

栗锦打开第二个箱子。

众人："……"啧啧！一堆肉脯卤蛋香肠士力架。

"登山包里是衣服。"栗锦直接把包递给了余千樊，"你要查你就查，我身上是半点吃的都没有了！"

她说得信誓旦旦。

余千樊笑眯眯地摁下她的登山包。

众人松了一口气，好吧，这就算完事了。

等等!

众人眼睁睁地看着余千樊的手越过栗锦的登山包，伸进了她外套的袋子里，扯出一大包香辣鸡翅。

这还没完，余千樊又伸出手，摘下了栗锦的帽子。

啪啪啪!

藏在帽子里的小肉肠掉在了地上。

“没了没了，真的没了！”栗锦满口保证。

余千樊挑眉轻笑，手指从她耳边穿绕过去，从后颈领口里拔出了一根棒棒糖。

栗锦终于绷不住神情，面色铁青!

余千樊压下上扬的嘴角，把帽子给她戴好，还在上面温柔地拍了拍。

“现在可以了。”

就连极度讨厌栗锦的木槿都忍不住抽了抽嘴角。

栗锦这货到底是来干什么的?

不怕自己的身材走样?

其实栗锦平常拍戏的时候是要控制体重的，但练习舞蹈不一样，不吃饱她没有力气。

这是多年攒下的陋习了。

看剧组这个架势，为了综艺效果肯定不会让他们吃太好的东西。

观众就喜欢看他们吃瘪的样子。

“你是不是太严格了？”晴天看着栗锦垂眼搂着自己的大包站在角落，悄悄地对余千樊说，“就让她留点啊。”

余千樊目光淡漠地扫了晴天一眼。

晴天立刻就住嘴了。

是她看刚才和栗锦互动的余千樊太温柔了，忘记了他根本不是一个好接触的人。

“现在带你们去宿舍，你们的序号随着第一轮的投票结果有了变化，现在来领取你们的新序号。”刑天任劳任怨地开始分发序号。

栗锦拿到的当然是1号。

“现在拿着你们的号码牌去找对应的农舍，那里就是你们暂时的宿舍，对了，你们都是借住在村民家的，进去的时候如果人家睡了就不要打扰他们。”

听见居然是借住在人家家里，大家心里多多少少有点不自在，但又不能表露出来。

尤其是木槿，她一想到这种乡下的房子，又黑又臭，她就觉得自己娇贵的皮肤每一寸都在发痒。

木槿看着一整片连绵的青砖屋瓦房，脸色混杂在夜里分外地难看。

这种鬼地方怎么住?

她的东西都没有被收，助理被赶出去了，她只能分三四趟去提，她有心想让旁边的人帮帮自己，但没人搭理她。

一群蠢货！木槿不满地在心里想，明明跟着我就会有镜头的！

镜头……镜头其实并没有跟着她。

其实大槐山村是很贫困的，栗锦作为 1 号分到的已经是最好的院子，是一个围起来的篱笆小院，里面还养着鸡鸭，气味肯定不好闻，但栗锦望着上面青青的葡萄藤陷入了沉思。

葡萄……好像还没熟。

又看向了圈起来的鸡鸭鹅。

它们……会下蛋的吧?

摄像师被她眼里惊人的渴望给震住了，立刻催促说:“咱们先进去吧。”

栗锦只能扛着包进去。

她的房间在小阁楼上。

摄像师告诉她：“这里住的是一个老奶奶，这个点肯定睡了。”

栗锦点点头，轻手轻脚地上了属于自己的小阁楼。

她一边走木楼梯，一边扭头问摄像师：“大哥你吃晚饭了吗？”

摄像师：“吃了……”

“我没吃。”栗锦捧住自己的大包，“有夜宵吗？”

“没有的，快睡吧。”摄像师同情地说，“梦里什么都有。”

栗锦：“……”

阁楼被打扫得很干净，栗锦把东西放下，趴到小窗口看向外面，山村的夜晚很安静，伴随着不远处的溪水声和田野里青蛙和蟋蟀的声音。

栗锦深吸了一口气，确定外面灯光全没了之后，摸了摸自己凹下去的肚子，踮起脚下楼。

余千樊作为这个节目的最大流量，除了睡觉他都是有随身跟拍的。

只是这个跟拍怎么都没想到余千樊居然还有夜跑的习惯，等他一圈跟下来只感觉自己要死了。

“千樊老师，慢点！慢点！”

跟拍停在原地大喘气。

余千樊转身认真地说：“你可以不跟着我的。”

“这不行啊，总导演要求了！”

余千樊无奈：“我就夜跑，遇不到什么收视爆点的……”

“咔嚓咔嚓！”

余千樊一顿，接着说：“你跟着我也没有用，还不如跟着别人……”

“哗啦哗啦，咔嚓咔嚓！”

余千樊不说了，和跟拍一起顺着那声音看过去。

乡下的风都好像比城市里的要冷一些，余千樊刚要往前走，跟拍已经紧紧地贴了上来。

“余老师，我有点害怕。”跟拍退缩了。

余千樊不说话，走近了之后，直接拿起备用的手电筒对着那地方猛地照过去。

一个人蹲在溪水旁边，正在“咯吱咯吱”地啃着什么东西。

“转过来。”

余千樊声音一沉。

那人一怔，缓缓转了过来，她手边还有花生秧，一捧生花生洗干净了放在岩石上。

她嘴里还嚼着东西。

跟拍看清楚之后惊呼说：“栗锦，你干吗呢？”

栗锦咽掉口中的花生，神情严肃得好像刚开了一个跨国会议。

“如果我说我是出来散步的，你们信吗？”

（第一部完）